근대 일본의 조선 구비문학 연구

근대 일본어
조선동화민담집총서
1

근대 일본의 조선 구비문학 연구

김광식

보고사
BOGOSA

서문

조선인 연구의 前史로서의 일본인 연구의 검증

이 책은 필자가 박사 학위논문 제출 이후에 발표한 식민지시기 구비문학 관련 논고를 모은 것이다. 학회에 발표한 주요 논문 중, 근대 일본의 조선 구비문학 관련 연구만을 새롭게 묶어 2부 및 보론으로 구성했다. 1920년대 이후 본격적으로 시작된 조선인의 연구 실상을 적확히 파악하기 위해서는, 1910년 전후에 시작된 근대 일본(인)의 연구를 엄밀히 검토해야 할 것이다. 기존의 구비문학 연구는 이 문제를 회피한 채 진행되었음을 부인하기 어렵다. 다행히 1990년대 이후 관련 연구가 진행되었지만, 일부에 국한된 검토였다. 이에 이 책에서는 근대 일본의 연구 중에서 당대 및 후대에 커다란 영향을 끼친 주요 인물 및 기관을 망라하고, 그 내용과 성격을 조명하였다. 기존의 선행연구와 완전히 차별화 되는 점은, 방대한 신자료를 발굴해 그 내용과 성격을 명확히 했다는 것이다. 제1장에서 필자가 명확히 한 1910년대 조선총독부 학무국의 구비문학 조사의 실상은 이제 관련 연구자의 기본 토대가 되었다.

필자는 지금까지 손진태, 송석하를 중심으로 한 민속학의 성립과 전개 양상을 구명해 왔다. 그 과정에서 1920년대에 수행된 손진태의 동아시아 설화론은 당대 최고 수준의 것이었음을 확인할 수 있었다. 선행연구에서는 손진태의 설화론을 높이 평가하면서도 정작 그 우수성의 실체를 밝히지 못 했다는 문제를 지녔다.

손진태의 동아시아 설화론의 위상을 정립하기 위해, 필자는 우선적으로 손진태 이전에 전개된 근대 일본의 연구 성과연구를 검토했다. 지금까지 수행한 연구의 알맹이만을 추려서 이 책에 담아낸 것이다. 필자는 손진태와 다카기 도시오(高木敏雄) 등을 중심으로 한 한일 비교민속학에 관심을 지니고, 지난 10여년간 구비문학에 중점을 두고 연구해 왔다. 박사논문에서는 '제국 일본에서 식민통치 지배언어인 일본어로 간행된 조선설화가 수록된 설화집'(이하, 일본어 조선설화집)을 연구했다. 식민지 상황을 고려해 '제국 일본설화집' 또는 '동양설화집' '만주설화집' '세계설화집' 등에 조선설화가 수록된 자료집도 함께 검토하며 식민지주의의 문제를 검토해 왔다. 근년 필자는 일본인의 연구와 함께 조선인의 연구를 포함해 연구 범위를 확대해 왔다.

그러나 선행연구의 일부에서 보이는 일본인의 자료=지배를 위한 식민지주의, 조선인의 자료=저항을 위한 민족주의라는 단선적인 이항대립을 넘어서려고 노력했다. 이 책에서는 조선총독부 학무국 관계자들, 미와 다마키, 나카무라 료헤이, 다치카와 쇼조 등 식민지 일본어 교사, 사다 시코, 야시마 류도 등 구연동화가(口演童話家), 다카기 도시오, 마쓰무라 다케오 등 설화학자, 다카하시 도오루, 오구라 신페이, 다나카 우메키치를 비롯한 경성제국대학 교수 등 다양한 층위의 인물군을 고찰하였다. 본문에서 구체적으로 언급하였듯이 이들은 각기 다른 목적과 이유, 학문적 배경을 가지고 조선 구비문학을 다루었다. 마찬가지로, 손진태, 방정환, 정인섭, 신래현, 심의린 역시 각기 다른 목적과 이유, 학문적 배경을 가지고 구비문학을 기록ㆍ정리ㆍ연구하였다. 무엇보다도 일본어와 조선어라는 각각의 언어적 배경을 가지고 작업을 수행하였다.

이 책을 통해 식민지시기에 전개된 다양한 구비문학 연구의 실상을 확인하고, 그 공과(功過)를 재인식하여 새로운 구비문학 연구를 모색하는데 초석이 되었으면 하는 마음 간절하다.

이 책의 구성과 집필 내용

이 책은 시계열적으로 읽을 수 있게 편집되었지만, 필요에 따라서 개별 장을 독립적으로 읽을 수 있도록 배려되었다. 식민지시기 구비문학의 전개를 일목요연하게 정리한 **제8장 재조일본인과 조선 구비문학의 전개**를 먼저 읽고, 관심이 가는 장을 읽어도 무방하다.

먼저 **제1부 식민지기 조선동화집에 대한 심층적 연구**에서는 식민지기 '동화(童話)'의 문제를 다루었다. 오늘날 아동문학의 일분과로 편입된 동화라는 개념은, 당시 제국 일본에서는 민간동화(민간설화)라는 용어로 사용되어 설화(민담) 개념으로 사용되었다. 민속학, 인류학, 아동문학은 물론이고 교육학, 사회학, 심리학 등에서 다양한 연구가 진행되었다.

이러한 넓은 의미의 동화 개념이 식민지 조선에서 근대 아동 훈육을 위한 장치로 활용된 시기가 바로 1920년대다. **제1장 조선총독부 학무국 '전설 동화 조사' 보고서(1913)와 『조선동화집』**에서는 1910년대 조선총독부 학무국 조사의 움직임을 해명하고, 조선총독부의 『조선동화집』(1924) 간행 과정과 설화의 개작 양상을 구체적으로 밝혔다. 선행연구에서 제기된 이분법(이항대립)을 극복하고, 근대 아동 훈육을 위한 장치로서의 동화의 개작 문제를 다루었다.

제2장 1920년대 일본어 조선동화집의 개작에서는 1920년대에 조선총독부 교과서를 비롯해 여러 조선동화집에 수록된 동화의 개작 양상을 실증적으로 비교 분석했다. 신발굴 자료를 활용해 1920년대에 수행된 동화의 활용과 그 성격을 명확히 하였다. 신발굴 자료를 통해 개작 이전에 보고된 설화를 확정함으로써, 식민지시기 개작의

방향성을 실증적으로 해명하였다.

　　제3장 재조일본인의 구연동화 활용과 전개는 1920년대에 읽고 쓰기용 조선동화집이 널리 읽히던 식민지 조선에서 동시적으로 활용된 듣고 말하기용 구연동화의 실상을 명확히 하였다. 무엇보다도 지금까지 그 실체를 확인할 수 없었던 재조일본인의 구연동화 활용상을 밝히고, 관련 기관지를 발굴해 그 성격을 도출해낸 것은 큰 수확이다.

　　제1부에서는 식민지의 언어 문제 및 균열과도 결부시켜, 식민지시기에 전개된 동화의 다양한 실상을 이해하는 단초를 마련했다고 자부한다.

　　제2부 식민지기 구비문학 연구의 전개에서는 동아시아적 관점에서 주요 설화집, 전설집, 서승(書承) 양상, 제국의 학지(學知), 민요조사 등을 키워드로 하여, 구비문학의 다양한 전개 과정을 해명했다. 근년, 구전설화를 포함한 민담 연구에 비해 전설 연구는 한정적이다. 이에 제2부에서는 식민지시기 전설집을 해명하는데 가장 중요하다고 생각되는 미와 다마키와 나카무라 료헤이의 조선전설집을 구체적으로 검토하였다. 또한 일본을 대표하는 설화연구자 다카기 도시오와 마쓰무라 다케오가 『용재총화(慵齋叢話)』를 어떻게 수용했는지를 서승(書承) 양상이라는 관점에서 해명하였다. 또한 재조일본인(在朝日本人) 및 경성제국대학이라는 제국 학지의 장(場)을 통해 시도된 민요 조사와 경성제국 도서관 장서와의 관련상을 분석하였다.

　　제4장 미와 다마키의 『전설의 조선』과 동아시아 민속학자에서는 미와 전설집의 내용을 검토하고, 이 책이 동아시아 민속학자에게 어떻게 읽히며 확산되었는지를 살펴보았다. 아쿠타가와 류노스케, 나카무라 료헤이를 비롯해 당대는 물론이고 후대에도 큰 영향을 미친

미와 전설집의 수용 양상을 검토하였다.

　제5장 나카무라 료헤이(中村亮平) 조선전설집의 개작 양상은 선행연구에서 검토되지 않았지만, 식민지기를 포함해 전후일본에서도 재판을 거듭해 널리 읽힌 나카무라 전설집의 성격과 그 문제를 명확히 포착하였다. 필자는 최상수를 포함해서 해방 후에 한국에서 간행된 여러 전설집에 나카무라 전설집의 영향이 보임을 확인하였다. 다카하시 도오루의 자료집이 우리 옛이야기에 큰 영향을 끼쳤듯이, 나카무라 전설집은 우리 전설에 크고 작은 영향을 끼쳤다. 앞으로 그 문제점에도 불구하고, 후대에 영향을 미친 나카무라 전설집의 영향에 대한 비판적인 연구가 필요하다.

　제6장 근대 일본 설화연구자의『용재총화(慵齋叢話)』서승(書承) 양상에서는 일본 설화연구자 다카기 도시오와 마쓰무라 다케오가『용재총화(慵齋叢話)』를 포함한 기존의 서적을 어떻게 활용했는지를 검토하였다. 기존의 서적을 활용하는 것을 단순히 참고, 전재(轉載)로 보지 않고, 근대 활자매체의 대중화를 통한 서승(書承) 양상이라는 관점에서 그 의미를 밝혔다. 기존의 구비문학 연구에서는 전승 중, 구승(口承)만을 중요하게 다루어왔음을 부인할 수 없다. 그러나 동아시아는 일찍부터 문자문화를 발전시켜 오며 유구한 서승의 전통을 확립해 왔음을 고려해야 할 것이다. 앞으로는 서승을 포함해 신체적 체승(體承), 장소 토지 풍경 경관 사물 등을 매개로 하는 물승(物承) 등에도 천착하며 오감(五感)을 활용하는 복합적 전승 양태에도 주목해야 하겠다.

　제7장 경성제국대학 부속도서관 장서와 법문학부 민요조사와의 관련 양상에서는 경성제국대학 부속도서관의 장서 중 구비문학 관련서를 검증하고, 신발굴 자료를 제시함으로써 법문학부 교수의 경력과 민요조사와의 관련성을 해명하였다.

제8장 재조일본인과 조선 구비문학의 전개는 1910, 1920, 1930, 1940년대로 나누어 시기별 재조일본인의 조선 구비문학 조사의 전개 양상을 일목요연하게 조명하였다. 이처럼 제2부에서는 조선총독부 학무국 이래의 움직임에 주목해 동화집 이후에 발간된 전설집, 설화집을 심층적으로 검토하고, 재조일본인 및 경성제국대학의 동향을 분석하여 식민지 조선에서 전개된 구비문학 연구의 중요한 쟁점을 밝혔다.

새로운 구비문학, 비교연구, 민속학 정립을 위해

앞으로 근대 일본의 조선 구비문학 연구의 공과를 바탕으로 하여, 조선인의 연구를 체계적으로 정리할 필요가 있다.

이를 위해 이 책에서는 보론으로 일본어로 간행된 손진태와 신래현의 설화집을 분석하였다. **제9장 한일 설화 채집 · 분류 · 연구사로 본 손진태의『조선민담집』**에서는 한국과 일본의 설화사를 검토하며 손진태의 위상을 명확히 하였다. 신발굴 자료를 통해, 손진태가 1920년대까지 전개한 동아시아 설화론의 내용과 성격을 처음으로 자리매김하고, 『조선민담집』(1930)의 의미를 명확히 하였다.

민담집에 비해 전설집에 대한 연구는 이제 시작 단계에 머물러 있다. **제10장 신래현(申來鉉)과 '조선향토전설'**에서는 식민지기 일본어 조선설화집과의 영향관계를 밝혔다. 손진태가 명시적으로 당대 일본인의 연구의 한계를 인식하고 이를 극복한데 비해, 신래현의 시도는 현재까지 밝혀진 자료만으로는 그 실상을 해명하는데 한계가 있음을 고백하지 않을 수 없다.

분단시대를 사는 연구자로서 북한 설화 자료에 접근하는 것은 한계가 있다. 다행이나마 이번 연구를 통해 월북한 신래현의 학적부를 발굴해 경력을 복원하였고, 해방 후에 이북에서 발행한 전설집의 일부를 소개할 수 있었지만, 공백 부분은 앞으로 계속해서 보충해 나가고자 한다.

식민지기에 구비문학의 중요성을 인식하고, 해방 후에도 활약한 조선인의 구비문학 연구의 실상을 명확히 하는 작업은 앞으로의 과제로 하고자 한다. 이러한 작업을 통해 새로운 구비문학의 길과 실천성을 묻고, 단선적이고도 일방적인 비교연구가 아닌, 복합적이고도 쌍방향적인 동아시아 민속학 연구에 일조하고자 한다.

출판 사정이 어려운 시기에 흔쾌히 이 책을 출판해 주신 보고사와 편집부 선생님, 그리고 이 책이 나올 수 있도록 힘써 주신 연세대학교 허경진 선생님께 진심으로 감사드린다.

2018년 1월 吉日 일본 도쿄에서 저자

목차

서문 / 5
일러두기 / 16

제1부 식민지기 조선동화집에 대한 심층적 연구

제1장 조선총독부 학무국 '전설 동화 조사' 보고서(1913)와
『조선동화집』 ·· 19

  1. 서론 ··· 19
  2. 1913년 학무국 '전설 동화 조사' ·· 25
  3. '전설 동화 조사'(1913)에서 『조선동화집』(1924)으로 ········· 29
  4. 결론 ··· 46

제2장 1920년대 일본어 조선동화집의 개작 ······························· 49

  1. 서론 ··· 49
  2. '전설 동화 조사'(1913)와 『朝鮮童話集』(1924)의 관련 ········· 52
  3. 1920년대 『朝鮮童話集』(1924)의 영향과 그 확산 ··············· 57
  4. 다치카와 쇼조의 실연동화집 ·· 67
  5. 결론 ··· 76

제3장 재조일본인의 구연동화 활용과 전개 ······························· 79

  1. 서론 ··· 79
  2. 근대 일본의 구연동화 전개 ··· 81
  3. 경성일보와 구연동화의 활용 ··· 87
  4. 사다 시코(佐田至弘)와 구연동화의 전개 ····························· 92
  5. 결론 ··· 102

제2부 식민지기 구비문학 연구의 전개

제4장 미와 다마키의 『전설의 조선』과 동아시아 민속학자 ······107

1. 서론 ·· 107
2. 미와 다마키와 『전설의 조선』의 간행 ······························· 110
3. 『전설의 조선』의 반향 ··· 113
4. 『전설의 조선』과 동아시아 민속학자의 관심 ··················· 114
5. 결론 ·· 121

제5장 나카무라 료헤이(中村亮平) 조선전설집의 개작 양상 ·····123

1. 서론 ·· 123
2. 나카무라 동화집·전설집과 '내선융화' ······························· 126
3. 전설집에 새로 수록된 제국전설 ··· 138
4. 제국전설의 개작 양상 ··· 142
5. 결론 ·· 153

제6장 근대 일본 설화연구자의
『용재총화(慵齋叢話)』 서승(書承) 양상 ······································ 155

1. 서론 ·· 155
2. 다카기, 마쓰무라와 조선 문헌설화 ··································· 159
3. 『용재총화』의 재발견과 개작 양상 ····································· 165
4. 결론 ·· 192

제7장 경성제국대학 부속도서관 장서와
법문학부 민요조사와의 관련 양상 ·· 195

1. 서론 ·· 195
2. 경성제대 부속도서관 어문학 장서 구성의 분석 ················· 197
3. 조선총독부 학무국의 조사와 그 계승 ······························· 211

4. 경성제국대학 법문학부의 민요채집 ·· 216

5. 결론 ··· 221

제8장 재조일본인과 조선 구비문학의 전개 ······························ 224

1. 조선(인) 이해를 위한 '구비전승'의 관심과 채집 조사

　 −1910년대까지 ·· 224

2. '조선동화집'의 간행과 그 의미 −1920년대 ····························· 231

3. 조선 향토지와 전설집의 확산 −1930년대 ······························· 240

4. 태평양전쟁기의 조선 동화·설화집 −1940년대 ····················· 247

보론

제9장 한일 설화 채집·분류·연구사로 본

손진태의 『조선민담집』 ··· 257

1. 서론 ··· 257

2. 한일 설화의 채집과 그 의도 ··· 259

3. 손진태 『조선민담집』의 선행연구 ·· 267

4. 『조선민담집』의 '문제점' 재검토 ··· 271

5. 1920년대 연구의 총결산으로서의 권말 부록 ·························· 283

6. 결론 ··· 286

제10장 신래현(申來鉉)과 '조선향토전설' ···································· 289

1. 서론 ··· 289

2. 신래현의 전설집 ··· 295

3. 해방 전 신래현의 개작 양상 ··· 300

4. 신래현 『향토전설집』(1957)의 발간 ··· 304

5. 「무영탑과 영지」에 대하여 ……………………………………… 306

6. 결론 ……………………………………………………………… 312

참고문헌 / 314

수록 표목차 / 333

찾아보기 / 335

일본어 초록 / 347

초출일람 / 354

일러두기 _____

• 이 책의 본론을 구성하는 1~10장은 초출일람에 제시한 글을 저본으로 하여 대폭 수정, 가필해 탈고한 것이다. 근대 일본, 조선총독부 및 재조일본인의 연구를 중심으로 수록하였고, 조선인이 일본어로 간행한 연구의 일부를 보론으로 다루었다.

• 본론에서는 오늘날의 시점에서는 부적절한 용어 및 표현이 다소 있으나, 학술적 검증과 후대의 기록을 위해서 원문을 그대로 표기했음을 양해 바란다. 인용시 가급적 필자 주를 두어 설명을 추가하려고 노력했지만, 미흡한 부분이 있을 수 있다.

• 근대 일본 및 일본인의 연구 및 채집 자료를 중점적으로 다루었기 때문에 인용문의 대부분은 일본어 자료다. 한국어 번역본이 있는 경우는 이를 참고했으나, 실증적 연구를 위해서 가급적 직역에 충실하였다. 문맥상 중요한 일본어 표현은 원문을 제시하기도 했지만, 지면 관계상 대부분의 일본어 원문은 할애했음을 양해 바란다. 또한 문말에 일본어 초록을 실었다.

제1부

식민지기 조선동화집에 대한 심층적 연구

제1장

조선총독부 학무국
'전설 동화 조사' 보고서(1913)와 『조선동화집』

1. 서론

1905년 11월 일본 문부성 보통학무국은 통속교육(오늘날의 사회교육) 조사를 위해서 동화(오늘날의 민담)·전설·속요·이언(俚諺) 등을 일본의 각 지방에 보고시켰다. 1914년 문부성은 '속요'만을 따로 정리해서 문부성문예위원회 편, 『이언집(俚諺集)』(국정교과서공동판매소)을 간행했다. 문부성의 '동화전설속요 등 조사'를 참고로, 1908년 통감정치 하의 학부에서도 같은 목적으로 '이언동요 등 사찰'이 실시되었다. 그 후 조선총독부(이하, 총독부) 학무국 편집과는 재차 1912년에 '이요·이언 및 통속적 독물(讀物) 등 조사'를 실시하고, 1913년에는 '전설 동화 조사'를 실시했다. 필자가 발굴·간행한 1913년 학무국 보고서(『傳說童話調査事項』)는 4개도에서 보고된 필사본이다.[1]

1908년 학부가 실시한 '이언동요 등 조사'는 '사찰(査察)'이라는 명목으로 조사되어, 당시 한국인이 간행한 신문, 잡지에서는 그 움직임

---

1) 김광식 공편, 『조선총독부학무국 전설동화 조사사항』, 1913년 복각판, 제이앤씨, 2012; 金廣植, 『植民地期における日本語朝鮮說話集の研究―帝國日本の「學知」と朝鮮民俗學』, 勉誠出版, 2014, 58면.

을 주시하며 거듭 기사화 하였다. 그러나 식민지기에 실시된 1912년, 1913년 조사에 대한 기사는 발견할 수 없었다.[2] 1910년대 무단정치 하 식민지 조선의 언론·출판·집회·결사 등의 자유는 엄격히 제한되어 있어, 관련 기사를 찾아보기 어렵다.

1912년, 1913년 조사는 1911년 6월에 편집과에 착임한 오구라 신페이(小倉進平, 1882~1944, 총독부 조선어 및 한문 교과서를 주도)가 담당했다. 그 후, 1916년 말부터 이듬해에 걸쳐 편집과 촉탁 다나카 우메키치(田中梅吉, 1883~1975, 독일 그림 및 아동문학 연구가, 편집과 촉탁으로 〈조선민속조사〉 간행물을 주도)의 주도로 '조선동화·민요·이언·수수께끼 조사'가 행해졌다. 중요한 사실은 이러한 일련의 조사 자료가 학무 행정과 총독부 교과서 및 참고자료로 활용되었다는 점에서 상세한 검토가 요청된다.[3]

1908년 학부 보고서 및 1917년 다나카 보고서는 그 소재가 확인되지 않았지만, 1912년 보고서는 임동권 교수에 의해 발굴돼 현재 국립민속박물관에 소장되었고, 1913년 보고서는 필자의 간행 후, 강재철에 의해 새로운 자료가 추가로 영인·번역되어,[4] 그 내용을 쉽게 접할 수 있게 되었다. 하지만 이에 대한 후속 연구는 거의 이루어지지 않았다.

---

2) 金廣植, 「「韓國併合」前後に帝國日本と植民地朝鮮で實施された民間伝承調査」(『國際常民文化研究機構年報』4, 神奈川大學國際常民文化研究機構, 2013, 99~122면)를 참고.

3) 1905년에서 1920년대 중반까지의 움직임에 대해서는 김광식, 『식민지 조선과 근대설화 -일본인의 구비문학 조사와 조선인의 대응』, 민속원, 2015, 126~181면; 金廣植, 「朝鮮總督府編纂敎科書 『普通學校 朝鮮語及漢文讀本』に收錄された俚諺の收錄過程」(『敎科書 フォーラム』12, 公益財團法人中央教育研究所, 2014, 44~58면)을 참고.

4) 강재철, 『조선전설동화』 상·하, 단국대학교출판부, 2012.

학무국 편집과는 1910년대에 실시한 세 차례의 구비문학 조사를
정리해 1920년 전후에 네 권의 〈조선민속자료〉를 일본어로 조선총
독부에서 간행했다.

① 『朝鮮民俗資料 第一編 조선의 수수께끼(朝鮮の謎)』(1919년 3월, 7월
   재판 비매품, 1925년판 大阪屋號書店 발매)
② 다나카, 『朝鮮民俗資料 第一編 조선의 수수께끼 부록(朝鮮の謎附錄)
   수수께끼의 연구(謎の硏究) −역사와 그 양식(歷史とその樣式)』(1920
   년 3월 비매품)
③ 다나카, 『朝鮮民俗資料 第二編 朝鮮童話集』(1924년 9월, 大阪屋號書店
   발매)
④ 『朝鮮民俗資料 第三編 朝鮮俚諺集』(1926년 5월, 大阪屋號書店 발매)

위 네 권 중, 적어도 두 권이 다나카에 의해 집필되었고, 다나카가
이 작업의 중심인물이었다고 판단된다. 다나카는 수수께끼를 정리한
후, 독일 유학을 마치고 1924년 6월에 조선에 돌아왔다. 1920년을
전후해서 근대 일본에서 다카기 도시오, 마쓰무라 다케오[5]를 중심
으로 설화를 활용한 동화교육의 중요성이 각광을 받으면서, 학무국
편집과에서 이에 대응해 다나카의 귀국을 기다렸다는 듯이 출간된
책이 바로 다나카 동화집인 것이다.

『조선동화집』(1924)에 관한 구체적 언급은 오타케에 의해 행해졌

---

[5] 근대 일본의 대표적 신화 및 설화학자 다카기와 마쓰무라의 대표적 초기 동화(설
   화)론 단행본만을 제시하면 아래와 같다.
    高木敏雄, 『修身敎授童話の硏究と其資料』, 東京寶文館, 1913; 高木敏雄, 『童話の
   硏究』, 婦人文庫刊行會, 1916; 松村武雄, 『童話及び兒童の硏究』, 培風館, 1922; 松
   村武雄 講述, 『童謠及童話の硏究 −精神分析學的考察 竝童謠・童話の起原及本質の
   硏究』, 大阪每日新聞社, 1923; 松村武雄, 『童話敎育新論』,培風館, 1929 등.

다. 오타케는 1920년대에 일본어로 간행된 여러 조선동화집의 서문
과 목차, 내용을 소개하였고,[6] 박미경은 "『조선동화집』은 1924년에
조선총독부가 간행한 일련의 총서 중 하나로, 조선의 민속 및 문화를
파악하여 식민통치를 공고히 하려는 조선총독부의 문화정책의 일환
으로 출판되었다"고 주장하였다.[7]

　권혁래는 『조선동화집』을 한국어로 번역하고, 동화집의 내용과 특
징, 1920년대의 위상, 판본의 서지 및 발행 경위를 개괄하고, 학무국
편집과장 오다 쇼고(小田省吾)를 주목해 "오다 쇼고의 영향력이 적지
않았을 것이므로 오다 쇼고를 『조선동화집』의 주 편저자로 볼 수 있
다"고 주장하였다.[8] 두말할 필요도 없이, 설화집은 편자의 성향과
의도를 반영한다는 점에서 편자를 밝히는 작업은 그 내용과 성격을
구명하는데 있어 기본적인 작업이며, 이를 가정했다는 점에서 연구
사적으로 의미를 지니지만, 추정의 영역을 벗어나지 못했다.

　문제는 권혁래의 연구 이후에 행해진 『조선동화집』을 다룬 연구들
이다. 지난 십 수 년에 걸쳐 진행된 연구는 권혁래의 연구를 심화시
키지 못하고 동어반복적으로 선행 연구를 인용하며 『조선동화집』의
작품 왜곡을 추론하는 데 초점이 맞춰졌다. 교과서를 편찬한 조선총
독부 학무국 편집과에서 발행된 『조선동화집』이라는 점에서 이데올
로기가 있음은 물론이며 그 해명이 요청되는데, 관련 사료 제시를 통
한 체계적이고도 심층적인 연구가 필요하다.[9]

6) 大竹聖美, 「1920년대 일본의 아동총서와 「朝鮮童話集」」(『동화와 번역』 2, 동화와
　번역연구소, 2001, 5~32면).
7) 박미경, 「일본인의 조선민담 연구고찰」(『일본학연구』 28, 단국대학교 일본학연구
　소, 2009, 82면).
8) 권혁래, 「조선총독부의 『朝鮮童話集』(1924)의 성격과 의의」(『동화와 번역』 5, 동
　화와번역연구소, 2003, 55면).

권혁래는 "조심스럽지만 위 두 작품에서 '교활한 토끼'나 '어머니를 버린 남자'의 캐릭터를 변형시키는 데 총독부의 정치적 의도가 개입되었을 수도 있지 않을까 하는 점을 생각해 보고자 한다."10)고 완곡하게 개작 의도를 언급한 데 비해, 이후의 연구에서는 확증 없이 작품 왜곡을 주장했다.11)

최근에 권혁래는 2003년에 발표한 논문을 수정하고 이를 발전시켰는데, 선행연구에 대해 다음처럼 지적하였다.

오타케 키요미는 『조선동화집』 등의 자료를 처음 소개하였고, (중략) 권혁래는 『조선동화집』을 번역하고 이 동화집의 내용과 특질, 문학사적 위상 등을 자세히 언급하였다. 김광식은 『조선동화집』의 실질적 편찬자가 다나카 우메키치(田中梅吉)임을 처음으로 밝히면서 『조선동화집』 이해의 새 지평을 열었고, 다나카가 조선 아동의 교화를 위해 이 작품집을 편찬한 것임을 간파하였다.12)

---

9) 학무국 편집과의 설화조사와 수록에 대해서는 다음 논문을 참고. 김광식, 「조선총독부 편찬 일본어교과서 『국어독본』의 조선설화 수록 과정 고찰」(『淵民學志』 18집, 연민학회, 2012, 88면).

10) 권혁래, 앞의 논문, 2003, 72면.

11) 김경희는 '교활한 토끼'가 일본의 제국주의적 세계관을 반영한다고 주장했고, 백민정은 의도된 교육목적 속에서 조선의 설화를 취사선택했다고 주장했고, 장수경은 토끼와 호랑이의 위치가 뒤바뀌어 묘사돼 문제라고 주장했으며, 권순긍은 괴기스럽고 엽기적인 일본 민담의 화소가 끼어든 것이 아닌가 여겨진다고 주장했다(김경희, 「『조선동화집』에서 사라진 토끼의 웃음」(『아동청소년문학연구』 12, 한국아동청소년문학학회, 2008, 191면); 백민정, 「『조선동화집』 수록동화의 부정적 호랑이상 편재 상황과 원인」(『語文研究』 58, 어문연구학회, 2008, 267면); 장수경, 「식민지시대 '전래童話'와 '朝鮮的'인 것」(『한국어문학 국제 학술포럼』, 제4차 국제학술대회, 2008, 541면); 권순긍, 「「토끼전」의 동화화 과정」(『우리말교육현장연구』 10, 우리말교육현장학회, 2012, 38면)).

12) 권혁래, 「『조선동화집』(1924)의 인물형상과 이데올로기」(『퇴계학논총』 20, 사단법인 퇴계학 부산연구원, 2012, 253면).

　권혁래는 위와 같이 연구사를 정리하고, "앞으로 작품 내적으로 좀 더 세밀한 읽기와 분석이 필요하다"고 지적하며 편자 다나카의 동화 관, 인물형상과 식민지 이데올로기를 구명하였다. 필자는 이미 2010 년에 조선총독부 편『朝鮮童話集』은 독일 아동문학가 다나카가 펴낸 것이고, 다나카는 1910년대 학무국 편집과에 제출한 보고서를 바탕 으로 개작하여 출판했음을 명확히 했다.[13] 한국에서는 2012년에야 이 사실이 알려졌고, 1910년대 학무국 편집과 조사에 대한 문제의식 이 없어서, 1920년대에 한정된 연구가 진행되었다는 문제점이 존재 한다. 또한 1910년대 무단정치 하의 조사 관련 자료가 한정되어, 그 실상에 대해서는 불분명한 점이 많다. 필자는 1913년 보고서와『조 선동화집』(1924)을 면밀히 비교 대조한 결과,『조선동화집』은 1913년 보고서에서 많은 설화를 취해 개작했음을 확인할 수 있었다.

　이에 본장에서는 1913년 보고서와『조선동화집』에 수록된 공통의 설화를 검토하여,『조선동화집』의 개변 내용의 실상을 검증하고자 한다. 이를 통한 개작 의도와 그 특징을 고찰하고자 한다. 그 특징을 보다 명확히 하기 위해서 같은 시기에 개작된 조선총독부 교과서도 일부 포함시켜 그 차이를 논하고자 한다.

---

13) 金廣植,「近代における朝鮮說話集の刊行とその硏究―田中梅吉の硏究を手がかりに」 (徐禎完・增尾伸一郎編,『植民地朝鮮と帝國日本』, 勉誠出版, 2010). 최근의 주요 논고 는 다음을 참고. 김광식 외,「다나카 우메키치와 조선총독부편『조선동화집』고찰」(『일 본어문학』61, 일본어 문학회, 2013, 221~240면); 김광식 외,「나카무라 료헤이와 『조선동화집』고찰」(『일본어문학』57, 한국일본어문학회, 2013, 237~259면); 김광식 외,「조선총독부 편수관 아시다 에노스케와 조선동화 고찰」(『일본연구』37, 일본연구 소, 2014, 107~128면); 김영희,「구비문학(口碑文學)'이라는 개념과 범주의 형성 과정 탐색」(『열상고전연구』47, 열상고전연구회, 2015, 551~594면).

2. 1913년 학무국 '전설 동화 조사'

중요한 사실은 1920년대 이후, 방정환, 심의린, 손진태 등 조선인의 설화수집이 본격화 하면서 일본어와 조선어에 의한 설화 수집 및 개작이 경쟁 관계를 구축하게 된다는 점이다. 이 경쟁 관계에 대한 정밀한 분석이 요청된다. 조선인에 의한 본격적인 수집은 방정환에 의해 이루어졌다. 방정환이 주도하여 1922년 8월『개벽』26호에 '조선古來 동화모집'이 실시되었다. 방정환은『개벽』지뿐만 아니라, 자매지『부인』에도 모집 광고를 실었고, 1923년 1월에 당선내역을『개벽』지에 발표하고, 다음 호부터 당선작을 게재했다.[14] 같은 해 3월 방정환은『어린이』지를 창간하여, 모집된 설화를 바탕으로 동화화를 시도하였다. 따라서『어린이』등은 초창기 설화집의 동화화 과정을 조망하는 데 반드시 검토해야 할 대상이다. 그러나 통권 137호 중 35권이 누락되었으니, 그 전모를 밝히기에는 한계가 있었다. 최근 근대서지학회는 누락된 호 중에서 20여권을 추가 발굴하여 이를 영인 출판(『미공개 어린이』전4권, 소명출판, 2015)하였으니 앞으로 이를 통한 복원이 요청된다. 먼저 일본인의 개작 과정 및 내용을 검토하고자 한다.

이러한 다자간 경쟁 관계가 구축되는 상황에서 1910년대 학무국 보고서를 참고로 본격적으로 개작을 시도한 이가 조선총독부 편수관 아시다 에노스케(芦田惠之助, 1873~1951, 제 2기 일본어교과서를 편찬)였다. 아시다는 문부성 교과서를 편찬 후 그 공적을 인정받아 총독부 편수관이 되어, 1921년 10월부터 1924년 4월까지 조선에 체재했고, 1923년에서 이듬해에 걸쳐 전 8권의 조선인용『普通學校 國語讀本』(제 2기 일본어 교과서)을 편찬했다. 아시다는 1910년대 보고서를 참고

---

14) 김은천, 「『어린이』지 게재 전래동화 연구」(홍익대학교 대학원 석사논문, 2002, 17면).

해 일본어 교과서에 모모타로 등 일본 동화를 일체 넣지 않고, 조선 동화 13편을 수록했다. 아시다는 1913년 및 1917년 학무국 보고서를 참고로 설화를 동화화 했다. 아시다의 의도는 일본 동화를 배제하고, 조선동화를 가지고 조선인을 교화하려고 한 고도화 된 식민지주의 산물에 다름 아니다.[15] 제 2기 독본은 제 3기에도 계승되어 식민지기에 가장 오랫동안 영향력을 발휘했다는 점에도 주의가 필요하다.

먼저 1913년 보고서를 분석하기 전에 고려해야 할 문제는 그 전에 출판된 다카하시 도오루(高橋亨) 『조선의 이야기집(朝鮮の物語集附俚諺)』(1910)과의 관련 양상이다. 일찍이 통감부 시절에 교과서 편찬에 관여한 경력이 있고, 1912년, 1913년 당시 경성고등보통학교에 재직하면서 총독부 학무국 촉탁으로도 활약하며 저작활동을 하던 다카하시와 그의 저서는, 오구라를 비롯한 편집과 직원에게도 친숙한 것이었다. 【표1】처럼 다카하시 자료집에는 일본과 유사한 모티브를 지닌 〈혹부리 영감〉, 〈말하는 남생이〉, 〈흥부전〉, 〈선녀와 나무꾼〉, 〈거울을 모르는 사람들〉 등이 다수 수록되었고, 이에 영향을 받은 오구라는 실제로 1913년 자료에서 위와 같은 자료를 구체적으로 요구했다.

〈1913함경북도 보고서의 전설 동화 목차〉

제1 전설
　1 민족이동 및 개벽에 관한 유형의 전설
　2 외국에서 표류 등의 전설
　3 영웅전설(스사노오노미코토의 오로치(큰뱀) 퇴치의 유형)

---

15) 김광식, 『식민지 조선과 근대설화』, 민속원, 2015, 2장을 참고.

　4 호랑이 뱀(虎蛇) 등의 동물 또는 식물에 관한 유형의 전설

　5 지명의 기원에 관한 전설

　6 기타

제 2 동화

　1 내지의 모모타로 등 옛이야기(御伽噺), 조선의 혹부리 영감, 말하는
　　남생이 등의 유형

　위의 목차처럼 1913년 조사는 민족이동 및 개벽 전설, 영웅전설,
외국 표류 전설 등과 더불어, 〈혹부리 영감〉 및 〈말하는 남생이〉 등
의 한일 공통 동화(민담)를 구체적으로 요청하여, 식민지 정당화를 구
축하기 위한 일환으로 한일 유사 설화의 채집을 의도했음을 부정할
수 없다. 특히, 동화(민담)의 구체적인 요청은 다카하시의 자료집과
관련된다.

　【표1】처럼, 다카하시 및 다나카 자료집은 유사 설화가 다수 존재
하며, 학무국의 요청 및 각 지방의 보고에 있어 다카하시의 자료집
은 압도적인 영향을 끼쳤다. 1913년 보고서 중에서도 신녕군(新寧郡,
현재의 경상북도 영천시의 일부)의 보고 등은 다카하시 설화집을 참고
하여 보고했음이 분명하다. 내용의 유사성과 더불어 제목까지 일치
한다.16)

---

16) 이에 대한 구체적 검토는 강재철, 앞의 책, 2012, 해제를 참고.

【표1】 다카하시 자료집과 다나카 자료집의 대응 관계

다카하시(1910) 다나카(1917)	다나카(1924)	학무국보고서 신녕군(1913)
다카하시 1.瘤取(혹부리 영감)	3혹떼고 혹붙이기	3.瘤取
8.解語龜(말하는 남생이)	8말하는 남생이	5.解語龜
9.鬼失金銀棒	19금은방망이	10.鬼失金銀棒
10.贋名人(가짜 명인)	10바보 점쟁이	
11.興夫傳	25놀부와 흥부	
21.仙女の羽衣(선녀의 깃옷)	9천녀의 깃옷	
23.사람과 호랑이 다툼 이하 다나카(1917) 21호, 은혜 모르는 범	16은혜 모르는 범	2.人虎ノ爭ヒ (사람 호랑이의 다툼)
20호, 동화	17부모를 버리는 사내	
22호, 세 개의 구슬	15세 개의 구슬	
23호, 두꺼비 보은	12두꺼비 보은	
24호, 검은 것과 노란 것	6검은 구슬과 노란 구슬	
25호, 여우와 개의 싸움	2원숭이의 재판	
26호, 가여운 아이	20가여운 아이	
27호, 교활한 토끼	7교활한 토끼	

다나카(1917)는 학무국이 관여한『朝鮮教育研究會雜誌』(20~27호)에 수록됨.
설화 제목의 번역은 필자에 의함.

일반적으로 개작(Rewrite)이란 원작이나 원고 등을 다시 쓰는 작업을 말한다. 총독부 학무국에 의해 최초의 조선동화집이 발간되어 설화 개작이 행해진 상황이기에, 이에 대한 실증적 검토가 필요하다. 실제로 해방 후 식민지 지배에 대한 비판적 검토를 위해, 일찍부터 총독부 교과서를 중심으로 한 다양한 연구가 있었다.[17) 하지만 1910년대 보고

---

17) 설화의 개작에 관련된 연구는 수많은 연구가 존재한다. 최근 연구 성과의 일부를 제시하면 다음과 같다. 류정월,「여성적 다시쓰기 – 김동환의 전설 개작 양상 연구」 (『우리문학연구』 48, 우리문학회, 2015); 오세정,「한국 전래동화에 나타난 설화

서에 대한 시점이 결락되어, 원 자료를 볼 수 없는 상황에서 추정에 의한 연구가 진행되었다는 한계가 있었다. 이러한 상황을 타개하는 데 결정적인 단서를 제공하는 것이 바로 1913년 보고서라 하겠다.

3. '전설 동화 조사'(1913)에서 『조선동화집』(1924)으로

1913년 보고서와 『조선동화집』과의 관련을 검토하고자 한다. 1913년 보고서는 근대 초기의 방대한 설화 자료집으로 자료 그 자체만으로도 중요하지만, 총독부 교과서 편찬과 긴밀한 연관이 있어 그 구명이 우선적으로 요청된다. 1913년 보고서가 전설 동화와 관련된 기록이었기에 다나카는 1913년 보고서도 참고했는데, 필자와 강재철이 발굴한 1913년 보고서는 강원도, 함경북도, 경상북도, 경기도 4개도의 자료에 그쳤다.[18] 그럼에도 불구하고 『조선동화집』에 수록된 총 25화 중, 【표2】처럼 8편 정도는 1913년 보고서에서 소재를 취해 개작했을 가능성이 농후해, 현재까지 발굴된 자료는 그 가치가 매우 높음을 재차 확인할 수 있다.

1913년 보고서에 실린 원 자료와 이를 최초로 연재한 1917년 잡지

다시 쓰기의 문제」(『한국문학이론과 비평』 18(4), 한국문학이론과 비평학회, 2014); 김경희, 「일제강점기 '돌이와 두꺼비' 동화에 나타난 개작 양상 연구」(『국학연구』 22, 한국국학진흥원, 2013); 김용의, 『혹부리 영감과 내선일체』, 전남대학교출판부, 2011; 신선희, 「구비설화 다시쓰기와 새로운 상상력」(『구비문학연구』 29, 한국구비문학회, 2009); 조성숙, 「한국 전래동화 연구 -설화의 수용 양상을 중심으로」(경남대학교대학원 박사논문, 2009) 등.
18) 1913년 보고서에 대해서는 다음 영인본과 논문을 참고. 조선총독부학무국, 김광식 공편, 『전설동화조사사항』, J&C, 2012; 강재철, 「조선총독부의 1913년에 전국적으로 실시한 조선설화 조사 자료의 발굴과 그에 따른 해제 및 설화학적 검토」(『비교민속학』 48, 비교민속학회, 2012); 강재철 편, 『조선전설동화』 상·하, 단국대학교출판부, 2012.

본, 이를 다시 개작한 1924년 단행본을 대응시키면 【표2】와 같다.

【표2】 1913년 보고서와 『조선동화집』(1924)의 대응표

*1913	다나카(1917)	다나카 『조선동화집』(1924)	보고처
		1수중 구슬	
	25여우와 개의 싸움	2원숭이의 재판	충북 청풍군
*		3혹떼고 혹붙이기	경기도 풍덕군?
		4술 싫어하는 토끼, 거북이, 두꺼비	
*		5한겨울 딸기	경성 북부?
*	24검은 것과 노란 것	6검은 구슬과 노란 구슬	함북 회령군
	27교활한 토끼	7교활한 토끼	충남 한산공립보통학교
*解語龜		8말하는 남생이	경북 신녕군
*		9천녀의 깃옷	함북 회령군
		10바보 점쟁이	
		11거북이 사신	
	23두꺼비의 보은	12두꺼비의 보은	평남 강동 공립보통학교
		13애기 좋아하는 장님	
		14종을 친 까치	
*	22세 개의 구슬	15세 개의 구슬	경기도 파주군 泉峴外牌面
	21은혜 모르는 범	16은혜 모르는 범	全道중 강원도 洪川공립보통학교
*	20동화	17부모를 버리는 사내	경성水下洞공립보통학교
		18개구리와 여우의 지혜 겨루기	
		19금은방망이	
	26가여운 아이	20가여운 아이	강원도 원주군
		21겁쟁이 호랑이	
*		22세 개의 보물	함북 무산군
		23대계 퇴치	
		24천벌받은 호랑이	
		25놀부와 흥부	다나카 역, 『흥부전』(1929) 축약

*표시는 1913년 보고서에 수록된 설화(解語龜만 제목이 기재됨)

〈6검은 구슬과 노란 구슬〉, 〈8말하는 남생이〉, 〈9천녀의 깃옷〉, 〈15세 개의 구슬〉, 〈17부모를 버리는 사내〉, 〈22세 개의 보물〉에 이어, 또 다른 두 편(〈3혹떼고 혹붙이기〉, 〈5한겨울 딸기〉)도 1913년 보고서의 내용과 유사하다. 『조선동화집』에 수록된 25편 중, 〈25놀부와 흥부〉는 다나카가 번역본을 바탕으로 축약한 것이다.[19] 즉 24편 중 8편 이상이 1913년 보고서에서 채택된 것이다. 모티브와 표현, 표기의 유사성은 물론이고, 일부 보고처까지 일치한다.

3.1. 1913년 본에서 1917년 본, 1924년 본으로 개작

먼저 유사성이 많은 〈3혹떼고 혹붙이기〉와 〈5한겨울 딸기〉를 간단히 언급하고자 한다. 〈3혹떼고 혹붙이기〉는 경기도 풍덕군(현재의 개풍군의 남부 지역)에서 보고된 이야기로, 우리에게 익숙한 '혹부리 영감담'의 장승형에 해당된다. 혹부리 영감이 도깨비가 아닌 장승의 도움으로 혹을 떼는 유형으로, 다나카는 일본과 유사한 혹떼기형이 아닌 장승형을 수록했다는 점에서 주목된다. 식민지기에 일본인이 소개한 혹부리 영감담 중에서 장승형을 기록한 첫 사례로 확인된다. 또한 〈5한겨울 딸기〉는 서울에서 보고된 것으로, 한 겨울에 딸기를 찾아오라는 관리의 무리한 명령에 대해, 11살 소년이 재치를 발휘해 아버지를 돕는다는 우리에게 익숙한 소화(笑話)인데, 국문으로 보고되었다. 위 2편의 설화는 1924년 동화와 매우 유사하나 1913년 보고서의 일부 간행과 1917년 보고서가 발견되지 않은 현 단계에서 그것이 원본임을 확증하기에는 아직 한계가 존재한다. 우선 이 글에서는

---

19) 田中梅吉, 金聲律 역, 『(朝鮮說話文學)興夫傳』, 大阪屋號書店, 1929. 자세한 내용은 金廣植, 앞의 책, 勉誠出版, 2014, 제 2편 제 1장 및 4장을 참고.

그 관련성만을 지적해 두고자 한다.

계속해서 1913년 보고서를 개작한 것이 확실해 보이는 6편의 개작 내용을 구체적으로 살펴보자. 결론부터 말하자면, 6편의 내용을 엄밀히 비교 검토한 결과, 『조선동화집』은 모티브 및 줄거리를 비교적 충실히 유지하였다. 선행연구에서는 총독부가 간행했다는 점이 작용하여, 줄거리 자체의 왜곡에 대한 단순한 비판적인 추정이 행해졌지만, 앞으로는 1913년 보고서를 바탕으로 한 텍스트의 왜곡을 뛰어넘어 그 구조에 대한 심층적인 분석이 요청된다.

먼저 1913년 보고서와 1924년 동화집은 물론이고, 1917년 『朝鮮教育研究會雜誌』에도 수록된 3편의 설화를 검토하고자 한다. 이 3편은 두 번의 개작 과정을 보여준다는 점에서 매우 주요한 사료다. 다나카는 1917년 잡지에 보고한 내용을 바탕으로 1924년 단행본에서 이를 두 배 전후로 양을 늘려 다시 개작했음을 보여준다.

【표3】 〈6검은 구슬과 노란 구슬〉(함북 회령군 보고)의 내용 비교

1913[20]	24호, 검은 것과 노란 것(1917), 53~54면[21]	6검은 구슬과 노란 구슬(1924), 26~31면
옛날 어느 곳에 두 형제가 있었습니다. 그런데 형은 그 근처에서도 손꼽히는 부자였지만, 욕심쟁이로도 첫 번째였습니다. 동생은 매우 <u>정직한 사내였지만</u>, 몹시 가난해 그날그날 생활하기도 힘들었습니다. 어느 날 동생이 형 집에 가서 쌀을 <u>구걸했습니다</u>. 매번 있는 일이지만, 특히 욕심 많은 형인지라 거두절미하고 「너 같은 놈에	옛날 어느 곳에 두 형제가 있었습니다. 형은 대단히 부자였지만, 욕심쟁이로도 여간내기가 아니었습니다. 동생은 집도 지극히 가난했지만, <u>마음씨 바르고 또한 정이 깊은 사람이었습</u>니다. 어느 날 동생이 집에 먹을 게 없어져 버려서 형 집에 가서 쌀을 조금 <u>빌리려 했습니다</u>. 원래 욕심 많은 형인지라 동생 말 따위는 듣지도 않고 「네 놈에게 주느니 차라리 돼지에게 주겠	옛날 어느 곳에 두 형제가 있었습니다. 형은 대단히 부자였지만, 욕심쟁이로도 여간내기가 아니었습니다. 동생은 집도 지극히 가난했지만, <u>마음씨 바르고 또한 정이 깊은 사람이었습니</u>다. 어느 날 동생은 먹을 쌀이 없어서 형 집에 가서 쌀을 <u>빌리려 했습니다</u>. 그러자 욕심 많은 형은 일언지하에 동생 부탁을 물리치고 「네 놈에게 줄 쌀이 있으랴, <u>필요하면 다른 집에서 빌려라</u>」

| 게 주느니 차라리 돼지에게 주겠다.」며 동생을 두들겨 돌려보냈습니다. (중략) 둘 다 가지고 집에 오자마자 그 노란 것은 호랑이였으므로 당해내지 못하고 바로 물려 죽고 말았습니다. (함북 회령군) | 다.」고 말하며 내몰아 버렸습니다. (중략) 양쪽을 다 가지고 집 문지방을 넘었을 때, 노란 것은 대체 무엇이 되었을까요……. 커다란 호랑이가 한마리가 아닌 여러 마리가 나와 형 몸은 순식간에 갈기갈기 찢어졌습니다. (끝) (함경북도 회령군 보고에 의함) | 고 말하며 잔혹하게도 동생을 집에서 내몰아 버렸습니다. (중략) 두개의 구슬을 가지고 집에 돌아 왔습니다. (중략) 노란 구슬에서 수십, 수백 마리나 셀 수 없는 커다란 호랑이가 나왔습니다. 그리고 형 부부가 앗 하고 말할 새도 없이 순식간에 그 몸은 갈기갈기 찢어졌습니다. |

〈밑줄은 필자〉 이하 동일. 이하 일본어는 필자가 직역함.

　【표3】처럼 〈검은 구슬과 노란 구슬〉은 가난하나 정직한 아우가 형에게 쫓겨났지만 조 이삭을 주어 만든 떡을 노파에게 선뜻 제공해 부자가 되나, 욕심 많은 형은 같은 흉내를 내고 노란 구슬까지 가져와 호식 당한다는 내용이다. 본 설화의 개작 과정은 아동에게 적절한 표현을 고려한 다나카의 내면이 엿보여 흥미롭다. 1913년의 동생이 구걸해 형이 '두들겨 돌려보냈'다는 표현을, 빌리려다가 형이 '내몰'았다고 부드럽게 개작하고, 정직한 동생을 마음씨 바르고 정이 깊은 인물로 구체화 했다. 1917년까지는 '차라리 돼지에게 주겠다'는 표현이 '필요하면 다른 집에서 빌려라'고 최종 개작했다. '차라리 돼지에게 주겠다'는 거친 표현을 1917년판에서는 그대로 적용했지만, 부드럽고 고상한 일본어 학습을 위해 이를 수정했다고 보인다.

　더불어 단행본에서는 형의 흉내를, 대화체를 적절히 활용해 해학적이고 익살스럽게 재구성하여 일본어 학습의 효과를 노렸다고 보인다.

---

20) 강재철, 『조선전설동화』 상·하, 단국대학교출판부, 2012. 번역은 이를 참고로 필자가 직역함. 한국어 번역 상91~93면(일본어上692~694면), 이하 한국어 번역은 상 91~93면으로, 일본어는 上692~694면으로 표기함.

21) 田中梅吉, 「朝鮮童話·民謠·俚諺·謎」(『朝鮮敎育硏究會雜誌』 24호, 朝鮮敎育硏究會, 1917). 이하 잡지에 발표된 1917년의 내용은 호수와 페이지만을 기술함.

한 마리의 호랑이(1913)에서, 여러 마리(1917), 수십 수백 마리(1924)가 나왔다고 개작해 박진감을 더했다. 이처럼 다나카는 기본 모티브와 줄거리를 유지하면서 놀부 부인을 등장시키고 등장인물의 성격을 구체화 시켰다. 원 설화의 거칠고 투박한 표현을 부드럽고 현장감 있는 회화체 표현을 적용하여 개작해 나갔음을 확인할 수 있다.

【표4】〈15세 개의 구슬〉(경기도 파주군 천현외패면[22] 보고)의 내용 비교

1913, 하181 (下379~380)	22호, 세 개의 구슬(1917), 57~58면	15세 개의 구슬(1924), 96~101면
古時代에 一人이 夢中에 白髮老翁을 逢한즉 其 老翁 曰 汝之所願이 何오 对曰 吾之 平生 所願 則 貧民 慈善也로다. (중략) 一則 錢生珠오, 一則 穀出珠오, 一則 汝死珠니 (중략) 向其 主人 曰 汝將死라 한대 主人이 果死라 하니라. 然則 神人之違約에 充其 私欲 故로 燒 其家亡 其身하니라. (경기도 파주군 천현외패면)(표기 및 방점 등 일부 필자가 수정함)	옛날 한 가난한 사내가 있었습니다. 너무나도 가난이 힘들어 절실히 가난이 질려서, 어떻게든 부자가 되고 싶다며, 그저 그것만을 계속 바라며 살고 있었습니다. 그러던 어느 날 밤에 꿈에 백발노옹이 나타나 그 사내를 찾아왔습니다. 『너는 평소 부자가 되고 싶다고 말하는데, 도대체 부자가 되면 어찌 할 작정이냐?』 『가난한 사람을 도와주겠습니다. 세상의 부자처럼 나 혼자만 편히 살면 그걸로 좋다는 식의 잘못된 짓은 안 하겠습니다.』 (중략) 하나의 구슬은 錢生珠로 (중략) 두번째 구슬은 穀生珠로 (중략) 다른 하나는 汝死珠로 (중략) 사내를 가리켜「너 죽어라」고 말해 (중략) 사내는 바로 죽고 말았습니다.	옛날 한 시골에 매우 가난한 사내가 있었습니다. 그 사내는 언제나 돈이 필요해서 자나 깨나 돈만을 생각하고 있었습니다. 『아 부자가 되고 싶다. 아아 부자가 되고 싶어.』 이와 같이 입버릇처럼 (중략) 언제든지 돈을 생각하지 않는 적이 없었습니다. 그러자 어느 날 밤의 일이었습니다. 그 사내가 낮에 피곤해 깊숙히 잠들어 완전히 좋은 기분에 빠져 있자, 이때 어디선가 백발 신께서 나타나 말씀하시기를 『너는 항상 돈이 필요해, 돈이 필요하다고만 말하는데, 도대체 너는 그렇게 돈을 가지고 어찌 할 작정이냐?』 『네, (중략) 가난한 사람에게라도 마음껏 도와주려는 그런 생각만이 제 작은 바람이옵니다.』 (중략) 하나의 구슬은 錢生珠다. (중략) 두번째 구

---

22) 1912년 및 1913년 보고서는 보고된 필사본을 도별로 철한 것이다. 공문이 포함된 경우도 있지만 없는 것도 있어, 어느 지역에서 보고했는지 불명확한 것이 다수 존재한다. 강재철의『조선전설동화』에서 본 설화를 마전군 편으로 처리했는데, 이 부분은 파주군 천현외패면으로 수정되어야 할 것이다.

	이를 본 마을 사람은 「너무 욕심 부리거나 약속을 어기면 바로 이처럼 천벌을 받으므로 각자 주의하여 이 사내의 흉내를 내지 말자.」고 서로 말했다는 이야기입니다. (경기도 파주군 泉峴外牌面 보고에 의함)	슬은 穀生珠다. (중략) 이 세번째 구슬은 汝死珠라는 것이다. (중략) 사내를 향해 「너 죽어라」고 말해 (중략) 사내는 바로 죽고 말았습니다. 마을 사람들에게 동정은 없었고, 또 평소 언행에 진심이 없어 화를 불러 모처럼 보물을 얻었지만, 사내는 죽고 말았다는 이야기입니다.

【표4】처럼 〈세 개의 구슬〉은 국한문으로 보고된 설화인데, 한 빈민이 부자가 되면 빈민을 돕겠다고 백발노옹에게 약속하나 이를 어겨 죽는다는 내용으로 모티브와 줄거리가 일치한다. 穀出珠가 穀生珠로 바뀌고, 후반부를 단순히 神人과의 약속 위반이 아니라, 마을 사람에게 미움을 받아 죽게 되는 부분에 회화체를 삽입하여 해학적으로 개작했으나, 기타 용어나 등장인물, 사욕으로 천벌을 받는다는 전체적 구성이 흡사함을 확인할 수 있다. 1917년 본에는 마을 사람의 '욕심 부리거나 약속을 어기면' 천벌을 받는다는 대화로 끝맺고, 1924년 본은 '평소 언행에 진심이 없어 화를 불러' 죽고 말았다는 내용을 부가해 교훈적으로 마무리 했다. 진심으로 약속을 지키는 착한 어린이야말로 다나카가 바라는 아동상이었다.

【표5】〈17부모를 버리는 사내〉[23] (경성 수하동공립보통학교 보고)의 내용 비교

1913, 상193~4(上515~6)	20호(1917), 62면	17어머니를 버리는 사내(1924), 110~116면
옛날 나쁜 사내가 있어, 자신의 모친은 나이 들어 일을 못하고 먹기만 하니, 뭔가 해야	옛날옛날 마음씨 좋지 않은 어떤 사내가 있었습니다. 이 사내는 모친과 아들 하나와	옛날옛날 어느 시골에 심성이 좋지 않은 어떤 사내가 살고 있었습니다. 사내는 나이 들어 쇠약해진

23) 보다 구체적인 서술은 김광식, 『植民地期における日本語朝鮮說話集の研究』, 앞의 책, 第2篇 第4章을 참고.

한다고 생각하여, 어느 날 아이를 불러 '지게'를 가져오라고 말했습니다. 아이가 말하길 무슨 일입니까 하니 부친이 말하길 할머니는 나이가 들어 아주 방해가 되니 어딘가 데려가 버리려고 생각하니 넌 할머니를 '지게'에 태워 나와 함께 가자고 말했습니다. 아이는 매우 나쁜 일이라고 생각했지만 부친이 하는 말이라서 말없이 할머니를 '지게'에 태워 짊어지고 부친을 따라 (중략) 내가 실로 잘못했다. 그야말로 잘못했음을 깨달았다고 말하고 할머니를 조용히 '지게'에 태워 돌아와 효행을 다했다고 합니다. (水下洞 공립 보통학교)	조용히 살고 있었는데, 자신의 모친이 점점 나이 들어 이제 아무 일도 못하게 된 것을 보고, 여태껏 오랫동안 키워준 모친 은혜를 잊고 이렇게 생각했습니다. '우리 어머니는 먹기만 하니 아무 도움이 안 되고 방해가 될 뿐이다. 차라리 어딘가에 버리는 게 좋겠다.' (중략) "할머니는 이제 나이가 들어 아무 도움이 안 되니, 산에 버리고 오자. 넌 지게를 가지고 할머니를 짊어져라." 아이는 말없이 부친의 말대로, 할머니를 지게에 태워 아버지와 함께 산으로 갔는데 (중략) "애비가 잘못했다, 잘못했다." 고 말하고, 이번에는 부친이 직접 할머니를 조용히 지게에 태워, 집에 돌아가 셋이서 화목하고 평화롭게 살았습니다. (경성 수하동 공립 보통학교 보고에 의함)	모친과 매우 마음씨 착한 아들이 있었습니다. 사내는 매우 게으른 사람이어서 집안은 항상 가난하고 곤궁했습니다. 그러나 원래 마음씨 좋지 않은 사람이라서, 이처럼 가난한 것은 자신이 게으르기 때문임을 깨닫지 못하고 '어머니가 먹기만 할뿐 집안을 위해 일하지 않기 때문이다.'고 생각해 결국 '차라리 어딘가 사람 없는 산속에 버릴까.'하는 끔찍한 생각을 했습니다. 어머니를 버린다……. 아, 매우 끔찍한 생각입니다. (중략) '집안이 이처럼 곤궁한데 할머니는 조금도 도움이 안 되니, 지금부터 산에라도 버리고 올 생각이다. 넌 이 지게로 할머니를 짊어지고 와라." 아이는 이 말을 듣고 너무도 한심한 부친의 마음에 놀라고 서글펐지만 그저 말없이 그 얼굴을 바라볼 뿐이었습니다. (중략) 그러나 아직 어린 아이의 힘으로 어찌 이를 짊어질 수 있겠습니까. (중략) "용서해라, 애비가 잘못했다. 완전히 애비가 잘못했다. (중략)" 하고, 이번에는 부친이 직접 지게를 지고 할머니를 그 위에 소중히 태우고, 한손으로는 다정하게 아이 손을 잡고 산에서 내려왔다고 합니다.

【표5】처럼 〈부모를 버리는 사내〉는 잘 알려진 '고려장' 설화로, 아버지가 그 어머니를 산에 버리려다가 아들의 지혜로 반성한다는 내용이다. 전술한 〈6검은 구슬과 노란 구슬〉과 〈15세 개의 구슬〉에 비해 이 동화 역시 모티브와 줄거리를 유지하며 개작했는데, 동화화 하는 과정에서 등장인물의 성격과 심리를 혼잣말과 대화체를 삽입해

구체적으로 기술하고, 크고 작은 설정을 변경했다. 원 설화의 '나쁜 사내'를 '마음씨(심성) 좋지 않은 사내'로 변경하고, 아들의 심리 묘사를 구체적으로 서술했다. 가장 큰 설정 변화는 1913년, 1917년에서는 산에 오를 때는 아들이, 내려올 때는 아버지가 지게를 졌는데, 1924년에서는 아들이 힘이 부족해 오를 때와 내려올 때 아버지가 지게를 진 것으로 개변되었다. 그럼에도 불구하고 '이번에는 부친이 직접' 지게를 졌다고 기술하여 논리적 모순을 초래하였다.

이러한 기술은 1917년 본에 처음으로 보이는데, 다나카가 1917년 본을 재차 개작해 가는 과정을 여실히 보여준다. 그 밖에도 1924년 본은 아버지에 대한 아들의 '끔찍한' '한심한' 심리와 우는 장면을 구체적으로 묘사하고, 후반부에서는 아버지가 잘못을 뉘우치고 '할머니를 소중히 태우고, 한손으로는 다정하게 아이 손을 잡고' 하산했다고 아름다운 동화로 끝맺고 있다. 식민지 교육을 받은 착한 조선인 아동을 통한 조선인 어른의 교화(각성)를 일깨우는 장면임에도 주의할 필요가 있다.[24]

3.2. 1913년 본에서 1924년 본으로 개작

다음으로 1917년 본에는 수록되지 않은 나머지 3편을 검토해 보자.

---

24) 다나카의 조선인관은 당대 일본인의 인식과 마찬가지로 편견으로 가득 찬 것이었다. 다나카는 어릴 적 착한 조선인이 잘못된 교육으로 인해 나쁜 어른이 되어 버린다는 교육관을 역설했다. 즉, 조선 성인에 대한 편견을 지닌 다나카가 조선동화를 통해 착한 어린이를 양성해, 이를 발전시켜 좋은 어른으로 교화시키기 위해 고안된 것이 바로 다나카 동화집이다. 자세한 내용은 金廣植, 앞의 논문, 2010을 참고.

【표6】〈8말하는 남생이〉(경북 신녕군 보고)의 내용 비교

解語龜(1913), 상155~7(上583~6)	8말하는 남생이(1924), 41~55면
부친 사망 후, 두 형제가 있었는데 형은 욕심이 많아 부친의 유산을 모두 독차지하고 동생에게 아무것도 주지 않았을 뿐 아니라 모친 동생 누이 유족은 모두 동생에게 보내고 자신은 처와 둘만 살았다. 동생은 열심히 일하고 낮에는 산으로, 밤에는 새끼줄을 꼬아 벌어도 가족이 많아 그날 입에 풀칠하기 어려웠다. 어느 날 여느 때처럼 산에 가 낙엽을 긁어모을 때 옆에 <u>졸참나무</u> 열매가 하나 떨어졌다. 그는 이를 주워서 우리 모친께 드리겠다며 혼잣말하자, 졸참나무 밑에 한 마리 남생이가 우리 모친께 드리겠다고 흉내 냈다. (중략) (형은) 기뻐하며 내일쯤부터 보물비가 내린다며 처도 자식도 내려라 하며 삼일 밤낮으로 자지 않고 기다렸다. 나무는 하늘까지 닿을 듯 했고 높은 곳에서 노란 것이 내렸다. 내리는 것은 색은 같지만 <u>황금이 아닌 분뇨</u>로 집도 마당도 덮었다. 가족은 울며 달아나 아우 집에 신세를 졌다. (경북 신녕군)	옛날옛날 일찍 부친과 사별한 형제 둘이 있었습니다. 형이라는 이는 무자비하고 욕심쟁이 사내였습니다. 동생은 형과는 전혀 다른 온화한 성격이었습니다. 자신은 부모에게 물려받은 재산까지 형에게 빼앗겨버린 데다가 모친에 동생 누이까지 보살펴야 함에도 불구하고 형을 조금도 원망하지 않고, 또한 가난을 괴로워하지 않고, 힘껏 일해 겨우 그날을 보냈습니다. 어느 해 가을이었습니다. 동생은 여느 때처럼 산 속 깊이 들어가 수풀 사이에서 낙엽을 모으고 있었습니다. (중략) 이때 수풀이 조용한 가운데 데굴데굴 무언가 떨어지는 소리가 나서 (중략) 그것을 주워보자 그것은 큰 <u>개암나무</u> 열매였습니다. (중략) 「먼저 이것을 어머니에게」하고 혼잣말하면서 줍자, 어딘가 가까운 나무 밑에서 「이것을 어머니에게」하고 작은 소리가 들려왔습니다. (중략) (형은) 기뻐하며 낮이나 밤이나 나무 옆을 떠나지 않고 지켜봤습니다. (중략) 집안사람 모두를 호출해 금은화가 떨어지는 것을 오늘 내일하며 하늘을 우러러 기다리자, 과연 거기에 내려온 것이 있었습니다. (중략) 냄새나는 <u>노란 더러운 것이</u> 잔뜩 줄기를 따라 내려왔습니다. (중략) 마음씨 착한 동생은 형의 무정함 따위는 완전히 잊은 듯이 마음속으로 형의 개심을 기뻐하며, 형 일가족을 받아들여 친절히 돌봤습니다.

전술한 바와 같이, 1913년 보고서는 〈말하는 남생이〉 등의 설화를 구체적으로 요구했고, 신녕군의 보고는 다카하시의 강한 영향을 받아 제출되었다. 하지만, 신녕군의 보고는 다카하시 자료집을 그대로 전재하지 않고, 일정부분 현지 채록을 바탕으로 재구성 된 것이다.[25] 【표6】과 같이 모티브와 줄거리는 일치하는데, 전술한 바와 같

25) 〈말하는 남생이〉는 한일 공통의 설화로 식민지기에 자주 이용되었고, 오구라가 주도한 제 2기 『조선어독본』 권3(조선총독부, 1923)에도 실려 있다. 다카하시 자료집(1910) 및 다치가라가 주도한 재조일본인 교과서 『尋常小學 補充敎本』 권2(조선총독부, 1920)에 수록된 〈말하는 남생이〉의 비교 대조는 다음을 참고. 金廣植, 「朝

이 등장인물의 성격과 전개를 재구성하였다. '졸참나무'를 '개암나무'로, '분뇨'를 '노란 더러운 것'으로 변경하고, 욕심 많은 형과 열심히 일하는 동생은, 무자비한 욕심쟁이 형과 온화한 동생으로 구체적으로 대비시켰다.

거듭 강조하지만 1924년 개작은 효과적인 일본어 학습을 위해 고안된 것으로, 남생이와 동생의 반복 대화는 일본어 반복 학습에 유용한 교재로 판단되었을 것이고, 회화체를 활용해 생동감 있고 부드러운 표현으로 서술되었다. 1913년 본은 간략하게 '아우 집에 신세'진 것으로 처리했지만, 1924년 본은 형이 뉘우쳤음을 강조하고 형의 과거를 잊고 '마음속으로 형의 개심을 기뻐하며, 형 일가족을 받아들여 친절히 돌'보는 아우의 착한 심성을 형상화 하였다. 이처럼 다나카는 순수한 동심을 거듭 강조하였다.

【표7】 〈9천녀의 깃옷〉(함북 회령군 보고) 26)의 내용 비교

1913, 上744~7(상84~85)	9천녀의 깃옷(1924), 69~78면	국어독본4(1923), 91~98면
옛날 한 남자가 있었습니다. 부친이 병이 들어 약을 구하려고 집을 나왔습니다. (중략) 혹시 천녀가 지녔을까 하고 생각해 그 옷을 취했습니다. (중략) 집에 돌아와 하나는 아버지께 드리고, 하나는 자신이	북쪽의 북쪽인 함경북도의 적적한 산기슭에 옛날옛날 한 효자 아들이 있었습니다. 어머니를 일찍 여의고, 집에는 아버지뿐이었는데, 그 아버지도 중병 때문에 오랫동안 누어있었습니다. (중략) (천녀는) 각자 옷을 벗고 물가 나무 가지에 걸치고, 눈처럼 새하얀 빛나는 살을 들어내고 물속에 들어가	26복숭아 열매 옛날 매우 효자 아들이 있었습니다. 아버지가 병으로 오랫동안 누어있는데 (중략) 천녀는 윗옷을 벗고 물가 나무에 걸쳤습니다. 그리고 물속에 들어가 기분 좋게 헤엄쳤습니다. (중략) 그

鮮總督府編修官立柄敎俊と朝鮮民間說話 —在朝日本人用補充敎本の「もの言う龜」を中心に」, 『Walpurgis』 2018, 國學院大學, 2018.

26) 『조선동화집』(1924)에 수록된 「천녀의 깃옷」은 일찍이 총독부 기관지 『朝鮮』에 수록된 설화와 완전히 일치한다. 編輯學人, 「天女の羽衣」(『朝鮮』 72, 1921.1, 130면). 즉 편집학인은 다나카가 된다. 적어도 다나카는 1921년 이전부터 본격적 개작을 시도했음을 확인할 수 있는 결정적인 자료라 하겠다.

먹었습니다. 나머지 하나는 집 앞의 소나무 뿌리 주위에 묻었습니다. 그래서 소나무는 언제나 푸르고 마르지 않는 것입니다. (함북 회령군)	매우 기분 좋게 여기저기 헤엄쳤습니다. 이를 보고 효자는 그 옷이 필요했습니다. 그래서 살짝 그중 하나를 취해 나무 뒤에 감추고 자신도 나무 뒤에 숨어 여자들 모습을 살폈습니다. (중략) 집에 돌아와 바로 이것을 아버지께 드리자 그처럼 심했던 아버지 중병이 바로 나았습니다. 아들도 하나를 먹고 부자는 불로장수했습니다. 나머지 하나를 마당 소나무 뿌리 주위에 묻었습니다. 그러자 (중략) 소나무만은 춘하추동 언제나 변함없이 푸른 입이 생생한 상록수가 되었습니다.	때 바람이 불어 천녀 윗옷이 강에 날아가려 했습니다. 아들은 서둘러 그 윗옷을 주워 천녀가 오는 것을 기다렸습니다. (중략) 집에 돌아와 천도를 아버지께 드렸습니다. 아버지 병은 바로 좋아졌습니다. 끝

〈천녀의 깃옷〉은 식민지기 한일 공통의 설화로 가장 많이 이용된 설화(총독부 관사 벽화로도 사용)인데, 1913년 판을 비롯한 대부분의 동화집은 '선녀와 나무꾼 결혼형'이 아니라, 교육적 배려가 작용해 효자가 천녀의 깃옷을 훔쳐 천도(天桃, 선도, 하늘복숭아) 3개를 얻어 부친을 살린다는 천도형이 수록되었음에도 유의해야 하겠다. 【표7】처럼, 다나카는 함북 회령군 보고를 바탕으로 이를 개작한 것이 확실한데, 천도를 얻은 효자와 더불어, 〈소나무가 푸른 이유〉라는 모티브가 포함된 설화다. 식민지기 일본인이 주목한 〈천녀의 깃옷〉은 이른바 '선녀와 나무꾼 결혼형'이 일반적이었는데, 다나카는 일본과 유사한 '선녀와 나무꾼 결혼형'보다 착한 어린이 육성을 위해 천도형을 수록하였다.

흥미로운 사실은 총독부 일본어 교과서에도 천도형이 수록되었다는 점이다. 아시다는 2학년 2학기 교과서에 배치해 〈복숭아 열매〉라는 타이틀로 개작했는데, 〈소나무가 푸른 이유〉 모티브를 생략하고 간결하게, 효성 함양을 위한 수신 교재로 개작했다. 다나카는 모친이 사망했다는 설정을 추가했지만, 원 설화에 충실하게 효자가 천도를 얻기 위해 천녀 옷을 취한데 비해, 아시다는 바람이 불어 윗옷을 주워준 것으로 개작하였다는 점이다. 아시다는 교과서라는 점을 의식해, 효자의 절도 행위를 수정했다. 아시다에 비해 다나카는 원 설화의 내용을 비교적 충실히 전달했다고 할 수 있다. 그러나 둘 다 선녀가 '목욕'했다는 부분을 '헤엄쳤'다고 수정해 성적 부분을 완화시켰다. 아동 성교육 문제를 배려해 목욕하는 장면을 엿보는 것이 아니라, 헤엄치는 것을 지켜본 것으로 수정했다고 판단된다.

【표8】〈22세 개의 보물〉(함북 무산군 보고)의 내용 비교

1913, 상104~6(上673~7)	22세 개의 보물(1924), 143~150면	국어독본2 (1923), 72~82면
옛날 한 富翁이 있었다. 죽음에 앞서 3형제에게 재산을 분여했다. 형 둘은 탐욕스러워 자기 재산을 증식했을 뿐만 아니라 타인의 재산을 횡령해 그저 탐욕이 계속되었다. 막내 <u>동생은 이에 반해 지극히 仁厚하고 가난한 자를 구휼하고 미곡을 내주어</u>, 아버지 사후 수년이 되지 않아 <u>가산이 바닥났다</u>. 두 형은 이를 보고 크게 노하고 결국 동생은 그 마을에서 내쫓긴다. 동생은 울며 마을 밖으로 나가 목적 없이 방랑했는데, 어느 날 한 다리에서 한 노승을 조우했다. 이를 보니 남루한 옷을 걸치고 (중략) 동생은 그 짐을 짊어지고 산사에 데려다 주었다. (중략) 어느 날 노승이 동생을 불러 (중략) 표주박 하나와 나무젓가락 하나, 금방동사니로 엮은 돗자리 하나였다. (중략) 젓가락을 두드	옛날 어느 곳에 부자 아버지가 있었습니다. 아버지는 중병에 걸려 (중략) 죽었습니다. 그런데 형제 셋 중 위 둘은 매우 욕심쟁이였기에 <u>막내 재산을 가로채</u> (중략) 내쫓았습니다. 마을에서 내쫓긴 동생은 어디에도 의지할 곳이 없어 이쪽저쪽 돌아다니며 어느 강가에 왔습니다. 강에는 다리가 있었는데, 다리에서 동생은 한 나이든 승려를 조우했습니다. 승려는 남루한 옷을 걸치고 (중략) 동생은 노승과 함께 겨우 한 산사에 도착했습니다. 산사에서는 장작을 모아 밥을 짓기까지 해 보살펴 주었습니다. (중략) 어느 날 노승이 동생을 불러 (중략) 표주박과 나무젓가락과 돗자리를 주었습니다. (중략) 젓가락을 들고 때려보자 (중략) 많은 <u>아름다운 여자와 사내가 나와서 음식을 넣어 주고</u>, 식사 전반의 거들어 줍니다. (중략) 자신의 마을을 향해 돌아가는데, 길가에서 두 사내가	30세 개의 보물
다리 위에 나이든 스님이 쓰러져 있었습니다. 더러운 옷을 입고 (중략) 젊은이는 스님 손을 이끌고, 그 절에 데려 갔습니다. 그리고 장작을 모아 밥을 지어 잘 보살펴 주었습니다. 어느 날 스님은 젊은이를 불러 (중략) 돗자리와 표주박과 젓가락을 주었습니다. 젊은이는 그것을 들고 절을 나왔습니다. (중략) 젓가락으로 짝짝 소리를 내 보았습니다. 그러자 <u>아름다운 여자와 아이가 나와서 그 음식을 넣어 주었</u>습니다. (중략) 젊은이는 그후 그곳에 살며 즐겁게 보냈습니다. 끝

리니 <u>온갖 치장을 한 아름다운 여인이 나타나 갖은 시중을 들어 주었다. (중략)</u> 돌아가는 길 가에서 싸우는 두 사람이 있었다. 바로 두 형이다. (중략) 동생은 다시 가난한 모습을 하고 집으로 돌아갔다. 그러나 두 형의 구박이 끝이 없어 도저히 참을 수가 없었다. (중략) 하지만 사리사욕을 채우려던 두 형은 동생처럼 복을 얻기는커녕 <u>결국 집으로 돌아가지도 못했다.</u> (함북 무산군)	싸우는 것을 보았습니다. (중략) 둘은 자신의 형이었습니다. (중략) 동생은 다시 가난한 모습을 하고 형들의 집에 돌아갔습니다. (중략) 형들은 매우 잔혹하게 대하고 먹을 것도 제대로 주지 않았습니다. (중략) 형들은 이제 완전히 자신들의 집도 재산도 없어져 어쩔 수 없이 동생을 찾아가 구원을 요청할 수밖에 없었습니다. 동생은 형들의 지금까지의 무정한 행위 등을 잊은 듯이 마음씨 좋게 둘을 자기 집에 받아들여 친절하게 보살폈습니다.	

〈세 개의 보물〉도 함북 이야기인데, 부친 사망 후에 두 형들에게 쫓겨난 아우는 노승을 도와 세 개의 보물을 받아 부자가 되지만, 두 형은 흉내를 내어 '결국 집으로 돌아오지 않았다(遂二家二帰リ得ザリシ)'는 원 설화 내용을, 다나카는 재산을 잃은 두 형들을 아우가 '받아들여 친절하게 돌봤습니다(引き取つて親切に世話をしました)'고 맺으며 우애를 강조하는 내용으로 개작했다.

【표8】처럼 아시다는 1학년 2학기용으로, 〈천녀의 깃옷〉과 마찬가지로 중요 모티브만을 다루었다. 〈세 개의 보물〉 역시 착한 조선인 아동을 훈화시키기 위해 개작되었음은 두말할 필요도 없다. 아시다가 1학년 2학기용으로 쉽게 설화를 개작한데 비해, 다나카는 지나치도록 착하고 친절한 동생의 모습을 교훈적으로 형상화 하는 한편, 형제를 교화하려고 노력하는 착한 어린이를 다루었다. 원 설화는 동생이 빈민을 도와 가산을 탕진했지만, 다나카는 욕심쟁이 형들이 '막내 재산을 가로'챈 것으로 개작해 형들을 더욱 나쁘게 묘사했다. 또한 성적 표현을 완화시켰다. 원 설화는 젓가락을 두드리자 '온갖 치장을 한 아름다운 여인'이 갖은 시중을 들었지만, 다나카는 '아름다운 여

자와 사내'가, 아시다는 '여자와 아이'가 음식 시중을 들었다고 개작
하여 성적 표현을 완화시켰다.

3.3. 다나카 우메키치의 개작 양상의 특징

지금까지 살펴본 6편 중 〈세 개의 보물〉만이 결론이 변경되었지
만, 전체적으로 다나카는 원래 설화의 줄거리 및 모티브를 유지했
고, 아동용으로 부드럽고 고상한 표현을 사용했음을 확인할 수 있
다. 아시다의 교과서 내용과 비교해 본 결과, 다나카는 아시다와 달
리, 거짓말 하는 내용을 그대로 기술하는 등 비교적 충실하게 모티
브와 줄거리를 유지했음을 확인할 수 있다. 이상 6편의 설화 개작
내용을 바탕으로 다나카의 개작 양상의 특징을 세 가지로 정리하면
다음과 같다.

첫째로, 다나카는 조선인 아동에게 효과적이고 고상한 일본어 학
습을 유도하기 위해, 원 설화의 내용 및 표현을 순화시켜 부드럽게
개작해 등장인물을 재구성하였고, 나쁜 인물의 행동을 해학적이고
익살스럽게 묘사하였다. 한편으로 순결한 성교육을 위해 성적 표현
도 가급적 완화시켰다.

본문에서 중점적으로 다루었듯이, 동생이 구걸하자 형이 '두들겨
돌려보냈'다는 표현을, 빌리려다가 형이 '내몰'았다고 부드럽게 개작
하고, '차라리 돼지에게 주겠다'는 표현을 '필요하면 다른 집에서 빌
려라'고 개작했다. 이러한 개작은 용어에서도 보이며 '분뇨'를 '노란
더러운 것'으로 수정했다. 부드럽고 고상한 일본어 학습을 위해 이를
수정했다고 보인다. 더불어 나쁜 인물이 흉내를 내다가 실패하는 장
면을 해학적이고 익살스럽게 재구성하여 흥미를 높였다. 이처럼 다
나카는 기본 모티브와 줄거리를 유지하면서 등장인물의 구성을 확대

하고 그 성격을 구체화 시켰다.

더불어, 아동의 성교육 문제를 배려해 목욕하는 장면보다는 헤엄치는 설정으로 수정하는 한편, '온갖 치장을 한 아름다운 여인'이 갖은 시중을 드는 원 설화 내용을, '아름다운 여자와 사내'가 음식 시중을 들었다고 개작하여 원 설화의 성적 표현을 완화시키려고 노력했다.

둘째로, 효과적인 일본어 학습을 위해 원 설화의 문체를 대폭 수정해, 대화체, 반복 학습, 혼잣말, 과장법 등을 대폭 도입하면서 효율적인 일본어 학습의 편의를 도왔다.

다나카는 동화로 구체화 하는 과정에서 등장인물의 성격과 심리를 혼잣말과 대화체 등을 다수 삽입해 재화를 의도하여 재구성하였다. 〈6검은 구슬과 노란 구슬〉에서는 실감을 더하기 위해 원 설화의 호랑이 한 마리를, 여러 마리(1917년 본), 수십 수백 마리(1924년 본)로 거듭 개작했다. 원 설화의 거칠고 투박한 표현을 부드럽게 고쳐 쓰는 한편, 현장감 있는 회화체 표현 등을 적용해 개작하였음을 확인하였다.

1924년 개작은 효과적인 일본어 학습을 위해 고안된 것으로, 〈8말하는 남생이〉에서 동생의 말을 따라 하는 남생이의 흉내는 일본어 반복 학습에 유용한 교재로 활용되었고, 거듭되는 회화체를 적극 도입해 생동감 있게 서술했다.

셋째로, 전반적으로 줄거리와 모티브를 충실히 유지했지만, '착한 어린이상'을 창출하기 위해 개작을 시도하였다. 이를 위해서 갈등 인물의 성격을 더욱 악하게 묘사하고, 주인공의 성격을 더욱 온순하고 착하게 기술하였다.

아시다의 총독부 교과서는 저학년 위주의 한정된 지면을 고려해 줄거리를 대폭 할애해 교육적 배려를 위한 중요 모티브만을 취급했지만, 다나카는 짧은 원 설화의 내용을 대폭 증보해 등장인물의 선악 구도를 더욱 명확히 하고, 주변 인물을 추가해 설정을 확대시켰다. '나쁜 사내'를 '마음씨(심성) 좋지 않은 사내'로 변경하고, 욕심 많은 형과 부지런한 동생을 무자비한 욕심쟁이 형과 온화한 동생으로 구체화 하고 주인공의 내면 심리를 묘사했다.

또한 식민지기 일본인이 한일 공통의 설화로 일찍부터 주목해 총독부 관사 벽화 등에도 채택된 설화의 모티프가 바로 〈천녀의 깃옷〉인데, 다나카는 '선녀와 나무꾼 결혼형'보다 착한 어린이 육성을 위한 교육적 효과가 높은 '천도형'을 수록하였다. 한편, 아시다의 교과서에서는 효자가 천녀의 깃옷을 훔치는 부분을 바람에 깃옷이 날아와 주웠다고 개작한 데 반해, 다나카는 원 설화 내용대로 훔친 것으로 기술했음을 확인하였다. 아시다는 교과서라는 점을 의식해, 효자의 절도 행위를 개작했다고 판단된다.

다나카가 개작한 6개 설화 중 5개는 결론이 완전히 일치하지만, 〈22세 개의 보물〉에서는 형들이 결국 집으로 돌아오지 못했다는 원 설화 내용을, 형들을 아우가 '받아들여 친절하게 돌봤'다고 끝맺어 우애를 강조했다. 〈8말하는 남생이〉에서는 형이 망해서 '아우 집에 신세'겼다는 원 설화 내용을, 형이 뉘우쳤음을 강조하고 그 개심을 기뻐하며 '형 일가족을 받아들여 친절히 돌'보는 착한 동생을 형상화했는데, 〈22세 개의 보물〉 역시 착한 조선인 아동을 훈화시키기 위해 개작되었다고 보인다. 아시다가 보통학교 1학년용으로 알기 쉽게 설화를 개작한데 비해, 다나카는 매우 착하고 친절한 동생의 모습을 교훈적으로 형상화 하는 한편, 형제를 교화하려고 노력하는 착한 동생을 다루었다. 원 설화는 동생이 빈민을 도와 가산을 탕진했지만,

다나카는 욕심쟁이 형들이 '막내 재산을 가로'챈 것으로 개작해 형들을 더욱 나쁘게 묘사했다.

〈15세 개의 구슬〉에서도 사욕으로 천벌을 받는다는 간략한 내용의 원 설화를, 1917년 본에서는 마을 사람의 '욕심 부리거나 약속을 어기면' 천벌 받는다는 대화로 끝맺었고, 1924년 본에서는 '평소 언행에 진심이 없어 화를 불러' 죽고 말았다는 내용을 부가해 교훈적으로 마무리 했다. 이처럼 다나카는 진심과 우애를 지닌 순수한 동심을 거듭 강조하였다. 착한 어린이야말로 다나카가 바라는 아동상이었다. 【표2】처럼 다나카는 첫 작품으로 〈1수중 구슬〉을 수록했는데, 사이 좋은 형제가 강에서 구슬을 얻고 변함없는 형제애로 구슬을 하나 더 얻게 된다는 유명한 설화인데, 다나카는 결론을 두 형제가 마을사람으로부터 존경받게 되었다는 후일담을 첨가해 존경받는 착한 어린이를 역설하였다.

4. 결론

본장에서는 먼저 1910년 전후에 한반도에서 통감부 및 조선총독부 통치기에 실시된 4번의 〈조선민속조사〉를 고찰하고, 현재까지 발굴된 1912년 및 1913년 보고서 연구의 중요성을 검토했다. 통감부 보고서는 발굴되지 않았지만, 총독부 학무국 보고서의 일부가 근년 계속해서 발굴, 영인되었다. 이에 본론에서는 1913년에 학무국이 실시한 '전설 동화 조사'의 내용을 살펴보고, 다카하시 도오루의 선행연구와의 관련성을 검토했다.

학무국 편집과는 1910년대에 실시한 3번의 조사를 정리해, 1920년 전후에 4권의 〈조선민속조사〉 자료집을 발간했다. 본장에서는 그 중

『조선동화집』(1924)과 1913년 보고서를 비교 대조하여 그 관련성을 정밀하게 분석하였다. 그 결과『조선동화집』에 수록된 설화 중 8편 이상이 1913년 보고서에서 그 소재를 가져왔을 가능성을 구체적으로 검증하였다. 공통되는 6편의 설화를 분석해 그 개작 양상을 상세히 고찰하였다.

6편의 설화 중 〈세 개의 보물〉만이 결론이 변경되었지만, 전체적으로 다나카는 1913년 보고서에 실린 설화의 줄거리를 유지하며 부드럽고 고상한 일본어를 사용해 개작했음을 확인할 수 있다. 아시다가 편찬한 총독부 교과서 내용과 비교해 본 결과, 다나카는 아시다와 달리, 거짓말 하는 내용을 그대로 기술하는 등 비교적 충실하게 모티브와 줄거리를 유지했음을 확인할 수 있었다. 다나카의 개작 내용의 특징을 세 가지로 정리하면 다음과 같다.

첫째로, 조선인 아동의 일본어 학습을 유도하기 위해, 원 설화의 내용 및 표현을 순화시켜 등장인물을 재구성하였고, 성적 표현도 완화시켰다.

둘째로, 효과적 일본어 학습을 위해 원 설화의 문체를 대폭 수정해, 대화체, 반복 학습, 혼잣말, 과장법 등을 도입하였다.

셋째로, 전반적으로 줄거리와 모티브를 충실히 유지했지만, '착한 어린이상'을 창출하기 위한 목적으로 개작을 시도하였다. 이를 위해서 갈등 인물의 성격을 더욱 악하게 묘사하고, 주인공의 성격을 더욱 온순하고 착하게 기술하였다.

1913년 학무국 보고서에 실린 원 설화의 확인을 통해, 일본인의 조선설화 개작의 구체적 양태에 대한 실증적 연구의 단초가 제공되었다.『조선동화집』이 이후에 발간된 여러 동화집에 압도적인 영향을 끼쳤고, 그 개작 내용을 살필 수 있다는 점에서 다른 동화집과의 비교, 나아가서 식민지 조선인 동화집과의 대응 양상을 살피는 작업은 앞으로의 과제다. 1913년 보고서는 총독부 학무국이 '일선동조'를 제시하기 위해 고안된 자료집이지만, 한일 공통의 설화가 다수 수록되어 있어, 앞으로 비판적이고 체계적인 분석이 계속된다면 한일 비교 설화론에 대한 많은 힌트와 사실을 제공할 것이다.

제2장

1920년대 일본어 조선동화집의 개작

1. 서론

손동인은 한국 전래동화사를 정리하며, 고전시대(상고 시대부터 갑오경장까지), 정착시대(갑오경장 이후부터 1945년까지), 침체시대(해방 후부터 1970년까지), 개화시대(1970년 이후 현대까지)로 4구분하고, 정착 '시대의 삼대전래동화집'으로 다음을 들었다.[1]

일본어 최초의 동화집＝朝鮮總督府 『朝鮮童話集』(朝鮮總督府, 1924)
조선어 최초의 동화집＝심의린 『조선동화대집』(漢城圖書株式會社, 1926)
박영만 『조선전래동화집』(학예사, 1940)

조선총독부(이하 총독부)의 동화집은 다나카 우메키치(田中梅吉, 1883~1975)가 펴낸 것이다. 손동인의 시대구분은 물론이고, 정착시대 3대 전래동화집 또한 검증이 요청됨은 물론이다. 근년에 조선동화집이 번역되고, 일본에 소장된 심의린과 박영만의 자료집이 소개되면서 그 내용을 간단히 확인할 수 있게 되었고 연구도 활성화 되었다.[2]

---

1) 손동인, 「한국전래동화사연구」, 『한국아동문학연구』 1, 한국아동문학학회, 1990, 26면.

필자는 당대에 간행된 수많은 자료집을 발굴 복원하고, 그 내용을 정밀히 검토해 옥석을 가리는 작업이 선행되어야 한다고 판단하고, 식민지기에 간행된 일본어 및 한국어 설화집의 간행 상황과 그 내용을 검토해 왔다.[3] 1926년까지 간행된 일본어 조선동화집 및 설화집 중, 9편 이상의 조선 옛이야기가 실린 자료집은 【표1】과 같다.[4]

【표1】 1926년까지 일본어로 발간된 주요 조선동화·설화집 목록

① 우스다 잔운(薄田斬雲), 「朝鮮叢話」『암흑의 조선』(1908)
② 다카하시 도오루(高橋亨), 『조선의 이야기집』(1910)
③ 조선총독부 학무국보고서, 『전설동화 조사사항』(1913)
④ 다카기 도시오(高木敏雄), 『신일본교육 옛이야기』(1917)[5]
⑤ 미와 다마키(三輪環), 『전설의 조선』(1919)
⑥ 데라카도 요시타카(寺門良隆), 『1923년 설화집』(1923)
⑦ 조선총독부, 『朝鮮童話集』(1924)
⑧ 마쓰무라 다케오(松村武雄), 『日本童話集』(1924)
⑨ 나카무라 료헤이(中村亮平), 『朝鮮童話集』(1926)
⑩ 다치카와 쇼조(立川昇藏), 『신실연 이야기집 蓮娘』(1926) 등

---

2) 권혁래, 『우리나라 최초의 전래동화집 조선동화집(1924) 연구』, 보고사, 2013; 심의린 저, 신원기 역해, 『조선동화대집』, 보고사, 2009; 최인학 번안, 『조선동화대집』, 민속원, 2009; 박영만, 권혁래 옮김, 『화계 박영만의 조선전래동화집』, 한국국학진흥원, 2006(2013, 보고사); 김영희, 「구비문학(口碑文學)'이라는 개념과 범주의 형성 과정 탐색」, 『열상고전연구』 47, 2015, 551~594면.

3) 자세한 내용은 김광식, 『식민지 조선과 근대설화─일본인의 구비문학 조사와 조선인의 대응』, 민속원, 2015, 제 1장과 제 6장을 참고. 필자는 지금까지 종래에 확인되지 않은 일본어 및 한국어 설화집을 확인해 그 서지를 명확히 하였다. 특히 61종의 일본어 조선설화집을 확인하고 그 내용과 성격을 검토해 왔다.

4) ⑩다치카와를 제외한 모든 자료집에 대해서는 다음 선행 연구를 참고.
   김광식, 『식민지기 일본어조선설화집연구(植民地期における 日本語 朝鮮說話集の研究)』, 勉誠出版, 2014; 김광식 외, 『식민지시기 일본어 조선설화집 기초적 연구』, 제이앤씨, 2014; 김광식, 『식민지 조선과 근대설화』, 민속원, 2015; 김광식 외, 「마쓰무라 다케오(松村武雄)『일본동화집』의 출전 고찰」, 『일어일문학연구』 93(2), 2015.

5) 金廣植, 「一九二〇年代前後における日韓比較說話學の展開─高木敏雄, 清水兵三, 孫

식민지기를 반영해 일본제국의 설화집 안에 조선 자료집이 포함된 경우도 있어 비판적 읽기가 필요한데, 용어에 있어서도 이야기(物語, お話), 옛이야기(무카시바나시, 昔噺), 총화(叢話), 전설 등 정리되지 않은 다양한 쓰임이 보이지만, '동화(童話)'라는 용어가 주를 이룬다. 당대 일본에서 오늘날 민간설화(이하 설화)에 해당되는 용어로는 '동화 또는 민간동화라는 용어가 즐겨 사용'되었다.[6] 실제로 1920년 전후의 일본 설화·신화론의 중심적 논자인 ④다카기 도시오(『新日本教育昔噺』), ⑧마쓰무라 다케오(『日本童話集』) 등의 자료집은 설화집으로서의 성격이 강하다.

손동인의 지적 이후, 일본어 자료집 중 가장 많이 다루어진 자료집은 조선총독부의 『조선동화집』이다. 서영미는 다음처럼 주장하였다.

> 『조선동화집』(1924)은 황국신민화정책에 따른 '충량한 신민' 만들기를 북한의 『우리나라 옛이야기』(1980)는 주체사상에 입각한 '혁명적 수령관'을 지닌 고상한 공산주의의 도덕적 품성 교양에 따르고 있음을 알 수 있었다.[7]

위의 지적대로, 『조선동화집』(1924)은 황국신민화정책에 따른 '충량한 신민' 만들기를 의도해서 수행되었다는 점에 이론은 없을 것이다. 단지 필자는 그 간행 목적을 더욱 명확히 하기 위해서, 먼저 왜 '충량한 신민' 만들기를 위해서 일본설화가 아닌 조선설화를 거론했는지에 대한 깊은 천착이 필요하다고 생각한다. 이를 바탕으로 언제,

---

晋泰を中心に」,『比較民俗研究』 28, 2013을 참고.

6) 세키 게이고(關敬吾), 「解説」(高木敏雄, 『童話の研究』, 講談社, 1977, 213면).

7) 서영미, 「북한 구전동화의 정착과 변화양상 연구」, 동국대 대학원 박사논문, 2014, 7면.

누가, 어떤 과정과 목적을 지니고 설화를 동화(童話)화 했는지를 명확히 한 후, 종국적으로는 그 과정에서 당대 조선인이 어떤 반응을 보였고, 이에 대한 영향 혹은 반발을 검증해, 앞으로의 과제를 제시하는 게 중요하다고 생각한다. 이 작업을 위한 첫 단계로는 먼저 일본인의 개작양상을 실증적으로 분석하는 작업이 선행되어야 할 것이다.

필자는 이미 2010년에 ⑦조선총독부 편『朝鮮童話集』이 독일 아동문학가 다나카 우메키치가 펴낸 것으로, 다나카는 1910년대 학무국 편집과에 제출한 보고서를 바탕으로 개작하여 출판했음을 명확히 했다.[8] 한국에서는 최근에야 이 사실이 알려졌지만, 앞으로 다나카 및 1910년대 보고서를 바탕으로 한 연구가 요청된다.

본장에서는 우선 총독부 학무국 편집과의 동향을 중심으로 1920년대까지의 상황을 개괄하고 1913년 보고서의 의미를 검토하고자 한다. 또한 1913년 보고서에서『조선동화집』(1924)에 수록된 원 설화를 확정하고, 다나카의 개작 내용을 살펴본 후, 다나카의 영향을 받은 당대의 일본어 조선동화집의 다양한 개작 양상을 실증하고자 한다.

2. '전설 동화 조사'(1913)와『朝鮮童話集』(1924)의 관련

일본 문부성 보통학무국 조사(1905)를 참고로, 1908년 통감정치 하의 학부는 통속교육(오늘날의 사회교육) 조사 목적으로 '이언(俚諺) 동요 등 사찰(査察)'을 실시했다. 그 후 총독부 학무국 편집과는 재차 '이요·이언 및 통속적 독물(讀物) 등 조사'(1912)에 이어, '전설 동화

---

8) 金廣植,「近代における朝鮮説話集の刊行とその研究－田中梅吉の研究を手がかりに」(徐禎完·增尾伸一郎編,『植民地朝鮮と帝國日本』,勉誠出版, 2010).

조사'(1913)를 실시했다. 필자가 발굴·간행한 1913년 학무국 보고서 (『傳說童話調査事項』)는 4개도에서 보고된 필사본이다.9) 1910년대 초기 무단정치 하에서 실시된 2차례의 조선 구비문학 조사는 언론·집회 등의 자유가 엄격히 제한된 상태에서 실시되어 관련 기사를 찾아보기 힘들지만, 이 조사는 오구라 신페이(小倉進平, 1882~1944, 총독부 조선어 및 한문 교과서를 주도)가 담당했다. 그 후, 1916년 말부터 다음해에 걸쳐 편집과 촉탁 다나카 우메키치(독일 그림 및 아동문학 연구가, 편집과 촉탁으로 〈조선민속조사〉 간행물을 주도)의 주도로 '조선동화·민요·이언·수수께끼 조사'가 행해졌다. 중요한 사실은 이러한 일련의 조사 자료가 학무 행정과 총독부 교과서 및 참고자료로 활용되어 식민지 교육에 커다란 영향을 미쳤다는 점이다.10)

1908년 학부 보고서 및 1917년 다나카 보고서는 그 소재가 확인되지 않았지만, 1912년 보고서는 임동권 교수의 발굴로 현재 국립민속박물관에 보관되어 있고, 1913년 보고서는 필자의 간행 후, 강재철에 의해 새로운 자료가 추가로 영인·번역되었다.11) 학무국 편집과는 1910년대에 실시한 세 차례의 구비문학 조사를 정리해, 1920년 전후에 네 권의 〈조선민속자료〉를 일본어로 조선총독부에서 간행했다.12) 그 중 한 권이 바로 『조선동화집』(1924)이다.

1913년에 실시된 학무국 편집과의 오구라가 주도한 '전설 동화 조

---

9) 김광식 외 편, 『조선총독부학무국 전설동화 조사사항』, 제이앤씨, 2012.

10) 1905년에서 1920년대 중반까지의 움직임에 대해서는 김광식, 『식민지 조선과 근대설화~일본인의 구비문학 조사와 조선인의 대응』, 민속원, 2015; 金廣植, 「朝鮮總督府編纂敎科書『普通學校朝鮮語及漢文讀本』に收錄された俚諺の收錄過程」, 『敎科書フォーラム』12, 公益財團法人 中央敎育硏究所, 2014를 참고.

11) 강재철, 『조선전설동화』 상·하, 단국대학교출판부, 2012.

12) 자세한 내용은 1장을 참고.

사'는 전설과 더불어 동화(오늘날의 민담)에 한정해 조사했는데, 함경북
도 보고서의 목차에 따르면 다음과 같은 민담을 특정해서 요구했다.

〈1913년 함경북도 보고서의 전설동화 목차〉

제1 전설 (생략)
제2 동화
  1 내지의 모모타로 등 옛이야기(御伽噺), 조선의 혹부리 영감, 말하는
    남생이 등의 유형

1913년에 요구된 동화 유형은 식민지 정당화를 위한 한일 유사 설
화였다. 이 조사는 의도적인 목적으로 한일 공통의 설화를 채집했음
을 부정할 수 없고, 비판적 독해가 필요하다. 한편으로 한일 유사 설
화가 다수 수록된 필사본이기에 엄밀한 읽기가 전제된다면, 한일 비
교 설화론을 전개하기 위해 불가결한 자료가 되는 측면도 있음을 지
적해 두고자 한다.

식민시기에 최초의 조선동화집이 일본어로 개작(Rewrite)되었기
때문에, 이에 대한 실증적 검토가 필요하다. 실제로 해방 후, 식민지
지배에 대한 비판적 검토를 위해, 일찍부터 총독부 교과서를 중심으
로 한 다양한 연구가 있었다. 하지만 1910년대 학무국 보고서에 대한
시점이 결락되어, 원 자료를 접할 수 없는 상황에서 추정에 의한 연
구가 진행되었음을 부인하기 어렵다. 이러한 상황을 타개하는 데 결
정적인 단초를 제공하는 것이 바로 1913년 보고서다.

필자와 강재철이 발굴한 1913년 보고서는 강원도, 함경북도, 경상
북도, 경기도 4개도의 자료에 그쳤음에도 불구하고,[13]『조선동화집』
에 수록된 동화 중, 【표2】처럼 8편 이상은 1913년 보고서에서 소재를

취했을 가능성이 높다. 『조선동화집』에 수록된 25편 중, 〈25놀부와 흥부〉는 다나카의 번역본의 내용을 축약한 것이다.[14] 즉 24편 중 8편 이상이 1913년 보고서에서 채택된 것이다. 1913년 보고서에 실린 원자료와 이를 최초로 연재한 1917년 잡지본, 이를 추가 개작한 1924년 단행본과 그 영향을 받은 당대 동화집을 제시하면 【표2】와 같다.

【표2】 1913년 보고서와 1920년대 조선동화집 모티브 대응표

*1913년 보고서 다나카(1917)	⑦다나카 『朝鮮童話集』 1924	아시다	⑨中村	⑩立川	심의린	보고처
	1수중 구슬	3-30	2	8	42	
25여우와 개의 싸움	2원숭이의 재판		6		25	충북 청풍군
*	3혹떼고 혹붙이기		10△		43△	경기도 풍덕군?
	4술 싫어하는 토끼, 거북이, 두꺼비		21		54	
*	5한겨울 딸기		32		58	경성 북부?
*24검은 것과 노란 것	6검은 구슬과 노란 구슬		30	4	53	함북 회령군
27교활한 토끼	7교활한 토끼		9		46/56	충남 한산공립보통학교
*	8말하는 남생이		14	6	47	경북 신녕군
*	9천녀의 깃옷	4-26	8△	3	55	함북 회령군[15]

---

13) 1913년 보고서에 대해서는 다음 영인본과 논문을 참고. 조선총독부학무국, 김광식 공편, 『전설동화조사사항』, J&C, 2012; 강재철, 「조선총독부의 1913년에 전국적으로 실시한 조선설화 조사 자료의 발굴과 그에 따른 해제 및 설화학적 검토」, 『비교민속학』 48, 비교민속학회, 2012; 강재철 편, 『조선전설동화』 상·하, 단국대학교 출판부, 2012.

14) 田中梅吉, 金聲律 역, 『朝鮮說話文學 興夫傳』, 大阪屋號書店, 1929. 자세한 내용은 金廣植, 앞의 책, 勉誠出版, 2014, 제 2편 1장 및 4장 참고.

15) 『朝鮮童話集』(1924)에 수록된 「천녀의 깃옷(天女の羽衣)」은 일찍이 총독부 기관지 『朝鮮』에 수록된 설화와 완전히 일치한다. 編輯學人, 「天女の羽衣」, 『朝鮮』 72,

	10바보 점쟁이		7		27	
	11거북이 사신	3-19	5		18	
23두꺼비의 보은	12두꺼비의 보은		36		66	평남 강동공립보통학교
	13애기 좋아하는 장님		39			
	14종을 친 까치		25	2	61	
*22세 개의 구슬	15세 개의 구슬		34		12	경기도 파주군 泉峴外牌面
21은혜 모르는 범	16은혜 모르는 범	6-26	3		1	全道 중 강원도 洪川공립보통학교
*20동화	17어머니를 버리는 사내		38		31	경성水下洞공립보통학교
	18개구리와 여우의 지혜 겨루기		15			
	19금은방망이		19		9	
26가여운 아이	20가여운 아이	6-14	4			강원도 원주군
	21겁쟁이 호랑이	卷1	11	5	5	
*	22세 개의 보물	2-30	16		50	함북 무산군
	23대게 퇴치		40		16	
	24천벌 받은 호랑이		18		23	
	25놀부와 흥부	2物語		7	30	

*표시는 1913년 보고서 수록 설화, △표시는 유사 설화. 다나카(1917)는 『朝鮮敎育硏究會雜誌』(19~30호)에 게재됨. 아시다 독본(芦田讀本)은 아시다 에노스케가 편찬한 제 2기 총독부 일본어 교과서(『普通學校 國語讀本』 전8권, 1923~1924)에 수록된 설화. 심의린은 『조선동화대집』(한성도서, 1926).

결론부터 말하자면, 8편의 내용을 비교 검토한 결과, 『조선동화집』 (1924)은 1913년 원 설화의 모티브 및 줄거리를 비교적 충실히 유지하였다. 선행연구에서는 총독부가 간행했다는 점에서 왜곡에 대한 비판적인 추정이 행해졌지만, 앞으로 1913년 보고서를 바탕으로 한 심층

1921.1, 130면.

적인 분석이 필요하다.

필자는 이미 〈17어머니를 버리는 사내〉16)와 〈8말하는 남생이〉17)
를 검토한 바 있다. 특히 〈6검은 구슬과 노란 구슬〉, 〈15세 개의 구
슬〉, 〈17어머니를 버리는 사내〉는 학무국이 발간한『朝鮮敎育硏究會
雜誌』(1917)에도 개제되어 두 번의 개작과정을 확인할 수 있어 중요
한 사료다. 다나카는 줄거리 및 모티브를 유지하며, 원 설화의 거칠
고 투박한 표현을 부드럽고 현장감 있는 회화체 표현을 적용하여 개
작했다.【표3】처럼 〈22세 개의 보물〉은 부친 사망 후에 두 형들에게
쫓겨난 동생이 노승을 도와 세 개의 보물을 얻어 부자가 되지만, 두
형은 흉내를 내어 '결국 집으로 돌아가지도 못 했다'는 원 설화 내용
을, 다나카는 두 형을 아우가 '받아들여 친절하게 보살폈'다고 개작
했다. 설화 8편 중 〈세 개의 보물〉만이 결론이 변경되었지만, 다나카
는 후술하는 일본인의 조선동화집에 비해, 원래 설화의 줄거리를 유
지했음을 확인할 수 있었다.18)

3. 1920년대 『朝鮮童話集』(1924)의 영향과 그 확산

1920년대 이른바 아동중심주의 영향으로 동화의 교육적 의미가

---

16) 金廣植, 앞의 책, 勉誠出版, 2014, 第2篇 4章을 참고.
17) 〈말하는 남생이〉는 식민지기에 한일 공통의 설화로 이용된 대표적 설화다. 오구라
   가 주도한 제 2기 조선어독본에도 수록되었고, 재조일본인 심상소학 보충교본에도
   수록되었다. 자세한 내용은 다음을 참고. 金廣植, 「朝鮮總督府編修官立柄敎俊と朝
   鮮民間說話 -在朝日本人用 補充敎本の「もの言う龜」を中心に」, 『Walpurgis』 2018,
   國學院大學, 2018.
18) 김광식, 「조선총독부 학무국 '전설 동화 조사' 보고서를 활용한『조선동화집』의
   개작 양상 고찰」, 『고전문학연구』 48, 2015(본서 1장).

각광을 받으면서, 이를 의식해 발간된 책이 바로 다나카 동화집이다. 동시대 식민지 조선 교육에서 동화를 활용한 일본어 교육의 의미가 주목받을 때, 이러한 움직임을 주시해 조선인도 다양한 모색을 시도한다.

유의해야 할 사실은 1910년대 제출된 자료집을 정리해서 총독부가 1924년 가을에 출판하게 된 배경이다. 필자는 1920년대 이후, 방정환, 심의린, 손진태 등 조선인의 설화수집이 본격화 하면서 일본어와 조선어에 의한 설화 수집과 개작이 경쟁 관계를 구축하게 된 것이 하나의 계기로 작용했을 가능성을 상정하고자 한다. 이 경쟁 관계에 대한 정밀한 분석을 위해, 이 글에서는 우선 일본인의 움직임을 전반적으로 검토하고자 한다.

이러한 경쟁 관계가 구축되는 상황에서 1910년대 학무국 보고서를 참고로 본격적으로 개작을 시도한 이가 아시다 에노스케(芦田惠之助, 1873~1951, 제 2기 일본어 교과서를 편찬)였다. 아시다는 문부성 교과서를 편찬 후 그 공적을 인정받아 총독부 편수관이 되어, 1921년 10월부터 1924년 4월까지 조선에 체재했다. 아시다는 1910년대 보고서를 참고해 제 2기 일본어 교과서『普通學校 國語讀本』전8권(1923~1924)에 모모타로 등 일본 동화를 일체 넣지 않고, 조선설화 13편을 수록했다는 점에서 주의를 요한다.[19) 1924년 전후에 학무국 편집과 주도로 아시다와 다나카가 조선설화를 개작하면서 당대에 미친 영향은 실로 지대했다고 보인다. 【표2】와 같이, 특히 나카무라, 다치카와,

---

19) 김광식,『식민지 조선과 근대설화』, 민속원, 2015, 2장을 참고.『조선동화집』(1924)과 아시다 독본의 설화 개작에 대한 분석은 다음을 참고. 김광식,「조선총독부 편수관 아시다 에노스케(芦田惠之助)와 조선동화 고찰 −조선총독부『조선동화집』과의 비교를 중심으로」,『일본연구』37, 2014.

심의린의 동화집은 공통의 설화를 다수 수록했다. 따라서 이하에서는 다나카 동화집을 바탕으로 개작된 여러 동화집의 공통점과 차이점을 검토하고자 한다.

아시다 독본(1923~1924)과 『조선동화집』(1924) 간행 이래, 여러 조선동화집이 식민지 지배언어인 일본어로 발간되어 조선아동의 일본어 보급에 노력했음에 대해, 조선어 최초로 간행된 단행본은 심의린(1894~1951)의 『조선동화대집』(1926)이다.

필자는 다나카(총독부) 동화집과 심의린 동화집에 대한 종래의 연구사에서 보이는 이항대립(식민지주의와 저항민족주의)이 아닌, 식민지 언어교육에 초점을 두어, 신 발굴 자료를 검토하고 일본어(당시 '국어') 교육의 일환으로 고안된 다나카 동화집과, 이에 위기감을 느낀 조선어 말하기 학습을 위해 실천된 심의린 동화집이라는 새로운 상을 제시한 바 있다.[20] 다치카와 동화집처럼 심의린은 실연동화에 관심을 갖고 『話方연습 실연동화 第一集』(이문당, 1928)을 발간했다. 앞으로는 언어와 발간 취지가 다른 양자의 대립을 필요 이상으로 강조하기보다는, 심의린의 이력과 업적에 대한 냉정하고 차분한 연구가 필요하다. 심의린 동화집은 식민지기에 냉대 받던 조선어 교육 상황을 타파하기 위한 뛰어난 실천으로, 일본어로 실천된 선행 동화집과는 목적 및 성격 등에서 커다란 차이가 존재한다. 무엇보다도 표현된 언어가 다르므로 단순 비교는 곤란하며, 그 평가 역시 신중하고도 상세한 검토가 요청된다. 본장에서는 특히 실연동화에 관심을 지닌 심의린 연구를 위한 선행 작업으로 일본인의 개작 상황을 우선적으로 검토하고자 한다. 이 글에서 중점적으로 다루는 텍스트는 다음과 같다.

---

20) 김광식, 「심의린의 이력과 『조선동화대집』 발간에 대한 재검토」, 『열상고전연구』 42, 2014.

1913년 보고서(강재철, 『조선전설동화』 상·하, 단국대학교출판부, 2012).
아시다 독본(朝鮮總督府, 『普通學校國語讀本』 전8권, 朝鮮總督府, 1923~
    1924).
다나카 동화집(朝鮮總督府, 『朝鮮童話集』, 朝鮮總督府, 1924).
나카무라 동화집(中村亮平, 『朝鮮童話集』, 冨山房, 1926).
다치카와 동화집(立川昇藏, 『신실연 이야기집 연랑(新實演お話集蓮娘)』,
    隆文館, 1926).

　다나카 동화집에 큰 영향을 받은 나카무라와 다치카와는 모두 조선
에서 일본어('국어')를 가르친 일본인 교사가 일본에서 펴낸 책으로 조
선동화를 내지로까지 확산시켜 일본 아동에게 조선동화에 대한 교본
이 되었다는 점에서 내지 및 조선인 독자를 고려한 분석이 필요하다.
　소설가·미술연구자로 알려진 나카무라 료헤이(中村亮平, 1887~1947)
는 나가노 사범학교 졸업 후 1918년 이상주의 공동체 '새로운 마을(新し
き村)'에 참가하지만 좌절하고, 조선을 근대에 물들지 않은 이상향으로
여기고 조선에 건너와, 1923년 12월부터 1926년 2월까지 경북 공립사
범학교 등에서 근무했다. 나카무라 동화집은 본문 558면에 이르는 방대
한 책으로, 제 1부 童話(43편), 제 2부 物語(2편), 제 3부 傳說(17편)로
구성되었다. 놀라운 사실은 수록 설화 중, 아시다 독본에 수록된 조선동
화 13편, 다나카 동화집에 수록된 25편의 유사 설화가 모두 수록되었다
는 점이다. 특히 일본어 표현을 살펴보면, 나카무라가 다나카 동화집를
바탕으로 개작했음은 명확하다. 오리엔탈리스트 나카무라는 '순수하
고 원시적인 조선'에 '미(美)'를 투영해 식민지 현실과는 동떨어진 '아름
다운 조선상(朝鮮像)'을 형상화(소설화)했다.[21] 나카무라의 동화는 마치

---

21) 金泳南, 「中村亮平 『朝鮮童話集』における 「美しい朝鮮」の創出」, 『比較文學研究』 77,

단편 소설과 같은 느낌이 들 정도로 소설화 된 작품이다. 이하에서는
모티브 및 내용 개작을 중심으로 살펴보고자 한다.

　나카무라는 다나카와 달리, 내용을 크게 개작했다. 다나카 동화집
이 총독부에서 조선아동 교화를 위해 착한 어린이 만들기 용으로 편
찬된 데 반해, 나카무라는 내지의 일본 아동을 대상으로, 당대 조선
의 식민지 현실을 외면하고 조선의 아름다움을 이상화, 신비화 하였
다. 나카무라는 〈38어머니를 버리는 사내〉에서 다나카 동화집의 내
용을 변형해, 어머니를 버린다는 말을 차마 아들에게 하지 못하고 얼
버무리는 형태로 개작하였다. 한편, 〈4만수 이야기〉(가여운 아이)에서
는 착한 만수가 고난을 겪어 내고 인삼을 얻어 부자가 된다는 원 설
화 내용을, 다나카는 부자가 된 후에도 불쌍한 사람을 도와서 존경받
았다고 개작했는데, 나카무라는 만수가 악독한 주인을 감화시키고
인삼을 필요로 하는 사람들에게 제공해 존경받았다고 개작해, 조선
을 이상화시켜 아름다운 조선을 형상화 했다.[22]

【표3】〈세 개의 보물〉의 내용 비교

1913, 상104-6 (上673-7)[23]	다나카, 22세 개의 보물, 143-150	아시다 국어독본2, 72-82	나카무라, 16세 개의 보물, 157-68
옛날 한 富翁이 있었다. 죽음에 앞서 3형제에게 재산을 분여했다. 형 둘은 탐욕스러워 자기 재산을 증식했을 뿐만 아니라 타인의 재산을 횡	옛날 어느 곳에 부자 아버지가 있었습니다. 아버지는 중병에 걸려 (중략) 죽었습니다. 그런데 형제 셋 중 위 둘은 매우 욕심쟁이였기	30세 개의 보물 다리 위에 나이 든 스님이 쓰러져 있었습니다. 더러운 옷을 입고 (중략) 젓가락으로　짝짝	옛날 어느 곳에 대단한 부잣집이 있었습니다. 아버지와 삼형제는 아무런 부족함 없이 살았습니다. (중략) 죽기 전에 아버지는 삼형제를 불러 (중략). 재산을 균등히 나눠 주었습니다.

　2001 참고.
22) 나카무라의 〈38어머니를 버리는 사내〉와 〈4만수 이야기〉(가여운 아이)에 대해서
　는 김광식 외, 앞의 책, 2014, 9장 나카무라 료헤이와 『조선동화집』 고찰을 참고.
23) 강재철, 『조선전설동화』 상·하, 단국대학교출판부, 2012. 번역은 위 책을 참고하

령해 그저 탐욕이 계속되었다. 막내 동생은 이에 반해 지극히 仁厚하고 가난한 자를 구휼하고 미곡을 내주어, 아버지 사후 몇 년이 되지 않아 가산이 바닥났다. 두 형은 이를 보고 크게 노하고 결국 동생은 그 마을에서 내쫓긴다. (중략) 표주박 하나와 나무젓가락 하나, 금방동사니로 엮은 돗자리 하나였다. (중략) 젓가락을 두드리니 온갖 치장을 한 아름다운 여인이 나타나 갖은 시중을 들어주었다. (중략) 돌아가는 길가에서 싸우는 두 사람이 있었다. 바로 두 형이다. (중략) 하지만 사리사욕을 채우려던 두 형은 동생처럼 복을 얻기는커녕 결국 집으로 돌아가지도 못했다. (함북 무산군)	에 막내 재산을 가로채 (중략) 내쫓았습니다. (중략) 젓가락을 들고 때려보자 (중략) 많은 아름다운 여자와 사내가 나와서 음식을 넣어 주고, 식사 전반을 거들어 줍니다. (중략) 자신의 마을을 향해 돌아가는데, 길가에서 두 사내가 싸우는 것을 보았습니다. (중략) 둘은 자신의 형이었습니다. (중략) 형들은 이제 완전히 자신들의 집도 재산도 없어져 어쩔 수 없이 동생을 찾아가 구원을 요청할 수밖에 없었습니다. 동생은 형들의 지금까지 무정한 행위 등을 잊은 듯이 마음씨 좋게 둘을 자기 집에 받아들여 친절하게 보살폈습니다.	소리를 내 봤습니다. 그러자 아름다운 여자와 아이가 나와서 그 음식을 넣어 줬습니다. (중략) 젊은이는 그 후 그곳에 살며 즐겁게 보냈습니다. 끝	두 형은 (중략) 동생은 불평 한마디 하지 않고 (중략) 곤란한 사람만 보면 누구든 차별 없이 베풀었기에 (중략) 가난해 졌습니다. (중략) 마을을 쫓겨났습니다. (중략) 젓가락을 취해 맛있는 진수성찬을 먹으려 하자 (중략) 신기하게도 매우 아름다운 아이가 나타났습니다. (중략) 여자와 아이가 많이 나왔습니다. 그리고 음식을 나르기 시작했습니다. (중략) 마을에 돌아가려고 생각했습니다. (중략) 길가에서 큰 다툼이 있었는데 (중략) 그것은 분명히 두 형들이었습니다. (중략) (형들은) 입을 것은 물론, 먹을 것도 없었습니다. 그러나 동생은 수많은 형 가족들을 받아들여 실로 기뻐하며 진심으로 보살펴 주었습니다. 결국 두 형은 (중략) 동생의 아름다운 마음을 느꼈는지 완전히 다시 태어난 듯이 변해서 오래오래 즐겁게 살았습니다.

이하. 1913년 보고서의 일부 국문을 제외한 모든 일본어는 필자가 직역함.

【표3】과 같이, 나카무라의 〈16세 개의 보물〉은 다나카 동화집과 같은 제목인데, 부친 사망 후 형들에게 쫓겨난 동생은 노승을 도와 세 개의 보물(표주박, 나무젓가락, 돗자리)을 얻는 내용이 완전히 일치한다. 하지만 착한 조선인 아동을 훈화시키기 위해 내용을 개작하였다. 아시다가 1학년 2학기용으로 중요 모티브만을 다룬데 비해, 다나

여, 필자가 직역함. 상104-6(일본어上673-7), 이하 한국어 번역 페이지는 상104-6으로, 일본어 원문 페이지는 上673-7로 표기.

카와 나카무라는 착하고 친절한 동생의 모습을 그리고, 형제를 교화하려고 노력하는 착한 어린이를 다루었다. 원 설화는 동생이 빈민을 도와 가산을 탕진했지만, 다나카는 욕심쟁이 형들이 '막내 재산을 가로'챈 것으로, 나카무라는 '막내 동생 분의 반 이상'(158면)을 빼앗은 것으로 형들을 나쁘게 개작했다. 또한 성적 표현을 완화시켰다. 원 설화는 젓가락을 두드리자 '온갖 치장을 한 아름다운 여인'이 갖은 시중을 들었지만, 다나카는 '아름다운 여자와 사내'가, 아시다와 나카무라는 '여자와 아이'가 음식 시중을 들었다고 개작하여 성적 표현을 완화시켰다. 원 설화에서는 나쁜 형들이 돌아오지 못했지만, 다나카 동화집은 형들을 돌보는 착한 어린이를 형상화했다. 이에 비해 나카무라는 "드디어 동생의 아름다운 마음을 느꼈는지, 완전히 다시 태어난 듯이 변해서 오래오래 즐겁게 살았"다고 구체화 했다. '아름다운 마음'의 이상화 및 형상화는 나카무라의 일관된 주제였다.

【표4】〈천녀의 깃옷〉의 내용 비교

1913, 上744-7(상84-5)	다나카, 9천녀의 깃옷, 69-78	아시다 국어독본4, 91-8	다치카와, 3깃옷, 121-42
옛날 한 남자가 있었습니다. 부친이 병이 들어 약을 구하려고 집을 나왔습니다. (중략) 옷을 취했습니다. (중략) 집에 돌아와 하나는 아버지께 드리고, 하나는 자신이 먹었습니다. 나머지 하나는 집 앞의 소나무 뿌리 주위에 묻었습니다.	북쪽의 북쪽인 함경북도의 적적한 산기슭에 옛날옛날 한 효자 아들이 있었습니다. 어머니를 일찍 여의고, 집에는 아버지뿐이었는데, 그 아버지도 중병 때문에 오랫동안 누워있었습니다. (중략) 각자 옷을 벗어 물가 나무 가지에 걸치고, 눈처럼 새하얀 빛나는 살을 들어내고 물속에 들어가 매우 기분 좋게 여기저기 헤엄쳤습니다. 이를 보고 효자는 그 옷이 필요했습니다. 그	26복숭아 열매 옛날 매우 효자 아들이 있었습니다. 아버지가 병으로 오랫동안 누워있는데 (중략) 천녀는 윗옷을 벗어 물가 나무에 걸쳤습니다. 그리고 물속에 들어가 기분 좋게 헤엄쳤습니다. (중략) 그때 바람이 불어 천녀 윗옷	(전략) 조선에도 깃옷 이야기가 전해집니다. 일본 것과 어떻게 다른지 한번 들어 보세요. 일(一) 세계에서도 유명한 조선 금강산 산록에 가난한 부자 둘이 사는 집이 있었습니다. (중략) 아버지가 미끄러져 (중략) 깃옷을 벗어 소나무에 걸치고 호숫

그래서 소나무는 언제나 푸르고 마르지 않는 것입니다. (함북 회령군)	래서 <u>살짝 그중 하나를 취해</u> 나무 뒤에 감추고 자신도 나무 뒤에 숨어 여자들 모습을 살폈습니다. (중략) 집에 돌아와 바로 이것을 아버지께 드리자 그처럼 심했던 아버지 중병이 바로 나았습니다. 아들도 하나를 먹고 부자는 불로장수했습니다. 나머지 하나를 마당 소나무 뿌리 주위에 묻었습니다. 그러자 (중략) 소나무만은 춘하추동 언제나 변함없이 푸른 입이 생생한 상록수가 되었습니다.	이 강에 날아가려 <u>했습니다.</u> 아들은 서둘러 그 윗옷을 <u>주워</u> 천녀가 오는 것을 기다렸습니다. (중략) 집에 돌아와 천도를 아버지께 드렸습니다. 아버지 병은 바로 좋아졌습니다. 끝	가 얕은 곳에 가서 (중략) <u>손발을 씻고 있었</u>습니다. 그 때 (중략) <u>깃옷 하나가 바람에 날려 호수 중앙에 떨어졌습니다.</u> (중략) 아버지에게 드리자 신기하게도 <u>한 입 드신 아버진 침상에서 일어나셨다. 또 한 입 이번엔 걸을 수 있게 되었습니다.</u> (중략) 아버지는 건강하게 장수하셨고 둘은 행복한 날을 보냈다고 합니다.

【표4】처럼 〈천녀의 깃옷〉은 천도형으로 〈소나무가 푸른 이유〉 모티브가 포함된 설화다. 아시다는 2학년 2학기 교과서에 배치해 〈복숭아 열매〉라는 제목을 달고, 〈소나무가 푸른 이유〉 모티브를 생략하고 효성을 강조한 수신 교재로 개작했다. 다나카는 원 설화에 충실하게 효자가 천도를 얻기 위해 천녀 옷을 취한데 비해, 아시다와 다치카와는 바람이 불어 이를 주워준 것으로 개작하였다. 교육적 관점을 의식해 절도 행위를 개작했다고 판단된다. 이에 비해 다나카는 원 설화의 내용을 비교적 충실히 전했다고 할 수 있다. 그러나 선녀가 '목욕'했다는 부분을 '헤엄쳤'다거나 '손발을 씻'었다고 수정해 성적 부분을 완화시켰다. 아동을 배려해 헤엄치는 것을 지켜보는 내용으로 개작했다고 판단된다.

【표2】처럼 〈천녀의 깃옷〉은 다나카, 아시다, 다치카와, 심의린이 수록했는데, 모두 효자가 복숭아를 얻는 천도형이다. 반면, 나카무라는 일본설화 〈하고로모(깃옷羽衣)〉와 유사한 〈9젊은이와 깃옷(若者

と羽衣)〉, 즉 선녀와 나무꾼 결혼형을 수록했다. 이야기의 배경은 금 강산이고, "조선에서 예부터 『금강산을 보지 않고 산수를 봤다 말하 지 마라.』고 할 정도입니다."(71면)라고 조선의 아름다움을 강조하였 다. 교육적인 효행담(천도형)보다 '내선융화'를 중시한 소재 선택으로 판단된다. 【표2】의 삼각(△)표시처럼 나카무라는 다나카 동화집에서 모든 소재를 취하면서도, 유독 〈천녀의 깃옷(젊은이와 깃옷)〉과 〈혹떼 고 혹붙이기(혹부리 영감)〉만은 다른 유형을 소개했다. 〈천녀의 깃옷〉 은 식민지기 한일 공통의 설화로 가장 많이 이용된 설화(총독부 관사 벽화에도 사용됨)인데, 나카무라는 서문에서도 조선에 건너와 '아름다 운 이야기'를 많이 듣고 '친근감'을 위해 동화집을 썼다고 주장했다. 그 중에는 "내지 것과 같은 것, 심히 비슷한 것이 있었습니다. 태고부 터 어딘가 깊이 연결된 듯이 생각되었기 때문"(1면)이라고 주장하듯 이 그 수록 의도가 '일선동조'와 연관됨을 확인할 수 있다.

이러한 나카무라의 '친근감'을 의도적으로 반영한 것이 〈11자신 없 는 호랑이〉다. 〈자신 없는 호랑이〉는 우리에게 익숙한 '호랑이와 곶 감' 이야기인데, 일본적 모티브를 무리하게 삽입해 문제적 작품이다. 일본에서는 〈낡은 집의 비샘(古屋の漏り)〉[24]으로 널리 알려진 이 설 화는 곶감이 무서워서 달아나는 게 아니라, 밤중에 비가 새는 것이 가장 무섭다는 노부부의 대화를 듣고 달아나는 내용이다. 그러나 나 카무라는 다나카의 동화집을 바탕으로 개작하면서도 곶감 모티브를 사용하지 않고 다음과 같이 처리했다.

---

24) 金廣植, 「一九二〇年代前後における日韓比較說話學の展開」, 『比較民俗研究』 28, 2013을 참고.

"호랑이가 왔다" (중략) 아이는 아직 울음을 그치지 않습니다. 어머니
는 완전히 곤란해 져서, 어찌 할지 몰라 난처해진 모양이었습니다. 하지
만 문득 아까부터 밖에 빗물 떨어지는 소리가 들렸으므로, "자 빗물 떨
어진다." (중략) 그러자 아이는 어떻게 생각했는지, 바로 울음을 그쳤습
니다. (108~109면)

이러한 나카무라의 개작은 모티브를 훼손하는 과도한 변형으로 일
본인에게 조선에도 〈낡은 집의 비샘〉 모티브가 있는 것으로 오해시
킬 위험성이 존재한다.

한편, 다나카는 일본과 유사한 '선녀와 나무꾼 결혼형'보다 착한
어린이 육성을 위해 '천도형'을 수록하여 후대 동화집에 커다란 영향
을 끼쳤다. 또한 전술했듯이 나카무라가 일본과 유사한 〈혹부리 영
감〉의 혹떼기형을 수록한 데 비해, 다나카는 장승형을 수록했다. 제
1기 조선어독본 이후에 〈혹부리 영감〉이 실려 식민지기에 자주 이용
되었는데, 다나카는 당대에 혹떼기형이 아닌 장승형을 수록한 첫 사
례로 보인다. '일선동조'와 일정한 거리를 두는 다나카의 주장은 그
의 일본어 번역본『朝鮮說話文學 興夫傳』에 수록한 장문의 논문「홍
부전에 대하여」에서도 확인된다.

다나카는 홍부전을 당시 '민간동화(民間童話- 민간설화, 필자 주)로 가
장 널리 전파된 것'으로 간주하고, 본격적으로 한일 설화론을 다룬
다카기 도시오(高木敏雄)의 「일한공통의 민간설화(日韓共通の民間說話)」
(『東亜之光』7-11, 1912) 등을 언급하였다. 다나카는 "그러나 필자는 무
엇 하나도 단정적으로 말할 수 없다. (홍부전이 -필자) 조선에서 오랜
존재임을 증명할 만한 문헌이 아무 것도 나오지 않은 게 가장 약점이
다."25)고 주장했다. 다나카는 한일의 직접적 관련성에 신중한 입장을
천명하고, 일본의 〈설절작(舌切雀) 설화〉를 언급하고 나서 "그러나 이

유사함도 필자에게는 역시 우연적인 유사로 보는 것 이상으로 양자의 관계에 대해서, 아무런 긍정할 만한 것이 없다. 요컨대 흥부전의 원화(原話)가 무엇인지에 대해서 필자는 아직도 하나의 수수께끼다"고 고백했다.[26] 다나카의 이러한 언설은 식민지기 '일본의 속학자(俗學者)들이 소위 일선(日鮮) 민족 동원론이란 미제(美題)와 정치적 가면 하에서'[27] 식상할 정도로 반복 주장한 '일선동조론'과는 거리를 두었다는 점에서 일단 평가된다.

4. 다치카와 쇼조의 실연동화집

계속해서 필자가 새롭게 발굴한 다치카와 쇼조(立川昇藏, 1900전후?~1936)의 실연동화집은 그 중요성에서 불구하고, 지금까지 한일 학계에서 완전히 무시된 자료집이다. 이는 본서의 제 3장에서 구체적으로 살피겠지만, 구연동화집에 대한 연구 부족에서 기인한다.

근대 일본에서 구연동화의 효시 이와야 사자나미(巖谷小波, 1870~1933)는 1896년 무렵부터 자신의 작품을 직접 어린이에게 구연하였다. 1898년 출판사 박문관의 강연부 주임으로 구루시마 다케히코(久留島武彦, 1874~1960)를 임명하여, 사자나미와 함께 구연동화를 통한 전국적 활동이 본격화한다. 그 후, 1910년대에 접어들어 '구연동화'라는 명칭이 정착되고, 1915년 동경 고등사범학교에 오쓰카강화회(大塚講話會)가 창설되어, 구연동화는 교사들에 의해 학교 교육에도 보

---

25) 田中梅吉·金聲律 역, 1929, 『朝鮮說話文學 興夫傳』, 大阪屋號書店, 14면.
26) 田中梅吉·金聲律 역, 1929, 위의 책, 17면.
27) 손진태, 「조선민간설화의 연구」8, 『新民』 4-4, 1928.4, 48면.

급되기 시작하였다. 이를 통해 1921년 오쓰카강화회 편『실연 이야
기집(實演お話集)』전9권 등 구연동화와 관련된 실연집, 연구서가 계
속 간행되고 전국적인 규모로 보급되었다. 그러나 패전 후에는 점차
쇠퇴하였다.[28]

　먼저 학교교육에 구연동화 보급에 커다란 영향을 미친 오쓰카강화
회에 대해서 살펴보고자 한다. 오쓰카강화회는 1915년 "시모이 하루
키치(下位春吉, 1883~1954-필자, 이하 동일), 구즈하라 시게루(葛原䔲,
1886~1961)의 제창으로 창설되었다. 주로, 구연동화의 연구와 실연을
행했다. 동경 고등사범의 재학생과 졸업생으로 구성되어, 학교 소재
지인 오쓰카를 그 명칭으로 삼았다. 학교에서 아동회, 동경 시내외의
유치원, 소학교, 중학교에서 구연, 이와야 사자나미, 구루시마 다케
히코, 기시베 후쿠오 등을 초청해, 극장에서 지역대회를 개최하고,
여름에는 반을 편성해 장기간 구연 여행을 시행했다. 일본국내는 물
론이고 대만, 가라후토(현 사할린), 만주(현 중국 동북부) 등에까지 발길
을 넓혔다. 또 강화회라 명명한 것은 교사가 교단에 서서 이야기할
때의 기본적인 마음가짐, 이야기 방식의 기초훈련을 목적으로 했기
때문이다. 구연동화를 위해서, 구연용 동화집『실연 이야기집(實演お
話集)』(전9권, 1921~1927, 隆文館)도 간행하였다. 이 시리즈물은 8권까
지는 학년별 구연 이야기집, 제9권은 이야기 방식 연구 편으로 구성
되었다. 또한, 오쓰카강화회는『신 실연 이야기집(新實演お話集)』전2
권(1926, 隆文館, 1권은 立川昇藏集, 2권은 樫葉勇集)과『실연 이야기 신집
(實演お話新集)』전3권(1954, 講談社) 등을 간행했다."[29]

---

28) 米屋陽一, 「兒童文學と民話」, 大阪國際兒童文學館編, 『日本兒童文學大事典』2卷,
　　大日本圖書 株式會社, 1993, 390면.
29) 谷出千代子, 「大塚講話會」, 大阪國際兒童文學館編, 『日本兒童文學大事典』2卷, 大

이처럼 오쓰카강화회는 일본 '내지'는 물론이고 식민지까지 그 활동을 벌였는데, 조선과의 관련성을 검토하고자 한다. 먼저 오쓰카강화회가 간행한 출판물 중 조선관련 소재인데, 오쓰카강화회가 현상모집을 통해 펴낸『현상 실연 이야기(懸賞實演お話)』제 2집(隆文館, 1925)에는 〈조선의 우라시마(朝鮮の浦島)〉가 실려, 한일 공통의 설화에 관심을 보였음을 확인할 수 있다.

계속해서 다치카와의 경력을 살펴보면, 그는 오늘날 거의 알려지지 않은 인물이다. 다행히 다치카와 쇼조 추도 기념논문집(立川昇藏君追悼記念 論文集)이 1937년에 발행되어, 그 행적의 일단을 살펴볼 수 있다. 이 책은 논문집으로 다치카와에 대한 구체적인 약력이 없어 그 상세한 내용을 알 수 없지만, 그가 사망 전에 근무한 사이타마현 사범학교 교장이 쓴 글에 다음과 같은 내용이 보인다.

(다치카와는 -필자, 이하 동일) 히로시마현 사범학교에서 동경 고등 사범학교에 옮겨, 대정 12년(1923년) 본교 문과 제 1부를 졸업하고, 곧바로 오키나와현 사범학교에 봉직하고, 다음해 조선 충청남도 공립 사범학교에 2년간 근무한 후, 재차 학문에 뜻을 두고 소화 4년(문맥상, 1년 혹은 2년의 오기로 판단됨. 소화 1-2년은 1926-7년) 11월 동경 고등 사범학교 전공과에 입학해, 소화 3년(1928년) 졸업해 아이치현 여자 사범학교에 봉직하고, 소화 4년(1929년) 11월, 시즈오카현 하마마쓰 사범학교에 전직해 부속 소학교 주사로 임명되어, 소화 7년(1932년) 국민정신문화연구소가 설립되자, 그 제 1회 교원연구과 연구원으로 선발돼 입소하여, 일본 정신 연구에 전념하였다.[30]

日本圖書 株式會社, 1993, 332면.

30) 有元久五郎, 「跋」, 立川昇藏君追悼記念論文集刊行會 編, 『日本教育學の諸問題』, 成美堂書店, 1937, 1~2면.

즉 다치카와는 히로시마 사범학교에서 동경 고등사범학교로 옮겨 1923년 졸업하고 오키나와현 사범학교에 단기간 근무하고, 1924년 이후 충청남도 공립 사범학교에 2년간 근무하였다. 이는 조선총독부 직원록(1924년, 1925년 판)에서도 확인된다.[31] 다치카와는 일본어 교사로 부임해 2년간의 조선체류를 통해 조선설화를 수집해, 이를 개작해 실연동화집을 작성한 것으로 판단된다.

다치카와는 1926년에 일본으로 돌아가서 동경 고등사범학교 전공과를 졸업하고, 시즈오카 하마마쓰 사범학교 부속 소학교를 거쳐 1932년 국민정신문화 연구소 연구원으로 근무했다. 국민정신문화 연구소는 1932년 도쿄 시나가와구에 설치된 문부성 직할 연구소로, '생도의 좌경화' 대책으로 국민정신 원리를 천명하고, 일본정신을 고양시킬 이론체계 건설을 목표로 설립되었다. 다치카와는 30년대 이후 우익적 성향을 강화시켰다. 이듬해 사이타마현 사범학교로 옮겨 근무 중 1936년 급성 심장성 천식으로 사망했다. 앞으로 그의 저서를 참고로 그 실상에 대한 고찰이 요구되는데, 필자의 조사에 따르면 다치카와는 아래와 같은 글을 발표하였다.

논문

「우리학교 영화교육(我が校の映画敎育)」, 『學習硏究』 9-2 臨時增刊號, 1930.1.

저서

『향토교육으로 본 국어교육(鄕土敎育より觀たる國語敎育)』, 文泉堂書房, 1932.

---

31) 朝鮮總督府, 『朝鮮總督府及所屬官署 職員錄』, 1910~1943 (復刻版 全33卷, ゆまに書房, 2009).

편저

埼玉縣師範學校附屬小學校(立川昇藏)編, 『中正原理 교과
　　교수의 요체(各科敎授の要諦)』, 文泉堂書房, 1933(改訂
　　版『中正原理 日本敎育の各科經營』, 文泉堂書房, 1934).
埼玉縣師範學校附屬小學校(立川昇藏)編, 『中正原理 일본
　　교육의 경영(日本敎育の經營)』, 文泉堂書房, 1934.
埼玉縣師範學校附屬小學校(立川昇藏)編, 『일본교육의 교
　　과와 훈련(日本敎育に於ける敎科と訓練)』, 文泉堂書房,
　　1935.

다치카와 쇼조
(『日本敎育學の
諸問題』, 1937)

埼玉縣師範學校附屬小學校(立川昇藏)編, 『日本敎育　性格の陶冶と敎科
　　經營』, 文泉堂書房, 1936.

　　조선 실연동화집『신 실연 이야기집 연랑』의 내용을 살펴보자. 다
치카와 동화집은 본문 382면으로 1926년 5월 10일에 발간돼 2엔에
판매되었다. 오쓰카강화회 동인(同人)이 쓴 권두언에는 "동화가 아동
세계의 것인 만큼 교육과 떨어질 수 없는 것이다. (중략) 가르치려는
교육이어서는 안 된다. 즐기도록 하려는 교육이었으면 한다. 아니,
교수자와 비교수자 양자가 함께 즐기는 교육이었으면 한다. 성스럽
고 바르고 크고 강한 사랑의 교육이었으면 한다. 순정(純情)한 교육이
었으면 한다. 동요와 동화에 의한 교육이 바로 그것이다."[32]고 적혀
있다. 이 권두언에서는 아동 중심주의에 입각한 오쓰카강화회의 동
화 교육의 이상을 엿볼 수 있다. 다치카와는 서문에서 다음처럼 주장
했다.

---

32) 立川昇藏, 『新實演お話集 蓮娘』第1集, 隆文館, 1926, 2면.

　　조선에 건너간 후, 동화의 실연보다도 조선에 있는 전설과 동화 등의 수집에 보다 많은 힘을 썼습니다. 조선의 초등교육, 특히 보통학교 교육은 너무나도 살풍경(殺風景)입니다. 조금은 아동의 심금을 울리는 즐거운 방면이 있어도 좋지 않을까 항상 생각했습니다. 학과의 주입에 시간이 부족하다며 진행하는 것으로 과연 원만한 인격이 생성될까요. 마음으로부터 즐겁게 부르는 동요, 마음으로부터 즐겁게 듣는 동화, 이런 것을 그들에게 제공할 필요성을 2년간 부단히 생각했습니다.

　　저는 이러한 바람에서 주로 조선 재래의 전설과 동화 중, 실연될 수 있도록 재화했습니다. 그리고 수차례 내지와 조선 아동들에게 실연해 보고, 그 결과 만들어진 것이 이 한 권입니다.

　　다치카와는 아동중심주의 입장에서 2년이라는 짧은 기간 동안에 조선설화를 수집하여 이를 동화화 하여 조선과 일본 아동에서 실연하였다고 주장했다. 그러나 그의 자료 수집에 대한 열정은 과장된 것이다. 다치카와가 수록한 실연설화는 총 16화인데, 그 중 조선설화는 9편에 해당된다. 표제 제목으로 반영된 〈1연랑〉(蓮娘, 심청전), 〈2까치의 보은〉(カチの報恩, 종을 친 까치), 〈3깃옷〉(羽衣, 선녀와 나무꾼), 〈4은구슬 금구슬〉(銀の玉, 金の玉, 검은 구슬과 노란 구슬), 〈5호랑이와 곶감〉(コカム), 〈6금열매 돌열매〉(金の實, 石の實, 말하는 남생이), 〈7바가지〉(パカチ, 놀부와 흥부), 〈8신기한 구슬〉(不思議な玉, 수중 구슬), 〈9신기한 부채〉(不思議な扇子)가 수록되었다. 그 중 〈1연랑〉과 〈9신기한 부채〉을 제외한 모든 이야기는 다나카 동화집과 일치하며, 다나카의 압도적 영향 하에서 파생된 것이다.

　　이처럼 다치카와는 다나카 동화집을 바탕으로 실연동화집을 펴냈는데, 그 문체와 형식 및 줄거리를 나카무라보다 더 자유롭게 변형하였다. 이는 읽기용 독본으로 간행된 다나카, 나카무라 동화집과 달

리, 다치카와가 실연동화집을 의도했기 때문이지만, 과도한 개작에
는 주의를 요한다.

다나카 및 나카무라 동화집은 이야기의 전개 속에서 작자의 개입
이 한정적이지만, 다치카와는 자유롭게 개입해 일본아동에게도 조선
이야기를 알기 쉽게 설명하고, 많은 해설을 부가했다. 기본적인 모티
브를 유지했지만 등장인물을 바꾸거나 조선식 이름을 붙이기도 한
다. 일반적으로 한국에는 형제담이 많고, 일본에는 이웃집 노인담 즉
인야담(隣爺譚)이 많다. 다른 동화집에는 형제, 젊은이, 소년이 주로
등장하는데, 다치카와는 일본인 독자를 의식해 형제담을 이웃집 노
인담으로 개작한 점도 주의를 요한다.

【표5】 〈은구슬 금구슬〉(검은 구슬과 노란 구슬)의 내용 비교

1913, 상91-93(上692-4)	다나카, 6검은 구슬과 노란 구슬, 26-31	나카무라, 30검은 구슬과 노란 구슬, 282-91	다치카와, 4은구슬 금구슬, 84-107
옛날 어느 곳에 두 형제가 있었습니다. 그런데 형은 그 근처에서도 손꼽히는 부자였지만, 욕심쟁이로도 첫 번째였습니다. 동생은 매우 정직한 사내였지만, 몹시 가난해 그날그날 살기에도 어려웠습니다. 어느 날 동생이 형 집에 가서 쌀을 <u>구걸했습니다</u>. 매번 있는 일이지만, 특히 욕심 많은 형인지라 거두절미하고 「너 같은 놈에게 주느니 <u>차라리 돼지에게 주겠다</u>」며 동생을 두	옛날 어느 곳에 두 형제가 있었습니다. 형은 대단히 부자였지만, 욕심쟁이로도 여간내기가 아니었습니다. 동생은 집도 지극히 가난했지만, <u>마음씨 바르고 또한 정이 깊은 사람</u>이었습니다. 어느 날 동생이 먹을 쌀이 없어서 형 집에 가서 쌀을 빌리려 했습니다. 그러자 욕심 많은 형은 일언지하에 동생 부탁을 물리치고 「네 놈에게 줄 쌀이 있으랴, <u>필요하면 다른 집에서 빌려라</u>」고 말하며 잔혹하게 동생을 집에서 <u>내몰아 버렸습니다</u>. (중략) (형은) 두개의 구슬을 가지	이번에는 검은 구슬과 노란 구슬 이야기를 하죠. 옛날 어느 곳에 두 형제가 있었습니다. 형은 대단한 부자로, 게다가 욕심쟁이로도 여간 아니었습니다. 그러나 동생은 매우 정직했고 몹시 가난해 (중략) 어느 날 동생은 (중략) 형 집에 쌀을 빌러 갔습니다. (중략) 「네게 빌려줄 쌀이 있으랴, <u>다른 데 가서 빌려라</u>, 내 집에는 빌려줄 건 없다.」 결국 밀어내듯이 집 밖으로 <u>내몰아 버렸습니다</u>. (중략) (형은) 두개의 구슬을 가지고 총총 걸음으로 돌아 왔습	가토 기요마사의 유명한 호랑이 퇴치는 조선에서 있었던 일이죠. (중략) 조선 북쪽 산골에 <u>착한 할아버지</u> 할머니가 살았습니다. 집은 가난했지만, 정직하게 일해 (중략) (대기근으로)(마을 사람이 이웃집 할아버지에게 쌀 거절당함) <u>「너희에게 팔 쌀은 없다</u>」 (착한 할아버지도 거절당함) (중략) 두 개의 구슬을 가지고 집에 돌아왔습니다. (중략) 금구슬을 흔

<u>들겨 돌려보냈습니</u>다. (중략) (형은) 둘다 가지고 집에 오자마자 그 노란 것은 호랑이였으므로 당해 내지 못하고 바로 물려 죽고 말았습니다. (함북 회령군)	고 집에 돌아왔습니다. (중략) 노란 구슬에서 <u>수십,</u> <u>수백 마리나 셀 수 없는 커</u>다란 호랑이가 나왔습니다. 그리고 형 부부가 앗하고 말할 새도 없이 순식간에 그 몸은 갈기갈기 찢어졌습니다.	니다. (중략) 노란 구슬이 사라지자 사정없이 큰 호랑이 수백 마리가 날뛰었습니다. 아이고 하고 소리칠 새도 없이 호랑이 뱃속에 들어가 부부는 죽고 말았습니다.	들자 둘로 갈라져 (중략) 금색 큰 호랑이가 나와 순식간에 놀란 할아버지 할머니를 물어 죽이고 산으로 달아났습니다. (후략)

【표5】처럼 1913년에 보고된 〈검은 구슬과 노란 구슬〉은 가난하지만 정직한 아우가 노파에게 떡을 제공해 부자가 되나, 욕심 많은 형은 같은 흉내를 내고 노란 구슬까지 가져와 호식 당한다는 내용이다. 원 설화의 '두들겨 돌려보냈'다는 표현을 다나카와 나카무라는 고상한 일본어 표현으로 부드럽게 완화시켰다. 한편, 다치카와는 "가토 기요마사(加藤清正)의 유명한 호랑이 퇴치는 조선에서 있었던 일이죠."로 시작해, 형제담을 이웃집 노인담으로 변형시켜 가난한 노인이 이웃집 노인에게 쌀을 요청해 거절당하고 꿈이 현실이 된다는 내용으로 전반부를 대폭 개작하고, 후반부는 다나카 동화집과 동일한 줄거리를 지녔다. 실연 동화를 의식해 다치카와는 마지막에 '결(結)'을 두고 다음처럼 마무리 했다.

(욕심쟁이 이웃 노인이 준비해 둔) 금 상자와 쌀 상자로 만든 두개의 상자는 그대로 할아버지 할머니의 시체를 넣는 관이 되었다고 합니다 (107면).

이처럼 다치카와는 내용 설정을 변화시키거나 확장시켜 재미를 더하고, 착한 할아버지가 떡을 찧는 노래, 떡을 파는 노래 등을 삽입하여 노래와 구연 등 다양한 요소를 추가하여 파격적인 개작양상을 보여준다. 또한【표4】처럼 병든 아버지가 복숭아를 한입 넣을 때마다 회복되는 과정을 생동감 있고 현장감 있게 개작하였다. 이러한 일본 적인 개작 양상은 조선동화에 익숙하지 않은 일본 아동에게, 제국과 식민지 상황에서 조선동화가 일본과 매우 유사하다는 인식을 심어 줄 문제가 내재해 있었다.

【표6】〈신기한 구슬〉〈수중 구슬〉의 내용 비교

다나카, 수중 구슬, 1-8	아시다 독본3, 사이좋은 형제, 89-96	나카무라, 2수중 구슬, 11-18	다치카와, 신기한 구슬, 159-72
옛날옛날 어느 가난한 집에 아직 어린 두 형제가 있었습니다. 일찍 부모를 여의고 (중략) 가난하지만 두 사람의 마음은 진실로 천만금이라도 살 수 없을 정도로 훌륭한 것이었습니다. (중략) 어느 날 형제는 근처 마을에 일이 있어서 외출했습니다. (중략) 강기슭에 왔습니다. 둘은 서로 손을 잡고, 서로 의지하며 강을 건넜습니다. 둘이 강 중간까지 오자, 바닥에 뭔가 예쁜 색이 흔들거림을 형제 눈에 비쳤습니다. (중략) 형제는 하나의 구슬을 버리려 두개의 구슬을 얻은 것입니다. (중략) 그 후 형제 집은 더욱 영화롭고 유복하게 되었고, 마을 사람들은 "이는 형제가 서로 사이가 좋아서 하늘의 은혜다"며 더욱 두 사람을 존경하게 되었습니다.	사이좋은 형제는 손을 잡고 강을 건너려고 했습니다. 강 중간 정도 왔을 때, 바닥에 뭔가 빛나는 것을 발견했습니다. (중략) (형제는) 형제는 구슬을 버리려다 또 하나의 구슬을 주웠습니다. 구슬이 두개가 되었으므로 둘은 하나씩 가지기로 했습니다. 그리하여 집은 더욱 부유해졌습니다.	옛날 어느 시골에 아버지와 어머니를 여읜 두 형제가 있었습니다. (중략) 볼품없는 모습이었지만 단 하나 어디에서도 볼 수 없는 고귀한 것을 지녔습니다. (중략) 어느 날 형제는 마치 손을 잡은 듯이 사이좋게 이웃 마을까지 일을 보러 갔습니다. 그리고 강기슭에 왔습니다. 둘은 그 강을 건너기 시작했습니다. 강 중간까지 건너가자 예쁜 강물 바닥에 뭔가 매우 빛나는 것을 발견했습니다. (중략) 둘은 또 하나의 구슬을 얻었고 이번에는 서로 양보하지 않아도 괜찮게 되었습니다. 둘은 각기 그 구슬을 하나씩 가지고 살았습니다. 그리고 두 집은 점점 번영해 갔습니다.	(전략) 옛날 조선의 산속에 가난한 집이 있었습니다. 아버지와 형제 둘 3인 가족입니다. (중략) (아버지의 오랜 병을) 마음을 다해 형제는 간호했지만 (돌아가시고 둘은 외부로 일하러 집을 나와) 큰 강에 왔습니다. 다리가 없어 둘은 서로 손을 잡고 도우면서 이 강을 건넜습니다. 강 중간까지 건너자, 아름다운 바닥에 (빛나는 구슬이 있어) (중략) 둘은 하나의 구슬을 버리려다 새 구슬 하나를 얻었습니다. 둘에게 두개의 구슬, 그래서 한 사람이 하나씩 취해 언제까지 사이좋게 지냈다는 이야기.

〈신기한 구슬〉(수중 구슬)은 사이좋은 형제가 결국 구슬을 두개 얻게 된다는 유명한 이야기인데, 【표6】처럼 다치카와가 다나카 동화집의 〈1 수중 구슬〉을 바탕으로 개작했음을 확인할 수 있다. 다나카는 이 동화를 25편의 동화 중 첫 번째로 배치해 착한 어린이로 교화시키기 위해 중요하게 자리매김 했는데, 끝부분에 형제가 존경받았다는 후일담을 삽입하여, 교훈성을 강조했다. 아시다 교과서는 2학년 1학기 교재로 간결하게 줄거리만을 전달하여 수신 교재로 활용하였다. 나카무라도 '아름다운 마음'을 지닌 형제애를 이상적으로 서술했다. 다치카와는 형제가 돈벌이를 위해 떠나는 도중에 구슬을 발견해 돌아온다는 내용으로 전반부를 개작해 극적인 전개를 의도했다고 보인다. 또 다치카와는 한국 풍습을 의식했는지, 형제가 먼저 훌륭한 부모님 묘를 만들고 집을 세웠다고 개작했고, 후반부는 다나카 동화집과 일치함을 확인할 수 있다.

이상과 같이 다나카 동화집은 후대 동화집에 다대한 영향을 끼쳤고, 특히 나카무라와 다치카와는 압도적인 영향을 받았다. 다나카와 아시다의 개작은 조선총독부 교과서와 참고도서로 발간되어 조선아동을 대상으로 일본어(당시 '국어') 학습에 지대한 영향을 미친데 대해, 나카무라와 다치카와 동화집은 도쿄에서 간행되어 일본 아동에게 큰 영향을 미쳤다.

5. 결론

본장에서는 종래에 제한된 자료집을 대상으로 한 연구 성과를 극복하고, 1926년에 이르기까지 다양한 일본어 조선동화집이 간행되었음을 제시하고, 그 영향 관계를 구체적으로 검토하였다. 그 결과, 1913년 조선총독부 학무국이 조사한 보고서 내용과 다나카 우메키치가 개작한『조선동화집』(조선총독부, 1924)에 공통의 옛이야기 8편 이상이 수록되었음을 확인하였다. 이를 통해서 본장에서는 1913년 및 1924년 자료의 대조 검토에 기초해, 후대 조선동화집의 개작 상황을 심층적으로 검토할 수 있었다. 1990년대 이후 조선총독부의『조선동화집』연구가 본격화 되었지만, 1913년 학무국 보고서에 대한 검토가 행해지지 않아, 그 개작 양상에 대한 논의는 추론의 범위를 벗어날 수 없었다. 이에 대해 본장에서는 일본인의 설화 개작에 대한 전반적인 양태를 실증하여 새로운 방향성을 제시할 수 있었다.

나아가 1913년 학무국 보고서 및 1924년 다나카 동화집, 제 2기 아시다 국어독본(일본어 교과서, 1923~1924)을 기초로 하여 총독부의 설화 채집과 동화화의 의미를 검토하고, 1926년에 조선동화집이 확산되는 양상을 검토하였다. 이처럼 1920년 중반에 행해진 동화 개작 양상을 다면적으로 검토함으로써, 각 편자의 의도와 개작의 방향성을 입체적으로 분석할 수 있는 계기를 마련했다.

그 결과 다나카 동화집은 전체적으로 1913년 보고서에 실린 원 설화의 모티브와 줄거리를 유지하며 부드럽고 고상한 일본어 교육을 목표로 착한 어린이를 교화하기 위해 개작했음을 확인할 수 있다. 아시다가 편찬한 총독부 일본어 교과서 내용과 비교해 본 결과, 다나카는 거짓말 하는 내용을 그대로 기술하는 등 비교적 충실하게 모티브와 줄거리를 유지하였다.

한편, 나카무라는 아름다운 조선의 이야기를 이상화시켜 다나카에 비해 자유롭게 개작했는데, 한일 설화의 친밀성 즉 '일선동조론'을 의식해 설화를 개작했다는 문제점이 있다. 이에 비해 다나카 동화집은 나카무라와는 달리, '일선동조론'과는 일정한 거리를 둔 측면을 확인할 수 있었다.

다치카와 역시 실연동화를 의식해 다나카 동화집을 바탕으로 개작했음을 실증하였다. 다치카와 동화집의 발간 직후에 심의린도 실연동화집을 발간했다는 점에서 앞으로 비교 연구가 요청된다. 이를 위한 선행 작업으로 다치카와의 개작 양상을 살펴보았는데, 다치카와는 나카무라에 비해 더욱 자유롭게 개작했음을 확인할 수 있었다. 나카무라와 다치카와 동화집은 둘 다 도쿄에서 일본인 독자를 대상으로 출판되었는데, 다치카와는 형제담을 일본 설화에서 자주 보이는 이웃집 노인담 형태로 변형시켰다. 이에 따라 등장인물이 바뀌고 인물 설정이 크게 변화하였다. 또한 실연동화를 의식해서 앞부분과 뒷부분에 설명문을 첨가하였을 뿐만 아니라, 노래를 삽입하는 등 파격적인 개작 양상을 보였다.

본장에서는 우선적으로 그 개작의 성공 여부를 떠나, 다른 동화집과의 비교를 통한 개작 양태를 엄밀히 비교 대조하였다. 앞으로 여러 작가의 의도와 특징은 물론이고, 작품의 내용과 수준, 완성도, 독자 수용, 영향관계 등을 포함한 다양한 측면에서 고찰이 요구된다. 또한 【표2】처럼 심의린의 동화집도 다나카 동화집과 여러 모티프가 겹치고 있다. 1920년대 일본어 동화집과 심의린을 포함한 조선인 동화집과의 비교를 통한 당대의 다양한 움직임에 대한 총체적인 검토는 앞으로의 과제다.

제3장

재조일본인의 구연동화 활용과 전개

1. 서론

식민지기에 수행된 동화(童話)와 관련된 연구가 90년대 이후 계속되었고, 근년에는 단행본으로도 성과가 정리되는 상황이다.[1] 선행연구의 대부분은 읽기용 동화집에 대한 검토였고, '동화 구연'(이하 구연동화로 통칭함)에 대한 연구는 적었다. 그러나 실제로 당대 동화의 활용과 전개라는 측면을 고찰할 때 동화 및 구연동화는 근대 초기부터 동시에 주목되어 아동문화의 중심에 있었기에 이에 대한 종합적인 이해가 필요하다. 읽고 쓰기용 동화와 말하고 듣기용 구연동화가 상호 보완적 관계를 맺고 긴밀하게 교섭한 것이다.[2]

식민지 구연동화에 대해서는 오타케가 이와야 사자나미(巖谷小波,

---

[1] 권혁래, 『일제강점기설화·동화집 연구』, 고려대학교 민족문화연구원, 2013; 강재철, 『조선전설동화』상·하, 단국대학교출판부, 2012, 상권1~794면, 하권1~766면; 김광식, 「심의린의 이력과 〈조선동화대집〉 발간에 대한 재검토-1926년까지 간행된 한글 설화집을 중심으로」, 『열상고전연구』 42, 열상고전연구회, 2014, 443~471면; 김광식, 『식민지 조선과 근대설화 – 일본인의 구비문학 조사와 조선인의 대응』, 민속원, 2015, 126~181면; 이기훈·염희경·정용서, 『방정환과 '어린이'의 시대』, 청동거울, 2017.

[2] 구술과 기록의 교섭에 대해서는 다음을 참고. 김영희, 「'구비문학(口碑文學)'이라는 개념과 범주의 형성 과정 탐색」, 『열상고전연구』 47, 열상고전연구회, 2015, 553~556면.

1870~1933, 이하 사자나미), 오키노 이와자부로(沖野岩三郎, 1876~1956), 방정환의 활동을 개괄하였다.[3] 식민지 구연동화에 관한 본격적인 연구는 김성연에 의해 이루어졌다. 김성연은 사자나미, 방정환과 더불어, 구루시마 다케히코(久留島武彦, 尾上新兵衛, 1874~1960, 이하 구루시마)의 중요성을 강조하고, 재조일본인의 움직임을 경성일보 기사를 중심으로 정리하였다.[4] 선행연구는 유명 일본인과 조선인을 단선적으로 분석했지만, 본장에서는 1920년대까지 수행된 재조일본인 구연동화가의 활동을 구체적으로 매개함으로써 식민지기 구연동화의 중층적 성격을 파악하는 단서를 마련하고자 한다.

식민지기 '내지(內地)'에서 거주하는 일본인 구연동화가는 일본인 아동을 대상으로 구연하면서 읽기용 동화를 쓰는 한편으로, 조선 등 '외지(外地)'의 초청으로 재조일본인 또는 조선인 아동을 대상으로 구연하고 경성일보 등에 동화를 연재했다.

재조일본인 구연동화가는 주로 재조일본인 아동을 대상으로 구연하고 신문 등에 동화를 연재하였고, 1920년대 이후에는 조선인 아동으로까지 보급 확대를 모색하였다. 1923년 9월 관동대지진 이후 자행된 6천여 명의 조선인학살이 일어나자, 일부 재조일본인은 '내선융화'를 선전하기 위해 내지에 출장을 가서 일본 아동에게 조선 관련 동화를 구연하기도 했다.

한편, 방정환 등 조선인의 구연은 기본적으로 민족어인 조선어로 조선인 아동을 대상으로 구연하였다. 이에 본장에서는 일본의 구연

---

3) 大竹聖美, 『植民地朝鮮と兒童文化 − 近代日韓 兒童文化・文學 關係史研究』, 社會評論社, 2008, 111~157면.

4) 金成妍, 『越境する文學 − 朝鮮兒童文學の生成と日本兒童文學者による口演童話活動』, 花書院, 2010, 14~237면.

동화의 형성과정을 개괄하고, 이를 바탕으로 지금까지 그 실체가 구명되지 않은 재조일본인의 활동을 경성일보, 매일신보 및 필자가 새롭게 발굴한 여러 잡지(기관지를 포함) 및 단행본 등을 바탕으로 검증하고자 한다.

2. 근대 일본의 구연동화 전개

근대 일본의 구연동화는 목적별로 삼 분류할 수 있다. 동화가 중심의 이야기구연(오토기바나시, お伽噺5)), 교육자 중심의 교실동화(교단동화, 교육동화), 종교가의 일요학교 등 종교동화가 그것인데,6) 각 동화가에 따라 여러 층위의 구연동화와 관련을 맺으면서 전개되었다.

일본에서 아동을 위한 문학은 명치기(明治期, 1868~1912)에는 오토기바나시(お伽噺, 御伽噺, お伽話), 대정기(大正期, 1912~1926)에는 동화(童話), 소화기(昭和期, 1926~1989) 이후는 아동문학이라는 용어가 사용되었다고 주장된다.7) 그러나 이러한 주장은 근대 초기에 동화 개

---

5) 오토기(お伽=御伽) 또는 오토기바나시(오토기 이야기) : 전근대 일본에서는 영주를 위한 이야기꾼의 이야기였지만, 근대 이후 사자나미에 의해 아동용 옛이야기를 포함하는 이야기 전반을 지칭하는 용어로 정착하였다.

6) 有働玲子, 「大正期の口演童話 −下位春吉・水田光を中心にして」, 『聖德大學研究紀要 第二分冊 短期大學部(I)』 25, 1992, 195~196면; 松山鮎子, 「口演童話の學校教育への普及過程 −社會活動における 敎師の學びに着目して」, 『早稲田大學大學院 敎育學研究科紀要』別冊 (18-1), 2010, 79면. 이러한 삼분법은 일단 한국 구연동화를 분류하는 데 일정 부분 참고 가능하다. 예를 들어 심의린의 활동은 교실동화로 이해할 만하다. 이 글에서는 우선 재조일본인을 중심으로 다루며, 심의린, 연성흠을 포함한 비교 고찰은 금후의 과제로 하고자 한다.

7) 日本兒童文學學會編, 『兒童文學の思想史・社會史』, 東京書籍, 1997, 32~38면; 宮川健郎編, 『兒童文學 − 新しい潮流』, 双文社出版, 1997, 5~6면; 野上暁, 「日本童話變遷史 − 童話學への招待」, 『童話學がわかる』 AERA MOOK47, 朝日新聞社, 1999,

념을 둘러싸고 민속학, 인류학, 신화학, 교육학 등에서 전개된 다양
한 움직임을 이해하지 못하고 아동문학에 한정시킨 언설이다. 연호
의 변화로 갑자기 학문 용어가 바뀔 리 만무하며, 소화기에도 동화라
는 개념은 여전히 넓은 의미의 설화 개념으로 사용되었다. 오토기바
나시의 창시자 사자나미는 1922년에 "원래 오토기바나시(お伽噺)라는
말을 교육자는 따로 동화 또는 아동문학이라 부른다. 그러나 나는 교
육자가 아니다"고 주장하였고,[8] 그를 따르던 작가 기무라 쇼슈(木村
小舟, 1881~1955)도 1942년에 다음처럼 지적했다.

> 옛이야기, 혹은 전설구비류도 이것을 문학적으로 다룰 때는 오토기바
> 나시, 교육적으로 다룰 때는 오토기바나시라 하지 않고 동화라고 칭한
> 다. 이러한 견해는 이제 오늘날에는 많은 이론(異論)도 있겠지만, 당시
> 에는 대체로 그렇게 구별하였다.[9]

사자나미와 기무라의 지적대로, 용어의 사용이 논자의 학문적 배경
과 입장을 반영하는 수단으로 차용되었음을 확인할 수 있다. 오늘날
일본에서 동화란 아동문학의 일부로 창작이야기를 가리키는 문예용어
지만, 이 용어가 일본에서 일반화 된 것은 잡지 『빨간 새(赤い鳥)』(1918년)

63면; 河原和枝, 『子ども觀の近代』, 中央公論社, 1998, 15면(한국어판 가와하라 카
즈에 저, 양미화 역, 『어린이관의 근대』, 소명출판, 2007); 永淵道彦, 「童話覺書 –
槪念, 特質をめぐって」, 『筑紫國文』 29, 筑紫女學園大學 短期大學部, 2007, 19면.

8) 巖谷小波, 「お伽噺の性質及び話方」, 藤田湛水編, 『お噺の研究』, 日曜學校 叢書 第
1編, 日曜學校研究社, 1922, 267면.
　사자나미는 후지무라 쓰쿠루(藤村作) 편, 『日本文學大辭典』(全3卷, 新潮社,
1932~1934)의 동화 항목을 야마노우치 슈세이(山內秋生)와 함께 담당했는데 여기
서도 일반적인 오토기라는 용어에 대해, "교육가, 학자 등은 총괄적으로 '동화'라는
명칭을 사용하는 자가 多"다고 지적하였다(巖谷小波・山內秋生, 「童話」, 藤村作編,
『日本文學大辭典』 3卷, 新潮社, 1934, 41면).

9) 木村小舟, 『少年文學史』 明治篇 下卷, 童話春秋社, 1942, 1943년 4월 재판, 63면.

이후로, 그 이전에는 대체로 민담[昔話]을 가리켰다.[10] 실제로 1930년
대까지도 오쓰키 후미히코(大槻文彦)의 일본어사전 『大言海』(冨山房,
1932~1937)에는 오토기바나시(おとぎばなし, 御伽噺)는 동화(童話)와 같은
의미이며, 대개 아동에게 들려주는 것이라 정의했다.[11] 이처럼 오토기,
동화, 설화라는 용어는 일본은 물론 조선에서도 해방 전까지 복잡하게
뒤섞이면서 미분화된 상황이었다.

일본의 오토기바나시 삼대가(お伽噺三大家)[12]는 사자나미, 구루시
마, 기시베 후쿠오(岸邊福雄, 1873~1958, 이하 기시베)다. 사자나미는
1895년 1월 『소년세계(少年世界)』(博文館)를 창간했고, 오토기바나시
라는 용어를 정착시켰다. 1896년 교토의 한 소학교 교장의 의뢰로 구
연한 것을 계기로 하여 구연동화와 동화창작 또는 재화가 동시적으
로 전개되었다. 실제 구연을 의식하며 동화를 쓰게 된 것이다. 1898
년에는 노인을 대상으로 일본 구비전설을 모집해, 전국 오토기바나
시를 연재하였다.[13] 1913년 9월 25일 '만선(滿鮮) 구연여행'을 위해
도쿄를 출발해, 10월 21일 평양에 도착해 열흘 간 조선에 체류했
다.[14] 사자나미는 1930년까지 6회에 걸쳐 조선을 방문했는데 1923
년 '이와야 사자나미 선생 전선(全鮮) 순회 오토기 강연회'(6.25~7.14,
60회 구연회) 이후에는 조선인 아동이 수학하는 보통학교를 다수 방문
해 일본어 보급을 위해 동화를 구연했다.

---

10) 河原和枝, 앞의 책, 79면.

11) 大槻文彦, 『大言海』 3卷, 冨山房, 1934, 528면.

12) 「お伽倶樂部主幹・お伽噺三大家の一人, 久留島武彦が渡米」, 『讀賣新聞』 1911월 9
   월 10일자 3면.

13) 김광식, 「한일설화 채집・분류・연구사로 본 손진태『조선민담집』의 의의」, 『동방
   학지』 176, 연세대학교 국학연구원, 2016, 1~26면(본서 9장).

14) 경성일보 기사에 따르면 10월 24일 경성여자 고등보통학교를 제외하고는 모두 일
   본인학교에서 구연했다.

구루시마는 사자나미의 영향을 받아 1903년 7월 15일(토) 요코하마 메소디스트(감리) 교회에서 제 1회 오토기바나시 모임(입장료 5전)을 열고 정기 모임을 개최한다.15) 러일전쟁 참전 후, 오토기구락부를 발족 (1906.3.4)하고 매달 구연회를 개최하며, 『소년세계』의 강화부(講話部) 주임으로 구연동화를 보급하는 데 공헌했다. 예를 들어 1914년 중에 296일 구연동화를 위해 강단에 섰고, 그 중 8할이 지방공연이었다. 1915년 10월 6일 부산, 8일 경성 도착, 시정오년(始政五年)기념 조선물산공진회 가정박람회(경성일보 주최)에서 구루시마는 3일간 구연하였다. 이후 구루시마는 1929년까지 조선에 9회 방문하였다.

기시베는 구루시마의 오토기구락부에 참가했는데, 1924년에 구연동화회 남남회(喃々會)를 조직했다. 『오토기바나시 방법의 이론과 실제(お伽噺仕方の理論と實際)』(明治の家庭社, 1909)를 집필해 구연동화의 기본 이론서로 읽혔고, 일본뿐만 아니라 조선에서도 연성흠 등의 구연동화론에 영향을 끼쳤다.16) 1921년 5월에는 조선을 방문했다.17)

세 사람은 모두 '모모타로(桃太郎)'를 교육의 이상으로 삼은 내셔널리스트였다. 문부성의 교육과 달리 사자나미는 구김살 없는 교육을, 구루시마는 용기 있는 아동을 만드는 무사도 교육을, 기시베는 건강

<hr>

15) 鳥越信編, 『日本兒童文學史年表』講座日本兒童文學 別卷 1, 明治書院, 1975, 89면.
16) 연성흠이 『중외일보』에 연재한 「동화구연 방법의 그 이론과 실제」(1929.9.29.~11.6)는 그 제목부터 내용에 이르기까지 기시베의 이론서(6면에서 73면)를 축약해 번역한 것이다. 『중외일보』에는 오자 및 오기가 많이 보이는데, 이는 기시베의 이론서를 통해 바로잡을 수 있을 정도로 목차의 순서 및 내용이 유사하며, 일본동화 관련 부분을 조선동화로 번안한 부분이 있다. 이에 대한 고찰을 다음 과제로 남겨두고자 한다.
17) 이상의 일본 구연동화의 전개 양상에 대해서는 다음을 참고하였다. 김성연, 「일본 구연동화 활동의 성립과 전파과정 연구」, 『일본근대학연구』 48, 한국일본근대학회, 2015, 133~150면; 金成姸, 앞의 책, 2010, 14~218면; 金成姸, 『久留島武彦評傳 – 日本のアンデルセンと呼ばれた男』, 求龍堂, 2017; 勢家肇, 『童話の先覺者日本のアンデルセン 久留島武彦・年譜』, 勢家肇, 1986.

한 신체를 만드는 교육을 강조했다.[18] 사자나미는 담담하게 구연했지만, 구루시마는 큰 소리와 제스처로 감동적 요소를 개입시켰다.[19] 구루시마는 다소 위압적인 분위기, 기시베는 설명적인 분위기로 구연했다.[20] 사자나미를 구연동화의 창시자라 한다면, 구루시마는 보급자, 기시베는 이상적 이론가라 할 수 있다.

영미권(英美圈)에서는 아동도서관 도서관원이 원화(原話)에 중점을 두고 소규모 장소에서 문자 그대로 스토리텔링하는 방식으로 발달·보급된데 반해, 일본에서는 큰 장소에서 웅변술과 같은 화술을 중시하고, 대중(大衆) 동화와 같은 성격으로 독특한 발전을 이루었다.[21]

구루시마는 오토기구락부를 중심으로 1910년에 최초의 구연동화 연구회 회자회(回字會)[22]를 조직했고, 그 회원이었던 시모이 하루키치(下位春吉, 1883~1954)와 구즈하라 시게루(葛原䓤, 1886~1961)는 1915년에 도쿄고등사범학교 관계자(교사, 재학생, 졸업생)를 중심으로 교실 실연동화연구회 오쓰카강화회(大塚講話會)[23]를 발족시켰다. 회자회

---

18) 內山憲尙編, 『日本口演童話史』, 文化書房博文社, 1972, 31~32면.

19) 內山憲尙編, 위의 책, 14면.

20) 松美佐雄, 「巖谷, 久留島, 岸邊三氏の話方について」, 『童話研究』 제1권 제2호, 1922.9, 56면.

21) 冨田博之, 「日本のストーリーテリングとしての「口演童話」」, 野村純一 외편, 『ストーリーテリング』, 弘文堂, 1985, 50면.

22) 回字會의 回字란 입 구(口)자 가 두 개로, 바깥 입은 이야기 기술을 연마하는 것, 안의 입은 내용을 더욱 충실히 하기 위한 정신적 인격 수양을 반영한 것이다. 러일전쟁에 참전한 내셔널리스트 구루시마는 구연동화와 함께 계몽적 통속강연(교육활동, 사회교육)을 행한 웅변가이기도 했다.

23) 실질적 초심자용 지도서 겸 입문서 오쓰카강화회 『실연 이야기집(實演お話集)』(전 9권, 1921~1927)은 1-5권 소학교용, 6권 유치원용, 7-8권 청년처녀용 동화집, 9권은 실제 모임의 진행법과 이론적 기초를 설명했다. 이 책은 교실동화를 '동화예술'로 보고, 이야기의 표현적 가치와 함께 내용적 가치에 더 무게를 두었다. 내용적 가치로는 흥미를 넘어서, 아동의 연령, 성별, 심리적 발달단계에 따른 이야기 재료(사실담, 역사담, 소설, 전설, 신화, 우화, 동화(오토기), 경험담을 포함)의 선정을

는 연구와 구루시마의 견문담이 중심이었고, 오쓰카강화회는 연구 및 사회교육, 기시베의 남남회는 연구 중심의 모임이었다.

하나베는 근세 이래 민담[昔話]연구사의 계통을 '국학(國學)', '민담 [昔話] 고증학', '심학(心學)적 해석'으로 크게 분류하고, 야나기타 구니오(柳田國男)의 연구를 국학, 다카기 도시오(高木敏雄)와 마쓰무라 다케오(松村武雄)의 연구를 민담[昔話]고증학, 사자나미와 구루시마를 심학적 해석으로 보았다. '심학(心學)'이란 서민을 계몽하기 위해 많은 청중을 모아 '충성도덕 사상'을 강화(講話)하는 것이다. 그 선구자 이시다 바이간(石田梅巖, 1685~1744)은 유학(儒學), 불교, 신도(神道), 양명학 등의 사상에 입각해, 이야기[物語], 민담, 세켄바나시[世間話]24) 등 친근한 화제를 섞어서 평이하게 강설(講說)했다. 이러한 심학적 방법을 기반으로 하여 민담을 心의 반영이라고 하는 것이 바로 '심학적 해석'이다. 민담의 사상과 윤리를 '고사(故事)'와 연결시켜 설하는 계몽서가 출판되었다.25) 이처럼 구루시마의 구연은 근세적 전통과 개인적 전쟁체험, 군인, 기독교 신자, 당대 내셔널리즘이 복합적으로 작용한 것으로 정신 및 인격 수양의 장이었다.

사자나미, 구루시마, 기시베가 고문으로 참가한 일본동화연맹 (1925.3~1942.5, 마쓰미 스케오(松美佐雄, 1879~1962) 主事, 『話方研究』 (1925~1941) 발간)은 1942년 일본소국민문화협회로 통합되었고, 1941

강조했다. 교사의 화법을 연구, 실제로 경험을 통해 체득하려 했다. 회원 각자의 정신 수양 역시 구연의 주된 목적임을 밝히며, 구연회에 사자나미, 구루시마를 초청하는 한편, 교실과 학교외 아동 관련 사회활동에도 참가했다.

24) 세켄바나시에 대해서는 다음을 참고. 남근우, 「일본 구승문예 연구의 동향과 과제 - '세켄바나시'론을 중심으로」, 『구비문학연구』 15, 한국구비문학회, 2002, 187~216면.

25) 花部英雄, 「昔話研究における民俗學的方法は終わったか」, 『日本民俗學』 281, 日本民俗學會, 2015, 36면.

년에 구루시마는 일본국민동화협회 회장으로 시국에 협력했고, 패전
후에도 회자회(回字會)를 기반으로 한 전국동화인협회(1952) 위원장으
로 활동하며 동화의 중심에 있었던 인물이다.26)

3. 경성일보와 구연동화의 활용

【표1】과 같이 조선총독부 및 마쓰무라 동화집을 시작으로 읽기용
말하기용 일본어 동화집이 본격적으로 간행되었다. 같은 시기에 조
선총독부 교과서는 일본동화보다 오히려 조선동화를 다수 활용하여
효과적인 일본어의 읽고 쓰기 학습에 이용되었다.27) 이에 대해, 야
시마와 다치카와는 일찍부터 구연에 관심을 갖고 이를 바탕으로 한
구연동화집을 간행하였다. 읽고 쓰기용 조선동화집에 비해, 들려주
기용 구연동화와 말하기용 구연동화집에 대해서는 지금까지 본격적
으로 검토되지 않았다.

【표1】1920년대 주요 일본어 조선동화집 목록

1. 야시마 류도(八島柳堂, 야시마 유키시게八島行繁), 『동화의 샘(童話の泉)』, 京城日
   報代理部, 1922.
2. 조선총독부(다나카 우메키치田中梅吉), 『朝鮮童話集』, 朝鮮總督府, 1924(『東亞日
   報』 1925년 1월 13일자 3면 『朝鮮童話』 전3권 광고).
3. 마쓰무라 다케오(松村武雄), 『日本童話集』, 世界童話大系刊行會, 1924.
4. 나카무라 료헤이(中村亮平), 『朝鮮童話集』, 冨山房, 1926.28)
5. 다치카와 쇼조(立川昇藏 大塚講話會同人), 『신실연 이야기집(新實演お話集)』 심청
   (蓮娘)』 第1集, 隆文館, 1926.29)

26) 岡田弘編, 『全國童話人協會五十年誌』, 全國童話人協會, 2001, 46면.
27) 김광식, 앞의 책, 2015, 52~78면; 김광식, 「조선총독부 편수관 아시다 에노스케
   (芦田惠之助)와 조선동화 고찰」, 『일본연구』 37, 일본연구소, 2014, 107~128면.

【표1】의 야시마의 구연동화집이 경성일보대리부에서 출판되었다는 점이 흥미롭다. 경성일보대리부(경성일보사대리부)는 경성일보사 영업국에 소속돼 1916년에서 1922년까지 야시마의 책을 마지막으로 여섯 권의 책을 간행하였다. 경성일보(경성일보대리부를 포함)는 43종의 단행본을 발행했는데 그 대부분이 실용서 중심이었고, 문학책은 야시마의 것이 유일하다.[30] 1906년 9월에 창간된 경성일보는 현재 초기 기사의 행방이 불명하며, 1915년 9월 이후의 기사만이 공개된 상황이다.[31] 경성일보는 1915년 3월에 사칙(社則)을 제정하고 1920년 3월에 일부를 개정해 경성일보편집국, 매일신보편집국, 영업국 3국 체재로 정비돼 사지(社誌)를 발간했다.[32]

『매일신보』는 1915년 정초에 토끼의 해를 맞이하여 '아해 차지' 기사에 동화 〈兎의 短尾(토끼의 짧은 꼬리)〉, 〈兎의 眼球(토끼의 눈알)〉, 〈兎와 犬(토끼와 개)〉를 실었다. 1월 7일부터 2월 10일까지 세계동화 〈여우와 거위〉, 〈세가지 소원〉 등이 연재되었지만 곧 중단되었고, 1922년 정초 이후에 동화가 다시 게재되었다. 『동아일보』와 『조선일보』에도 1922년 이후부터 '동화'가 등장했다.[33] 즉 조선어로 발간된

---

28) 나카무라에 대해서는 다음을 참고. 김광식, 「나카무라 료헤이(中村亮平) 조선전설집의 개작 양상 고찰」, 『열상고전연구』 55, 열상고전연구회, 2017, 367~402면(본서 5장).

29) 다치카와는 교실동화 오쓰카강화회 회원이었다. 그의 실연동화에 대해서는 다음을 참고. 김광식, 「1920년대 일본어 조선동화집의 개작 양상 –『조선동화집』(1924)과의 관련양상을 중심으로」, 『열상고전연구』 48, 열상고전연구회, 2015, 317~349면(본서 2장).

30) 유석환, 「식민지시기 문학시장의 변동 양상의 분석을 위한 기초연구(1) – 매일신보사 편」, 『대동문화연구』 96, 대동문화연구원, 2016, 226~228면을 참고.

31) 김광식, 「우스다 잔운(薄田斬雲)과 한국설화집 「조선총화」에 대한 연구」, 『동화와 번역』 20, 동화와번역연구소, 2010; 김광식, 앞의 책, 84~85면을 참고.

32) 藤村忠助編, 『京城日報社誌』, 1920, 7면.

여러 신문에서는 1922년 이후에 동화가 활용된 데 비해, 『경성일보』
는 1910년대부터 재조일본인 독자의 저변 확대를 위한 아동읽기용로
서의 동화를 이용하려는 움직임을 보였다.

전술한 바와 같이 경성일보가 1915년 시정 5년 기념 조선물산공진
회 개최 당시 가정박람회에 구루시마를 초대한 것으로 보아 그 이전
부터 오토기바나시를 연재했을 가능성도 존재하지만, 현재 확인 가
능한 1915년 9월 이후의 기사를 정리하면, 오토기바나시의 본격적
연재는 1917년 3월 5일 「오리 새끼(あひるの子)」를 시작으로 하여 주
1회 정도 연말까지 계속되었다. 1917년 10월 13일부터는 '경일 아동
페이지(京日子供ページ)'가 마련되었다.

1918년 5월 1일 석간 2면에는 '京日오토기(お伽)강연회'(경성일보사
주최) 광고가 실리고, 2일부터 다쓰야마 루이코(龍山涙光) 강사를 소
개하며 오토기 강연회를 적극 홍보했다. 이를 토대로 6월 3일부터
30일까지 컬럼 '오토기 순례(お伽巡禮)'를 20여 회 연재하고, 5월 5일
부터 10월 6일까지 '京日紙上이야기(お噺) 강연', '京日紙上오토기 강
연', '紙上보물찾기(寶探し)' 등을 실었다. 또한 9월 15일부터 10월 6
일까지는 '京日紙上군사 오토기'를 연재해 제 1차 세계대전 하에서
'군사' '위생' '시국'오토기 등 군국주의적 경향을 확인할 수 있다. 다
쓰야마는 1918년 7월 21일 「조선전설 칠성지(七星池)」 등을 게재했지
만 단기간의 활동에 그쳤고, 그를 대신해 야시마 류도(八島柳堂, 본명
은 유키시게行繁)가 주도한다.[34]

33) 東月, 「현상문예 동화 원숭(猿)이의 조상」, 『매일신보』 1922년 1월 1일자 부록三
1면; 유석환, 앞의 논문, 233면; 유석환, 「식민지시기 문학시장의 변동 양상의 분석
을 위한 기초연구(2) – 동아일보사 편」, 『대동문화연구』 96, 대동문화연구원, 2017,
481면; 정열모, 「童話 이상한 나그네」, 『조선일보』 1922년 12월 17일자 석간 4면.
34) 다쓰야마와 야시마의 경성일보 기사는 다음을 참고. 金成妍, 앞의 책, 54~62면,

야시마는 1918년 6월 12일에 「너구리의 잔꾀(狸の淺知惠)」를 게재한 후, 12월 10일 「작은 적귀(小さい赤鬼)」, 25일 「말 선물(贈物の馬)」을 시작으로 이듬해 7월 11일(「반딧불(ほたる火)」)까지 오토기바나시 및 소녀소설을 연재했다. 1919년 2월 16일에는 「금은 바가지(金銀の瓢箪)」가 연재되었는데, 그 내용은 【표1】의 『동화의 샘(童話の泉)』에 재수록 되어, 경성일보 기고를 토대로 하여 경성일보대리부에서 단행본을 간행했음을 확인할 수 있다. 야시마는 1921년 말에 조선으로 건너와 경성일보 및 매일신보 소아회 간사로 활동했다. 1922년 5월 5일 매일신보가 주최한 독자위안 활동사진대회(단성사團成社에서 개최)에서는 야시마가 제작한 애의극[愛之極]이라는 사회극이 영사되었다.35) 1923년 5월, 6월에는 자동차 강연대(講演隊)를 조직해 전국의 보통학교 등을 순회하며 구연강연을 행했다.

경성일보는 1920년 12월 15일 「작은 산 산책(小山の散步, 小川春彦)」을 시작으로 재차 '오토기바나시' 또는 '京日오토기바나시'를 1921년 4월 28일까지 연재했고, 1921년 4월 30일부터 연말까지 '어린이신문(こども新聞)'란 등에 오토기바나시를 연재했다. 1921년 12월 30일 이후에는 오토기바나시보다는 '동화'라는 용어를 자주 사용하였다. 오토기바나시는 1921년 11월부터 '소년(소녀)소설' '怪傑物語' '동화' '소년(소녀)哀話' '武勇기담' '괴기소설' '모험物語' '탐정物語' '전설物語' 등 다양한 용어가 사용되었다.

필자의 조사에 따르면, 1920년 전후에 경성일보 관계자가 관여한 구연동화 모임으로는 다음을 확인할 수 있었다.

122~125면.

35) 무서명, 「열광적 환호중에」, 『매일신보』 1922년 5월 6일자 3면.

1. 1918년 5월~12월, 오토기 강연회(다쓰야마 루이코龍山淚光) : 야시마 류도(八島柳堂) 참가, 주로 일본인 아동(소학교)을 대상으로 했지만, 10월 1일 경성일보 및 매일신보 주최시 보통학교 아동도 참가.
2. 1921년 12월~1923년 6월, 매일신보 및 경성일보 소아회(京日コドモ會) : 야시마 류도 간사, 吉田楚峰, 矢橋小葩, 吉原靜光, 寺見麗子 중심.
3. 1923년~1925년, 조선동화보급회 : 사다 시코(佐田至弘) 主宰, 『오토기월보(お伽月報)』 발간, 사자나미 1923.6.24~7.14 '이와야 사자나미 선생 全鮮순회오토기 강연회' 60회 구연회 계기, 총독부 학무국장 고문으로 참가, 야시마, 하마구치 요시미쓰(濱口良光) 등 참가.
4. 1925년 12월~1931년, 조선아동협회 : 사다 시코 主幹, 회자회(回字會) 조선지부, 『兒童愛護』(후속잡지 『童心』) 발간.
5. 1927년 11월 27일 발회식, 경성아동연맹 : 하마구치 요시미쓰(濱口良光) 주간.

전술한 바와 같이 일본 구연동화의 형성과 보급에는 사자나미와 구루시마의 영향력이 강한데, 재조일본인의 활동은 구루시마의 인맥과 깊이 관련된다. 『경성일보』(1921.12.14)는 경일(京日)소아회의 발족을 알리며 야시마가 시모노세키 오토기구락부 강사로 시모노세키 지국장에서 본사로 착임했다고 전했다.[36] 1910년대까지 재조일본인 아동을 중심으로 전개된 구연동화는 1920년대 이후에 조선인 아동으로까지 확대되는 경향이 보인다. 매일신보 및 경성일보는 1921년 말부터 소아회를 발족시켜 구연동화를 보급했고, 1923년 조선동화보급회를 통해 구체화 되었다. 구루시마가 발회한 오토기구락부 및 회자회(回字會)는 일본 각지에 조직이 있었는데, 회자회 조선지부를 조

---

36) 金成姸, 앞의 책, 123면. 한편, 『경성일보사지』(1920)에 야시마는 시모노세키 지국장이 아닌 간몬(關門)지국 사원으로 소개되었다. 藤村忠助編, 앞의 책, 18면.

직한 이가 구루시마의 제자 사다 시코(佐田至弘, 본명은 하치로八郎)였다. 조선동화보급회 및 조선아동협회 사다의 중개를 통해 구루시마를 비롯해 회자회 회원이 다수 조선에 방문하게 된다.

4. 사다 시코(佐田至弘)와 구연동화의 전개

사다는 1920년 5월 7일, 11일, 13일 『경성일보』에 소설 「미요코의 아빠(美代子の父)」를 연재했고,[37] 『경성일보사지』(1920)에 사회부 기자로 재직했음이 확인된다.[38] 1923년 조선동화보급회를 주재(主宰)[39]했다. 같은 해에 사다는 경성소년의용단(1925년 1월 경성소년단으로 개칭)[40]을 설립하고, 1925년에는 조선애호연맹, 조선아동연맹(朝鮮그ドモ聯盟, 조선아동협회로 개칭) 등을 설립하고, 잡지 『아동애호(兒童愛護)』의 간행과 강연회를 개최했다. 조선아동협회는 반관반민(半官半民) 단체로, 학무국장을 회장으로 두는 등 총독부의 후원을 받아 사업을 확장시켰다.[41] 1925년 12월 조선아동협회로 개칭한 이 단체는 주로 아동애호를 위한 교화활동, 잡지 및 책자 발행, 강연회 개최 등을 통해, 아동애호 관념의 함양과 아동복리 시설의 정비, 아동교양 지식의 보급, 모성존중, 모체보호사업 장려 등의 활동을 했다.[42] 조

---

37) 嚴基權, 「「京城日報」における日本語文學 - 文芸欄・連載小說の變遷に關する實證的研究』, 九州大學 博士學位論文, 2015, 28면. 본장을 작성하는데 이 학위논문 내용에 큰 도움을 받았다. 귀한 논문을 제공해 주신 엄기권 박사님께 깊이 감사드린다.

38) 藤村忠助編, 앞의 책, 13면.

39) 佐田至弘, 「偶話 都會と子供」, 『朝鮮及滿洲』 196, 1924.3, 48면.

40) 「雜錄 京城少年團のこと」, 『朝鮮社會事業』 4-1, 朝鮮社會事業研究會, 1926.1, 114면.

41) 田中友佳子, 「植民地朝鮮における兒童保護史硏究」, 九州大學 博士論文, 2016, 57면.

42) 朴貞蘭, 『韓國社會事業史 - 成立と展開』, ミネルヴァ書房, 2007, 168면.

선아동협회 안에 동심사(童心社)를 두고 잡지 『아동애호』를 발간한 것으로 보아서, 1923년에도 경성소년의용단 안에 조선동화보급회를 두고 잡지 『오토기월보(お伽月報)』를 간행했다고 판단되지만 이 잡지는 현재 확인되지 않았다.

필자가 확인한 동심사 발간 잡지 『동심(童心)』(3-3, 1928)에 따르면 1928년 현재 사다는 조선아동협회 주간(主幹), 종교동화일본연맹 간사, 경성사범학교 내 순광(醇光)동화연구회 고문, 소년단일본연맹 평의원, 경성 회자회(回字會) 주재(主宰) 등을 역임하고 있었다.[43] 이처럼 사다는 조선 내 각종 구연동화, 교실동화, 종교동화 모임 및 소년단에 관여하였다.

사다는 1920년경 경성일보 사회부 기자를 시작으로 조선에 체제하며 1923년부터 본격적으로 아동애호 운동에 관여하는 한편, 구연동화(교실동화, 종교동화를 포함) 보급에도 참여하였다. 전술한 바와 같이 구루시마를 비롯한 회자회는 인격과 정신 수양을 중시했고, 사회교육의 일환으로 구연을 수행했다. 사다가 아동애호 운동에 참여하면서 구연동화에도 관여한 것은 자연스러운 일이었다.

【표2】처럼 잡지 『문교의 조선(文敎の朝鮮)』(1927.12)에 게재된 사다의 책 광고에서는 '신간'이라고 선전했지만, 『동화집 이야기 아빠(お話のとうさん)』(近澤出版部)는 1925년 10월에 간행된 것이었다. 이 책은 자식의 죽음을 계기로 아동애호운동에 참가하게 된 배경을 확인할 수 있는데, 에세이 풍으로 사다의 조선 각지 및 일본에서의 경험담, 시, 동요, 인도의 옛 이야기, 이솝 우화 〈북풍과 태양(바람과 해님의 내기)〉을 개작한 「동화 바람과 태양(童話 風と太陽)」 등을 실었다. 광

---

43) 무서명, 「童心俱樂部」, 『童心』 3-3, 童心社, 1928.3, 10면.

고에서 사다는 1921년경부터 '춘추(春秋) 2회 정례적으로' "전조선[全鮮]을 순회하며 아동을 위해 구연"했다고 기술했다.[44]

【표2】 사다와 그의 동화집 광고(한국어 번역)

출처: 佐田至弘, 「全國巡回 婦人講演會」, 『婦人俱樂部』 12-11, 講談社, 1931, 469면.

『문교의 조선(文敎の朝鮮)』 1927년 12月號 광고

신간『동화집 이야기 아빠』교육회 회원 대특전
全鮮교육관계자에게 급히 알림!
본서는 경성에 6년 반 거주한 저자가 매년 춘추 2회 全鮮동화행각 중에 심혈을 기울여 사랑하는 많은 아이들을 위해 집필한 것으로 (중략) 덕혜옹주님이 읽고 기뻐하신 것으로도 이미 정평 있는 매우 새로운 동화집입니다. 이번에 특히 조선교육회 회원 諸賢의 희망으로 본서 정가 1엔 45전을 회원에 한해 송료 포함 1엔 10전의 특가로 발매 (중략) 체재(體裁)와 내용 (중략) 매우 예쁜 삽화 열장 외에 동화, 동요, 이야기, 曲譜, 그림 등 (후략)

선행연구에서는 잡지『아동애호(兒童愛護)』 및 후속 잡지를 확인하지 못했지만, 필자는 1926년 4월에 창간호를 발간해 격월간으로 간행하였고, 이듬해 잡지명을『동심(童心)』으로 바꿔 적어도 제5권 제5호(1930.5)까지 발행했음을 확인하였다.

---

44)『文敎の朝鮮』 1927년 12월호 광고. 사다는 1928년 1월의 글에서도 6년 반이라고 기록했다. 佐田至弘, 「童話の価値及 童話口演者としての條件」, 『文敎の朝鮮』 29, 1928, 16면. 佐田八郎, 『お話のとうさん』, 近澤出版部, 1925.

1929년의 잡지 부록에는 "동심사의 창립은 이미 멀리 십년 전입니다. 처음에는 길거리의 어린이에 대한 정조(情操)교육을 목적으로 작은 오토기월보(お伽月報)와 같은 것을 펴냈습니다만, 현재는 동심사에 조선아동협회, 어머니회(母の會), 언니누나회(姉樣の會) 등을 부대(附帶)사업으로 경영하게 되어, 기관지 『동심(童心)』을 매달 1일 1회 발행해, 각 사업의 목표를 내걸고 윤리 운동의 선진(先陣)을 준비해 왔"다고 강조했다.[45]

이 기사는 1920년경부터 동심사를 창립하고 구연동화를 본격화했다고 주장했지만, 1921년의 소아회는 야시마가 주도했고, 사다는 1923년 이후 주도하였다. 사다는 아동애호를 주창하며 5월에 아동애호데이를 주최하고, 모성존중, 모체보호사업, 정조교육과 동심, 윤리 운동을 전개했는데, 그의 아동운동은 주로 재조일본인 또는 '내지'의 일본 아동을 대상으로 하였다. 사다가 발행한 잡지의 회원명부에 조선인의 이름이 일부 포함되었지만, 대부분이 일본인이었다. 사다는 약 십년 간 조선에 체류했지만 그의 주요 관심은 일본 아동이었고 '내지'였다. 즉 그는 본국 지향적 재조일본인이었다.

【표2】의 광고에서도 덕혜옹주와 관련된 내용이 이용되었다. 1924년 『도쿄 아사히신문』은 당시 경성 히노데(日出) 소학교에 재학 중인 덕혜옹주가 일본을 동경하는 동요를 작성했다며, 그 내용을 사다가 '내선융화'를 위해 일본 아동에게 선전했다는 기사 내용을 실었다.[46] 또한 사다는 1931년에도 당시 소학생이었던 덕혜옹주에게 동화를 많이 들려

45) 무서명, 「童心社の今日」, 『童心附錄 燈火』 4-1, 1929.1, 1면.
46) 「동요에 … 마음을 담아서 내지를 그리워하시는 이왕세자 옹주님(童謠に … おもひを籠めて 内地を懐かしがられる李王世子の御妹姬)」, 『東京朝日新聞』 1924년 4월 24일자 11면.

주었고, 옹주가 동요를 잘 만드셨다는 내용을 다시 소개하였다.[47]

전술한 바와 같이 1923년 이후 사다는 자신이 주도한 아동단체의 이름을 자주 변경했는데, 1924년 여름[48]에는 그 이름을 '내선(內鮮) 아동애호연맹'으로 개칭했다. 이러한 사다의 대응에는 1923년 9월 관동대지진 직후 유언비어로 발생한 6천여 명의 조선인대학살이라는 심각한 문제가 존재했다. 사다는 조선인 학살을 지적하며 "관동지진과 함께 발발한 내선문제의 우려할 만한 여러 사건 중, 특히 제2의 국민인 소년소녀에게 조선의 현상이 오해되는 선입견을 그들의 뇌리에서 제거하기 위해서"[49] 내지여행을 기획했다. 내지의 일본아동에게 조선동화를 구연하며 '내선융화'를 도모했지만, "선인(鮮人)[50] 노동자는 현실적으로 일본인에게 반항심을 갖고, 선인 학생은 이상적으로 반감을 품고 있는 이러한 경향은 지진 후에 현저하다"며, 선인(鮮人)이라는 차별용어를 사용하며 결국은 문제의 원인을 조선인의 사상 문제로 전가했다.[51]

이처럼 사다는 각종 아동애호, 경일 어린이대회(京日コドモ大會) 등 다양한 아동 행사, 동화대회를 주도하고 참여했지만, 그 활동은 일본아동을 위한 사업이 그 중심이었고, 1927년 11월 6일 도쿄 우시고메(牛込)도서관(도쿄시립도서관 주최)에서 조선동화를 구연(아동 사백여 명)하고,[52] 경성일보에도 내지의 동화 경향을 소개하는 등 내지의

---

47) 「こどもの時間 朝鮮のおはなし」, 『東京朝日新聞』 1931년 9월 17일자 5면.
48) 井上收, 『隨筆 毒氣を吐く』, 內鮮兒童愛護聯盟, 1924, 2면.
49) 佐田至弘, 「コドモの世界から覗いた東京の現在及び內鮮問題」, 『朝鮮』 第113號, 1924.9, 111면.
50) 선인(鮮人) : 조선인을 칭하는 차별용어.
51) 佐田至弘, 위의 논문, 116면.
52) 堀田穰, 「口演童話研究ノート」 6, 『語りの世界』 40, 2005.6, 33면.

움직임을 소개하였다.[53] 1929년에도 일본잡지『부인구락부(婦人倶樂部)』에 조선통속강좌(朝鮮通俗講座)를 담당하고, 고베, 나라, 나고야, 시즈오카 현 누마즈(沼津), 도쿄 등 주요 도시를 돌며 구연활동을 전개했다.[54]

사다는 조선과 내지의 방송에도 자주 출연했는데, 1927년 1월 26일부터 JODK경성방송국에서 매일 한 시간씩 '어린이 시간(子供の時間)'을 담당하였고,[55] 1927년 9월 20일에는 JODK경성방송국 연작동화 방송의 제 1회 구연을 담당했다. 조선뿐만 아니라 도쿄의 방송에도 출연했다. 1929년 1월 27일 JOAK도쿄방송국 라디오 방송에서 조선동화 '대장장이(刀鍛冶)'를 구연하는 등 1931년까지 관련 기록이 확인된다.[56]

『경성일보』 1928년 5월 7일자 기사는 부인강연회 강사 구루시마 및 사다의 광고를 싣고, 석간에는 다음과 같은 사다의 사은회 기사를 실었다.

조선아동협회, 어머니회 주사(主事) 사다 시코 씨가 동심 찬앙(贊仰) 10주년을 기념하기 위해 사다 씨가 종래 주장하는 全鮮아동애호 데이 당일 오후 2시부터 경성공회당에서 성대히 열려, 출석자는 관민 주요 관계자 및 부인 백여 명이 정시에 사다 씨의 개회인사와 함께 과거 십년간의 주요한 아동봉사의 경과보고, 연회에 이어, 다카하시 학무국장 대리 우마노, 경성府尹의 인사, 구루시마, 아베 씨의 강화가 있었고, 기네야극

53) 佐田至弘,「最近に於ける童話界の傾向」,『京城日報』 1927년 11월 22일자 6면.
54) 佐田至弘,「구렁말 여행(舌栗毛道中)」,『京城日報』 1929.1. 3. 21, 23, 26-29, 4.3, 5, 9, 11-13, 16. 내지 구연활동 에세이 연재.
55) 光永紫潮,「JODKの初放送を前に」,『朝鮮公論』第15卷2號, 1927.2, 31면.
56)「けふのコドモの時間」,『讀賣新聞』 1929년 1월 27일자 10면;「子供の時間」,『東京朝日新聞』 1931년 9월 17일자 5면.

단의 속요, 동요를 비롯한 愛婦유치원생의 놀이, 어머니회 회원가족 아이
의 무용 등 매우 온화한 분위기가 가득했고, 각 명사들의 사다 씨에 대한
편달도 내빈 일동을 매번 감동시켰고 5시까지 환담을 나누었다.[57]

이 기사 내용이 사실이라면 사다는 1919년 전후부터 동심 찬양 사
업을 전개한 것으로 보이며, 이는 경성일보 및 재조일본인에 의한 구
연동화 활용 시기와 거의 일치한다. 그러나 실제로 사다가 중심적 역
할을 담당하게 된 시기는 1923년 이후이다. 사다의 동심 찬양 10주
년 기념 사은회가 마련되고, 이 사실이 기사화 될 정도로 사다가 당
대 재조일본인 사회에서 인지되었음을 확인할 수 있다.

사다는 「동화의 가치 및 동화구연자로서의 조건」(1928)에서 동화
의 사명을 거듭 강조하며 조선의 구연자 중 자신이 "아는 범위에서는
모두가 구연자로서의 조건을 구비하지 않았다"고 비판하며, 자신의
구연 과정을 구체적으로 주장했다.

먼저 당일 아동은 남자가 主인지 혹은 여자가 주인지, 그리고 인수(人
數)는 몇 명 정도인지. 또 모이는 아동의 연령 (중략) 남자 소학교 3학년
에서 6학년까지의 8백 명이라고 주최자가 보고한 경우, 나는 이 8백 아
동에게 가장 좋은 동화를 선택해야 하는 것입니다. (중략) 하나의 동화
를 발견한 경우, 나는 그 동화를 구연자로서 발표할 수 있는 최상의 수
단으로 연습을 거듭하는 것입니다. 그 점에서 가장 고심을 거듭하는 것
은 이야기를 들려주고, 또 보여주는데 제스처를 어떻게 기품 있게 아동
에게 제공할 것인가 입니다. (중략) 전날 저는 탕에 들어가 자신의 신체
를 정결히 하는데 노력합니다. (중략) 당일 (중략) 저는 먼저 자신의 복
장에 대해서 매우 주의를 기울입니다. 구두, 바지, 넥타이, 컬러, 웃옷에

---

57) 「佐田氏謝恩會」, 『京城日報』 1928년 5월 7일 석간 2면.

먼지가 있는 것을 모두 제거하고 (중략) 적어도 스스로 아무런 흠이 없을 정도로 몸단장을 하는 것입니다. 머리 손질은 물론이고 면도기로 깔끔하게 면도를 하고, 손수건을 두 개 준비해 때로는 향수, 거울, 빗 등을 준비하여 회장(會場)으로 출발합니다.

회장에서는 바로 주최자에게 도착했음을 전하고 나서 등단에 앞서 마지막으로 자신의 이야기를 정리합니다. 사회자의 소개로 정각에 등단하게 되어, 그 입구에 한 발을 내딛게 되면 그 순간부터 이미 저는 자기 자신을 완전히 잊고 8백 아동의 하나가 된 기분에 빠져듭니다. 게다가 전사(戰士)가 전장(戰場)에 임하는 경우와 같은 태도로 최후까지 목숨을 걸고 그 연단에 계속 서 있는 것이 현재의 제 경험입니다.[58]

위와 같이 사다는 구연 의뢰를 받고 구연 대상을 고려해 소재를 엄선하는 과정, 거듭된 연습, 목욕재계를 하고 전쟁에 나가는 전사로서의 임장감(臨場感)을 고도의 정신주의에 입각해 기술하였다. 이러한 고도의 정신주의는 스승 구루시마의 영향과 회자회의 정신적 인격 수양의 산물이었다.

사다는 1920년경부터 약 십년 간 조선 경성에서 활동했는데, 동화 구연뿐만 아니라, 아동애호운동, 모성보호운동, 아동관련 지식 보급에 참여했다. 사다는 구루시마의 영향을 받고, 구루시마를 비롯한 일본의 대표적 구연동화가를 초빙해 조선에서 구연순례회를 개최했다. 사다는 처음부터 '내선융화'를 적극적으로 활용했고, 1926년 6월 20일 조선신궁(神宮) 경내에서 구루시마 강연회를 개최하는 등 이데올로기적 성격을 보였다.[59]

사다는 1930년 5월 10일, 11일에 개최된 전선(全鮮)아동애호데이

---

58) 佐田至弘, 앞의 논문, 1928.1, 17~18면.
59) 「雜錄 朝鮮兒童協會の活動」, 『朝鮮社會事業』 4-7, 1926.7, 43면.

제창 십주년 기념회와 11일 어린이대회에 참가하고, 1930년에『우리들의 생활과 인생(我等の生活と人生)』(朝鮮兒童協會 童心社)을 간행한 후 1931년 5월 이후에 귀국하였다.[60] 1931년 10월 경 일본잡지『부인구락부(婦人倶樂部)』(大日本雄弁會)에 입사해 강연부장에 취임하고, 10월 19일부터 전국순회 부인강연회에 참여하였다.[61]

사다가 귀국한 이후, 유명한 일본 구연동화가의 조선 진출은 찾아보기 어렵다. 사다가 관여해 발간한 잡지에는 사다에 대한 강한 존경심이 엿보이며, 사다 스스로도 자신을 제외하고 제대로 된 구연동화가가 조선에는 없다고 스스로 자만했다. 그럼에도 불구하고 사다가 1931년에 돌연 귀국한 배경은 무엇이었을까. 사다의 본국 지향적 성격을 우선적으로 들 수 있겠지만, 조선에서의 일본어 구연동화 확장의 내재적, 외재적 한계를 포함한 구체적인 검토가 필요하다. 재조일본인과 더불어 조선인에게까지 구연동화를 확장시키기 위해서는 식민지 아동교육(일본어교육)이 불가결했다. 읽기용 일본어 동화집에 비해 듣기용 구연동화는 더 높은 수준의 일본어 능력을 요구했다. 1913년 말 0.61퍼센트, 1919년 말 2.0퍼센트, 1923년 말 4.08퍼센트에 불과하던 조선의 일본어 식자율은, 1930년 조선국세조사에서도 6.82퍼센트에 머물렀다. 같은 시기 한글 식자율은 22.23퍼센트에 달했다.[62]

식자율과 달리 듣기능력을 고려한다면 조선인은 조선어를 이해할 수 있었지만, 일본어 듣기 능력은 6.82퍼센트를 밑돌았을 것이다.

60) 1931년 5월 초 '乳幼兒애호 주간'에 아동보건에 대한 경성방송국 라디오 출연 이후 귀국한 것으로 보인다.「乳幼兒애호 주간」,『매일신보』1932월 5월 2일자 2면.
61) 佐田至弘,「全國巡回 婦人講演會」,『婦人倶樂部』12-11, 講談社, 1931, 469면.
62) 近藤釼一編,『太平洋戰下終末期朝鮮の治政』, 朝鮮史料編纂會, 1961, 199~200면; 三ツ井崇,『朝鮮植民地支配と言語』, 明石書店, 2010, 51~56, 101면.

이러한 언어적 문제의 근본적인 원인은 취학률이 낮았기 때문이다. 조선 내 재조일본인은 완전취학 상태였지만, 조선인의 보통학교 취학자수는 1915년에 사립학교를 넘어서고, 1923년에 서당을 상회해, 삼일운동 이후에는 교육열, 취학열로 보통학교가 초등교육기관의 중심적 위치를 점하게 되었다. 그러나 1928년에도 취학률은 17.2퍼센트(남28.2%, 여5.8%)에 불과했다.[63] 이러한 상황에서 사다는 조선인보다는 일본인 아동 위주로 활동하였다는 측면이 존재한다.

사자나미를 포함한 일본인 구연자들은 1920년 이후의 조선인 아동을 상대로 한 구연이 성공적이었다고 자평했지만,[64] 그럼에도 불구하고 1927년 7월과 1929년 10월 두 차례에 걸쳐 조선 구연 순례를 행한 고이케 다케루(小池長, 1901~1974)는 다음처럼 회고했다.

> 조선의 보통학교에서 50회 정도 구연했는데, 그때마다 느낀 것은 내지(內地) 사람에게 말하는 것처럼 바로 감각적으로 공감하지 않는다는 점이다. 제 1회 도선(渡鮮) 때는 일본어 보급의 정도가 도회(都會)는 철저하고, 시골로 갈수록 불철저했기 때문에 구연 성적도 그와 정비례하는 것인가 하고 생각했는데, 성공한 이야기, 실패한 이야기를 곰곰이 생각해보니 다시 새로운 발견을 하게 되었다.
> 그것은 언어가 지닌 음감[響]을 모르는 것이다. 언어는 알지만 어감은 모른다. 예를 들면 시인토시타(シーントした, 잠잠한 조용한 모양의 일본어 의태어 – 필자 주) 산속이라고 하면, 우리(일본인 – 필자 주)는 설명하지 않아도 이를 상상할 수 있지만, 조선인은 모르는 듯하다. 그 대신 시즈카나(靜かな 조용한 –필자 주) 산속이라고 하면, 어느 정도까

---

63) 金富子, 「植民地敎育史」, 和田春樹외편, 『岩波講座 東アジア近現代通史』別卷 アジア研究の來歷と展望, 岩波書店, 2011, 275면. 오성철, 『식민지 초등교육의 형성』, 교육과학사, 2000, 133면.
64) 金成妍, 앞의 책, 23~25면.

지는 그 의미를 전달할 수 있다고 생각한다. 조선에서 구연하는 이는
이 점을 고려하는 게 필요하다고 생각한다.[65]

당대 구연자 중에서 고이케는 언어 문제를 예리하게 인식했다. 모
어를 달리하는 조선 아동을 위해 고이케는 다양한 의성어 의태어로
구연되는 이야기를 포기하는 길을 선택한다. 의성어와 의태어를 배
제한 구연동화는 언뜻 상상하기 힘들지만, 불가피한 조처로 고이케
는 이해한 것이다. 앞으로 일본어 읽기용 조선동화집과 구연동화 및
구연동화집의 유통과 보급에 대한 검토가 요청되며, 조선인 아동의
이해 정도를 포함한 구체적인 검증이 필요하다. 이 글에서는 우선적
으로 고이케의 증언, 취학률, 일본어 식자율을 통해 사다를 비롯한
일본인 구연동화의 전개양상과 그 한계를 검토했다. 더 많은 자료를
바탕으로 한 추가적 검증은 앞으로의 과제다.

5. 결론

본장에서는 근대 일본을 대표하는 구연동화가로 알려진 이와야 사
자나미와 구루시마 다케히코의 활동을 조선과의 관련성을 중심으로
개략하고, 그 영향 하에 1918년에서 1931년까지 전개된 재조일본인
의 움직임을 검토하였다. 재조일본인의 구연동화 활동은 주로 경성
일보를 통해 독자의 저변 확대를 목적으로 수행되었는데, 특히 구루
시마의 인맥(오토기구락부와 회자회)이 활용되었음을 확인할 수 있었
다. 1918년에 다쓰야마 루이코는 재조일본인 소학교를 중심으로 오

---

65) 小池長, 『話道のあしあと』, 中央講演協會, 1930, 78~79면.

토기 강연회를 실시했지만 단기간의 활동에 그쳤다. 매일신보 및 경성일보는 1921년 말부터 소아회를 발족시켜 그 대상을 조선아동으로까지 확대시켜 구연동화를 보급시키려고 노력했고, 1923년 조선동화보급회를 통해 더욱 구체화 되었다. 소아회와 조선동화보급회는 시모노세키 오토기구락부의 야시마 류도와 회자회(回字會)의 사다 시코가 동시에 참여했는데, 야시마는 전자를, 사다는 후자를 주도했다. 본장에서는 두 사람의 본명을 처음으로 밝혔다. 이후에도 사다는 1925년 말부터 1931년까지 조선아동협회를 이끌며 스승 구루시마를 비롯해 회자회 회원을 다수 조선에 초청해 구연 순례회를 개최했다.

영미권(英美圈)에서는 도서관원이 원화(原話)에 중점을 두고 소규모로 스토리텔링하는 방식으로 발달·보급된데 반해, 일본에서는 구연동화가, 교육자, 종교 관계자가 큰 장소에서 웅변술과 같은 화술과 제스처를 중시하고, 대중적 성격을 지니고 독특한 발전을 이루었다. 구연동화의 보급자 구루시마는 근세적 일본 전통과 개인적 전쟁체험(군인), 기독교 신자, 당대 내셔널리즘을 복합적으로 활용하여, 정신 및 인격 수양을 목표로 구연동화를 보급하였다.

이처럼 구루시마를 비롯한 회자회는 정신 수양을 중시했고, 사회교육·계몽운동의 일환으로 구연동화를 활용했다. 사다는 아동애호운동에 관심을 가지고 1923년 조선동화보급회, 경성소년의용단, 1924년 내선(內鮮)아동애호연맹, 1925년 경성소년단, 조선아동연맹(조선아동협회로 개칭) 등 단체명을 수시로 바꾸면서 아동애호를 위한 교화활동, 잡지 및 책자 발행, 강연회, 모성존중, 모체보호사업 장려, 일본에서의 조선 소개 구연활동 등을 전개했다. 1928년 당시 사다의 구연활동은 대중구연동화, 교실동화, 종교동화를 전부 포괄하며 조선아동협회 주간, 경성사범학교 내 순광(醇光)동화연구회 고문,

종교동화일본연맹 간사 등을 역임하며 전방향적으로 활동했지만, 그 주요 활동의 대상과 목적은 일본아동과 '내선융화'에 있었다.

읽기용 일본어 동화집에 비해, 구연동화는 조선아동에게 더 높은 일본어 능력을 요구했다. 일본어를 통한 구연동화의 활용은 1920년 대 식민지 조선의 취학률과 일본어 식자율의 저조로 인해 조선아동 으로까지 대상을 확장하는 데 한계가 존재하였다. 이를 민감하게 인 식한 고이케 다케루는 의태어 등을 배제한 구연을 제안했지만, 이 또 한 대안이 될 수는 없었고 식민지 언어 문제는 심각한 균열을 야기했 다. 본장에서는 일본인을 중심으로 다루었지만, 조선어와 일본어를 통한 읽고 쓰기용 조선동화집, 듣기용 구연동화, 말하기용 구연동화 집의 수용과 확산에 대한 구체적인 비교 검토는 앞으로의 과제다.

제2부

식민지기 구비문학
연구의 전개

제4장

미와 다마키의 『전설의 조선』과 동아시아 민속학자

1. 서론

1908년 우스다 잔운(薄田斬雲, 1877~1956)의 『암흑의 조선(暗黑なる 朝鮮)』(일한서방)에 수록된 〈조선총화(朝鮮叢話)〉를 시작으로 일본어로 간행된 조선설화집(이하, 일본어 조선설화집)이 다수 간행되었다. 1910 년에는 다카하시 도오루(高橋亨, 1878~1967)의 『조선 이야기집과 속담 (朝鮮の物語集附俚諺)』(일한서방), 1912년에는 야오야기 쓰나타로(青柳綱 太郎, 1877~1932)의 『조선야담집(朝鮮野談集)』(조선연구회), 1913년에는 나라키 스에자네(楢木末實)의 『조선의 미신과 속전(朝鮮の迷信と俗傳)』 (新文社), 1918년에는 이나가키 미쓰하루(稻垣光晴)의 『온돌 토산(オン ドル土産)』(경남인쇄주식회사) 등이 조선 이해를 위한 안내서로 간행되 었는데, 모두 한반도에서 간행되었다. 한국 강점을 전후한 시기에, 조선(인)의 내면 및 심성 이해를 위해 조선설화가 주목을 받아 재조 일본인 사이에서 큰 관심의 대상이 되었음을 확인할 수 있다.

이처럼 1908년 이후 식민지 조선에서 재조일본인을 중심으로 간 행되기 시작한 일본어 조선설화집이 '내지(內地)'로까지 확대되는 본 격적 계기를 마련한 단행본이 바로 1919년 도쿄 박문관(博文館)에서 출간된 미와 다마키(三輪環)의 『전설의 조선(傳說の朝鮮)』이다. 『전설의 조선』은 1910년대에 발간된 본격적인 설화집으로 근년 연구가 계속되고 있다.

선행 연구의 동향을 개괄하면, 『전설의 조선』에 대한 서지정보는 일찍부터 알려져 있었지만, 최근까지 구체적 연구는 적었다.[1] 먼저 최인학은 『전설의 조선』의 내용을 소개하고, "이 책은 동화편 뿐만 아니라, 전편에 걸쳐 참고가 되는 민담 자료가 많이 있음을 지적할 수 있다. 게다가 당시 편자의 직책이 평양 고등보통학교 교사였다는 것으로 보아서 채집지를 표기하지 않았지만, 북한의 자료를 많이 수록했다"며 구비문학적 특성에 주목했다.[2] 최인학은 전설집뿐만 아니라 민담집으로도 참고할 만한 구전자료가 많다고 주장하였는데, 그 후 많은 논자들이 이를 지적했다.

가지이 노보루는 "어느 지방에서 어떻게 채록했는지는 전혀 기록되지 않은 것은 아쉽다. (중략) 조선의 전설, 동화를 일본에 소개한 일본인의 업적으로서는 아마도 이것이 최초의 것이 아닐까"라고 지적했다.[3] 조희웅은 1910년대 출간된 "전설집으로는 대표적인 것이다. (중략) 많은 자료를 수록하고 있으며, 후대 설화집들에 거듭 나타나는 주요한 자료들을 망라하고 있다는 점에서, 매우 주목할 만한 문헌"이라고 평가했다.[4] 박미경은 형제담을 검토하며 "채록설화의 성

1) 崔仁鶴, 『韓國昔話の研究―その理論とタイプインデックス』, 弘文堂, 1976; 이재운, 「한국설화의 자료 수집 연구사」, 『세종어문연구』 5·6집, 세종어문학회, 1988; 조희웅, 『설화학 綱要』, 새문사, 1989; 이재원, 「문헌설화의 연구사 고찰」, 『한국체육대학교 교양교육논문집』 7호, 한국체육대학교, 2002; 강재철, 「설화문학에 나타난 권선징악의 지속과 변용의 의의와 전망」, 단국대학교 동양학연구소편, 『한국민속문화의 근대적 변용』, 민속원, 2009 등을 참고.
2) 崔仁鶴 編著, 「韓國昔話資料文獻」, 『朝鮮昔話百選』, 日本放送出版協會, 1974, 310면.
3) 梶井陟, 「朝鮮文學の飜譯足跡(三)―神話, 民話, 傳說など」, 『季刊三千里』 24, 三千里社, 1980, 177면.

격이 강한 설화집이다. 특히 이 설화집은 후대 설화집들에 반복해서 나타나는 주요 설화들을 망라했다는 점에서도 흥미롭다. 즉 이후에 출판된 설화집에 많은 영향을 준 설화집이라는 점에서 매우 주목할 만한 문헌"이라고 평가하였다.[5]

이처럼 선행연구에서는 구비문학적 채록설화로서의 성격이 강한 설화집으로 평가하고, 후대 설화에 영향을 끼쳤다고 주장하였다. 실제로 필자의 확인에 따르면, 『전설의 조선』에 수록된 설화는 1920년대 이후 나카무라 료헤이(中村亮平)의 『조선동화집』(冨山房, 1926)과 『支那・朝鮮・台灣 神話傳說集』(近代社, 1929) 등에 어린이용 동화로 개작되었다.[6] 일찍부터 미와의 설화집에 수록된 개별 설화를 구체적으로 분석하는 연구가 진행되었으나,[7] 최근에 설화집 전체를 조망하는 연구가 행해져 그 실체가 밝혀졌고,[8] 계속해서 미와 다마키의 일본 관련

---

4) 조희웅, 「일본어로 쓰여진 한국설화/한국설화론1」, 『어문학논총』 24집, 국민대학교 어문학연구소, 2005, 20~21면.
5) 박미경, 「일본인의 조선민담 연구고찰」, 『일본학연구』 28, 단국대학교 일본학연구소, 2009, 80면.
6) 자세한 내용은 본서 제 5장을 참고.
7) 구체적으로 염희경이 '해와 달이 된 오누이'담에 해당되는 〈태양과 달(太陽と月)〉을, 김환희가 '나무꾼과 선녀'담에 해당되는 〈뻐꾸기(郭公)〉를 구체적으로 제시한 이후, 〈녹족부인〉 서사 등이 다뤄졌다. 염희경, 「〈해와 달이 된 오누이〉에 나타난 호랑이상 ─설화와 전래동화 비교를 중심으로」, 『동화와 번역』 5, 동화와번역연구소, 2003, 10면; 김환희, 「〈나무꾼과 선녀〉와 일본 〈날개옷〉 설화의 비교연구가 안고 있는 문제점과 가능성」, 『열상고전연구』 26, 열상고전연구회, 2007, 92면; 강상대, 「미와 다마키(三輪環)의 녹족부인 서사 연구」, 『語文學』 118, 한국어문학회, 2012, 155~179면; 조은애, 「韓日の「鹿女夫人」說話の展開に關する考察」, 『일어일문학연구』 85-2, 한국일어일문학회, 2013, 247~263면; 김정희, 「아쿠타가와 류노스케(芥川龍之介) 문학에 나타난 소재활용 방법 연구」, 숭실대학교 일반대학원 박사논문, 2015.
8) 김광식, 「미와 다마키(三輪環)와 조선설화집 『전설의 조선』 考」(김광식 외, 『식민지 시기 일본어 조선설화집 기초적 연구』, 제이앤씨, 2014, 217~243면); 김광식, 『식민지 조선과 근대설화 ─일본인의 구비문학 조사와 조선인의 대응』, 민속원,

설화 및 임진왜란 설화 기술에 대한 비판적 검토가 행해졌다.[9]

　본장에서는 기존의 성과를 바탕으로 1920년 전후에 전개된 비교 민속학을 염두에 두고, 미와 다마키의『전설의 조선』이 동아시아 주요 민속학자들에서 어떻게 읽혀졌는지를, 필자가 지금까지 조사한 새로운 조사 사료를 제시해 그 실상을 검토하고자 한다.

2. 미와 다마키와 『전설의 조선』의 간행

　미와의 생몰년은 알려진 바 없다.『조선총독부 및 소속관서 직원록』과『조선총독부 관보』등을 참고로, 그 구체적 행적을 밝히면 다음과 같다.[10]

　미와는 지바현립 나루토중학교(千葉縣立成東中學校)를 거쳐, 1915년 3월 평양고등보통학교(平壤高等普通學校), 즉 조선인 중등교육기관 교사로 근무했다. 미와는 정확하게는 1919년 9월 10일까지 약 4년 반에 걸쳐 평양에서 교사를 역임하였다. 1919년 3.1운동 직후에 돌연 퇴직한 이유는 알 수 없지만, 그가 서예 및 서간을 활용한 작문 지도에 열의를 보인 일본어(당시 '국어') 교사였음은 분명하다. 미와는 지

　2015; 조은애・이시준, 「미와 다마키(三輪環)『전설의 조선』의 수록설화에 대한 고찰」, 『외국학연구』 30, 외대 외국학연구소, 2014, 403~428면.

9) 장경남, 「일제강점기 日本語 朝鮮說話集『傳說の朝鮮』수록 임진왜란 설화연구」, 『고전과 해석』 19, 고전문학한문학연구학회, 2015; 조은애・이시준, 「미와 다마키 『전설의 조선』의 일본 관련 설화에 대한 고찰」, 『외국문학연구』 57, 외국문학연구소, 2015.

10) 朝鮮總督府, 『朝鮮總督府及所屬官署 職員錄』 1910年~1943年, 復刻版全33卷, ゆまに書房, 2009; 안용식 편, 『조선총독부하 일본인관료연구』 Ⅰ(인명별), 연세대학 사회과학 연구소, 2002, 287면; 『朝鮮總督府官報』 784號, 1915.3.17, 236면을 참고.

바현 마쓰오마치(松尾町)에서 152쪽에 이르는 『보통편지 주고받기(普通手紙のやりとり)』(正賭堂, 1901)를 발간했다. 그 후 평양에서 약 3백쪽 분량의 『일용문 독습(日用文獨習)』(脇坂文鮮堂, 1917)을 증보 출간했다. 후서(後書)는 이전 책을 약 두 배로 증보해서 새로 고쳐 쓴 것이다. 제 4편 편지 작법, 제 5편 편지 서식, 제 7편 절기 월이명 등을 새롭게 추가했고, 제 6편도 반환문, 재촉문 등을 추가하고, 일본의 대표적 작가 마사오카 시키(正岡子規), 야마다 비묘(山田美妙) 등의 예문도 대폭 추가했다.

사직서를 제출하고 귀국을 전후해 『전설의 조선』(博文館, 1919.9)이 출간되었다. 1920년 3월에는 『고등습자장(高等習字帳)』(朝鮮總督府) 4권 및 사범과용 등 총 5권을 발간했는데, 그 필자(筆者)가 바로 미와였다. 조선총독부로부터 귀국 전에 습자책의 집필을 의뢰받은 것으로 보이며, 초판은 도쿄 수영사(秀英舍)인쇄소에서 인쇄, 조선총독부에서 발행되었다. 국립중앙도서관에 소장된 권2는 1922년 8월에 도쿄 박문관 인쇄소에서 증쇄되었다. 『고등습자장』은 1920년 3월 수영사 인쇄판, 1922년 8월 도쿄 박문관 인쇄판, 1922년 9월 조선총독부 서무부 인쇄판 등 3회 이상 발행되었다.

1919년에 간행된 본격적인 설화집 『전설의 조선』에는 139편의 조선설화가 실렸고, 1920년대 이후 마쓰무라 다케오(松村武雄), 나카무라 료헤이(中村亮平) 등이 이를 활용해 조선설화집을 펴냈다. 미와는 『전설의 조선』의 짧은 서문에서 다음과 같이 언급하였다.

세계의 어느 나라, 어느 마을이든 전설이 없는 곳은 없다.
무릇 인류가 서식(棲息)하여 일정한 시일이 지나면, 정사와 야승(野乘)도 생겨나지만, 한편으로 구비전설이 그 사이에서, 아니 그 이전부터 생겨나 입에서 귀로, 귀에서 입으로 단편적으로 바람과 꿈처럼 사람들 뇌리에 들어와 가슴에 파고드는 것이다.

그리고 전설에는 오늘날의 과학적 견지에서 보면 괴기, 불가사의, 불합리하다고 인정되는 것이 적지 않다. 따라서 세인들은 황당무계라는 네 글자로 이를 평하고, 결국에는 하나의 웃음거리로 치부하는 이가 많다. 그러나 오인(吾人)은 그 황당무계함 속에서 일종의 흥미를 환기시킬 수 있다고 생각한다.

무릇 사물에 이해(利害) 관계가 따라다니는 것은 어쩔 수 없는 것이고, 소위 정사(正史)라 하더라도 꺼리고 기재 안 하는 것이 있고, 전설에도 이면(裏面)의 소식을 충분히 엿볼 수 있는 것이 있다. 단지 유감스러운 것은 구비든 전설이든, 혹은 기억의 착오나 전문(傳聞)의 잘못이 있으며, 혹은 여기에서 저기로, 저기에서 이리로 이동 전가(轉嫁)시키는 경우도 적지 않다. 이 때문에 동일 또는 유사 설화가 각지에 남아 있고, 그 근원을 파악하기 곤란한 것이 많다. 그러나 이들 고증은 후일로 기약하고, 지금은 다만 여기에 수집한 조선의 구비전설을 열기(列記)하는 바이다.

1919년 7월[11]

미와는 서문에서 구비전설(구전설화)의 중요성을 언급하고, 전설의 이면과 근원에 관심을 보였다. 전설 내용의 착오와 오인을 인정하였지만, 황당무계함 속에 담긴 이면(裏面)에 관심을 지니고 직접 수집한 구비전설을 기록했다고 적었다. 『전설의 조선』은 채집 경로를 구체적으로 기록하지는 않았지만 서문을 통해서 구비전설을 수집 채록한 설화집으로 볼 수 있다. 미와는 산천(34편), 인물(38편), 동식물 및 잡(42편), 동화(25편) 등 139편의 조선설화를 최초로 분류 수록했다

---

11) 三輪環, 「はしがき」, 『傳說の朝鮮』, 博文館, 1919, 1~2면.

3. 『전설의 조선』의 반향

계속해서 『전설의 조선』에 관한 당대의 서평을 고찰해 보고자 한다. 전술한 바와 같이, 『전설의 조선』 이전에도 일본어 조선설화집이 간행되었지만, 그 대부분은 조선에서 간행되었다. 당시 출판사 영업망의 미비로 인해 식민지 조선에서 발간된 책을 내지에서 구해보는 것은 쉬운 일이 아니었다. 실제로 조선에서 발간된 설화집이 내지의 주요 신문에서 광고되거나 소개된 적은 없었다. 이와 달리, 『전설의 조선』 은 박문관이라는 내지의 유명 출판사에서 발행된 것도 작용하여, 발간과 동시에 일본의 주요 신문에 소개되었다는 점에서 주목된다.

1919년 9월 30일자 도쿄아사히신문(東京朝日新聞)의 박문관 광고란에 『전설의 조선』이 포함되어 게재되었고, 1919년 10월 1일에는 요미우리신문에도 광고가 게재되었다. 1919년 11월 2일 도쿄아사히신문에는 다음과 같은 기사가 실렸다.

> 전설의 조선(미와 다마키 저) 산천, 인물, 동식물, 동화의 4편으로 분류, 조선에 전해지는 전설 수백 종을 엮은 선인(鮮人, 조선인의 차별적 호칭 -필자 주)의 풍습 및 심리 연구는 목하(目下)의 급무인 바, 본서는 이 방면에 관해 좋은 자료가 될 것이다(금 90전, 박문관).[12]

또한 제국 일본의 대표적 종합월간지 『太陽』(1919년 11월호)에도 서평이 실렸다.

---

12) 「出版界」, 『東京朝日新聞』, 1919년 11월 2일자, 東京朝日新聞社, 6면.

조선의 문화는 오래되었고 고대에서 중세에 걸쳐 일본 문화의 가장 많은 부분은 조선에 의지했다. 그 오랜 조선 문화의 자취는 오늘날에도 그 단편적 흔적을 다방면에서 엿볼 수 있는데, 그러나 그것은 물상적(物象的)이 아니라, 오히려 민간의 유습(遺習)이나 구비전설 등에 풍부하게 잔존한다. 이 점에서 이 책은 조선 문화사의 귀중한 일편을 이루는 좋은 연구다. 이러한 학문상의 의미를 제쳐두고라도, 단순히 읽을거리로서 다양한 기괴 불가사의한 이야기가 많이 수록되어 있어 매우 재미있다. 저자는 다년간 조선에서 교편을 잡고 있는 독학자(篤學者)다(금 90전, 박문관).13)

이처럼 『太陽』과 도쿄아사히신문의 서평은 조선 문화사를 이해하기 위한 좋은 자료집으로서 그 가치를 높이 평가하며 일독을 권하였다. 이러한 내용은 루쉰(魯迅)의 동생 저우쭤런(周作人, 1885~1967)에게도 관심 대상이 되어, 그 일부를 1925년 5월 베이징에서 발행된 『語絲』(新潮社)에 소개하고, 간단한 비평과 함께 미와의 수록 설화 일부를 중국어로 번역하여 실었다는 점도 특기할 만하다.14) 이처럼 미와 자료집은 동아시아로 확산되었다는 점에서 중요하다.

4. 『전설의 조선』과 동아시아 민속학자의 관심

도쿄 유명 출판사에서 『전설의 조선』이 발행되어 일본인 및 일본에 체재한 동아시아 민속학자에게 본격적으로 소개된 『전설의 조선』

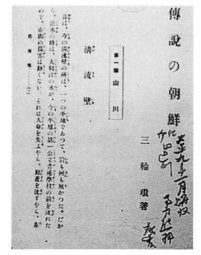

【사진1】 미나카타 장서 『전설의 조선』의 일부

의 실상에 대한 구체적인 검토가 요청된다.

먼저 일본인 민속학자인데, 현재 일본민속학을 대표하는 야나기타 구니오(柳田國男, 1876~1962)의 장서에는 전술한 다카하시, 아오야기, 나라키 자료집은 물론이고, 손진태의 『朝鮮民譚集』(1930) 등이 소장 되어 있지만, 미와 자료집은 보이지 않는다.[15] 야나기타와 함께 잡 지 『향토연구(鄕土硏究)』(鄕土硏究社)를 창간한 다카기 도시오(高木敏 雄, 1876~1922)[16]는 현재 장서가 흩어져 있기에 확인이 어렵다. 다카 기는 1917년 조선설화집을 간행하며 조선설화 연구를 일단락시켰다.

필자가 확인한 바에 따르면, 미와 자료집을 직접 본 것을 실증 가

---

15) 成城大學民俗學硏究所編, 『增補改訂 柳田文庫藏書目錄』, 成城大學民俗學硏究所, 2003.

16) 다카기 도시오에 대해서는 김광식, 「근대 일본 설화연구자의 『용재총화(慵齋叢 話)』 서승(書承) 양상 고찰」, 『동방학지』 174, 연세대학교 국학연구원, 2016, 201~234면을 참고(본서 6장).

능한 민속학자로는 우선 미나카타 구마구스(南方熊楠, 1867~1941)를 들 수 있다. 미나카타는 잡지『향토연구』의 협력자로, 야나기타와 다카기에게 큰 영향을 끼친 일본 비교설화학의 선구로 박물학적 지식을 겸비한 지적 거장이었다.

미나카타는 민속학자 이마무라 도모와 서신을 교환했으며, 조선에도 일정한 관심을 보였다.[17] 미나카타는 【사진1】처럼 1920년 1월 본서를 구입(구수購收)했고,[18] 군데군데 메모를 했다. 책을 보면 손때가 심한 부분이 많아 미나카타가 이 책을 정독했음을 확인할 수 있다.[19] 미나카타와 조선민속학자를 포함한 구체적 논고는 별고를 통해 다루고자 한다.

다음으로 미와의 자료집을 활용한 이는 민속학·신화학자 마쓰무라 다케오(松村武雄, 1883~1969)다. 마쓰무라는 1922년에 연구서『동화 및 아동의 연구(童話及び兒童の硏究)』에서 전설의 가치를 논하면서 미와의 설화집으로부터 〈67외눈과 코삐툴(目ッかちと鼻かけ)〉을 인용하였다.[20] 그 후 마쓰무라는 조선동화집을 펴내면서 미와의 설화집을 참고로 〈9외눈과 코삐툴〉을 포함한 8편의 설화를 개작하였다.[21] 조선어를 모르고 조선에 체류한 적이 없던 미나카타와 마쓰무라에게

17) 미나카타와 조선 관련 논고는 다음을 참고. 橋爪博幸, 「南方熊楠の朝鮮半島へのまなざし」(田村義也, 松居竜五編, 『南方熊楠とアジア －近代東アジアへのまなざし』, 勉誠出版, 2011, 212~218면); 趙恩馤, 「南方熊楠と朝鮮 －今村鞆との關係から」, 『熊楠硏究』 6, 2004, 95~108면.
18) 미타카타는 구입 후 다음처럼 적었다. "大正九年一月購收 / 紀伊田辺町 南方熊楠 / 藏書"
19) 현재 미나카타 장서는 南方熊楠顯彰館(일본 와카야마현)에 소장되어 있다. 귀한 자료를 선뜻 제공해 주신 하시즈메 히로유키(橋爪博幸) 선생님께 감사드린다.
20) 松村武雄, 『童話及び兒童の硏究』, 培風館, 1922, 114면.
21) 김광식, 앞의 논문, 2016을 참고.

【사진2】 저우쩌런이 소개한 미와 자료집 기사

139편의 설화가 수록된 미와 자료집은 매우 소중한 것이었다.

전술한 바와 같이, 신정호·이등연·송진한은 저우쭤런(周作人)에 의해 1925년 5월에『語絲』(新潮社)에 미와 자료집이 소개되었음을 지적했지만, 구체적인 언급은 없다.

저우쩌런은 "조선이 기자(箕子)의 자손인지, 옛 번속국이었는지와 관계없이, 역사적으로 중일 간 가교(架橋)로 문화교류의 전달에 역할을 한 것은 동아시아를 연구하는 이라면 무시해서는 안 된다"고 전제하고, 일본연구도 중요하지만 "동시에 조선 또한 일본에 뒤지지 않을 정도로 중국 문화연구에 도움을 준다."고 지적하였다. 계속해서 저우쩌런은 본 기사는 "일본어에서 중역을 했기에 가치가 낮아졌지만, 중국인이 읽어도 특별한 맛을 느낄 수 있다. 나는 여기에 조선예술에 대한 경의를 표하고자 한다. 그리고 중국인에게 그 아름다운 조각과 회화 등을 소개해 주길 바란다."며 미와 자료집에서 3편을 그대로 번역해 소개했다.

이처럼 저우쩌런은 동아시아 지식인으로서 동아시아 가교로 중요한 역할을 한 조선을 평가하고, 조선설화를 일본어로 접하고, 이를 아쉬워하면서 조선예술에 경의를 표했다. 그리고 중국어로 된 조선 관련 문화의 소개의 필요성을 역설하였다.

저우쩌런은 139편의 자료 중, 〈38崔致遠〉, 〈57신술 겨루기(術競べ)〉, 〈118한자어 사용(漢語遣ひ)〉을 소개하였다. 모든 자료가 중국 및 임진왜란 관련 설화라는 점에서 저우쩌런의 관심 및 중국인의 관심을 배려한 채택으로 보인다. 세 개의 설화 내용은 다음과 같다.

〈38최치원〉

최치원은 신라 사람으로 선술을 부릴 줄 알았다. 한번은 중국에서 조선인의 능력을 시험하기 위해 옥상자에 뭔가를 넣어 이 안에 있는 것이 무엇인지 맞춰보라며 보내왔다.

신라왕이 매우 당혹해 하자, 어떤 이가 최치원 밖에는 이것을 맞출 자가 없사오니, 최치원이라면 반드시 알 것이옵니다 하고 아뢰었다. 왕이 기뻐하며 그를 즉시 불러 (중략) 최치원은 아옵니다 하고 답했다.

뭐냐?

소인에게 종이와 붓을 주십시오.

그리하여 그가 쓴 글은 둥글둥글 옥상자 속에(團團玉函裏) 옥과 황금이 반반씩 있구나(半玉半黃金) 밤마다 때를 알리는 새가(夜夜知時鳥) 소리 내지 못하고 있구나(含精未吐音) 라고 적혀 있었다.

왕은 이것을 중국으로 보냈다. 중국에서는 달걀을 넣었으므로 앞 2구로 족할진대, 뒤 2구는 무슨 의미일까 이상히 여겨 상자를 열어보니 달걀이 부화해 병아리가 되어 죽어 있었다.

〈57신술 겨루기〉

지금부터 약 3백 년 전에 금강산에 서산대사가 있었고 묘향산에는 사명당이 있었다. 두 사람 모두 불도는 물론, 유술(儒術)에도 정통하여 조정으로부터 상당한 예우를 받아 만민의 존경은 비할 데가 없었다. 임진란 작전 계획과 강화조약도 모두 두 사람 생각에서 나왔다고 한다.

사명당과 서산대사가 이러한 인물이었기에 그 두 사람의 첫 대면 당시의 재미있는 이야기가 있다.

사명당은 '신술로는 내가 조선 제일이다.'며 항상 으스대었다. 어느 날 금강산에 서산대사라는 호걸이 있다는 소리를 듣고 그를 제자로 삼고자 금강산으로 외출했다.

서산대사는 미리 이를 알고 제자를 불러, 오늘 묘향산에서 손님이 오신다. 네가 도중까지 마중하라 하였다. 제자는 당황하며 여쭈었다.

한 번도 만난 적이 없는 사람을 어떻게 알아 볼 수 있을까요?

대사는 그 사람은 강물을 거슬러 타고 올 것이니 금세 알 것이라 일러주었다. 제자는 도중에 사명당을 만났다.

마중 나왔습니다.

사명당은 좀 놀랐지만 짐짓 아무렇지도 않은 듯

수고를 끼쳐 미안하네 하고 인사하고 따라갔다.

금강산에 도착한 사명당은 먼저 날아가는 참새 한 마리를 잡아 서산대사에게

이 참새가 살았겠소? 죽었겠소? 하고 물었다. 그때 대사는 사명당을 맞이하기 위해 문턱에 한발을 내딛은 상태였다.

나는 지금 나가려는 거겠소? 들어오려는 거겠소? 하며 반문했다. 사명당은 웃으며 초면 인사를 나누었다. 그런 다음 자리에 앉자 서산대사는 그릇에 물을 담아와 큰 물고기를 여러 마리 꺼내 사명당 앞에 늘어놓고 이윽고

우리들은 승려라서 생식할 수 없소. 그러나 먹은 후에 다시 원상태로 되돌려 놓는다면 아무 문제가 되지 않을 것이오 하고는 그것을 먹기 시작했다. 사명당도

그렇다면 소승도 먹겠소 하고 먹었다. 조금 지나서 대사는 그 물고기를 토해내 다시 물속에 놓아주었다. 사명당 역시 지지 않으려고 토해냈

지만 움직이지 않았다. 다음으로 계란 쌓기를 하게 되었다. 사명당은 지면에서부터 쌓았다. 대사를 보니 공중에서부터 점점 아래로 쌓아갔다.

정오가 되어

정말 조촐한 면이지만 드시오 하고 권해서 보니, 면이 아니라 바늘이 담겨 있었다. 대사는 태연히 맛있는 듯 먹었는데, 사명당은 젓가락을 들 수 없었다.

그래서 그 대단한 사명당도 고집을 꺾고 서산대사의 제자가 되었다.

〈118한자어 사용〉

옛날 산골에 외동딸을 위해 사위를 맞은 농부가 있었다. 이 사위는 함부로 한자어를 사용하며 우쭐댔다.

어느 날 해질녘 호랑이가 장인을 물어 갔다. 사위는 큰소리로 외쳤다.

南山白虎 北山來後壁破之 舅捕捉去之 故有銃者持銃來有 槍者持槍來 有弓矢者持弓矢來 無銃無槍無弓矢者持杖來(남산 백호가 북산에 도래해, 뒷담을 파하고 장인 포획. 고로 총 소지자 총을, 창 소지자 창을, 활 소지자 활을, 무총 무창 무활자 지팡이라도 지참하시오).

마을 사람은 모두 저 녀석이 또 알 수 없는 말을 하는군. 바보 같은 녀석 하며 누구도 나서는 이가 없었다. 사위는 크게 노하며 마을 사람들의 무정함을 맹렬히 공격하며 이를 군수에게 고했다. 군수는 방치할 수 없어 마을 책임자들을 불러 다그쳤는데, 그 사람들은 이구동성으로,

그가 쓸데없이 한자어를 사용하므로 우리는 무슨 말을 하는지 도통 알 수 없습니다 하고 답했다. 군수는 (중략) 너는 한자어를 사용했다. 바로 그게 잘못이다. 이제부터는 한자어를 사용치 말라고 명했다. 사위는 할 수 없이

實用漢語 願容怒而已(실로 한자어를 쓰고 싶으니 용서 원합니다) 하고 말했다. 군수는

또 한자어를 사용하느냐 하고 포졸에게 명해 곤장을 치게 했다. 그러자

今後決不用漢語(금후 한자어 결코 불용하겠습니다) 하고 말했다. 군수도 결국 웃으며 용서해 주었다.

이처럼 저우쩌런은 중국과 관련된 최치원 고사, 임진왜란과 관련되고 선술을 쓰는 서산대사와 사명당 이야기, 한자어를 즐기는 사내 이야기를 소개하였다.

미와 자료집에는 임진왜란 관련 설화로 1)선조와 관련된 이야기(2편), 2)명장(名將)과 관련된 이야기(3편), 3)명나라 원군과 관련된 이야기(3편) 총 8편이 실렸는데,[22] 저우쩌런은 명장과 관련된 이야기 중 〈57신술 겨루기(術競べ)〉만을 다루고, 명나라 원군과 관련된 이야기는 언급하지 않았다.

5. 결론

전술한 바와 저우쩌런은 "조선이 기자(箕子)의 자손인지, 옛 번속국이었는지와 관계없이, 역사적으로 중일 간 가교(架橋)로 문화"를 전달한 조선의 중요성을 강조했다. 저우쩌런은 명나라 원군 관련 이야기를 중국인에게 소개하기보다는 동아시아 지식인 최치원 등을 소개하였다. 이러한 경향은 자국 중심적 문화 소개를 뛰어넘었다는 점에서 우선 평가된다.

한일·한중 학술 교류 및 연구가 진척되면서 양자 간 문화 교류에 대해서는 왕성한 연구가 행해지고 있지만, 위에서 살펴본 저우쩌런의 글은 중국지식인이 조선관련 일본어 자료를 소개하였다는 점에서

---

22) 장경남, 앞의 논문, 2015, 234면.

그 중요성과 의미가 부각되는 일이 적었다고 사료된다. 앞으로 한중일 동아시아 연구를 진척시켜 이러한 사각지대를 극복하는 작업이 불가결하다. 종래의 단순한 양자 간 이자(二者)교류가 아닌, 복수의 삼자(三者), 다자간(多者間) 교류의 역사를 발굴 복원해, 동아시아 국제 관계 속의 문화교류와 공동연구를 통한 知의 다이너미즘과 그 전체상을 조망할 수 있길 바라마지 않는다.

제5장

나카무라 료헤이(中村亮平) 조선전설집의 개작 양상

1. 서론

소설가 겸 미술연구가로 알려진 나카무라 료헤이(中村亮平, 1887~
1947)는 동경에서 『조선동화집(朝鮮童話集)』(冨山房, 1926)을 간행하고,
그 성과를 인정받아 신화학자 마쓰무라 다케오(松村武雄, 1883~1969)
가 편집한 〈신화전설대계〉(전 18권, 1927~1929)의 조선 및 대만편을
담당하게 된다. 조선편은 『지나·조선·대만 신화전설집(支那·朝鮮·
臺灣神話傳說集)』(近代社, 1929)에 수록되었고, '지나'편은 마쓰무라가
담당했다.

나카무라는 일본 나가노현(長野縣) 고카무라(五加村, 현 지쿠마시 중
부) 출신으로, 1911년에 나가노현 사범학교를 졸업 후, 교직 생활을
하다가 유토피아 실현을 위한 '새로운 마을(新しき村)' 운동에 참여했
다. 1923년 12월 울산보통학교 교사로 부임해, 1925년 3월에 경북
공립 사범학교로 옮겼다. 1926년 2월에 본문 558면에 이르는 호화판
『조선동화집』을 간행하고, 같은 해 8월 31일 사임하고 일본으로 돌
아갔다.[1]

---

1) 김광식, 「나카무라 료헤이(中村亮平)와 『조선동화집』 고찰 ─선행 설화집의 영향
   을 중심으로」, 『日本語文學』 57, 한국일본어문학회, 2013, 237~259면.

한편, 마쓰무라는 1924년 9월에 『일본동화집(日本童話集)』(세계동화대계간행회)을 간행했는데, 일본설화 174편과 함께, 조선설화 27편, 아이누설화 73편을 수록해, 내부(아이누)와 외부(조선)의 식민지 설화를 제국 일본에 편입시켰다. 마쓰무라는 조선에 체류한 적이 없었기에 한문, 일본어, 영어로 된 조선설화집을 참고해 조선편을 펴냈다.[2] 2년 후에 나카무라가 조선 체재경험을 바탕으로『조선동화집』을 간행하자, 마쓰무라는 나카무라에게 집필을 의뢰한 것으로 보인다. 나카무라는『조선동화집』을 간행 후, 귀국 전부터 마쓰무라 등이 관여한 일본전설학회(日本傳說學會)의 기관지『전설(傳說)』(1926년 6월 창간호~3권 2호 폐간) 등에 조선전설을 실었고, 귀국 전부터 지면을 통한 교류가 있었다. 나카무라가 연재한 글을 정리하면 다음과 같다.

『전설』 1권 2호, 「대가락의 건국(大駕洛の建國)」, 1926.7
『전설』 1권 3호, 「고려 태조(高麗の太祖)」, 1926.8
『전설』 1권 4호, 「조선전설·뱀의 주인 외 1편(蛇の主他一篇)」, 1926.9
『전설』 1권 5호, 거인 특집호, 나카무라 미수록, 1926.10
『전설』 2권 1호, 「조선전설·전강동자제(全剛銅姉弟)」, 1926.11
『전설』 3권 1호, 「조선의 전설설화에 나타난 토끼(朝鮮の傳說說話に表
　　　はれた兎)」 및 「설성관의 전설(雪城館の傳說)」, 1927.1
『전설』 3권 2호, 「조선에서의 풍수설(朝鮮に於ける風水說)」, 1927.2

---

2) 김광식, 「마쓰무라 다케오(松村武雄)『일본동화집(日本童話集)』의 출전 고찰」, 『일
어일문학연구』 93-2, 한국일어일문학회, 2015, 165~187면; 박종진, 「마쓰무라 다
케오『일본동화집』〈조선부〉의 개작 양상 연구」, 『아동청소년문학연구』 16, 한국아
동청소년문학회, 2015, 81~117면; 김광식, 「근대 일본 설화연구자의 『용재총화
(慵齋叢話)』 서승(書承) 양상 고찰」, 『동방학지』 174, 국학연구원, 2016, 201~234면
(본서 6장).

『婦人之友』 21권 4호, 「전설이 많은 신라의 옛 종(傳說に富んだ新羅の古
鐘)」, 婦人之友社, 1927.4

이처럼 나카무라는 『조선동화집』을 간행 후, 조선설화 전문가로 대
우 받으며, 일본전설학회에 조선전설을 투고했고, 귀국 후 마쓰무라
와 함께 전설집 집필 작업에 착수한 것으로 확인된다. 위에 제시한
연재 자료는 1929년 전설집에 다시 실렸다. 나카무라의 『조선동화집』
은 1926년 간행 이래 1938년 3월에 5쇄를 찍었고, 1941년 재판을 발행
해 적어도 일제시기에 6쇄를 찍었다.

『지나 · 조선 · 대만 신화전설집』도 〈신화전설대계〉 중 한 권으로
1929년에 근대사에서 간행된 이후, 여러 출판사에서 중복 출판되었
다. 1934년 성문당(誠文堂)에서 보급판이 발간되었고, 1935년 9월에
는 대경당(大京堂)판 『지나 · 조선 · 대만 신화와 전설』이 '중쇄(重刷)'를
찍었다. 대양사(大洋社)판(『조선대만지나신화와 전설』)은 1939년 3월에
6쇄를 찍는 등 증쇄를 거듭했다.[3] 또한 이 전설집에는 본문 428면에
이르는 조선 신화 전설(신화전설 13편, 제국(諸國)전설 106편)이 다수 수
록되어 근대 일본의 조선 신화전설 이해에 커다란 영향을 미쳤을 것
으로 사료된다.

선행연구에서는 『조선동화집』(이하, 나카무라 동화집)에 대해서는
많은 연구가 축적되었지만, 『지나 · 조선 · 대만 신화전설집』(이하, 나
카무라 전설집)에 대해서는 전혀 분석되지 않았다.[4] 나카무라 동화집

---

3) 김광식, 『식민지 조선과 근대설화 −일본인의 구비문학 조사와 조선인의 대응』,
민속원, 2015, 28~29면. 또한 전후 일본에서는 〈改訂版 세계신화전설대계〉 전 42
권(1979~1981)으로 개정 복각되면서 조선 신화전설이 독립되어 나카무라 편, 『조
선의 신화전설(朝鮮の神話傳說)』(名著普及會, 1979)로 간행되었다.
4) 나카무라 동화집 관련 선행연구에 대해서는 다음을 참고. 김광식, 앞의 논문, 2013;

연구를 바탕으로 한 전설집의 내용과 성격 및 관련 양상에 대한 연구
가 필요하다. 이에 본장에서는 나카무라 동화집 연구를 바탕으로 해
전설집을 고찰하고자 한다. 특히 당대의 전설집과의 영향관계와 그
개작 내용을 검토하고자 한다.

2. 나카무라 동화집·전설집과 '내선융화'

나카무라 동화집에서는 제 1부 동화(43편), 제 2부 이야기(物語, 고
전소설 심청전, 흥부전 2편), 제 3부 전설(17편)을 실었고, 전설집에는
조선 신화전설 13편과 제국전설 106편이 실렸다. 나카무라 동화집은
본인이 직접 채집한 것처럼 표현했지만, 선행연구에서 분석된 바와
같이, 나카무라 동화집에 수록된 동화는 대부분이 선행 설화집을 참
고해 개작되었다는 사실이 확인되었다.[5] 특히, 조선총독부『조선동
화집』(1924)과 제 2기 일본어 교과서『국어독본(國語讀本)』(조선총독부,
1922~1924)의 영향을 크게 받았다.[6] 또한 아래의 일본어 조선설화집
에서도 일정한 영향을 받았다.

> 다카하시 도오루(高橋亨),『조선 이야기집과 속담(朝鮮の物語集附俚諺)』,
> 일한서방, 1910.

김영주,「나카무라 료헤이(中村亮平)『조선동화집』의 신화전승에 대한 고찰」,『일본
연구』 60, 일본연구소, 2015, 81~97면.
5) 김광식, 앞의 논문, 2013, 249~250면.
6) 조선총독부의 동화집 및 제 2기 일본어 교과서에 수록된 동화의 후대 영향에 대해
서는 다음을 참고. 김광식,「1920년대 일본어 조선동화집의 개작 양상 –『조선동화
집』(1924)과의 관련양상을 중심으로」,『열상고전연구』 48, 열상고전연구회, 2015,
317~349면(본서 2장).

미와 다마키(三輪環), 『전설의 조선(傳說の朝鮮)』, 박문관, 1919.

야마사키 겐타로(山崎源太郎), 『조선의 기담과 전설(朝鮮の奇談と傳說)』, 우쓰보야서적점, 1920.

나카무라 동화집은 어디까지나 동화집이었기 때문에, 동화 및 민담을 다수 수록한 조선총독부의 동화집 및 제 2기 일본어 교과서와 함께 다카하시의 설화집을 참고하였다. 이에 비해 미와 및 야마사키의 전설집은 전설을 주로 수록하였기 때문에 동화집에서는 그 일부만을 참고하였다. 하지만, 후술하듯이 나카무라 전설집에서는 반대로 미와와 야마사키 전설집을 주로 참고하였다. 이처럼 나카무라는 동화집과 마찬가지로 전설집에서도 자신이 직접 수집한 자료를 제시하기보다는 선행 설화집을 참고하여 이를 무단으로 사용했다는 치명적인 문제점을 지닌다.

문제는 【표1】처럼 나카무라 전설집은 동화집에서 재수록 된 게 적지 않다는 점이다. 나카무라는 당대 3분법에 입각한 신화, 전설, 민담(동화7)) 개념을 반영하지 않고, 이를 중복 수록했다는 문제점을 지녔다. 여기에는 나카무라의 설화 이해의 미숙성, 수집 자료의 제한성 등이 개입되어 있지만, 중복된 설화는 한일 유사 설화를 다수 수록해, '내선융화'를 강조하려는 의도도 개입되었다.

동화집의 서문에서 나카무라는 조선에 건너와 조선동화를 접하고 '새로운 동포와 진정으로 친근감'을 느꼈다고 감상을 전하며 그 이유를 다음과 같이 기록하였다. "내지의 것과 같은 이야기와 매우 흡사한 이야기가 있습니다. 태고 적부터 어딘가에서 깊게 연계된 듯이 생

---

7) 당대 일본에서는 오늘날 민담에 해당되는 용어로 '동화 또는 민간동화라는 용어가 즐겨 사용'되었다(關敬吾, 「解説」, 高木敏雄, 『童話の研究』, 講談社, 1977, 213면).

각되었기 때문입니다." 조선동화 중에는 서양 이야기보다 "먼저 알아야 할 우리 우리 동포 사이에 전해지는 이야기를 모를 것 같아서 여러분에게 재미있는 조선의 이야기 문고리를 어서 열어 드리려고 이것을 상재"했다고 역설하였다.[8] 식민지 조선의 '새로운 동포' 조선인을 '우리 우리 동포'로 강조한 나카무라는 전설집에서도 서문을 대신해서 간단한 해설을 썼는데, 많은 조선 신화전설이 일본의 그것과 '밀접 복잡한 연관을' 보인다고 거듭 주장했다. 그리고 "조선의 신화전설은 우리들에게 다른 외국의 그것보다도 완전히 다른 의미에서 그 존재 의미가 있어야만 한다. 새로운 동포에 대한 깊은 이해를 재촉하는 계기를 만드는 것이기 때문"이라고 '내선융화'적 입장에서 내지 일본인에게 관심을 촉구하였다.[9]

【표1】 나카무라 동화집과 전설집의 중복 설화 비교

나카무라 동화집	나카무라 전설집	출전
33.풍수선생 세 아들	2풍수선생과 삼형제	다카하시(5풍수선생)
26.장님과 요마	3맹인과 염력과 요마	다카하시(16요마를 쫓은 맹인)
38.부모 버린 남자	8부모를 버리는 사내	총독부동화집(17부모를 버리는 사내)
18.두 남매와 호랑이	11해님과 달님	미와(137태양과 달)
31.과거에 급제한 두노인	12과거에 급제한 두노인	다카하시(22부귀영달도 운이 있다)
23.까치 다리	16까치 다리	총독부국어독본(5권26과)
41.실수한 신랑	24신랑을 도운 신부	다카하시(7시를 지어 죽다 살다)
32.한 겨울의 딸기	25한 겨울 딸기	총독부동화집(5한 겨울 복분자)
13.아저씨와 거울	27신기한 모습	다카하시(20거울을 처음 본 사람들)
8.젊음이와 깃옷	31선녀와 깃옷	다카하시(21선녀의 깃옷)
28.어느 농사꾼과 부인	80농민과 이퇴계선생	총독부수신서(3권5과)?

---

8) 中村亮平,『朝鮮童話集』, 富山房, 1926, 1면.
9) 中村亮平,「朝鮮神話傳說槪觀」, 中村亮平·松村武雄編,『支那·朝鮮·臺灣神話傳說集』, 近代社, 1929, 11~12면. 나카무라의 '내선융화'적 설화연구에 대해서는 선행연구에서 자주 지적되었다(김광식, 앞의 논문, 2013, 239~241면).

전설14.봉덕사 종	50희생의 인주(人柱)	미와(103인주)
전설17.효자이탄지	66효자 이탄지	총독부국어독본(7권6과)
전설15.호랑이와 젊은이	86호원사 연기	?
전설12.김대성 이야기	93김대성	?
전설13.영지무영탑	94무영탑과 영지	?
전설10.망부암과 만파정	95망부석과 만파정	?
전설16.지혜자 응렴	105지혜자 응렴	?
전설11.덕만의 지혜	106덕만의 지혜	총독부국어독본(3권10과)

* 미와, 다카하시 원문에는 번호가 없지만, 편의상 순번을 정했음.

【표1】, 【표2】와 같이, 나카무라 동화집에 수록된 43편의 동화 중 11편이 전설집과 중복되며, 17편의 전설은 모두 재수록 되었다. 【표1】과 같이, 대부분의 출전은 조선총독부 동화집과 교과서, 다카하시의 설화집에 해당된다. 출전이 명확하지 않은 자료는 신라전설에 해당된다. 나카무라는 『삼국사기』, 『삼국유사』, 『동경잡기(東京雜記)』 등을 참고한 것으로 보이는데, 「106덕만의 지혜」는 선덕여왕의 지혜 관련 설화로 조선총독부 일본어 교과서를 참고로 개작하였다. 미술연구가 이기도 했던 나카무라는 신라에 관심을 갖고 전설집과 동시에 신라전설을 적절히 활용한 『조선경주지미술』(1929)도 간행했기 때문에 다수의 전설을 수록한 것으로 보인다.[10] 「105지혜자 응렴」은 경문왕 관련 설화이고, 「86호원사 연기」는 김현 관련 설화 등으로 잘 알려진 신라 이야기다.

문제는 동화를 전설집에 재수록 했다는 점이다. 「8부모를 버리는 사내」, 「11해님과 달님」(해와 달이 된 오누이), 「16까치 다리」(오작교), 「25한 겨울 딸기」, 「27신기한 모습」(거울을 모르는 사람들), 「31선녀와 깃옷」(선녀와 나무꾼), 「80농민과 이퇴계 선생」 등은 일본과 관련이

---

10) 中村亮平, 『朝鮮慶州之美術』, 藝艸堂, 1929.

있거나, 한일 공통의 민간설화를 수록해 '내선융화'를 강조하기 위해 재수록 되었다. 「80농민과 이퇴계선생」은 농민 부부가 사이가 좋지 않아 농민이 이퇴계 선생을 뵙고 자문한 결과, 퇴계가 인사를 잘 하라고 조언해 사이가 좋아졌다는 내용으로, 1920년대 사용된 『보통학교 수신서』 권3에 관련 내용이 있어 흥미롭다.

　　이퇴계는 6세 때부터 근처의 선생님 댁에 가서 천자문을 배웠습니다만, 매일 아침 일찍 일어나서 바로 세수를 하고, 머리를 묶고 옷을 차려입고 선생님 댁에 갔습니다. 그리고 정중하게 인사를 하고 나서 책을 익혔습니다.[11]

　본 교재는 인사의 중요성을 역설하는 수신적인 내용인데, 이를 참고로 나카무라가 무리하게 개작했을 가능성을 조심스럽게 지적해 두고자 한다. 퇴계 성리학은 일본에 전파되었기에, 일제시기에 '내선융화' 소재로 자주 언급되었고, 나카무라도 주목했을 가능성이 존재한다.

　나카무라는 동화집에는 동화와 함께 신화 및 전설 17편을 수록했는데, 전설집에는 특히 전설을 대폭 보강하여 조선 신화전설(개국신화) 13편과 제국전설 106편을 수록하였다. 신화전설(개국신화)의 내용을 개괄하면 다음과 같다.

11) 朝鮮總督府, 「第五 行儀」, 『普通學校修身書』卷三, 1923, 9면. 조선총독부 편찬취의서에 따르면, 본 교재는 조선총독부 학무국이 각 도에 의뢰한 보고서 중 '경상북도 조사 재료'를 참고했다고 명기했다(朝鮮總督府, 『普通學校修身書 編纂趣意書』, 1924, 24면).

【표2】 나카무라의 신화전설 영향관계

미와(1919)	야마사키 (1920)	나카무라 동화집(1926)	나카무라 전설집(1929)
제 2편 인물 35단군 39금와(금와과 주몽)	단군 기자 주몽	제 3부 전설 1. 조선 시조 단군 이야기 2. 기자 이야기 3. 고구려 시조 주몽 이야기 4. 백제시조 비류와 온조 이야기	조선 신화전설집 1조선 시조 단군 2기자 이야기 3고구려 시조 주몽 4백제 시조 비류와 온조
37박씨(혁거세) 41사람의 알(석탈해)	박혁거세 석탈해	7. 신라 시조 박혁거세 이야기 8. 신라의 석탈해왕 이야기	5신라 시조 박혁거세 6석씨시조 석탈해 /97나지리 전설
42계림(김알지)	계림	9. 계림의 기원	7계림의 기원 8대가락(大駕洛)의 건국
36삼주신(삼성혈) 47일월의 정기	연오세오	5. 제주도의 삼성혈 6. 영일만의 연오와 세오	9제주도의 삼성혈 10영일만의 연오와 세오
50용녀의 자식(왕건)	백제 영혼		11고려 태조 12백제 멸망의 조짐 13고려 멸망의 조짐

* 미와의 제목 뒤 괄호 안의 서술은 필자의 보족. 미와 원문에는 번호가 없지만, 편의상 순번을 정했음. 밑줄은 나카무라 전설집에 새롭게 수록된 이야기.

【표1】, 【표2】와 같이 나카무라 동화집에 수록된 전설 17편 중 신화 전설에 9편을, 나머지 8편은 제국전설에 분류시켰다. 나카무라는 미와와 야마사키의 전설집에 수록된 신화전설을 참고하고, 필요에 따라서 『삼국사기』, 『삼국유사』 등을 통해 보족하였다. 나카무라는 1929년 전설집에 「8대가락(大駕洛)의 건국」, 「11고려 태조」, 「12백제 멸망의 조짐」, 「13고려 멸망의 조짐」의 4편을 추가하였다. 전술한 바와 같이, 8과 11은 1926년 잡지 『전설(傳說)』에 연재한 것이다. 그 중에서 8을 제외한 3편은 미와와 야마사키의 전설집을 참고하여 개작하였다. 「12백제 멸망의 조짐」에서는 의자왕 이야기를 실었고, 「13고려 멸망의 조짐」에서는 정몽주의 예견과 관련된 이야기를 실었다.

나카무라는 단군 이래 고려 멸망까지를 나열하였는데, 연오랑 세오
녀 설화는 예외적이다. '내선융화'를 강조하기 위해 연오랑 세오녀
설화를 수록한 것으로 판단된다.

더불어 후반부에 야마사키의 전설집을 참고하여 「12백제 멸망의 조
짐」과 「13고려 멸망의 조짐」을 수록했다. 개국설화와 함께 백제와 고
려의 멸망의 조짐을 함께 수록하여 문제점이 있다. 또한 조선왕조 개
국신화가 없어, 일관성과 체계성이 결여되었다. 나카무라는 『삼국사
기』, 『삼국유사』, 『동경잡기』와 더불어, 『용재총화(慵齋叢話)』, 『유양
잡조(酉陽雜俎)』 등을 들며, "아직 신화전설로서의 체계가 없어서, 이
를 연구하는데 곤란을 느낀다."며 자신의 전설집의 간행 의미를 정당
화 했다.12) 그러나 나카무라 전설집 역시 체계적인 분류로 엮인 전설
집이 아님을 확인할 수 있다. 먼저 「1조선 시조 단군」을 살펴보자.

나카무라는 단군신화를 전면적으로 부정했다. 『삼국유사』 이전에
"단군에 관한 기재가 없는 것으로 보아서 일연선사가 쓰기 이전부터
전해졌다고는 생각되지 않는다. (중략) 요컨대 조선의 시조 단군의 건
국신화에서 선도(仙道)에 의한 신선설로 생겨난 것임은 의심할 바 없
는 경향이며, 따라서 조선에서의 신화전설의 대부분은 이러한 대륙
의 사상 영향이 미쳤다고 생각된다. 신선설을 결합한 것으로는 「고
구려의 시조주몽」, 「백제의 시조 비류와 온조」, 「대가락의 건국」, 「신
라 시조 박혁거세」, 「고려 태조」 등이 있다. 어느 것도 궤를 같이" 한
다고 나카무라는 주장했다.13) 나카무라는 단군신화를 비롯한 건국신
화를 일면적으로 중국의 영향으로 보았다는 점에서 문제가 있다. 하지
만 나카무라는 전설집에서는 그 내용을 수록하였다.

---

12) 中村亮平, 「朝鮮神話傳說槪觀」, 1929, 11~12면.
13) 中村亮平, 「朝鮮神話傳說槪觀」, 1929, 12~13면

【표3】「1조선 시조 단군」의 비교 대조표

미와 「35단군」, 61~64면	나카무라, 3~6면
평안북도 영변 동쪽 백리에 태백산이라는 산이 있다. (중략) 조선의 시조인 단군이 있었다고 말하는 자리는 지금 보현사에서 동쪽으로 약 30리쯤 떨어진 남쪽 기슭에 높이 4丈, 남북 5장, 동서 3장이되는 큰 바위 틈이 하나의 동굴을 이루고 있다. 이것이 그 터다. 옛날 환인(제석천)의 아들 환웅이 인간계에 살고 싶어서 부친께 간청했다. 환인은 그 부탁을 수용해 천부인 3개를 주며자, 이것을 가지고 가 조선을 다스려라. (중략) 환웅은 그의 무리 3천명을 이끌고 태백산 정상 단수 아래 내렸다. (중략)이때에 이 산에는 한 마리 곰과 한 마리 호랑이가 있었다. (중략) 21일째에는 대원 성취해 순조롭게 여자로 변했다. (중략) 이리하여 그 사이에서 태어난 이가 단군이다. 성장한 단군은 남들과는 달랐다. 사람들이 왕으로 추대하여 왕검성을 도읍으로 했다. 왕검이란 단군의 호다. 지금의 평양이바로 왕검성이라고 하는데 어디쯤인지그 터를 알 수 없다. 단군은 나라를 조선이라 칭했다. 그것은 당나라 요임금 25년 무진년으로, 그후 1, 500년간 조선을 다스렸는데, 주나라 무왕 기묘년에 기자가 조선으로 왔기에 단군은 아사달산으로 은둔해 신이 되었다. 그때의 연세가 1, 808세였다 한다.	옛날 아주 옛날 일입니다. 일본해(동해 -필자)와 황해 사이의 조선반도에는 아직 인간도 그렇게 많이 살지 않았습니다. (중략) 이 반도의 아름다운 모습을 하늘 저편에서 항상 항상 바라보던 환인이라는 왕이 있었습니다. 그러자 환인의 서자 환웅이라는 왕자가 있었습니다. 왕자는 부왕 이상으로 반도에 내려가 저 아름다운 토지를 다스리고 싶다고 주야로 바랐습니다. 왕자의 부탁을 받아들인 부왕은 "네가 그렇게 원한다면 저 아름다운 반도에 내려가 친히 다스리도록 해라." 그렇게 말씀하시고 천부인 3개와 부하 3천명을 주셔서 가서 다스리라고 보내셨습니다. 왕자의 기쁨은 형용할 수 없었습니다. 먼저 왕자는 조선 중간쯤에 있는 태백산이라는 높은 정상 신단수 아래 내리셨습니다. (중략) 21일째에 일찍 인간으로 변해 (중략) 아름다운 여인이 되었습니다. (중략) 옥과 같은 왕자가 태어났습니다. 임금님과 왕비님은 매우 기뻐하시며 '단군'이라 명명했습니다. 단군이 성인이 되시자, 당나라 요임금 50년에 수도를 평양으로 정하셔서 처음으로 '조선'이라 칭하셨습니다. 나중에 단군의 호를 왕검이라 하셨고, 평양을 왕검성이라고도 합니다. 그 후 수도를 왕검성에서 백악산, 아달산으로 옮기시고 거기에서 나라를 다스렸습니다. 그것을 궁홀산, 미달이라고도 합니다. 이윽고 천오백년이 지나자 지나에서 주나라 무왕이 즉위하시고 그 해에 기자를 조선에 보내셨습니다. 그리고 단군은 장당경으로 옮겼습니다. 이윽고 다시 아사달로 돌아와 조용히 은둔해 산신이 되어 살았습니다. 단군이 그렇게 조선국을 시작해 그 후 점점 많은 사람이 옮겨왔습니다. 그렇게 진력한 단군은 그 연세가 1, 908세였다고 합니다.

* 밑줄은 필자에 의함

【표3】과 같이, 미와는 평양에 체류하며 구전도 포함하여 신화를 재구성한 것으로 보이는데, 야마사키는 『삼국유사』를 소개했다. 나카무라는 전설집이지만 동어를 반복하면서 동화집처럼 옛날이야기

라며 오리엔탈리즘에 입각해 '아름다운 조선'을 표상하였지만, 신화를 민담으로 전락시켰다. 내용을 보면 나카무라는 미와의 전설집을 참고하면서도 『삼국유사』 등의 기록을 보족하며 개작한 것으로 보인다.

　나카무라 전설집의 특징 중 하나는 신화전설 및 제국전설에 다수의 신라설화를 수록했다는 점이다. 신라 삼성의 시조신화를 모두 다루고, 특히 석탈해에 관심을 지니고 제국설화 「97나지리 전설」에도 재차 탈해 탄생담을 수록했다.

【표4】「6석씨 시조 석탈해」의 비교 대조표

미와 「41사람의 알」, 76〜80면	나카무라, 21〜26면
왜국 동북 천리 바다에 다파나국(혹은 용성국이라고도 함)이 있었다. 그리고 扶桑 동쪽 천리 바다에 女國이 있었다. 다파나국왕 함달파 여왕국의 딸을 왕비로 삼았는데, 임신 칠년 만에 커다란 알을 낳았다. 왕은 놀라 (중략) 버리기로 했다. (중략) 금관국 해안에 다다랐다. (중략) 다시 떠내려 보냈다. 그리고는 진한 아진포 입구에 닿았다. 그때 한 노파가 그것을 발견해 (중략) 노파가 (중략) 학문하여 이름을 드높여라. (중략) 그곳은 호공의 저택이었다. 그래서 가만히 숯을 그 집에 묻고 (중략) 결국 탈해의 승리로 끝이 났다. 탈해가 후에 대호걸이 되어 남해왕의 딸을 아내로 삼았다. 유리왕 붕어 시에 왕위를 양보해 후사가 되어 신라 제4대 왕이 되었다. 그 때 나이 62세였다. 호공에게 빼앗은 택지는 파사왕 22년에 성을 쌓았다. (중략) 반월성이라고도 한다.	옛날 신라국에 '석탈해'라는 임금님이 있었습니다. 탈해 아버지는 함달파라는 다파나국 임금님이었습니다. 다파나국이란 왜국 동북쪽에 있고, 신라에서는 멀리 멀리 천 여리에 있는 곳이었습니다. 신기하게도 탈해는 어머니 뱃속에서 칠년이나 긴 기간 있었는데 (중략) 태어난 것은 예쁜 큰 알이었습니다. (중략) 버려라. (중략) 금관국에 도착했습니다. (중략) 다시 떠내려 (중략) 신라국에 (중략) 할머니는 (중략) 학문을 해서 꼭 훌륭한 사람이 되어라. (중략) 그곳은 대포 호공의 주거였으므로, (중략) 그래서 가만히 그 집에 대장장이가 쓰는 오래된 숯을 많이 묻고 (중략) 결국 그 땅을 자신의 것으로 했습니다. (중략) 결국 제2대 남해왕의 배려로 공주의 사위가 되어 귀인이 되었습니다. 그리고 제3대 유리왕에 이어서 제4대 왕이 되었습니다. 그 때 탈해는 나이 62세였습니다. 멀리 바다에서 온 탈해는 드디어 왕위에까지 오른 것입니다.

* 밑줄은 필자에 의함

　【표4】와 같이, 미와는 『삼국사기』, 『삼국유사』 및 구전 등을 활용하여 기술한 것으로 보이는데, 나카무라는 동화풍으로 동일한 용어

를 반복 사용하며, 『삼국사기』를 중심으로 미와의 내용을 개작하였다. 『삼국유사』는 '용성국'으로 기술되었고, 『삼국사기』에는 '다파나국'이 '왜국동북일천리'에 있다고 기록해, 일제시기에 대다수의 일본인들은 다파나국이 일본이라고 강변하였다.[14] 호공의 저택을 지략으로 얻는 부분은 『삼국사기』에는 없는 내용이다. 나카무라는 '왜국동북 일천리'를 "다파나국이란 왜국 동북쪽에 있고, 신라에서는 멀리 멀리 천여리에 있"다고 했는데, 이것은 분명한 오역이다. 신라의 천여리에 있다고 표현함으로써 일본을 상기시키기 위한 개작으로 해석된다. 나카무라는 제국전설 「97나지리 전설」에도 탈해 표류담을 다시 기술했다. 나카무라는 탈해가 일본인임을 명시하지는 않았지만, 「97나지리 전설」에 "동해 소나무는 푸르고, 모래가 흰 주변에 일본쪽 바다에서 오는 파도가 하얗게 물결"쳤다고 기록해 일본에서 온 것으로 서술했다는 문제를 노정하였다.[15]

나카무라는 신라 삼성의 시조신화와 함께 「10영일만의 연오와 세오」를 수록하였다. 이 설화를 '내선융화'를 위해 중요하다고 생각해 개국신화 사이에 무리하게 배치했다고 할 수 있다. 실제로 나카무라는 "「제주도의 삼성혈」, 「영일만의 연오와 세오」 등에 의하면 고대부터 반도(半島)와 내지(內地)는 어떠한 형태로든 교통(交通)이 있었던 것으로 생각된다."고 주장하였다.[16] 더 큰 문제는 그 개작된 내용인데, 【표5】처럼 미와의 서술은 짧은 내용이라서 명확히 기록하지는 않았지만, 영오랑이 스스로를 '짐'이라고 말하여 왕이 되었음을 보여주는데, 나카무라는 섬사람이 연오를 매우 존경했다고 개작하고, "이곳

---

14) 김광식, 앞의 책, 2015, 1장 및 2장을 참고.

15) 中村亮平・松村武雄編, 『支那・朝鮮・臺灣神話傳說集』, 近代社, 1929, 406면.

16) 中村亮平, 「朝鮮神話傳說槪觀」, 1929, 15면.

에 온 것은 깊은 이유가 있으므로, 아무리 영접하여도 한번 여기에 건너왔으니 무슨 일이 있어도 이곳을 떠날 수 없다."고 연오의 운명을 과도하게 표현해 부자연스럽다.

【표5】「10영일만의 연오와 세오」의 비교 대조표

미와 「일월의 정기」, 89~90면	야마사키 「영오와 세오」, 26~27면	나카무라, 38~42면
옛날 신라 아달라왕 때에 동해안에 영오랑과 세오녀라는 부부가 있었다. 어느 날 하나의 큰 바위가 두 사람을 태우고 바다를 건너 일본으로 돌아갔다. 그 후에 신라국에 일월의 빛을 잃어 (중략) "짐은 돌아갈 수 없지만, 왕비가 짠 비단이 여기에 있으니 이것으로 제천하면 된다. (중략) 제천한 곳은 영일현이라 한다.	이것도 신라의 신화다. 이르길, 동해안에 부부가 살았다. 남편을 연오라 하고 처를 세오라 한다. 어느 날 연오가 바다에 해초를 따러 가서 바위 위에 오르자 그 바위가 움직여서 일본에 연오를 싣고 가서 도착한 곳에서 토지 사람으로부터 추대되어 왕이 되었다. (중략) 왕비가 되었다. 이 때 신라에서는 해달의 빛이 없어져 (중략) 연오는 아무래도 신라에 갈 수 없었다. 그래서 세오가 지은 비단을 내어 사신에게 전해 이것으로 제천하면 바로 밝아진다. (중략) 제사 지낸 곳을 영일현이라 한다.	옛날 조선 남쪽 영일현 부근에 연오와 세오라는 두 어부가 살았습니다. 두 사람은 매일 바다에 가서 고기를 잡거나 해초를 캐며 아담하게 살고 있었습니다. 어느 날이었습니다. 연오는 홀로 바다에 갔습니다. (중략) 연오가 바위에 뛰어오르자 기다렸다는 듯이 떠올라 움직였습니다. (중략) 이윽고 해변에 도착해 뚝 멈췄습니다. (중략) 연오를 둘러싼 섬사람은 매우 존경했습니다. (중략) 둘은 실로 기쁘게 살았습니다. 그러자 조선에서는 (중략) 암흑처럼 되었습니다. (중략) 우리는 돌아갈 수 없다. 대저 우리가 이곳에 온 것은 깊은 이유가 있으므로, 아무리 영접하여도 한번 여기에 건너왔으니 무슨 일이 있어도 이곳을 떠날 수 없다. 그러나 그 대신 여기에 다행히 비단 천이 있으니 이것을 쓰겠다. 이것은 처가 짠 것이나 이것을 가져가 오래도록 제천하면 된다. (중략) 날이 새듯이 밝아졌습니다.

제주도 신화를 미와는 「36삼주신」이라는 타이틀로 소개했다. 미와 전설집은 3.1운동 직후에 발간된 것으로, '내선융화'관련 전설이 의도적으로 채용된 측면이 있지만, 과장된 개작은 최소화 된 것으로 보인다. 이에 비해 나카무라는 전체적으로 동화풍으로 개변하면서 의도적 변형이 확인된다.

【표6】「9제주도의 삼성혈」의 비교 대조표

미와 「36삼주신」, 64~67면	나카무라, 33~38면
사람이 아직 제주도에 살지 않던 아주 먼 옛날에 지금의 제주 읍내로부터 약 8丁쯤 떨어진 곳에 삼주신 땅으로부터 솟아나왔다. 그 최초로 나타난 이를 양을나라 하고 다음을 고을나, 마지막을 부을나라 했다. 이 삼주신은 항상 사냥하며 짐승의 고기를 먹고 가죽을 입었는데, 어느 날 해안가에서 고기를 잡고 있는데 파도 칠 때에 흘러 온 것이 있었다. 그것을 올려보니 하나의 상자였다. (중략) 안에서 자색 옷에 홍색 띠를 두른 동자와 돌 상자가 나왔다. 그래서 그 돌 상자를 깨뜨리니 안에서 파란 옷을 입은 꽃처럼 아름다운 세 여인과 망아지와 송아지, 오곡의 씨앗이 함께 나왔다. (중략) 맨 앞의 동자가 우리는 일본에서 온 사자다. 우리 왕이 이 세 여인을 낳고, 따로 서해 中岳에 신의 아들 셋을 주시고, 바로 이 나라를 세우고자 하는 고로, 그 내조로 이들을 보낸 것이다. 그 위업은 영원히 자손들에게 전해질 것이다. (중략) 각각 부부의 연을 맺은 후 (중략) 도민들은 삼주신이 나온 곳을 성지로 존숭해 삼성혈이라는 비를 세웠다. 그리고 지금도 도민들에게고, 양씨 성을 가진 자가 매우 많은데 부씨 성은 그다지 많지 않다고 한다.	조선의 남쪽에는 많은 섬이 있습니다. 그 섬 중에서 가장 큰 것이 제주도입니다. 제주도에는 실로 신기한 혈이 있습니다. 그 혈에는 삼신이 나왔기에 도민들은 예부터 삼성혈이라 하고 숭엄한 곳으로 전해집니다. 옛날 아주 옛날이었습니다. 이 제주도에는 아무도 살지 않았습니다. (중략) 어느 날 이 섬에 큰 혈이 세 개 정도 열리고 그것에서 세신이 각기 나오셨습니다. (중략) 이 섬에도 사람과 마소, 새들까지 번식시키자. (중략) 그 방법을 조금도 모르셨습니다. (중략) 어느 날 이전처럼 해변에서 고기를 잡고 있는데, 그 각별히 좋은 물결이었고, 바다 위는 마치 거울처럼 반들거렸습니다. (중략) 동쪽에서 조용히 파도로 보내져 흘러오는 검은 것이 보였습니다. (중략) 상자 안에서 자색 옷을 입은 긴 <u>수염의 노인</u>이 나왔습니다. (중략) 그 노인이 상자 덮개에 손을 올려 열자, 안에서 파란 예쁜 옷을 입은 처녀 세 명이 나왔습니다. 그리고 그 주위에는 망아지와 송아지, 새, 까치 등과 벼와 보리 종자까지 들어 있었습니다. (중략) 노인은 (중략) 우리는 동쪽 나라에서 멀리 바다를 건너온 사자입니다. 신들께서 이 섬에 계시다고 듣고, 이 젊은 여성분들을 모시고 왔습니다. 부디 앞으로 함께 도우면서 이 섬을 번영케 해 주십시오. (중략) 상담하여 '양을나', '고을나', '부을나'라는 성함을 지었습니다. (중략) 가장 활을 잘 쏘는 이가 왕이 되기로 (중략) 고을나의 화살이 가장 잘 맞았습니다. 그래서 바로 왕이 되었습니다. 다른 두신은 부하가 되었습니다. (중략) 새들도 <u>아름다운</u> 소리로 나무 그늘에서 지저귑니다. 까치도 많아져서 새도 더욱 번성했습니다.

* 밑줄은 필자에 의함

　　나카무라는 제주도의 원시성을 형상화하고, 삼신이 사람과 짐승을 번식시키려 했지만 '그 방법을 조금도' 알 수 없어, '동쪽 나라' 일본의 도움으로 발전한 것으로 개작했다. 【표6】처럼 나카무라가 미와의 텍스트를 참고했음은 분명한데, 동자가 노인으로 변하고, 일본왕의 사자가 보낸 것을 동쪽 나라에서 온 사자라고 간결하게 표현했다. 나카무라는 여기에서도 '일본왕'이라는 용어를 사용하지 않았다. 연오랑 세오녀 설화에서는 왕이 된 것이 아니라 존경받았다고 표기하고, 삼성혈 신화에서는 일본왕이 보낸 것임을 삭제했다.

3. 전설집에 새로 수록된 제국전설

앞서 나카무라 동화집과 전설집에 중복되는 설화가 29편(동화 11편, 전설 18편, 그 중 탈해설화는 2편 수록)임을 확인하였다. 나카무라 전설집에는 다수의 동화가 수록되어 문제가 있지만, 【표7】처럼 나카무라는 가급적 전설을 수록하려고 노력했다. 나카무라 동화집에는 조선총독부 동화집 및 교과서 등을 다수 참고했는데, 전설집에서는 미와와 야마사키의 전설집을 주로 참고해 86편의 전설을 더했다. 미와의 전설집은 일본어로 간행된 최초의 본격적 조선 전설집으로 나카무라는 미와의 영향을 받았는데, 특히 제국(諸國)전설에서 두드러진다.[17] 일본어에서 '국(國)'은 '지역' 또는 '지방'을 의미하기도 하므로, 여기에서 제국(諸國)이란 여러 지역을 뜻한다. 먼저 새로운 제국전설 86편의 출전을 살펴보자.

---

17) 미와의 전설집에 대해서는 본서의 제 4장 및 다음 논문을 참고. 김광식·이시준, 「미와 다마키(三輪環)와 조선설화집『전설의 조선』考」, 『일본언어문화』 22, 한국일본언어문화학회, 2012, 611~631면(김광식 외, 『식민지 시기 일본어 조선설화집 기초적 연구』, 제이앤씨, 2014, 217~243면); 조은애, 「미와 다마키(三輪環)『전설의 조선』의 수록설화에 대한 고찰」, 『외국학연구』 30, 외대 외국학연구소, 2014, 403~428면.

【표7】 1929년 전설집에 새롭게 수록된 전설 목록과 출전

나카무라, 제국전설	미와 및 기타의 영향
1호랑이의 퇴거	76새끼 밴 호랑이
4눈 소식으로 지은 경성	19설성관(雪城館)
5다시 태어난 왕자	52고려사(高麗寺)
6불가설과 불가살	83불가설(不可說, 불가살이)
7장승 전설	71천하대장군
9청개구리의 한탄	90청개구리(雨蛙)
10담배의 유래	96담병(痰病 가래)
13신기한 보리 술	101보리 술(麥酒)
14비늘 황녀	53겨드랑이 밑 비늘
15새가 된 처녀	84까마귀
17두 미인	54계모
18뻐꾸기가 된 젊은이	138뻐꾸기(郭公)
19조선의 칡	99칡과 등나무
20질경이	100질경이(車前子草)
21한번 엎은 물	111급수장(給水場)
22김춘택의 지략	67애꾸눈과 코 비뚤
23어씨 조상	94잉어의 아이
26산삼 캐기	97산신(山の神)
28물을 바친 왕비	28용봉강(龍峯江)
29김무달과 청룡	25용정(龍井)
30신기한 풍이라는 글자	108백세청풍(百世淸風)
32귀신과 보물	야마사키(귀신과 보물)
33신술 경쟁	57신술 경쟁(術競べ)
34의사와 호랑이	75차씨 선조
35칠불사	72칠불사(七佛寺)
36녹족 부인의 아이	4대성산(大聖山)
37뱀술 이야기	88뱀술(蛇酒)
38장선과 숭아선녀	14숭아산(崇兒山)
39백로의 보은	5백로리(白鷺里)
40뇌산과 수산	7뇌산(雷山)/6수산(水山)
41천도래(千度来)	8천도래
42정직한 이부평	9아천(阿川)평야
43의견 이야기	10의구총(義狗塚)
44쌀이 나오는 구멍	12쌀구멍(米穴)
45떠내려 온 산과 섬	21수류산(水流山)/22구룡석
46김응서	56김응서(金應瑞)

47무녀로 변한 여우 48여우 신랑 49황금색 멧돼지	79무녀(巫女) 80여우 신랑(狐の婚) 81금색 멧돼지
51설성관(雪城館) 52근암(筋岩, 수옥암) 53신기한 서당 54잉어의 보은 55황금통을 파낸 하인 56노루와 뱀의 보은 57관제묘(關羽の廟) 58아들을 낳는 부처 59낯선 노인 60의주의 점복자	19설성관 11근암 /23수옥석(手玉石) 70배위의 서당(腹上の書堂) 1청류벽(淸流壁) 65욕심 많은 총각 89보은과 망은 113서묘(西廟) 114아들 낳는 돌 야마사키(이여송) 55문이라는 글자(間の字)
61효자의 우산당 62뱀 주인 63미륵이 된 조한준 64신기한 뱀 65뱀에게 받은 보물관 67한쪽이 잘린 검 68파란 바둑돌 69흥룡사 70주천석과 만산장	74우산당(禹山堂) 85복 뱀(福蛇) 60미륵 86집념의 뱀 87뱀의 관(蛇の冠) 40아비 없은 자식(유리왕) 59선인(仙人) 28용봉강(龍峯江) 58주천석과 만산장
71조선의 비단 72지맥에 한 뜸 73한 겨울 잉어 74연천(鍊泉) 75칠성암(七星岩) 76백장군과 용마 77선녀의 갱생(更生) 78토암(兎岩) 79신기한 노루	문익점 일화 102땅에 뜸(地に灸) 야마사키(한 겨울의 잉어) 34연천 33칠성암 63백장군(白將軍) 야마사키(선녀의 재생) 나카무라 채집? 나카무라 채집?
81통도사의 개기(開基) 82화장산(花藏山) 83노군수의 공적 84명승과 젊은이 85팔만대장경 87효불효교(孝不孝橋) 88천관사 연기	신라전설 신라전설 야마사키(유령 문답) 야마사키(사승의 예언) 107팔만대장경 경주전설 신라전설

89귀교(鬼橋) 90알천(閼川)	46귀교(도화녀와 비형랑) 신라전설
91알영정(閼英井) 92포석정 전설 96아암산(兒巖山) 98표암(瓢岩) 99금척릉 100상부조와 하부조	신라전설 신라전설 경주전설 신라전설(이알평) 30금척릉(金尺陵) 경주전설
101신라의 거인 102서동과 선화공주 103처용과 젊은이 104최치원의 선술	신라전설 신라전설 신라전설 38최치원

* 미와, 다카하시 원문에는 번호가 없지만, 편의상 순번을 정했음. 미와는 제 1편 산천(1~34화),
제 2편 인물(35~72화), 제 3편 동식물 및 잡(73~114화), 제 4편 동화(115~139화)를 분류 수록했다.

【표7】처럼 나카무라는 새롭게 수록한 전설 86편 중, 무려 64편을
미와의 전설집에서, 6편을 야마사키의 전설집에서 재료를 취했다.
첫 이야기부터 70번째 이야기까지의 과반수를 미와와 야마사키의 전
설집에서 취사선택한 셈이다. 오늘날이라면 표절 문제가 제기될 정
도로 기존 설화집을 무단으로 도용했다. 조선어를 몰랐던 나카무라
는 조선설화 채집에 적극적이지 않았다는 것만은 사실이다. 한편, 나
카무라는 경상도에 체재했고, 미술사에 관심이 가지고 신라전설에
주목해 신라전설(11편) 및 경주전설(2편)을 추가했다.[18) 그 외에 문익
점 일화인 「71조선의 비단」을 수록했고, 나카무라가 직접 채집한 것
은 「78토암(兎岩)」과 「79신기한 노루」 정도로 보인다. 「78토암(兎岩)」

---

18) 신라전설 수록을 위해, 나카무라는 1926년 『조선동화집』에서 기존 설화집을 포함
해 『동경잡기』, 『삼국유사』, 『삼국사기』 등을 참고하였을 것으로 보이는데, 1926년
에 오사카 긴타로(大坂金太郎)에 의해 『경주의 전설(慶州の傳說)』(蘆田書店)이 동
경에서 간행되면서 이 자료도 참고했을 것으로 보인다. 이에 대해서는 별고를 통해
고찰하고자 한다.

은 경상도 상주 효자 이경대 관련 이야기이고, 「79신기한 노루」는 대구 농부 여덟 아들이 노루로 인해 과거에 합격한다는 이야기로, 나카무라가 경상도에 체재하면서 채집했을 가능성이 있다.

【표7】에서 제시한 것과 같이, 나카무라는 동화집 발간을 계기로 일본에서 본격적으로 전설을 발표하며 전설집을 간행했지만, 새로운 제국전설의 74퍼센트 이상을 미와 전설집에서 가져왔음을 밝혔다. 나카무라는 이러한 문제점을 인식하고 가급적 제목을 바꾸면서 원래 내용보다 두 배 이상으로 문장을 길게 윤색했다. 【표7】처럼 미와의 제목은 「19설성관(雪城館)」, 「52고려사(高麗寺)」처럼 전설과 관련된 소재를 제목으로 설정한데 반해, 나카무라는 「4눈 소식으로 지은 경성」, 「5다시 태어난 왕자」처럼 마치 민담과 같은 제목을 달아 제목에도 문제가 있다. 이상과 같이 나카무라 전설집은 동화집과 마찬가지로 대부분의 자료를 기존 설화집에서 도용하는 등 여러 문제를 지닌 서적임에도 불구하고, 그러한 문제점이 제대로 인식되지 못하고 일본에서 증쇄를 거듭했다는 점에서 앞으로 이에 대한 비판적 독해가 필요하다.

4. 제국전설의 개작 양상

다음으로 나카무라의 조선 신화전설 인식을 살펴보고, 그러한 인식이 그의 제국전설에 어떻게 반영되는지를 검토하고자 한다. 나카무라는 전설집의 서문을 대신하여 간단한 해설을 썼는데, 그 내용은 공동 편자인 마쓰무라의 영향을 받아 급조된 것으로 보인다.[19] 마쓰

---

19) 나카무라의 해설은 초보적 실수가 많다. 나카무라는 마쓰무라의 글을 참고해, 성

무라를 직접 거론하지는 않았지만, 조선설화를 바라보는 전파주의적
관점 및 설화 인식 방법이 매우 유사하다.

먼저 마쓰무라의 조선 설화론을 검토해 보면, 마쓰무라는 '그 본원
(本源)이 조선에 있는' 이야기와 더불어, "인도 지나(支那)에 있고, 한
편으로 일본과 유사한 것을 볼 수 있다"며, "조선은 또 자국의 동화를
일본에 제공함으로써, 우리나라(일본 -필자) 동화계를 다채롭고 풍요
롭게 하는 역할을 했다"고 전제하고 다음처럼 주장했다.

> 어떤 이야기는 인도 또는 구라파(歐羅巴)에서 조선으로까지 전해져
> 그곳에서 정체(停滯)해, 결국 '해 뜨는 나라'(일본 -필자)에는 햇빛이 전
> 하지 않은 것이다.
> 끝으로 조선은 당연한 사실이지만, 자국에서 발생하여 자국에서만 전
> 승된 많은 동화를 지녔다. 그리고 이들 이야기에는 문화상, 지리적 환경
> 상으로 선명하게 '조선적'인 특이한 풍모가 낙인(烙印)되어 있다.[20]

이처럼 마쓰무라는 먼저 한일 공통의 설화 중에는 조선 본류의 것
과 인도 및 중국을 거쳐 조선을 통해 일본에 전파된 두 종류가 있고,
그에 반해 결국 일본에 전파되지 않은 이야기, 조선의 독자적인 이야
기로 구분하였다.

나카무라 역시 마쓰무라가 언급한 서적과 설화를 제시하면서, 동
아시아에 한정해 지나(支那)와의 교섭을 지닌 것, 직접 일본과의 교섭

현의『용재총화(慵齋叢話)』를 제시했지만,『당재총화(塘齋叢話)』라고 표기했다. 당
대 일본의 조선 설화연구자들은『용재총화(慵齋叢話)』를 자주 언급했지만, 실제로
이 책을 참고한 이야기가 없어, 읽지 않았을 가능성을 지적해 두고자 한다. 근대
일본의 설화연구와『용재총화(慵齋叢話)』의 영향에 대해서는 다음을 참고. 김광식,
앞의 논문, 2016, 201~234면(본서 6장을 참고).
20) 松村武雄,「解說」,『日本童話集』, 世界童話大系刊行會, 1924, 9면.

을 모티브로 한 것, 일본과 동근(同根)인 전설[21], 조선 특유의 전설을 언급하였다.[22] 이를 통해 【표1】에서 제시한 바와 같이, 나카무라가 동화집에 수록한 동화 11편을 전설집에 중복 수록한 이유는 명백해진다.

지나(支那)와의 교섭을 지닌 것(「24신랑을 도운 신부」), 직접 일본과의 교섭을 모티브로 한 것(「80농민과 이퇴계선생」, 「95망부석과 만파정」), 일본과 동근인 것(「8부모를 버리는 사내」, 「11해님과 달님」(해와 달이 된 오누이), 「16까치 다리」, 「25한 겨울 딸기」, 「27신기한 모습」(거울을 모르는 사람들), 「31선녀와 깃옷」), 조선 특유의 전설(「2풍수선생과 삼형제」, 「3맹인과 염력과 요마」, 「12과거에 급제한 두 노인」, 「66효자 이탄지」, 「86호원사 연기」, 「93김대성」, 「94무영탑과 영지」, 「105지혜자 응렴」, 「106덕만의 지혜」)을 수록한 것이다. 신라설화를 다수 수록한 것은 불교 등을 통한 일본과의 친근감을 제시하는 한편으로, 조선 특유의 전설을 강조하기 위해서였다고 판단된다.

구체적으로 나카무라의 이러한 주장과 수록된 설화가 어떻게 관련되는지를 검토하고자 한다. 먼저 지나와의 교섭을 지닌 것으로 나카무라는 「기자 이야기」, 「김춘택의 지략」, 「칠불사」, 「미륵이 된 조한준」, 「녹족 부인의 아이」, 「최치원의 선술」, 「팔만대장경」, 「다시 태어난 왕자」, 「근암(옥수암)」, 「금척릉」, 「신기한 서당」 등을 들고, "교섭 정도의 후박(厚薄)의 차는 있지만, 더욱 다양하게 지나와의 연관을 볼 수 있는 것이 많다."[23]고 주장하였다.

전술한 바와 같이, 나카무라는 단군을 부정하며 선도(도교)에 의해

---

21) 일본과 동근인 전설은 '내지의 신화전설과 동근인 전설'로 표기됨.
22) 中村亮平, 「朝鮮神話傳說槪觀」, 1929, 15~17면.
23) 中村亮平, 「朝鮮神話傳說槪觀」, 1929, 15면.

윤색된 것이라고 비판했다. 나카무라는 유교 및 선도(도교) 영향이 보이는 설화를 일면적으로 지나와의 교섭으로 단정했다. 한편 마쓰무라는 전술한 바와 같이, 문화적, 지리적 환경의 중요성을 들며 다음처럼 주장했다.

> 「한자어 좋아하는 사내」가 지나에 대한 반항적 기분을 보이듯이, 「커다란 앵두」가 양반에 대한 조롱을 넌지시 말한다. 또는 「호랑이와 나팔」이 자국(한국 -필자)에서 주요한 동물이어서 동화 구성의 인자(因子)로 환경의 중요성을 나타내는 것도 바로 그렇다.24)

이처럼 마쓰무라는 호랑이 등을 소재로 한 이야기와 더불어, 조선 사회의 중국 및 양반에 대한 문화적, 지리적인 사고가 반영된 「한자어 좋아하는 사내」(한자어를 써서 낭패 본 이야기) 및 「커다란 앵두」(한겨울에 거짓말로 세도 양반을 속인 이야기)를 들었다. 이에 비해 나카무라는 중국과 관련된 모티브가 있는 이야기를 단순하게 '지나와의 교섭을 지닌' 것으로 이해했다는 한계가 있다.

다음으로 직접 일본과의 교섭을 모티브로 한 것으로 "「제주도의 삼성혈」, 「영일만의 연오와 세오」, 「주천석과 만산장」, 「망부암과 만파정」 등이 있다."고 주장하였다.25) 또한 일본과의 교섭을 지닌 것의 연장선상에서 나카무라는 일본과 동근인 전설로 「우의전설」(선녀와 나무꾼), 「부모를 버리는 사내」, 「신기한 모습」(거울을 모르는 사람들)의 세 편을 들었다. 나카무라는 「신기한 모습」과 함께, 「부모를 버리는 사내」는 "인도에 동근의 것이 보이고, 지나를 거쳐 조선에 전해

---

24) 松村武雄, 앞의 책, 1924, 9~10면.
25) 中村亮平, 「朝鮮神話傳說槪觀」, 1929, 15면.

지고, 내지에 전승되어 여러 이야기가 된 것을 엿볼 수 있다."고 주장
했는데,[26] 이러한 주장은 마쓰무라가 이미 언급한 내용이다.

　나카무라는 특히 "조선 금강산에 전해지는 「우의전설」은 내지의
명소에 전승되는 우의전설과 완전히 동근"이라고 주장하며, 그 의미
를 강조하였다.[27] 일본의 「우의전설」이란, 바로 한국의 「선녀와 나
무꾼」에 해당하는데, 나카무라는 일본과의 동근을 강조하기 위해 자
신의 전설집에 두 개의 유사설화를 수록하였다.

【표8】 「우의전설(羽衣傳說)」의 비교 대조표

미와 「138뻐꾸기」, 291~6면	나카무라 「18뻐꾸기가 된 젊은이」, 139~144면	나카무라 「31선녀와 깃옷」, 176~186면
어느 곳에 청년이 있었다. 이 사람은 매우 부지런해 매일 아침 일찍 들에 나가 풀을 베어, 그것을 팔아 생활하고 있었다. 안개가 짙은 어느 날 아침, 청년은 늘 그렇듯 연못 부근에서 풀을 베고 있었는데 소나무에 무언가 펄럭이는 게 있었다. 가보니, 그것은 꿈에서도 본 적 없는 예쁜 옷이었다. 청년은 기뻐하며 풀을 담은 바구니에 넣고, 풀베기에 여념이 없었다. 그 때 선녀가 목욕을 하고 나와 (중략) 애원했지만, 청년은 도무지 듣지 않았다. (중략) 그로부터 칠팔년이 지나는 사이 두 아이를 낳았기에 남편은 '이제 괜찮겠지.' (중략) 그	옛날 어느 곳에 젊은이가 있었습니다. 젊은이는 매우 부지런해 아침 일찍부터 들에 풀을 베러 나갔습니다. 그리고 그것을 팔아 조촐하게 살고 있었습니다. 어느 날 아침, 그 날은 안개가 짙은 아침이었습니다. 늘 그렇듯 연못 부근에서 풀을 베고 있었는데 저쪽 소나무 가지에 무언가 펄럭이는 게 보였습니다. 다가가 보니, 실로 예쁜 꿈에도 본 적 없는 얇게 짠 옷이 걸려 있었습니다. 젊은이는 매우 기뻤습니다. 그것은 뭔가 길조라고 생각했기에 소중하게 풀을 담은 바구니에 넣고, 계속해서 풀베기에 여념이 없었습니다. 그 때 거기에 나타난 것이 선녀였습니다. (중략) 그로부터 칠팔년이 지났습니다. 그 사이에 두 아이까지 낳아 (중략) 선녀의 깃옷을 내주었습니다	옛날 강원도 북쪽에 있는 강원도 산기슭에 한 젊은이가 있었습니다. 집이 매우 가난해서 매일매일 산에 가서 나무를 해서 그것을 팔아 살고 있었습니다. (중략) 어느 날이었습니다. 젊은이는 여느 때처럼 산에 가서 나무를 하는데, 저쪽에서 낙엽을 밟고 달려오는 것이 있었습니다. 신기하게 여겨 일을 멈추고 바라보자 새끼 사슴 한 마리가 매우 급히 달려오며 (중략) 조선에서는 예부터 "금강산을 보지 않고 산수를 말하지 말라"는 말이 있을 정도입니다. (중략) 선녀는 (중략) 올라가 버렸습니다. (중략) 하늘

---

26) 中村亮平, 「朝鮮神話傳說槪觀」, 1929, 16면.
27) 中村亮平, 「朝鮮神話傳說槪觀」, 1929, 16면.

해 5월 5일 (중략) 하늘로 올라가 버렸다. (중략) 씨앗을 정원에 심었다. (중략) 어느 날 또 인간계로 화살을 쏘고 저 화살을 주워 와라. (중략) 여동생은 오랜만에 오빠를 만나 기뻐하며 표주박으로 국을 끓여 대접했다. (중략) 또 한 번 말이움과 동시에 하늘로 올라가 버렸다. 이 청년은 뻐꾸기가 되어서 박국이라고 울었다. 이것은 표주박국이라는 뜻이다.	다. (중략) 마침 5월 5일 (중략) 하늘 높이 올라가 버렸습니다. (중략) 심어 보았습니다. (중략) 어느 날 또 난제였습니다. "활을 인간계에 쏘았으니, 그것을 주워 와라." (중략) 오랜만에 만난 여동생은 매우 기뻐하며 (중략) 두번째 우는 소리가 들렸습니다. 그것과 함께 말소리가 들리고 하늘 높이 달려가 버렸습니다. (중략) 이윽고 남편은 신기하게도 뻐꾸기가 되어 하늘 높이 박국하고 울며 걷고 있었습니다. 박국이란 표주박국이라는 뜻입니다.	에서 커다란 항아리가 내려와 (중략) 젊은이는 그 후에는 조금도 나이 먹지 않고 오래도록 행복하게 살았습니다.

【표8】과 같이 나카무라의 「18뻐꾸기가 된 젊은이」는 미와의 「138 뻐꾸기」를 바탕으로 개작했음을 확인할 수 있다. 「18뻐꾸기가 된 젊은이」는 나무꾼이 승천하나 선녀 아버지의 난제(難題) 해결을 위해 지상으로 돌아와 박국을 먹다가 돌아가지 못해 뻐꾸기가 되었다는 뻐꾸기 유래형이고, 「31선녀와 깃옷」은 나무꾼이 승천해서 행복하게 살았다는 나무꾼 천상형에 해당된다. 【표1】에서 지적한 바와 같이, 「31선녀와 깃옷」은 이미 나카무라 동화집에서 다카하시의 자료를 개작하여 수록한 적이 있었지만, 나카무라는 이를 전설집에 재수록 하였다. 나카무라는 금강산의 아름다움을 길게 서술하고 조선의 미를 형상화 하였다. 이처럼 나카무라는 원초적인 조선을 표현하는 한편으로, '내선' 유사 설화로 중요시 한 「선녀와 나무꾼」형을 2편 수록한 것이다. 나카무라는 그 외에도 「9청개구리의 한탄」 등 한일 공통의 설화를 수록했다.

새롭게 수록된 제국전설 중, 미와와 야마사키의 전설집을 바탕으로 개작한 70편을 일일이 대조 분석한 결과, 그 줄거리는 대부분 일

치했다. 미와의 원문에는 조선 영조왕을 원래 묘효였던 '영종(英宗)'
이라 표기했는데, 나카무라 역시 「1호랑이의 퇴거」에서 그대로 표기
했다. 한편, 나카무라의 「29김무달과 청룡」과 「64신기한 뱀」은 미와
의 전설집을 참고하여 개작하였다. 미와의 텍스트에서는 김선달이라
는 이름이 등장하는데, 나카무라는 「29김무달과 청룡」에서 김선달이
무술의 달인이기 때문에 '김무달'로 바꿨다.

  김선달은 트릭스터로 잘 알려져 있지만, 북한에서는 김선달이 백
성을 돕고 그 백성을 착취하는 사람을 징벌하는 영웅으로 등장한
다.[28] 미와는 평양에 체재하며 김선달을 주인공으로 한 설화를 수록
한 것으로 보이는데, 미와의 텍스트를 참고로 개작한 나카무라는 이
를 이해하지 못하고 김무달로 개명했다. 인명의 변경과 달리, 지명
등은 충실하게 그대로 옮겼다.

  나카무라의 의도적 개작은 임진왜란과 관련된 이야기 중에 나타나
는데, '내선융화'를 위해 내용을 수정한 부분이 있다. 먼저 「41천도래
(千度来)」는 임진왜란으로 선조가 의주에 피신했을 때 한 농부가 국
왕을 위해 하루에 천 번이나 설익은 벼를 둘러봐 그 정성에 하늘이
감동해 하루 만에 벼가 익었다는 내용이다. 미와는 '임진란 때'라고
표기했지만, 나카무라는 이를 개작하면서도 단순히 '전란(戰亂)'이라
고 기술했다.[29] 또한 나카무라가 야마사키의 「이여송」을 바탕으로
쓴 「59낯선 노인」은 더욱 개작되었다.

---

28) 나수호, 「김선달」, 『한국민속문학사전』 설화1, 국립민속박물관, 2012, 116면.
29) 中村亮平·松村武雄編, 앞의 책, 1929, 217면.

【표9】「59낯선 노인」의 비교 대조표

야마사키 「이여송」, 34~37면	나카무라, 272~277면
문록역(文禄役)에 지나에서 조선으로 병사를 끌고 온 이여송이 이른바 대국의 총대장이라 하여 어쨌거나 거만 존대를 표하며 멋대로 행동하는 게 보였고, 이여송이 한 노인에게 농락 당한 일화가 있다. 그 내용은 이렇다. 이여송이 어느 날 부하를 모아 대동강변의 연광정에서 강변에서 주연을 열었는데, 그 앞을 銀鬚백발의 한 노인이 검은 소를 타고 예사로 느긋하게 지나갔다. 이를 본 지나군 장교는 그 무례함을 질책하려고 했으나 (중략) 그 소를 따라 잡을 수 없었다. 이를 본 이여송은 (중략) 준마를 타고 추적했다 (중략) 노인은 (중략) 초가집에 들어갔다. (중략) 노인은 (중략) 고니시 군을 이기고 오만하게 조선인에 대해 방자하게 행동하는 것을 충고하고 (중략) 이여송도 대답 없이 얼굴을 돌리고 잠시 생각했는데, 심히 감명한 듯이 보였고, 잘린 칼을 주워서 노인의 집을 나와 맥없이 평양 진영으로 돌아왔다고 한다.	옛날 이여송이라는 명장이 지나에서 공격해 와서 평양에 주둔했을 때였습니다. 어느 날 대동강변의 연광정에서 주연을 열었는데, 어디에서 왔는지 그 앞을 銀鬚백발의 한 노인이 검은 소를 타고 예사로 인사도 없이 느긋하게 지나갔다. 이를 본 지나군 장교 하나가 그 무례함을 심히 화내며 질책하려고 (중략) 화를 내며 보고 있던 이여송은 (중략) 최고의 준마를 타고 열심히 노인을 추적했다. (중략) 노인은 (중략) 초가집에 들어가 버렸다. (중략) 노인은 (중략) 여러 이야기를 하고 명장에게 실로 쓴 충고를 했습니다. 이여송은 작은 승리에 들떠서 방자하게 행동하고, 작은 자만심을 지녔는데, 이렇게 모르는 노인에게 정면으로 충고 받았기에 전혀 답변할 수 없었습니다. 그리고 심히 감명한 듯이 보였고, 무엇을 생각했는지 잘린 칼을 주워서 맥없이 노인의 집을 나와 떠났습니다.

【표9】와 같이, 「59낯선 노인」은 이여송이 고니시(小西)군을 이기고 오만하게 평양에 머물 때에 한 노인이 나타나 훈계했다는 내용이다. 표처럼 동일한 용어와 표현이 보이는 것으로 보아서 나카무라가 야마사키의 텍스트를 참고로 개작한 것은 분명한데, 야마사키는 임진왜란의 일본어 표현 '문록역(文禄役)' 당시의 일이라고 소개했다. 그러나 나카무라는 임진왜란이나, 고니시군 등의 표현을 사용하지 않고, "옛날 이여송이라는 명장이 지나에서 공격해 와서 평양에 주둔했을 때"였다고 기술해, 마치 이여송이 조선을 침략한 것처럼 표현하였다. 나카무라는 「41천도래」와 마찬가지로, 「59낯선 노인」에서도 임진왜란이라는 시대적 배경을 제거하고, '내선융화'를 의식하여 내용을 개악했다.

주요 인물에 대한 농부(노인)의 꾸지람 모티브는 「무학을 나무란 농부」(왕십리 유래형) 등에서도 보이는 모티브인데,[30] 왕십리 유래형은 농부가 꾸지람과 더불어 해결법을 교시하는데 비해, 「59낮선 노인」에서는 내용 전개상 해결법을 교시하지는 않는다. 야마사키는 「이여송」에서 조선에도 인재가 있다며 이여송을 다음처럼 훈계했다.

　　오만하게 조선인에 대해 무시하는 행동을 훈계하고, 사실은 내 아들이 강도짓을 했다는 말은 완전한 거짓으로 바로 장군을 훈계하기 위해 꾸며낸 것에 불과하다고 말하고, 지나(支那)의 병사만이 강한 게 아니라, 조선에서도 인재를 찾는다면 얼마든지 있다는 것. 예를 들면 내 아들처럼 하나로 능히 열을 대적할 자가 적지 않다고 말했다.[31]

나카무라는 야마사키의 텍스트를 참고로 개작하였지만, 노인의 메시지를 그대로 전하지 않고, 여러 이야기를 하며 충고했다고 개작하였다. 나카무라는 임진왜란으로 야기된 이여송이 보인 조선에서의 방자함을 소재로 하였지만, 임진왜란을 명기하지 않고, 조선과 중국의 분쟁으로 서술했다는 점에서 「59낮선 노인」은 커다란 문제점을 지닌다.

나카무라는 중국, 일본과의 관련성에 이어서, '조선 특유의 전설'로 호랑이, 과거 시험, 난생(卵生), 풍수, 약수, 씨성 전설, 고승, 점쟁이, 용사(龍蛇) 등을 소재로 한 것이 많다고 주장했다.[32] 나카무라는 조선 특유의 전설을 위주로 다루었는데, 마쓰무라는 전술한 바와 같

---

30) 이지영, 「〈무학을 나무란 농부〉계 설화의 다층적 전승 양상과 그 의미」, 『동아시아고대학』 23, 동아시아고대학회, 2010, 327~333면.

31) 山崎源太郎, 『朝鮮の奇談と傳說』, ウツボヤ書籍店, 1920, 37면.

32) 中村亮平, 「朝鮮神話傳說槪觀」, 1929, 17~18면.

이, 문화적, 지리적 환경을 들며 조선 사회의 중국에 대한 문화적인 사고가 반영된 「한자어 좋아하는 사내」 등을 제시했다. 이에 비해 나카무라는 단순하게 조선적 소재만을 들어 이를 구별하였다는 한계가 있다.

실제로 나카무라 전설집에는 호랑이, 과거, 풍수, 점쟁이, 씨성 관련 전설 등이 다수 수록되었다. 또한, 나카무라는 직접 지적하지 않았지만, 보은 관련 및 효도관련 설화가 다수 수록되었다. 나카무라는 아름다운 조선을 형상화하기 위해, 이들 설화를 다수 활용했는데 효자 설화를 검토해 보겠다. 나카무라는 동화집과 전설집에 「8부모를 버리는 사내」, 「66효자 이탄지」를 중복 수록하고, 새롭게 「9청개구리의 한탄」, 「36녹족 부인의 아이」[33], 「61효자의 우산당」, 「73한 겨울 잉어」, 「78토암(兎岩)」, 「87효불효교(孝不孝橋)」 등을 수록하였다. 「8부모를 버리는 사내」와 「9청개구리의 한탄」은 불효를 경계하는 내용이고, 「87효불효교(孝不孝橋)」는 모친에게는 효, 부친에게는 불효가 되는 다리에 관련된 내용이지만, 대부분이 효자 이야기로 형상화된다.

미와는 「64진지동(眞池洞)」에서 용강군의 효자 김민이 어머니를 위해 홍수에도 불구하고 강이 갈라지는 기적을 통해 개고기를 구해 오고, 한 겨울에 진지(眞池)에서 잉어를 얻었다는 내용을 수록했다. 나카무라는 지나치게 미와 전설집을 사용하는 문제점을 인식했는지, 야마사키 전설집에 수록된 유사한 내용을 개작했다.

---

33) 녹족 부인에 대해서는 다음 연구를 참고. 강상대, 「북한 녹족 부인 서사의 원형과 변형」, 『한국문예창작』 14-3, 한국문예창작학회, 2015, 163~193면; 조은애, 「韓日의 「鹿女夫人」 說話의 展開に關する考察」, 『일어일문학연구』 85-2, 한국일어일문학회, 2013, 247~263면.

【표10】「73한 겨울 잉어」의 비교 대조표

야마사키 「한 겨울 잉어」, 103면	나카무라, 321~323면
영해(지금의 경북 영덕 -필자) 사람 박진이라는 이는 병든 부친이 겨울에 잉어를 먹고 싶다고 하여 근처의 강에 가서 얼음을 깨자 신기하게 하늘도 박진의 효심에 감동했는지 잉어를 얻어서 이를 병든 부친께 드렸다고 한다. 그리고 강릉(강원도)의 이성무는 또 병든 모친을 위해, 또 춘천(강원도) 조금(趙錦)은 마찬가지로 병을 위해 한 겨울에 얼음 속에서 잉어를 얻었다고 한다.	一 옛날 영해에 박진이라는 이가 있었습니다. (중략) 아버지가 병에 걸려 (중략) 잉어를 먹고 싶다고 생각해 이를 박진에게 말했습니다. (중략) 때는 한 겨울이기에 (중략) 아무런 방도 없이 강에 가서 물끄러미 바라보았습니다. (중략) 얼음 위에서 한 마리 잉어가 뛰어 올랐습니다. 二 이 외에도 잉어 전설이 있습니다. 강원도에서는 강릉의 이성무가 어머니 병을 낫게 하려고 한 겨울에 잉어를 잡아왔다고 전해집니다. 三 그리고 강원도 춘천 지방에서는 조금이라는 사람이 (어머니 -필자34)) 병을 낫게 하려고 한 겨울에 얼음을 깨어 잉어를 잡았다고 전해집니다.

* 밑줄은 필자에 의함

【표10】처럼 나카무라가 야마사키 전설집을 참고한 것은 명백한데, 조금(趙錦) 이야기는 병이 든 주체가 불명확하다. 이로 인해 나카무라는 주체를 적지 않고 얼버무렸다. 야마사키는 출전을 밝히지 않았지만, 이 이야기는 모두 『동국여지승람』에 수록되었다. 미와는 용강군에서 전해지는 연못 '진지'와 관련된 전설이지만, 나카무라의 서술은 전설과 무관하게 사실 관계를 밝힌데 불과하다. 이로써 지역 전승과 밀접하게 연관된 전설의 진실성과 토착성이 나카무라 전설집에는 약화되어 버렸다. 이처럼 나카무라는 전설을 직접 채집하는 작업을 게을리 하고 조선설화 전문가를 자임하면서도, 기존 설화집을 전면적으로 차용해 전설집을 일본에서 발간했다는 점에서 커다란 문제를 지녔다고 할 수 있다.

---

34) 동국여지승람에 의하면 다음과 같다. 조금의 어머니가 겨울에 병이 들어 물고기를 먹고 싶어 할 때, 얼음을 쪼개니 한 쌍의 물고기가 뛰어나왔다고 전한다. http://db.itkc.or.kr 고전번역원을 참고.

5. 결론

본장에서는 지금까지 전혀 분석되지 않은 나카무라 료헤이(中村亮平)의『지나·조선·대만 신화전설집(支那·朝鮮·臺灣神話傳說集)』(1929)에 수록된 조선편을 구체적으로 분석하였다. 나카무라는『조선동화집(朝鮮童話集)』(1926)을 일본에서 발행하고, 그 직후부터 조선설화 전문가로 활동하며 일본전설학회의 기관지『전설(傳說)』에 조선전설을 연재하고, 〈신화전설대계〉(전 18권)의 조선 전설편을 담당하였다.

먼저 나카무라의 조선동화집과 전설집을 구체적으로 비교 분석하였다. 나카무라 동화집에서는 제 1부 동화(43편), 제 2부 이야기(심청전, 흥부전 2편), 제 3부 전설(17편)이 실렸는데, 그 중에서 동화 11편과 전설 17편 모두가 다시 전설집에 수록되었다. 나카무라는 전설집과 동화집의 차이를 엄밀히 구분하지 않고 중복 수록했다는 문제점을 지닌다. 나카무라는 조선 전설의 특징으로 지나(支那)와의 교섭을 지닌 것, 직접 일본과의 교섭을 모티브로 한 것, 일본과 동근(同根)인 것, 조선 특유의 것으로 4구분 했는데, 이를 잘 반영해 주는 동화를 전설집에 재수록 했음을 밝혔다. 또한 나카무라는 기존의 조선 문헌설화집이 체계가 없어서 이를 엮었다고 본인의 전설집의 의미를 역설했는데, 개국신화에는 단군 이래 고려시대까지 만을 나열하였고, 개국신화와 관련 없는 백제와 고려의 멸망 설화와 연오랑 세오녀 설화를 일관성 없이 수록하였음을 밝혔다. 그리고 전설편에는 '제국(諸國)전설'이라는 명칭으로 106편의 전설을 단순하게 나열하였음을 확인하였다. 개국신화의 개작 내용과 문제점을 살펴보고, 나카무라가 '내선융화'를 목적으로 관련 신화와 전설을 다수 수록, 개작했음을 명확히 하였다.

또한 선행 설화집과의 대조를 통해서, '제국전설'에 새롭게 수록된 86편의 출전을 밝히고, 특히, 미와 다마키와 야마사키 겐타로의 전설집에서 무려 70편을 가져왔음을 확인하였다. 나카무라 전설집에 새롭게 수록된 제국전설 중, 미와와 야마사키의 전설집을 바탕으로 개작한 70편을 일일이 대조 분석한 결과, 그 줄거리는 대부분 일치했다. 「29김무달과 청룡」과 「64신기한 뱀」에 김선달이라는 이름이 계속 등장하자, 나카무라는 김선달의 의미를 이해하지 못하고 「29김무달과 청룡」에서는 무술의 달인 '김무달'로 바꿨다. 인명의 잘못된 변경과는 달리, 지명 등은 충실하게 그대로 옮겼다. 나카무라의 의도적 개작은 임진왜란과 관련된 이야기 중에 나타났다. 나카무라는 '내선융화'를 위해 그 내용을 의도적으로 왜곡했는데, 「41천도래(千度來)」에서는 '임진란 때'라는 기술을 '전란'이라고 개작했다. 또한 야마사키의 「이여송」을 개작한 「59낮선 노인」에서는 임진왜란이라는 시대적 배경을 삭제하고, 중국이 조선을 공격한 것으로 개악하였다. 나카무라는 임진왜란으로 야기된 이여송이 보인 조선에서의 방자함을 소재로 하여, 문제의 발단과 본질을 호도하고 중국의 문제로 개작하였다.

나카무라는 조선을 이상화 하여 조선동화와 마찬가지로 아름다운 조선 신화전설을 형상화 하려 한 측면이 있지만, 이러한 사고는 당대 식민지 현실과 동떨어진 것이었으며, '내선융화'를 위해 생각해낸 것이었다. 나카무라 전설집은 일제시기에 적어도 4개의 출판사에서 중복 간행되었고, 증쇄를 거듭했다는 점에서 근대 일본의 조선 신화전설 인식에 커다란 영향을 끼친 것으로 판단된다. 본장에서는 나카무라가 기존의 전설집을 개작한 양상을 중심으로 분석했지만, 자료집 전체의 양상과 의미 분석을 통한 일본의 조선 신화전설 수용에 대한 비판적 고찰은 앞으로의 과제다.

근대 일본 설화연구자의
『용재총화(慵齋叢話)』 서승(書承) 양상

1. 서론

일본의 독일 설화연구자 다케하라 다케시게는 그림 형제의 동화
(근대 메르헨)가 일본설화에 미친 영향을 고찰하면서, 인류사를 시기
별로 구승문예[1](口承文藝, 음성에 의한 문예, 화자와 청자 사이의 동시성),
서승문예(書承文藝, 문자에 의한 문예, 작가와 독자 사이의 시차성), 전망
문예(電網文藝, 인터넷에 의한 문예, 발신자와 수신자 사이의 동시성/시차성)
로의 변천과 확대로 해석했다. 가장 오랜 역사를 지닌 화자(話者)마다
변화하는 구승문예, 즉 방언으로 발설돼 지역 내에서 전하는 구승문
예에 대해, 서승문예는 고대 이래 한 국가(민족)의 문장어(표준어)로
출판되어 국가 수준으로 전달돼, 근대 이후 학교교육으로 인한 식자
율 고조로 확대되었고, 근년의 인터넷을 통한 전망문예는 다언어로
글로벌하게 전달된다는 것이다.[2] 다케하라는 근대 국민교육에 의해

---

1) '구비문학(口碑文學, oral literature)'에 해당하는 일본어는 '구승문예'다. 해방 후
   한국에서의 구전, 구비, 구술 개념을 둘러싼 구비문학 형성 과정에 대한 성찰적 연
   구 성과는 다음을 참고. 김영희, 「구비문학(口碑文學)'이라는 개념과 범주의 형성
   과정 탐색」, 『열상고전연구』 47, 열상고전연구회, 2015.
2) 竹原威滋, 『グリム童話と近代メルヘン』, 三弥井書店, 2006, 6~9면. 사쿠라이 미

식자율이 고조되고 '구승문예에서 서승문예로 이행하는 과도기에 그 림동화가 탄생'했다고 보았다.[3]

서적을 통한 구승화(口承化)에 대해 주의를 환기시킨 다케하라이기에 구승문예에서 서승문예, 전망문예로의 교체를 단락적으로 상정하는 것은 아닐 것이다. 다케하라는 인류사적 관점에서 미디어의 흐름을 정리했지만, 그 내부에서 전개된 복잡한 벡터를 상기해 보자면, 특히 동아시아 국가는 고대 이래 문자 사회를 형성해 왔고, 신화 및 전설이 기록되어 서승 및 구승이 교차하면서 전개되었다고 판단된다. 최원오의 지적대로, 조선시대 야담 등에서 보이는 재기록화(再記錄化)는 19, 20세기에 들어 구비전승뿐만 아니라, 책에서 책으로 전승되는 서승이 활발하게 나타난다. 서승은 구승과는 다르지만, 기본원리는 유사하다. 일부는 구승을 기록하고, 일부는 이전의 책에서 작품을 취사선택하고, 개변함으로써 이본을 생산하였다. 이러한 과정은 '서승의 구비문학적 성격'을 보여주며, '서승의 의사구승(擬似口承)'의 형식을 취하였다고 하겠다.[4]

'구술'과 '기록'이 시기적으로 교체되거나 계기적으로 명확하게 구분되는 것이 아니라, 역사적으로 매 시기에 매우 다양한 형태로 교섭하게 된다. 전승을 고찰할 때 '구술'과 '기록'의 차이와 교섭에 관한

키(櫻井美紀)와 다케하라는 두 사람이 꿈의 계시를 통해 미소카이 다리에서 만나서 금은재화를 얻는다는 일본 '고유'의 민간설화로 인식돼 오던 〈미소카이 다리(味噌買い橋)〉 등이 실상은 근대이후 일본어로 번안된 서구 동화에 의해 창조된 완전히 '새로운 전통'임을 명확히 해 신선한 충격을 주었다. 이후, 일본에서는 서적을 통한 구승화(口承化)에 주의가 확산되었다(竹原威滋의 앞의 책 3장과 櫻井美紀, 『昔話と語りの現在』, 久山社, 1998을 참고).

3) 竹原威滋, 위의 책, 14면.
4) 최원호, 「이야기의 서승(書承)에 대한 근대적 관심과 기록정신」, 『동아시아고대학』 21, 동아시아고대학회, 2010, 69~70면.

면밀한 탐색이 요구되며, 양자의 교섭은 문학사의 가장 보편적인 주제이기도 하다. 단순히 이행이나 교체의 문제가 아닌, 교섭의 다양한 층위를 포착할 필요성이 있다.5) 전근대 시기에는 한국 신화·전설에 관한 수많은 '기록'에 비해, 상대적으로 민간설화의 '기록'은 한정적이다. 그러한 상황에서『용재총화』는 이러한 제한을 타개해주는 소중한 기록물로, 근대 이후 주목받게 된다.

일반적으로 구승(口承)돼 오던 한국 민간설화는 19세기 이후에 서구인·일본인에 의해 본격적으로 채록되기 시작했고, 일단 채록된 초창기 활자 미디어로서의 근대 설화집은 다양한 형태로 서승(書承)되기 시작했다. 형식적으로는 이중 언어 현상을 반영하며, 내용적으로는 전재(轉載), 탈락, 첨가, 변개 등 다양한 서승 양산을 보여주는 바, 이는 구승 과정에서 나타나는 다양한 변이와 변이형의 출현양상과 유사한 측면이 존재한다. 선행연구에서는 조선시대 이후의 전대 야담의 서승 경향에 대한 다양한 연구가 행해졌다.6) 한편, 최근 영문·일문 설화집에 대한 연구가 진척되면서 선행설화집에 대한 영향 관계를 기반으로 한 연구가 본격화 하고 있다.7)

---

5) 김영희, 앞의 글, 2015, 577~581면.

6) 최원호, 앞의 글, 2010, 74면. 서승의 다양한 층위에 대해서는 다음을 참고. 김준형, 「기문총화의 전대문헌 수용 양상 - 『기문총화』 1권 필기·패설 수용을 중심으로」, 『韓國文學論叢』 26, 한국문학회, 2000 ; 김준형, 「근대전환기 야담의 전대 야담 수용 태도」, 『한국한문학연구』 41, 한국한문학회, 2008 ; 김준형, 「근대전환기 패설의 변환과 지향」, 『구비문학연구』 34, 한국구비문학회, 2012 ; 이강옥, 「이중 언어 현상으로 본 18, 19세기 야담의 구연, 기록, 번역」, 『고전문학연구』 32, 한국 고전문학회, 2007 등을 참고.

7) 오윤선, 「19세기말 20세기 초 영문(英文) 한국설화의 자료적 가치 연구」, 『우리文學硏究』 41집, 우리문학회, 2014 ; 김성철, 「19세기 후반~20세기 초반 서양인들의 한국 문학 인식 과정에서 드러나는 서구 중심적 시각과 번역 태도」, 『우리文學硏究』 39, 우리문학회, 2013 ; 김성철, 「일제 강점기에 영역(英譯)된 한국 동화집 *Tales told in Korea*의 편찬 경위와 구성의 의미」, 『고전과 해석』 19, 고전문학한문학연구

영문·일문 설화집 연구의 경우 근대에 간행된 설화집과 선행 구
전설화집에 대한 관련성을 검토하였고,[8] 전근대 문헌설화의 서승
양상에 대한 본격적인 검토는 아직 시작 단계에 있다.[9] 앞으로 이
분야에 대한 연구가 진전되면 '전통 및 고전의 창출' 및 정전화, 재맥
락화 과정을 비롯한 변용 양상을 확인하는 단초를 제공할 것이다. 근
대 일본인 연구자의 경우, 한문 소양이 있었기에 한글을 모르는 핸디
캡에도 불구하고, 한문으로 된 문헌설화집을 통해 비교 설화론을 전
개할 수 있었다. 이러한 연구 경향은 결코 근대 초창기에 한정된 것
이 아니고, 1920년대 이후에 손진태가 중국 문헌설화(전근대)와 한국
및 일본 구전설화(근대)를 비교 대조해 연구하는 경향에도 나타나며,
오늘날에도 문헌설화집을 위주로 한 연구에서도 발견된다. 앞으로
구전 및 문헌설화의 교섭 양상에 대한 실증적이고도 정치한 비교 검
토가 요청된다.

본장에서는 일본 초기 설화연구 및 신화연구를 주도한 다카기 도
시오(高木敏雄, 1876~1922)와 마쓰무라 다케오(松村武雄, 1883~1969)의
조선설화집 및 그 연구를 검토하여, 두 학자가 수록한 조선 문헌설

학회, 2015 ; 김광식·이시준, 『식민지 시기 일본어 조선설화집 기초적 연구』, 제이
앤씨, 2014를 참고.
8) 김광식, 「조선총독부 학무국 '전설 동화 조사' 보고서를 활용한 『조선동화집』의
개작양상 고찰」, 『고전문학연구』 48, 한국고전문학회, 2015(본서 1장) ; 김광식,
「1920년대 일본어 조선동화집의 개작 양상 - 『조선동화집』(1924)과의 관련양상
을 중심으로」, 『열상고전연구』 48, 열상고전연구회, 2015(본서 2장) ; 김광식·이
시준, 위의 책, 2014.
9) 장장남, 「일제강점기 日本語 朝鮮說話集 『傳說の朝鮮』 수록 임진왜란 설화 연구」,
『고전과 해석』 19, 고전문학한문학연구학회, 2015 ; 조은애·이시준, 「미와 다마키
『전설의 조선』의 일본 관련 설화에 대한 고찰」, 『외국문학연구』 57, 외국문학연구
소, 2015 ; 조은애·이시준, 「『전설의 조선』의 수록설화에 대한 고찰」, 『외국학연구』
30, 외국학연구소, 2014.

화, 특히 근대 일본인에게 주목되어 활용된 『용재총화』의 수용 양상
을 구체적으로 살펴보고자 한다. 다카기와 마쓰무라의 비교 설화연
구의 중요성에 대해서는 일찍부터 인식되었지만, 전후 일본에서는
이른바 야나기타 구니오(柳田國男) 민속학을 중심으로 연구가 진행되
어 무시되었고, 한국에서는 일찍이 손진태, 최상수는 물론이고, 아
동문학자인 방정환, 정홍교 등이 영향을 받았지만, 해방 후에는 거의
다뤄지지 않았다.[10] 다카기와 마쓰무라의 조선설화집에 대한 발굴
과 검토는 시작 단계에 머물러 있어, 설화집과 연구업적을 유기적으
로 종합하는 연구가 필요하며, 본장에서는 이 문제를 다루고자 한다.

2. 다카기, 마쓰무라와 조선 문헌설화

먼저 1910년대에 다카기는 다카하시 도오루(高橋亨, 1878~1967)의
『조선의 물어집과 이언(朝鮮の物語集附俚諺)』(日韓書房, 1910)과 엔스호

---

10) 특히 손진태와 방정환은 다카기의 영향을, 최상수와 정홍교는 마쓰무라의 영향을
구체적으로 받았다(金廣植, 『植民地期における日本語朝鮮説話集の研究』, 勉誠出版,
2014, 19, 266~267, 272~273면). 본문에 구체적으로 적시하지는 않았지만, 본 연구
는 독일문헌학의 영향을 염두에 두고 썼다. 일반적으로 근대 일본의 독일문헌학 수용
은 일본 설화학의 정립에 공헌한 하가 야이치(芳賀 矢一, 1867~1927)를 중심으로
평가받아 왔는데, 근년 하가 등의 독일문헌학 수용이 내셔널리즘과 국학을 중심으로
한 단락적이고 피상적인 수용에 그쳐, 지금에 이르고 있다는 비판적 연구가 진행되었
다(佐藤マサ子, 『カール・フローレンツの日本研究』, 春秋社, 1995, 49~50면；淸水正
之, 「芳賀矢一における「日本」の解釈をめぐって」, 『日本文學』41-10, 1992, 59면；
佐野晴夫, 「芳賀矢一の國學觀とドイツ文獻學」, 『山口大學獨佛文學』23, 2001, 2면
；江藤裕之, 「フィロロギーとしての國學研究」, 『國際文化研究科論集』21, 2013, 64
면). 하지만 이러한 연구가 하가에 편중돼 진행되었고, 일찍이 「문헌학에 대해서(文獻
學に就て)」(『龍南會雜誌』82, 1900)를 발표한 다카기의 중요성을 간과했다. 이러한
문제를 비롯한 당대 독일 문헌학의 수용 및 한일 관련 양상에 대한 구체적인 검토는
별도의 논문으로 대신하고자 한다.

프의 보고서 '조선의 이야기'(1911~1912)[11] 등의 구전설화집, 자료제
공자 시미즈 효조(淸水兵三, 1890~1965)[12]의 보고와 더불어, 『삼국사
기』, 『삼국유사』, 『용재총화』, 『유양잡조』 등 다양한 동서양의 문헌
설화와 구전 설화를 활용하여, 본격적인 한일 비교 설화론을 전개하
였다.[13]

　다카기는 한일 비교 설화론을 본격적으로 제기한 초창기 대표적
설화학자로 주목되며, '일본신화학의 중요한 초석'[14]을 다진 인물로
평가받고 있는데, 1876년 구마모토(熊本)현에서 태어나, 1896년 7월
구마모토　제오(第五)고등학교(제오고등중학교　대학예과)를　졸업했다.
1900년 7월 동경제국대학 독일문학과를 졸업하고, 모교인 제오고등
학교(현 구마모토 대학) 교수로 부임했다. 1908년 이후에 동경 고등사
범학교, 오사카 외국어학교 등에서 독일어를 가르치며 설화연구에
전념하다가, 문부성 재외연구원으로 1922년 독일 유학 직전에 장티
푸스로 병사했다.[15] 다카기는 새로운 학문 민속학에 관심을 갖고

11) 독일 신부 엔스호프(Enshoff)는 베를린에서 간행된 『민속학협회잡지(*Zeitschrift des Vereins für Volkskunde*)』에 51편의 조선설화를 보고하였다("조선의 이야기 (Koreanische Erzählungen)," No. 21-22, Berlin, 1911~1912). 다카기의 엔스호프를 비롯한 영향관계에 대해서는 다음을 참고. 金廣植, 「一九二〇年代前後における日韓比較說話學の展開 － 高木敏雄, 淸水兵三, 孫晉泰を中心に」, 『比較民俗研究』 28, 比較民俗研究會, 2013, 11~13면.
12) 시미즈에 대해서는 다음을 참고. 김광식, 「시미즈 효조(淸水兵三)의 조선 민요·설화론에 대한 고찰」, 『온지논총』 28, 온지학회, 2011.
13) 김광식·이시준, 『식민지 시기 일본어 조선설화집 기초적 연구』, 제이앤씨, 2014, 188면.
14) 松本信広, 「解說」, 松本信広編, 『論集 日本文化の起源』, 第3卷 民族學Ⅰ, 平凡社, 1971, 7면.
15) 다카기 이력은 卯野木盈二, 「高木敏雄年譜」, 卯野木盈二編, 『高木敏雄初期論文集』 上卷, 共同体社, 1976, 179~177면을 참고. 선행연구에서의 다카기 이력은 오류가 산견되는데, 설화학자로 명성 있는 오바야시는 1894년 동경제국대학 입학이라 했지만, 1896년의 오류다(大林太良, 「解說」, 高木敏雄, 『增補 日本神話傳說の研究 1』,

1904년에 『비교신화학』을 간행하고, 1910년대에는 신화학에서 설화
학으로 연구 범위를 확대하여 조선 민간설화에도 관심을 갖고 한일
비교설화론 「일한공통의 민간설화」(『東亞之光』 7-11, 7-12, 1912)를 발
표하였다.

필자는 다카기가 요미우리신문에 50회(31화) 연재한 〈조선민간전
승 조선동화집〉(1913년 2월 2일부터 1914년 1월 28일)을 발굴하고, 이를
바탕으로 『신일본교육 옛이야기(新日本教育昔噺)』(敬文館, 1917년 1월 초
판, 1918년 11월판, 1923년판, 1924년판, 1925년 9월판 福岡현립도서관 소
장)16)라는 타이틀로 조선설화집을 발간했음을 확인하였다.17) 이 책
에는 52편의 조선설화가 수록되어, 다카기가 한일 공통의 민간설화
연구 자료 축적을 통한 비교연구를 전개했음을 파악할 수 있다.

다카기는 연구를 수행하면서, 1911년 1월 5일부터 1916년 12월 28
일까지 약 6년에 걸쳐 『요미우리신문(讀賣新聞)』에 이솝우화, 가정동
화, 민간설화, 세계설화 등을 연재하며 당대 인기 동화(설화) 작가로
활약하였다. 이를 발전시켜 『일본신화物語』(服部書店, 1911, 1912년 寶
文館 재판), 『일본건국신화』(寶文館, 1912), 『일본전설집』(鄉土研究社,
1913, 1924년 武藏野書院 재판 등), 『세계동물譚話 신이솝物語』(寶文館,
1912), 『교훈일본 옛이야기(昔ばなし)』 전·후편(敬文館, 1917-1918년판,
1923년 이후 『교훈아동 옛이야기』 전·후편으로 개정, 『朝日新聞』 1917년 9월
20일자 광고에 따르면 제 5판 발행, 1924-1925년판), 『일본가정 옛이야기

平凡社, 1974, 378면).

16) 이 책은 1929년 10월 뒷부분을 생략한 축약판 형태로 『악인퇴치 말하는 지장보살
(悪人退治 物言ふ地藏)』(國民出版社)이라는 타이틀로 서문을 삭제해 재간행 되어,
적어도 6판 이상을 펴냈다고 보인다. 자세한 내용은 김광식, 『식민지 조선과 근대설
화 - 일본인의 구비문학 조사와 조선인의 대응』, 민속원, 2015, 26~27면을 참고.

17) 金廣植, 앞의 글, 2013, 11~13면.

(昔噺)』전·후편(敬文館, 1917~1918, 1923년 이후『소년가정 옛이야기』
전·후편으로 개정, 1924-1925년판),『가정교훈동화』(科外敎育叢書刊行會,
1918) 등 다수의 일본, 세계설화집을 발간하였고, 그 대부분이 증쇄
를 거듭했다.

한편, 마쓰무라 역시『향토연구(鄕土硏究)』에「삼륜산식 신혼 전설
(三輪山式神婚傳說)」(2권 1호, 1914년 3월),「호랑이와 사람의 다툼에 여
우의 재판(虎と人の爭に狐の裁判)」(2권 2호, 1914년 4월) 및「일한유화(日
韓類話)」(2권 4호, 1914년 6월) 등을 발표했다. 특히「일한유화」에서는
다카기의「일한공통의 민간설화」의 논의를 바탕으로 삼아 한일 유사
설화를 검토하고 있어 주목되는데, 다카기와 마쓰무라는 공통적으로
야래자(삼륜산식) 전설, 선녀와 나무꾼, 거울을 모르는 사람들, 혹부
리 영감담을 비롯해『용재총화』에 수록된 설화를 다수 거론하였고,
설화집에도『용재총화』의 내용을 참고해 수록하였다.[18]

마쓰무라는 다카기와 마찬가지로 1883년 구마모토현에서 태어나,
제오고등학교(1904~1907)[19]를 거쳐, 1907년에 동경제국대학 영문과
에 진학해 1910년에 졸업했는데, 고교 시절 다카기로부터 독일어를
배웠다. 신화 및 '동화'(오늘날의 민담 및 구전설화)에 관심을 갖고 대학
원에 진학해, 1921년『고대 희랍의 문화에 나타난 신들의 종교적 갈
등의 연구』로 문학박사 학위를 취득했다. 이듬해부터 1948년까지 구

---

18) 다카기와 마쓰무라의 설화연구 및 설화집에 대한 선행연구는 다음을 참고. 김영
   남,『동일성 상상의 계보 - 근대 일본의 설화연구에 나타난 민족의 발견』, 제이앤
   씨, 2006 ; 김광식·이시준,「다카기 도시오의 조선민간전승〈조선동화집〉고찰」,
   『日本硏究』55, 한국외국어대학교 일본연구소, 2013 ; 김광식·이시준,「마쓰무라
   다케오(松村武雄)『일본동화집(日本童話集)』의 출전 고찰」,『일어일문학 연구』
   93(2), 한국일어일문학회, 2015 ; 박종진,「마쓰무라 다케오『일본동화집』〈조선
   부〉의 개작 양상 연구」,『아동청소년문학연구』16, 한국아동청소년문학학회, 2015.
19) 松村武雄,『神話學者の手記』, 培風館, 1949, 23면.

제(舊制) 우라와(浦和) 고등학교(현 사이타마대학) 영어교수 겸 동경제
국대학 종교과 강사를 역임하였다. 일찍부터 동양, 유럽을 중심으로
한 신화 비교연구, 일본 신화연구를 수행해 다카기 이후의 대표적인
'신화학의 원로',[20] '일본신화학 최대의 권위자',[21] 다카기에 의해
창시된 비교신화학의 방법론에 의한 '일본신화 연구를 계승하고 발
전시켜 집대성'한 인물로 평가받는다.[22]

　대표적인 저서로는 『동화 및 아동의 연구』(1922), 『아동교육과 아동
문예』(1923), 『동요 및 동화의 연구』(1923), 『동화교육신론』(1929), 『신
화학논고』(1929), 『민속학논고』(1930), 『신화학원론』(전2권, 1940~41)
등을 간행하는 한편, 일찍부터 다수의 설화집을 간행하였다. 마쓰무
라는 1920년부터 일본 설화를 정리하여, 모리 오가이, 스즈키 미에키
치 등과 함께 총서 〈표준 이야기 문고(標準お伽文庫)〉(1920~21)를 발간
하여,[23] 주로 작품 선정과 해설을 담당했다.[24] 이후, 마쓰무라는 〈세
계동화대계 전 23권〉(세계동화대계 간행회, 1924~1928, 近代社에서 세계
동화전집으로 재간행 1928~1930, 誠文堂 보급판 1930~31, 金正堂판 1930~4
년), 〈일본아동문고 전 76권〉(アルス, 1927~1930), 〈신화전설대계 전 18

20) 松前健, 「神話」, 日本民族學會編, 『日本民族學の回顧と展望』, 日本民族學協會,
　　1966, 185면.
21) 松本信広, 앞의 책, 1971, 9면.
22) 次田真幸, 「高木敏雄における日本神話研究」, 『國文學 解釈と鑑賞』37-1, 1972,
　　170면. 한편, 태평양전쟁기에 행해진 '건강부회적인 기기(紀記, 고사기 및 일본서기
　　- 필자 주) 신화의 무리한 해석으로, 황실신앙, 천황숭배를 열렬히 칭송한' 행적에
　　대해서는 거의 언급되지 않았다. 태평양 전쟁기 마쓰무라를 포함한 대표적 일본신
　　화 연구자의 문제점에 대해서는 다음 논문을 참고. 平藤喜久子, 「植民地帝國日本の
　　神話學」, 竹沢尚一郎編, 『宗教とファシズム』, 水聲社, 2010, 320면.
23) 森林太郎(森鷗外), 鈴木三重吉, 松村武雄, 馬淵冷佑, 『標準お伽文庫』全6冊, 日本
　　童話 日本神話 日本傳說, 培風館, 1920~1921.
24) 向川幹雄, 「松村武雄」, 大阪國際兒童文學館編, 『日本兒童文學大事典』2卷, 大日本
　　圖書株式會社, 1993, 159면.

권〉(近代社 1927~29, 誠文堂 보급판 1933~34년, 趣味の教育普及會판 1934
년) 발간에도 각각 감수, 편집고문, 편집을 담당하였고, 방대한 설화
집 편자로서 다수의 업적을 남겼고, 무엇보다도 널리 읽혔다.25)

　이러한 작업의 연장선상에서 발간된 것이 바로 '세계동화대계' 제
16권 일본편(日本篇)『일본동화집』(세계동화대계 간행회, 1924)이다. 초
판에는 일본의 부(日本の部)에 174편, 조선의 부(朝鮮の部)에 27편, 아
이누의 부(アイヌの部)에 73편의 설화가 수록되었다. 마쓰무라가 편저
한『일본동화집』은 1928년에 재판을 발행하고, 1929년에는 서명이
바뀌어, '세계동화전집' 중 한권으로『조선·대만·아이누 동화집(朝
鮮·台灣·アイヌ童話集)』(近代社)으로 발행되었다. 즉 일본편이 아니라,
대만 및 아이누 동화집과 함께 따로 수록된 것이다. 계속해서 1931년
에는 다시 타이틀을『일본동화집』하권(誠文堂, 1933년 1월, 제 10판, 가
나가와근대문학관 소장)으로, 1934년 1월에는『일본동화집』하권(金正
堂, 1938년 9월 제 15판, 필자 소장)으로 변경되어 복수의 출판사에서 간
행되었다. 이처럼 마쓰무라의 조선설화집은 적어도 4개의 출판사에
서 서명을 달리하여 증쇄를 거듭했다.26)

　『일본동화집』에 수록된 조선설화 27편은 선행 문헌에서 소재를 취
했는데, 일본어 및 영문설화집은 전술한 다카하시와 다카기의 설화
집과 함께 다음을 참고했다.

---

25) 이들 자료집은 모두 전후 일본에서 복각 재간행 되어, 일본의 세계 신화, 전설,
　　설화 이해의 길잡이가 되었다. 특히 명저보급회(名著普及會)에서 〈세계동화대계〉
　　(전 23권, 1988~89, 조선동화집은 제 16권에 일본편에 아이누동화집과 함께 그대
　　로 복각 수록)와 더불어 개정복각판 〈改訂版 世界神話傳說大系〉[전 42권, 1979~
　　1981, 한국은 나카무라 료헤이(中村亮平) 편, 조선의 신화전설(朝鮮の神話傳說)로
　　제 12권에 수록]로 간행되어 쉽게 접할 수 있다.
26) 김광식, 앞의 책, 2015, 28면을 참고.

① 미와 다마키(三輪環), 『전설의 조선(傳說の朝鮮)』(博文館, 1919)
② 알렌(Horace Newton Allen, *Korean Tales: Being a collection of stories translated from the Korean folklore*, New York & London: G. P. Putnams, 1889)〈재수록판 *Korea: Fact and Fancy*, 1904〉

이처럼 다카기와 마쓰무라는 1910년대 초반부터 한일 비교 설화론에 관심을 지니고 연구를 본격화 했는데, 조선설화 자료를 얻기 위해서 엔스호프, 알렌 등을 비롯한 서구어, 다카하시 설화집을 포함한 당대의 일본어 설화집과 더불어, 전근대 한문설화집을 다수 이용하여 1920년 전후에 본격적인 조선설화집을 발간하였다. 다카기의 『신일본교육 옛이야기』(1917, 이하 다카기 설화집)와 마쓰무라의 『일본동화집』(1924, 이하 마쓰무라 설화집27))은, 당대 식민지 상황을 여실히 반영해 타이틀에 '일본'이라는 제국의 논리 속에 포함되었다는 문제점에도 불구하고, 당대 대표적 설화학자의 본격적인 조선설화집이라는 점에서 중요하다. 이에 본장에서는 두 설화집을 구체적으로 비교 검토하여 문헌설화집에서 서승된 개변 양상을 명확히 하고자 한다.

3. 『용재총화』의 재발견과 개작 양상

【표1】은 다카기와 마쓰무라 설화집에 수록된 전근대 한문문헌설화집 출전 자료를 정리한 것이다. 다카기와 마쓰무라는 설화집 간행에 있어 중국 당나라 시대 단성식(段成式, ?~863)의 『유양잡조』에서 〈방이설화(금추)〉를, 『용재총화』 권5에서 〈세 사내와 말타기 경쟁〉, 〈비

---

27) 마쓰무라 자료집은 동화집이란 서명으로 발간되었지만, 당대 조선동화집에 비해서 설화적 측면이 강해 설화집으로 표기한다.

둘기 소동〉, 〈집오리 계산〉, 〈바보 형과 팥죽 이야기(癡兄點弟)〉, 〈중
강 건너기(渡水僧)〉, 〈먼 곳의 불〉 등을, 일연의 『삼국유사』 등에서
〈임금님은 당나귀 귀〉를 참고해 수록했음을 확인할 수 있다. 다카기
설화집의 출전은 불명확한 부분이 있지만, 마쓰무라 설화집은 27편
중, 【표1】처럼 문헌설화에서 8화(5, 2, 4, 12, 3, 16, 11, 13), 다카기로부
터 1화(1나이자랑), 미와 및 다카하시 설화집으로부터 16편, 알렌으로
부터 2화(26토끼의 눈알, 27보석 찾기)를 가져와 일정한 첨삭을 통해 수
록했음을 확인할 수 있다.

【표1】 다카기와 마쓰무라 설화집에 수록된 문헌설화(『용재총화』 등) 대응표

다카기(1917)	마쓰무라(1924)	야마사키(1920)	비고
2삼년 기일	5팥죽 이야기		
4스님의 삿갓 춤			
7말 하나에 기수가 셋	2말 타기 경쟁		
9장님의 용궁구경			총독부동화집 13애기를 좋아하는 장님 유사설화
12집오리 셈법	4집오리 계산	집오리 셈법	
13중 강 건너기	12계속된 실책		다카하시 12淫僧 유사설화
15개똥지빠귀 퇴치주문	3흉내 내기 소동	이상한 새	
29스님과 상좌	16먼 곳의 불		
32바보사위	15바보사위		마쓰무라는 미와의 영향 받음
39서생의 장난	22사내와 맹인들		마쓰무라는 다카하시의 영향 받음
『용재총화』 이외의 문헌설화			
20당나귀 귀	11당나귀 귀		삼국유사 참고
42금은방망이	13금추(金錐)		유양잡조 참고
5토끼의 생간	26토끼의 눈알		삼국사기 유사설화 마쓰무라는 알렌의 영향 받음

비고의 다카하시 설화집에는 순번이 없으나, 편의상 추가했다. 야마사키 겐타로(山崎源太郎)의 『조
선의 기담과 전설(朝鮮の奇談と傳說)』(ウツボヤ書籍店, 1920)은 참고로 기술하였다.[28]

다카기와 마쓰무라는 출전을 명기하지는 않았지만, 공통의 문헌설
화를 참고하였고, 그 중에서도 특히 『용재총화』에서 다수의 설화를
활용했는데, 그 이유는 무엇일까.

우선 『용재총화』는 조선고서간행회가 간행한 『대동야승(大東野乘)』
제1권 모두(冒頭)에 실려 1909년 12월에 간행되었고, 일본에서도 이
를 쉽게 접할 수 있었다는 점이다.[29] 다음으로 더욱 중요한 사실은
다카기와 마쓰무라가 『용재총화』를 통해 '한국적 설화'를 발견하고,
한일 비교 설화학을 전개할 수 있는 계기를 마련했다는 점이다. 이러
한 목적은 전술한 다카기의 「일한공통의 민간설화」(1912)에서부터 찾
아볼 수 있다.

다카기는 "일한 공통의 민간설화의 존재는 양 민족 사이의 문명사
적 관계가 밀접하다는 것을 증거함은 물론이지만, 인종학상의 문제를
해결하는 데 항상 유력한 재료가 되는 것은 아니다"고 명시하여 자신
의 연구가 '일선동조'와 거리를 둔 학술적 연구의 일환임을 분명히 했
다.[30] 다카기는 한일 공통의 민간설화(일본설화에 대한 조선설화의 영향
관계)를 명확히 하기 위해서, 불전(佛典)과 중국한적의 영향을 받지 않
은 '특유'의 '조선 동화'(설화)가 수록된 자료집으로 『용재총화』를 들고

---

28) 다카기, 마쓰무라 이외에도 근대 일본의 설화연구자가 『용재총화』를 중요시 하는
  구절을 접할 수 있다. 미즈타 미쓰(1882~1964)는 '우수한 이야기를 포함한 서적'
  일본 및 한문자료 중 유일하게 조선한적 『용재총화』를 들었다(水田光, 『お話の硏究』,
  大日本圖書株式會社, 1916, 133~134면).
29) 釋尾春芿 편집, 『大東野乘』一, 朝鮮古書刊行會, 1909. 조선고서간행회 사업에 대
  해서는 다음을 참고. 최혜주, 「일제강점기 고전의 형성에 대한 일고찰 – 재조일본
  인과 조선광문회의 고전 간행을 중심으로」, 『한국문화』 64, 규장각한국학연구원,
  2013, 157~195면 ; 서신혜, 「일제시대 일본인의 古書刊行과 호소이 하지메의 활동
  고소설 분야를 중심으로」, 『온지논총』 16, 온지학회, 2007, 389~416.
30) 高木敏雄, 「日韓共通の民間說話」, 『東亞之光』 7卷 11號, 1912(인용은 高木敏雄, 『增
  補 日本神話傳說の硏究 2』, 平凡社, 1974, 227면).

다음처럼 지적하였다.

성현(成俔)의 『용재총화』는 순수한 민간동화(민간설화 -필자 주)를
다수 수록하였다는 점에서 한문으로 쓰인 것으로는 대단히 진귀한 책인
데, 그 중에 일본 내지의 민간동화와 완전히 동일한 것, 또는 그 원형이
라고 생각되는 것도 있다.[31]

인용문과 같이, 다카기는 『용재총화』에 순수한 한국 민간설화가
다수 수록되었다고 보았고,[32] 그중에 일본설화와 완전히 동일한 것
이 있어서, 이를 일본의 원형으로 상정했다. 다카기에게 『용재총화』
와의 만남은 일본설화가 한국에서 기원한다는 점을 확신시키는 계기
를 제공했고, 한국이야말로 일본설화의 '본원지(本源地)'임이 '명
료'[33]하다고 단언했다.

1910년대에 한일 공통의 민간설화를 다루는 작업은 당대의 식민지
상황을 추인하는 이데올로기적 성격을 반영하게 된다는 관점에서 주
의가 필요하다. 손진태의 지적처럼 당시 '일본의 속학자(俗學者)들이
소위 일선(日鮮) 민족 동원론이란 미제(美題)와 정치적 가면 하에
서'[34] 억지 논리를 전개하였다. 적어도 1910년대 다카기가 전개한

---

31) 高木敏雄, 위의 책, 1974, 229면.
32) 이러한 인식은 오늘날에도 이어지고 있다. 최철은 『용재총화』 권5에 실린 작품들은
　 '순수한 문헌설화로 인정될 만'하다고 지적했다(최철, 「朝鮮朝 前期 說話의 硏究」,
　 『동방학지』 42, 연세대학교 국학연구원, 1984, 38면). 해방 후, 용재총화에 수록된
　 설화연구는 장덕순이 용재총화 수록 호색설화를 분석한 「이조초기의 설화」(장덕순,
　 『한국설화문학연구』, 서울대학교출판부, 1970) 이후, 연구가 계속되고 있다. 용재총
　 화 연구 경향은 다음을 참고. 강창규, 「『慵齋叢話』의 창작배경과 작품세계 연구」,
　 부산대학교 대학원 석사학위논문, 2014.
33) 高木敏雄, 앞의 책, 1974, 252면.
34) 손진태, 「조선민간설화의 연구」 8, 『新民』 36, 1928.4, 48면.

한일 비교 설화론은 단순히 '일선동조'를 추인하는 이데올로기가 아
닌, 원대한 비교에 의한 설화의 기원과 전파를 실증하려는 학술성을
담보했다는 점을 우선 확인해 두고자 한다.

　한편, 마쓰무라는 전술한 「일한유화」(1914)에서 다카기의 「일한공통
의 민간설화」를 바탕으로 논의를 전개하고 있는데, 논문의 서두에서

　　일본과 조선에는 공통 혹은 유사한 설화가 많다는 것은 누구나 알 것
　이다.[35]

고 전제하고, 일본의 옛이야기와 『용재총화』의 설화(〈비둘기 소동〉과
〈중 강 건너기(渡水僧)〉)에 '같은 취향의 것이 있'고, '현저한 유사성을
보인다.'고 단언하였다.[36] 이처럼 마쓰무라 역시 한일 공통의 설화
를 다루는 입장에서 『용재총화』에 관심을 지녔음을 확인할 수 있다.
다카기는 조선설화를 일본설화의 '본원지(本源地)'로 단정했는데, 마
쓰무라는 조선을 '문화의 중개자', '문화를 이식시키는 교량'으로 보
았다.[37]

　마쓰무라는 조선의 동화(설화) 중에 인도 및 중국과 유사한 것, 일
본과 유사한 것, 유럽(구주, 歐洲)과 유사한 것이 있다고 전제하고, 인
도의 불전, 중국 한적, 일본 한적을 열거하며, 순수하게 조선에서 일
본으로 건너간 이야기와 조선을 경유해서 건너간 이야기를 구분하고
다음처럼 주장했다.

---

35) 松村武雄, 「日韓類話」, 『鄕土硏究』 2-4, 1914, 32면.
36) 松村武雄, 위의 글, 1914, 33, 34면.
37) 松村武雄, 「解說」, 『日本童話集』, 世界童話大系刊行會, 1924, 7면.

한편으로 조선은 또 자국의 동화를 일본에 제공함으로써, 우리나라 (일본 -필자 주)의 동화계(童話界)를 다채롭고 풍요롭게 하는 역할을 수행했다. 『용재총화』에 실린 〈흉내 내기 소동〉, 〈팥죽 이야기〉와 민간에 유포된 〈외눈과 코삐툴〉, 〈다리 부러진 제비〉의 조선동화가 각각 일본의 (중략) 원형임은 아무도 부인할 수 없을 것이다. 또한 일본의 동화계에 흥미 깊은 두 화형(話型) 〈바보사위〉형 이야기와 〈스님 골탕 먹이기〉형 이야기도 그 본원(本源)은 조선에 있는 듯하다.38)

위처럼 다카기와 마찬가지로 마쓰무라 역시 조선을 경유해 들어온 설화와 조선 본원(本源)의 이야기를 구별했는데, 후자를 확정하는데 있어 『용재총화』에 실린 〈흉내 내기 소동〉, 〈팥죽 이야기〉, 〈바보사위〉, 〈스님과 상좌(스님 골탕 먹이기)〉형 문헌설화를 들고, 민간에 유포된 〈외눈과 코삐툴〉과 〈다리 부러진 제비〉를 제시했다. 그리고 이를 자신의 조선설화집에 개작해 수록하였다. 이를테면 다카기와 마쓰무라 설화집은 비교연구의 일환으로 구성된 자료집으로서의 성격이 강하다. 계속해서 당대 설화집의 영향관계에 유의해 다카기와 마쓰무라 설화집의 개작 양상을 검토하고자 한다.

1) 편자의 설화인식을 반영한 설화집

박종진은 마쓰무라의 개작 양상을 검토하며 3가지 경향(1이야기를 줄이거나 생략해서 짧게 고쳐 쓰기, 2이야기 화소를 가져와 새로 쓰기, 3선행설화집 이야기를 전재하거나 부분적으로 고쳐 쓰기)을 지적하고, 〈2이야기 화소를 가져와 새로 쓰기〉한 경우로 〈12계속된 실책〉을 들었다.39) 박종진은 『용재총화』의 원문을 확인하지 않고, 선행설화집 다

---

38) 松村武雄, 위의 책, 1924, 8~9면.

카하시와 다카기 설화집만을 근거로 해서 새로 썼다고 해석해 치명적인 오류를 범했다. 그러나 마쓰무라는 전술한 「일한유화」(1914)에서 『용재총화』 원문을 제시하고 있어 이를 바탕으로 개작했음은 확실하다. 전술한 바와 같이, 마쓰무라는 다카기 설화집을 참고했지만, 기본적으로 『용재총화』를 바탕으로 개작했다. 필자가 선행설화집과 원문을 직접 대조해 보니, 마쓰무라가 수록한 27편의 조선설화 중에서 새롭게 쓴 것은 없었으며, 모두 선행설화집에서 전재하거나 부분적으로 첨삭하면서 간결하게 고쳐 썼음을 확인할 수 있었다. 이는 마쓰무라가 충실한 설화집을 의식해 자료집을 구성했음을 시사한다.

다카기와 마쓰무라의 설화집에는 1920년대 이후의 조선동화집에 보이는 교훈적 개입을 거의 찾아볼 수 없어 설화집으로서의 특징이 강한데, 다카기는 아동용을 의식해 삽화를 다수 수록하고 해학적으로 등장인물과 배경을 현대식으로 서술하고 전후 관계의 설명문을 추가했다. 다카기는 아동을 위한 배려로 일부 성적 표현을 완화시켰지만, 1920년대 조선동화집에서 일반화 된 주인공과의 대립 인물이 파멸(사망, 몰락 등)하는 원 설화 내용을, 착한 주인공이 이를 돌보는 식으로 개작하지 않았고, 원 설화의 내용을 유지하려 했다.[40]

마쓰무라 설화집의 〈6호두 소리〉(금은방방이)에서는 형이 사망하지만, 조선총독부 『조선동화집』(1924) 〈19금은방망이〉에서는 형이 길쭉해진 모습을 보고 모두 달아났다고 개작했고, 〈10점쟁이 명인〉에서 다시 중국에 부름 받지 않도록 혀를 자르나, 총독부 동화집 〈10바

---

39) 박종진, 앞의 글, 2015, 102~107면.
40) 1920년대 조선총독부의 조선동화집을 비롯한 '착한 어린이 훈육'을 위한 개작 양상에 대한 실증적 분석은 다음을 참고. 김광식, 앞의 글, 「1920년대 일본어 조선동화집의 개작 양상」, 2015.

보 점쟁이〉는 금은보화를 받은 것으로 개작했다. 또한 마쓰무라의
〈18다리 부러진 제비〉에서는 형이 간신히 도망가지만, 총독부 동화
집의 〈25놀부와 흥부〉에서는 형을 받아들여 사이좋게 지냈다고 개
작했다. 마쓰무라는 아동을 의식했지만 고학년을 상정해 등장인물의
파멸을 그대로 기록했고, 본문에 삽화를 수록하지 않고, 선행설화집
을 충실하면서도 간략하게 수록했다.

먼저 〈계속된 실책(渡水僧)〉을 살펴보자. 본 설화는『용재총화』수
록 설화 중 잘 알려져 있는데, 그 내용은 다음과 같다.

1한 중이 과부와 결혼하는 날, 중은 생콩 물을 마시면 양기에 좋다는
상좌의 말에 속아, 설사하여 과부에게 내쫓겼다.

2밤중에 길을 잃고 하얀 길을 시냇물로 생각하고 옷을 걷어 올리고
건너니 보리밭이었다. 또 하얀 길이 나타나 옷을 걷어 올리지 않고 들어
가니 물이었다.

3중은 다리를 지나며 시큼하다고 말해, 아낙네 두어 명이 시냇가에서
술 담글 쌀을 씻는데 부정 탔다며 중의 옷을 찢고 때렸다.

4해가 뜨고 배가 고파서 마를 캐 먹다가 수령 행차 시에 마를 드리고
밥을 얻으려다 말이 놀라 매를 맞았다.

5중이 다리 옆에 누워 있자, 순찰관에게 몽둥이질 당하고 중의 양근
이 약에 쓰인다며 자르려 하자 달아났다.

6해 저물녘에야 절에 도착해 상좌를 부르자, 과붓집에 갔다고 열지
않았다. 중이 개구멍으로 들어가니 상좌가 "뉘 집 개냐. 간밤에 공양할
기름을 다 핥아 먹더니 또 왔느냐." 하고 몽둥이로 때렸다. 지금도 낭패
하여 고생한 사람을 도수승(渡水僧)이라고 한다.[41]

41)『慵齋叢話』卷5 第6話 (釋尾春芿 편집,『大東野乘』一, 朝鮮古書刊行會, 1909,
101~102면). "有僧謀寡婦往娶之夕. 上座誣之曰. 粉蘽生豆和水而飮之. 則大有利於
陽道. 僧信而飮之. 至婦家. 腹脹滿. 艱關匍匐而入. 垂帳而坐. 以足撑穀道. 不得俯

【표2】〈계속된 실책(도수승)〉 대조표

다카하시, 12淫僧, 63~66면	다카기, 13중 강 건너기, 71~76면.	마쓰무라, 12계속된 실책, 751~754면.
1중은 마침 제자 중 소년의 伯母 과부를 탐해 소년에게 백모를 부르게 함. 조카를 위해 내일 밤에 오시라 전하고 백모는 진심을 확인하기 위해 생콩 네 되를 드시라 하자, 중은 변을 방출해 이웃집에까지 튀어 혼줄 남. 6문이 닫혀, 개구멍으로 하인을 부르자, 들개 소리라 여겨 중을 때림. 하인이 지쳐 쉴 무렵, 사실을 고해 죽음을 면함.	2한 스님이 술 취해 길을 헤매다 메밀밭과 강을 혼동해 몸이 젖어 술 깸. 3 스님이 강가에서 입이 시큼하다고 하자, 쌀 씻던 아낙네들이 때림. 4날이 밝아 마를 먹다가 관리를 따르는 수행자의 주먹밥을 얻으려다 말을 놀라게 해 얻어맞음. 5길가에 눕자 순사에게 방망이 연습 당하고 코가 천식에 좋다고 베려 하자 도망침. 6저녁에 절에 도착해 문 열라고 하나, 괴롭힘 받던 상좌는 "스님은 술꾼이라서 한밤중에 돌아온	1한 스님이 과부와 결혼해, 생콩이 원기에 좋다는 제자의 말에 속아 설사함. 2스님은 도망치다가 길을 잃고 메밀밭과 강을 혼동해 몸이 젖음. 3스님이 추워 다리부근서 시큼하다고 한탄하자, 쌀을 씻던 아낙네들이 부정 탔다고 때림. 4날이 밝아 마를 먹다가 수령에게 바치고 상을 받으려다 얻어맞음. 5다리 밑에 눕자 순찰관에게 방망이 연습 당하고 양근이 원기에 좋다고 자르려하자

仰. 俄而婦入. 僧危坐不動. 婦曰何如是作木偶狀. 以手推之. 僧仆地滑矢瀉出. 臭氣滿室. 其家杖而黜之. 夜半獨行迷路. 有白氣橫道. 僧意以爲川水. 褰裳而入. 乃秋麥花也. 僧慎怒. 又見日白氣橫道. 曰麥田旣誤我. 復有麥田耶. 不攝衣裳而入. 乃水也. 衣服盡濕. 過一橋. 有婦數人. 淘米溪畔. 僧曰酸哉酸哉. 蓋言狼狽受苦之形也. 婦人不知其由. 群來遮之曰. 淘酒米之時. 何發酸哉之語乎. 盡裂衣服而毆之. 日高不得食. 枵腹不耐苦. 掘薯蕷而啖之. 俄有呵唱之聲. 乃守令行也. 僧伏橋下避之. 乃默計曰. 薯蕷甚美. 若以此進呈則有得飯之理. 守令至橋. 僧飜然突出. 守令馬驚墜地. 大怒棒之而去. 困臥橋傍. 有巡官數人過橋視之曰. 下有死僧. 可與習棒矣. 爭持杖相繼棒之. 僧恐怖不得喘息. 有一人. 抽刃而進曰. 死僧陽根宜入於藥. 可割而用之. 僧大叫而走. 黃昏到寺. 門閉不得入. 高聲呼上座曰. 出開門. 上座曰. 吾師往婦家. 汝是何人乘夜來耶. 不出視之. 僧由狗竇而入. 上座曰. 何家狗歟. 前夜盡舐佛油. 今又來歟. 遂以杖棒之. 至今言遭狼狽辛苦之狀者. 必曰渡水僧云"

원본 표기는 다카기와 마쓰무라가 사용했다고 보이는 조선고서간행회 판본을 중심으로 하였고, 다음 영인본 및 번역본을 참고했다. 成俔 著, 朴洪植 외 校勘·標點, 『慵齋叢話』, 경산대학교 개교이십주년 기념사업단 학술행사위원회, 2000 ; 임명걸, 『『용재총화』 소재 소화 연구』, 역락, 2014 ; 민족문화추진회, 『국역 대동야승 1』, 민족문화문고 간행회, 1971 ; 홍순석 역, 『용재총화』, 지식을만드는지식, 2014 ; 김남이 외 역, 『용재총화』, 휴머니스트 출판그룹, 2015를 참고.

	다."며 무시했다. 개문으로 들어 가다 맞아서 반쯤 죽음. 중 강 건너기라 함은 여기서 시작됨.	도망침. 6절에 도착해 문 열라고 하나, 제자는 무시해 개문으로 들어 가다 머리 맞음.

먼저 다카하시 설화집에는 〈음승(淫僧) 생콩 네 되를 먹다〉가 실려
있다. 다카하시 자료는 상좌의 재치담이 아닌, 과부의 재치담으로 변
경되고, 승의 계속된 실수 부분은 없지만, 『용재총화』를 통한 근대적
구승(口承) 양상을 보여준다. 다카하시도 이를 의식하고 이 설화에 후
주를 달아 이 이야기는 "이 나라(조선 -필자 주)의 구전을 있는 그대로
적은 것이다. 용재총화에는 조금 다르게 적혀 있다. 하지만 대동소이
한데, 바꾸지 않고 기록했다."[42]고 명시했다. 다카하시 자료는 『용
재총화』를 통한 당대 전승 양상을 보여주는 명백한 단서로 풀이된
다. 다카하시는 1910년 출판 당시 고등학교 학감으로 근무하며, 지식
층 남성 자제와 관련 인물의 구승을 통해 지식인의 전승 양상을 설화
집에 반영했는데, 당대의 식자(識者) 사이에서 『용재총화』 등 서적을
통한 전승이 행해졌음을 시사해 준다.

다카기는 현대적 이야기로 알기 쉽게 변형해서 과부와 결혼한다는
1을 삭제하고, 술 먹고 낭패를 보는 소담으로 변형시켜 아동에 대한
배려를 보인다. 이는 5에서 중의 양근이 아닌 코로 변형시킨 점에서
도 반영된다. 하필 양근을 코로 변형시킨 다카기의 은유법에도 주목
하지 않을 수 없다. 수령에게 마를 바치고 밥을 얻는다는 원문을, 다
카기는 수행자로부터 주먹밥을 얻으려고, 마쓰무라는 수령으로부터
상을 받으려는 것으로 변경했지만, 다카기도 마쓰무라도 원문의 모

---

42) 高橋亨, 『朝鮮の物語集附俚諺』, 日韓書房, 1910, 66면.

티브를 유지하며 개작했음을 확인할 수 있다.

더불어, 마쓰무라는 〈중 강 건너기(도수승)〉를 〈계속된 실책〉이라는 제목으로 수록했는데, 여기에는 그의 설화인식이 강하게 투영되어 있어 흥미롭다. 『용재총화』에는 스님 관련 이야기가 다수 수록되었고, 특히 소담 중에는 〈스님과 상좌〉형 이야기가 제시되었다. 다카기는 「일한공통의 민간설화」에서 『용재총화』의 〈스님과 상좌(먼 곳의 불)〉와 〈스님의 삿갓 춤〉을 들고, '마찬가지로 일보 더 진전된 것으로' 〈중 강 건너기〉를 들었다.[43] 즉 다카기는 〈중 강 건너기〉가 복잡한 서사를 지녔지만, 기본적으로는 초반부와 종반부가 〈스님과 상좌〉형으로 끝맺으니 같은 형태의 이야기로 파악한 것이다. 이에 대해 마쓰무라는 〈중 강 건너기〉는 "〈스님과 상좌〉형의 카테고리에 편입해서는 안 된다."고 전제하고 다음처럼 주장했다.

> 이 부류(스님과 상좌형 -필자 주)의 설화에서는 항상 상좌가 스님을 바보로 만들거나 골탕 먹이는 것이 전편(全篇)의 골자(骨子)이다. 즉 철두철미하게 상좌 대(對) 스님의 갈등이 전개된다. 그러나 도수승(渡水僧)의 경우에는 그렇지 않다. 물론 그 발단은 상좌가 스님을 속이는 것에서 기인한다. (중략) 하지만 그 후의 사건의 발전, 이 설화의 주요 부분은 상좌 대 스님의 관계를 완전히 일탈하였다. 그리고 도수승(渡水僧)이 계속해서 실수를 거듭하는 것이 주안점이다. (중략) 따라서 이러한 설화는 실패의 연속을 설하는 설화로 보는 것이 지당하겠다.[44]

이처럼 다카기와 달리 마쓰무라는 〈중 강 건너기(도수승)〉를 〈스님과 상좌〉형이 아니라 〈실수의 연속을 설하는 설화〉로 파악하였다.

---

43) 高木敏雄, 앞의 글, 1974, 232면.
44) 마쓰무라, 앞의 글, 1914, 35면.

따라서 다카기는 1을 생략하고 스님과 상좌의 대립으로 서두와 결말을 마무리해도 별 문제는 없었다. 이에 반해, 마쓰무라는 중이 계속해서 실패를 거듭해 나가는 것이야말로 〈중 강 건너기〉의 '주안점'으로 파악했다. 그리고 의식적으로 그 제목을 〈계속된 실책〉으로 달고 『용재총화』의 원문을 일체 생략하지 않고, 복잡한 전개 상황을 그대로 충실히 서술했다. 마쓰무라는 '미개민족의 설화에 공통되는' 북해도 아이누 민족의 설화에는 "조선의 〈계속된 실책〉처럼 형식이 길고, 내용이 복잡한 것은 거의 발견하기 어렵다."고 지적할 정도로 이 설화의 복잡성을 거듭 강조하였다.[45] 이처럼 다카기와 마쓰무라의 설화 인식이 각 설화의 개작 양상과 깊이 연관됨을 확인할 수 있다.

2) 다카기와 마쓰무라 공통 수록 설화

계속해서 전형적인 〈스님과 상좌〉형인 〈먼 곳의 불〉을 살펴보면 『용재총화』의 내용은 다음과 같다.

> 1상좌가 스님을 속이는 것은 자고로 흔한 일이다.
> 2옛날 한 상좌가 스님에게 까치가 은수저를 물고 가시나무에 앉아 있다하니, 중이 나무에 오르자 상좌가 "우리 스승이 까치새끼를 잡아 구워 먹으려 한다."고 소리쳤다. 중이 급히 내려오다가 가시에 찔려 온몸에 상처를 입고 상좌의 종아리를 때렸다.
> 3상좌가 중이 드나드는 문 위에 큰 솥을 매달고, "불이야." 하고 소리쳤다. 중이 놀라서 뛰어나오다가 솥에 머리를 부딪혀 엎어졌다가 나중에 나와 보니 불은 없었다.
> 4중이 꾸짖자 상좌는 "먼 산에 불이 났다."고 전했다. 중은 다음부터는 가까운 불만 알리라 했다.[46]

---

45) 마쓰무라, 앞의 책, 1924, 12면.

4에서 보이는 중의 체념, 더 이상 상좌에게 당해 낼 수 없다는 항복 선언이 웃음을 자아낸다. 【표3】처럼 다카기는 이를 이해하고 원문과 동일하게 서술했는데, 마쓰무라는 매우 화를 내며 가까운 불만 알리라고 끝맺어 개악(改惡)했다.

【표3】〈먼 곳의 불〉 대조표

다카기, 29스님과 상좌, 137~140면.	마쓰무라, 16먼 곳의 불, 764~765면.
1욕심쟁이 스님이 있었다. 2복숭아나무에 참새가 은수저를 나뭇가지에 걸고 갔다하니, 스님이 높이 오르자 상좌가 "스님이 참새 집을 뒤진다."고 소리쳤다. 중이 급히 내려오다가 상처를 입고 노하여 상좌 머리를 때렸다. 3분하게 여긴 상좌는 스님이 드나드는 문 위에 큰 목어를 매달고 불이야 하고 소리쳤다. 스님이 놀라 부딪히고 화내며 묻자, 상좌는 저 산이라고 답했다. 4스님은 가까운 불만 알리라고 했다.	1평소 스님이 상좌를 호되게 부리자, 상좌는 스님을 골탕 먹이려 했다. 3스님이 자는데 상좌는 스님 머리 위에 솥을 걸고 불이라 소리쳤다. 스님이 놀라 부딪히고 묻자, 상좌는 저 산이라고 답했다. 4스님은 매우 화를 내며 가까운 불만 알리라고 했다.

『용재총화』 원문의 서두는 상좌가 스님을 속이는 것은 흔한 일이다로 시작되는데, 다카기는 평소 욕심쟁이 스님임을 강조했고, 마쓰무라는 스님이 상좌를 호되게 부려먹어 사건이 시작됨을 알리고 있다. 전술한 〈중 강 건너기〉에서는 다카기가 1을 생략했지만, 〈먼 곳의 불〉에서는 마쓰무라가 2가시나무 실패담 부분을 생략하여 간략하게 서술했다. 마쓰무라는 전체적으로 간략히 개작했고, 〈먼 곳의 불〉

---

46) 『慵齋叢話』卷5 第4話(釋尾春芿 편집, 1909, 100면). "上座誆師僧. 自古然矣. 昔有上座. 謂僧曰. 有鵲含銀筯. 上門前刺楡. 僧信之. 攀緣上樹. 上座大呼曰. 吾師探鵲兒欲炙而食之. 僧狼狽而下. 芒刺盡傷其身. 僧怒撻之. 上座乘夜懸大鼎於僧所出入門戶. 大呼曰火起矣. 僧驚遽而起. 爲鼎所打頭. 眩仆地. 良久而出. 則無火矣. 僧怒責之. 上座曰. 遠山有火. 故告之耳. 僧曰自今只告近火. 不必告遠火"

에서 2의 화소는 연속된 실패담을 강조해야 되는 〈중 강 건너기〉와 달리, 생략해도 무관한 부분이었을 것이다. 생략한 부분을 제외하고는 마쓰무라의 서술은 원문과 일치하는데, 다카기는 일본에 친숙하지 않은 까치를 참새로 변경하고, 가마솥을 목어로 변경했지만, 전체적 줄거리와 모티브는 일치한다. 또한 다카기는 초반부에 설명문을 추가해서, 낮의 일을 분하게 여긴 상좌의 복수를 알기 쉽게 형상화하였다.

다음으로 〈바보 형과 팥죽 이야기(癡兄黠弟)〉의 내용은 다음과 같다.

1옛날 어리석은 형과 민첩한 동생이 아버지 제사를 올리려 했지만 가난하여, 밤중에 이웃집 벽을 뚫고 들어갔다. 마침 주인 노인이 오줌을 누니, 형이 "따뜻한 비가 내 등을 적신다."고 말해 잡혔다.

2노인이 무슨 벌을 줄까 하니, 동생은 썩은 새끼로 묶고 겨릅대로, 형은 칡 끈으로 묶고 수정 목으로 벌 받고, 노인이 불쌍히 여겨 동생은 팥 한 섬을 얻어 돌아왔는데, 형은 팥 몇 알을 얻어 새끼줄에 끼어 끌면서 돌아왔다.

3이튿날 동생이 팥죽을 쑤고 형을 시켜 중을 청했는데, 형이 중을 몰라 검은 옷을 입은 이라 하니 까마귀를, 누런 옷을 입었다 하니 꾀꼬리를 청했다.

4동생이 형에게 죽이 넘치거든 오목한 그릇에 담으라 하니, 처마 물이 떨어져 움푹 팬 곳을 보고 죽을 모두 부어서 죽이 없어졌다.[47]

---

47) 『慵齋叢話』卷5 第3話(釋尾春芿 편집, 1909, 99~100면). "昔有兄弟二人. 兄癡而弟黠. 値父忌欲設齋祭. 顧家貧無物. 兄弟乘夜. 潛往隣家穿壁而入. 則適有主翁出巡. 兄弟屏氣伏階下. 翁溺于階. 兄呼弟曰. 有暖雨滴我背奈何. 遂爲翁所執. 翁問何以罰汝. 弟曰願以朽索縛之. 以麻骨打之. 兄曰願以葛索縛之. 以水精木打之. 翁如言罰之. 罰已. 問何所用而爲盜. 弟曰欲於忌日祭父. 翁憐之給穀恣其所取. 弟得赤豆一石. 盡力

【표4】〈바보 형과 팥죽 이야기(癡兄黠弟)〉 대조표

다카기, 2삼년 기일, 8~14면.	마쓰무라, 5팥죽 이야기, 733~737면.
1형제가 있었다. 아버지 삼년상 지내려고 이웃집 서까래를 넘어 들어가 붙잡혔다. 2동생은 썩은 새끼로 묶고 겨릅대로, 형은 삼노끈으로 묶고 떡갈나무로 처벌받고, 이웃 아저씨에게 동생은 팥 한 섬, 형은 팥 세 알을 얻어왔다. 3바보 형이 까마귀, 휘파람새를 청했다. 4동생이 오자 죽을 처마 밑에 부어 죽이 없어졌다.	1옛날에 형은 어리석고 동생은 민첩했다. 아버지 제사를 올리려고 이웃집 벽을 뚫고 들어가 붙잡혔다. 2동생은 썩은 새끼로 묶고 겨릅대로, 형은 칡 끈으로 묶고 지팡이로 처벌받고, 이웃노인에게 동생은 팥 한 섬, 형은 팥 서너 알을 얻었다. 3바보 형이 까마귀, 휘파람새를 청했다. 4죽을 처마 밑에 담아 없어졌다. 5동생이 스님을 모셔와 죽이 지면에 쏟아진 것을 보고 소리치며 주저앉았다.

다카기는 논문 「소의 신화전설(牛の神話傳說)」(1913)에서도 이 이야기를 언급할 정도로 자주 언급했다. 다카기는 삼년상의 일로 구체화하고 이웃집 벽을 서까래로, 황조(꾀꼬리)를 휘파람새로, 형이 칡 끈으로 묶고 수정 목으로 쳐달라는 부분을 삼노끈으로 묶고 떡갈나무로 쳐달라고 부탁하는 것으로 서술하였으나 줄거리와 모티브는 일치한다. 한편, 마쓰무라는 다카기보다 『용재총화』 원본에 더욱 더 충실하게 서술하고, 5를 추가해 설명을 더했다.

다음으로 『용재총화』 권5의 서두에 실린 〈세 사내와 말 타기 경쟁〉의 내용은 다음과 같다.

1옛날 청주인(靑州人), 죽림호(竹林胡), 동경귀(東京鬼) 세 명이 함께

負而還家. 兄則得赤豆數粒. 挾藁索而曳之. 呼耶許而還. 翌日弟熬豆粥. 令兄往請僧而齋之. 兄日僧何物. 弟日入山中見緇衣而請之. 兄往見樹抄有黑鳥. 乃呼日. 禪師請來食齋. 鳥鳴而飛. 兄還日. 請僧乃攫攫而去. 弟日. 此鳥也非僧也. 更往見黃衣而請之. 兄入山中. 見樹抄有黃鳥. 乃呼日. 禪師請來食齋. 鳥鳴而飛. 兄還日. 請僧睍睆而去. 弟日. 此鶯也非僧也. 我往請僧. 兄且留焉. 若釜中粥溢. 則蚪而盛諸凹器. 兄見簷溜滴階成凹. 遂以粥盡瀉於其中. 及弟請僧而還. 則一釜之粥盡矣

말 한 마리를 샀는데, 각각 허리, 머리, 꼬리를 샀다.

　2청인이 "허리를 산 사람이 타야 한다."며 말을 타는데, 호는 머리를 끌고, 귀는 뒤를 따랐다. 둘이 참지 못해 "이제부터는 높고 먼 곳에서 놀았던 사람이 타자."고 했다. 호는 "내가 전에 하늘 위에 이른 일이 있다." 하니, 귀가 "나는 네가 갔던 하늘 그 위에 갔던 적이 있었다."고 했다. 청인은 "네 손이 닿는 곳에 긴 허리뼈가 없던가." 묻고, 그것이 내 다리였다고 말했다.[48]

【표5】〈말 하나에 기수가 셋〉 대조표

다카기, 7말 하나에 기수가 셋, 49〜52면.	마쓰무라, 2말 타기 경쟁, 726〜728면.
1옛날 靑, 胡, 鬼라는 사내가 각각 백 원씩 내서 말 한 마리를 사자, 현명한 청이 등을, 호가 머리를, 귀가 꼬리를 샀다. 2허리를 산 청이 말을 타고, 호는 머리를 끌고, 귀는 뒤를 따랐다. 둘이 참지 못해 높은 곳에 오른 이가 타기로 했다. 호가 하늘에 오른 적이 있다고 하자, 귀는 "나는 네가 오른 하늘 그 위까지 올랐다."고 하니, 청은 "하늘에 아무것도 없던가." 하고 물었다. 귀가 둥글고 긴 게 있었다고 하자, 청은 자기 다리라고 답했다.	1옛날 세 사내가 돈을 합해 말 한 마리를 사자 다툼이 생겼다. 2높은 곳에 오른 이가 주인이 되기로 했다. 첫번째 사내가 하늘에 오른 적이 있다고 하자, 두번째 사내가 "나는 네가 오른 하늘 그 위에 갔다."고 하니, 세번째 사내는 "네 머리 위에 아무것도 없던가." 하고 물었다. 두번째 사내가 구름 밖에 없었다고 하자, 그 구름 위에 있었다고 답했다.

　【표5】와 같이 다카기는 등장인물을 포함해서 『용재총화』의 모티브를 충실히 유지하며 개작을 시도한 데 반해, 마쓰무라는 이름을 없애고 내용을 간략화 했다. 후반부 서술은 둘 다 원문에 충실하게 서술

---

48) 『慵齋叢話』 卷5 第1話(釋尾春芿 편집, 1909, 98면). "昔有靑州人竹林胡東京鬼三人. 共買一馬. 靑人性黠. 先買腰脊. 胡買其首. 鬼買其尾. 靑人議曰. 買腰者當騎之. 嘗馳突任其所之. 胡供菉秣而牽其首. 鬼執蠅帚矢而後行. 兩人不堪其苦. 相謂曰. 自今以後. 能遊高遠者當騎. 胡曰我曾到天上. 鬼曰我到爾所到天上之上. 靑人曰汝手所觸無乃有物乎. 無乃有髑而長者乎. 鬼曰是矣. 靑人曰彼髑長者是吾脚. 汝捫吾脚必在吾下. 二人莫對. 長爲靑人僕從"

했는데, 원문의 허리뼈를 다카기는 다리로, 마쓰무라는 구름 위로 개변하였다.

다음으로『용재총화』권5에 두 번째로 실린 〈비둘기 소동〉의 원문 내용은 다음과 같다.

1옛날 한 사람이 집비둘기를 남몰래 가지고 고향에 가던 중 어떤 집에서 유숙했다. 고향에 이르러 집비둘기는 서울로 날아갔는데, 전에 묵었던 집에 들려 빙빙 돌고 갔다.

2그 집에서는 이에 놀라 장님 경사(經師)에게 물었다. "비둘기도 참새도 아닌 것이 방울 같은 소리를 내고, 집을 세 번 돌다가 가는데 이 무슨 상서로운 징조입니까." 하니, 장님은 "큰 화가 있을 것이니 내가 물리치겠다." 했다.

3이튿날 장님은 "내가 하는 대로 따라 하지 않으면 화가 중해지리라." 하고 명미(命米)와 명포(命布)를 바치라 하자 모두들 장님의 말을 따라 했다. 장님이 "어찌 내 말을 따라하느냐." 하니, 역시 따라 말했다.

4장님이 화를 내고 나가다가 머리가 문설주에 부딪치니 모두들 좇아 나오며 부딪쳤다. 또 장님이 문 밖으로 나오다 쇠똥에 미끄러져 넘어지자 모두들 넘어졌다.

5장님이 동과(冬瓜) 덩굴 밑으로 도망쳐 들어가자, 모두 따라해 산처럼 겹겹이 되었다. 아이들이 들어가지 못하자 "남쪽 기슭에 있는 칡잎 밑으로 들어가라." 했다.[49]

49)『慵齋叢話』卷5 第2話(釋尾春芿 편집, 1909, 98~99면). "昔有人潛携哨鴿下鄕曲. 路宿一家. 乘曉而出其家亦不知客人之所携也. 到鄕. 鴿飛還京師. 必入所宿家. 回翔而後出. 其家見鴿. 擧皆惶駭. 問於經師曰. 有物非鳩非雀. 鳴如鈴聲. 向家三匝而去. 是何祥也. 經師云. 必有大禍. 我將往禳之. 明日邀經師至家. 經師云必從我所爲. 若不從我所爲則禍反重矣. 我試言之. 爾能聽之. 遂呼曰出命米. 擧衆皆曰出命米. 經師云

【표6】〈비둘기 소동〉대조표

다카기, 15개똥지빠귀 퇴치 주문, 80~85면.	마쓰무라, 3흉내 내기 소동, 728~731면.
1상인(商人)이 개똥지빠귀를 사서 구경시키고 돈 벌려다 호랑이를 만나 새를 버리고 도망쳤고 새도 달아났다. 새는 낮에는 잘 안 보여 시골집에 있다가 밤이 되자 이상한 소리를 내며 세 번 울고 산으로 날아갔다.	1옛날 서울 사내가 전서구(傳書鳩)를 가지고 고향에 가던 중 여관에서 잤다. 고향에 이르러 전서구는 서울로 날아갔는데, 여관에 들러 빙빙 돌고 갔다.
2시골집 사람들은 개똥지빠귀를 몰라 처음으로 보고 이상한 고양이 소리에 놀라 절 스님에게 물었다. 스님은 사실을 알아차리고 짐짓 "큰 화가 있을 것이니 내가 기도해 물리치겠다." 했다.	2이에 놀라 점쟁이에게 물으니 큰 화가 있을 징조라 했다.
3스님은 "나를 따라 해라. 그렇지 주문이 안 듣는다." 하고 천을 바치라 하자 모두들 스님의 말을 따라 했다. 스님이 "어찌 내 말을 따라하느냐." 하니, 역시 따라했다.	3점쟁이는 "내가 하는 대로 안 하면, 약효가 없소." 하고 쌀과 천을 바치라 하자 모두들 그 말을 따라 했다.
4스님이 화를 내고 나가다 문살에 부딪히고, 문 밖의 쇠똥에 미끄러져 넘어지자 모두들 따라했다.	4점쟁이가 화를 내고 나가다가 머리가 상인방(上引枋)에 부딪히고, 문 밖으로 뛰어나오다 쇠똥에 미끄러져 넘어지니 모두들 따라했다.
5장님이 동과덩굴 밑으로 숨자, 모두 따라 들어가 충만해졌다. 아이들이 못 들어가자 "이웃집 호박덩굴 밑으로 들어가라." 소리쳤다	5점쟁이가 동과 밭에 머리를 박자, 모두 따라 박았다. 아이들이 못 들어가자 "남쪽 기슭에 있는 칡잎 밑으로 들어가라." 했다.

다카기는 1초반부를 대폭 개작했다. 원문은 집비둘기를 보고 '비둘기도 참새도 아닌 것이 방울 같은 소리'를 내어 놀란 것으로 되어 있어, 아동들이 이해하기 어려운 측면이 있다. 이에 다카기는 개똥지빠귀가 이상한 고양이 소리를 낸다는 것에 착안해, 비둘기에서 개똥지빠귀[50]로 개작해 해학적으로 서술한 것이다. 후반부는 장님 경사가 스님으로 바뀌었지만 줄거리는 일치한다. 한편, 마쓰무라는 사람

出命布. 擧衆皆曰出命布. 經師云是何如此. 衆皆曰是何如此. 經師憤怒而出. 頭觸戶根. 衆人馳逐. 爭以頭觸根. 兒童或依梯而觸之. 經師至門外. 適有牛糞泥滑. 側足而仆. 人皆側足而仆. 牛糞已盡. 或有加之而側仆之者. 經師惶劇竄入冬瓜蔓下. 擧衆隨入. 倚疊如山. 兒童未及入. 呼而泣曰. 爺耶孃耶我去何處. 爺孃答曰. 瓜蔓不得入. 則往入南麓葛葉底可矣"

50) 한국어로 개똥지빠귀는 그 형상을 인식하기 어려울 수 있으나, 일본어로는 고양이 같은 소리를 낸다 하여 '네코도리(직역하면 고양이 새)'라 읽고, 한국에 비해 친숙한 새이다.

들이 점쟁이를 따라하는 3을 간략히 서술하였지만 다카기와 마찬가지로 줄거리가 일치한다.

다음으로 〈집오리 계산〉을 검토하면, 그 내용은 다음과 같다.

1종실 풍산수는 매우 어리석었는데, 집오리 계산을 못 해 오직 쌍으로만 셌다.

2하루는 이런 종이 오리 한 마리를 삶아 먹으니 쌍으로 세다가 홀수라서 크게 노해 종을 때리며 변상하라 했다.

3이튿날 종이 또 한 마리를 삶아 먹자, 짝수라서 기뻐하며 "종을 때렸더니 변상했구나." 했다.[51)]

마쓰무라가 담담하게 원문에 충실하게 기록한 데 반해, 다카기는 주인장이 마흔이 넘었다고 구체화 하고 회화체를 더 가미해 머슴애가 돌려놓겠다는 대화를 추가했다. 그리고 다음날 주인장이 친구를 만나 우쭐거렸다는 후일담을 추가해 해학적으로 마무리했다. 다카기와 마쓰무라는 소재를 일본에 익숙한 것으로 일부 수정하였으나, 기본적으로 『용재총화』의 모티브와 줄거리에 충실하게 개작하였음을 확인할 수 있다.

---

51) 『慵齋叢話』卷5 第18話(釋尾春芿 편집, 1909, 111~112면). "宗室豊山守. 愚駭不辨菽麥. 家養鵝鴨. 而不知算計. 惟以雙雙而數之. 一日家僮烹食一鴨. 宗室數至雙雙. 而餘一隻. 乃大怒杖僕曰. 汝偸我鴨. 必償他鴨. 翌日僮又烹食一鴨. 宗室數至雙雙. 而無餘隻. 乃大喜曰. 刑罰不可無也昨夕杖僕. 而僕償納之矣"

【표7】 〈집오리 셈법〉 대조표

다카기, 12집오리 셈법, 69~71면.	마쓰무라, 4집오리 계산, 732~733면.
1집오리를 좋아하는 주인장이 <u>마흔이 되지만</u> 셈법을 몰라, 짝수만을 기억했다. 2하루는 머슴애가 한 마리를 잡아먹자, 주인장이 홀수라서 훔쳤다며 종을 때렸다. <u>머슴애가 돌려놓겠다고 사죄했다.</u> 3종이 또 잡아먹자, 돌려놓았다며 용서했다. 4<u>주인장은 친구를 만나서 머슴애가 나쁜 짓을 하면 묶고 때려야 한다며 지난 일을 말하며 우쭐거렸다.</u>	1한 바보가 있어 열 마리 집오리를 길렀는데 짝수면 안심했다. 2하루는 하인이 한 마리를 잡아먹자, 바보가 쌍으로 세다가 홀수라서 훔쳤다며 종을 때렸다. 3이튿날 종이 또 잡아먹자, 돌려놓았다고 생각했다.

이처럼 개작의 정도는 개별 설화마다 약간의 차이가 있지만, 전체적으로 다카기는 설명문을 추가해 성적 표현을 약화시키면서 삽화를 포함해 익살스럽게 설명했고, 마쓰무라는 담담하게 원문에 충실하게 서술하면서 꼭 필요하지 않은 화소의 일부를 생략하여 기술했음을 확인하였다.

3) 다카기만 수록한 설화

〈4스님의 삿갓 춤〉과 〈9장님의 용궁구경〉은 다카기 설화집에만 수록되었다. 먼저 〈4스님의 삿갓 춤〉은 1한 상좌가 스님을 속이길, "이웃에 과부가 절의 감은 누가 먹느냐 하기에 사람들에게 나누어 준다고 답하자, 먹고 싶다 합니다." 하니, 중이 갖다 주어라 했다.

2상좌가 모두 따서 제 부모에게 주고, 과부가 옥당(玉堂)의 떡도 먹고 싶다 한다고 다시 속였다.

3상좌가 "과부가 은혜를 보답하겠다며 스승을 만나보고 싶어 합니다." 하니, 중은 기뻐했다.

4상좌가 과부에게 "사승이 폐를 앓는데 부인 신으로 배를 다림질

하면 낫는다 합니다." 하여 얻어 왔다. 중이 "내가 여기 앉고 여기에
앉히고, 밥을 권해 먹으면 그 손을 잡고 방으로 들어가 함께 즐기지."
했다.

5상좌가 신을 던지며 "과부를 청해 왔다가 스승의 소행을 보고 달
아나기에 좇아갔으나 신 한 짝만 가지고 왔습니다." 했다.

6중이 후회하며 "내 입을 쳐라." 하니, 상좌가 목침으로 힘껏 쳐서
이빨이 다 부러졌다는 내용이다.[52]

다카기는 서두에 상좌가 스님을 속이는 이유를 설명했지만, 내용
은 완전히 일치한다. 후반부에 "이빨이 없어졌기 때문에 '하나시(이빨
이 없음 -필자 주)'가 되었다는 '하나시(이야기 -필자 주)'다"[53]라고 일본
식 중의법을 이용한 다자레(말장난)로 익살스럽게 마무리했다.

〈9장님의 용궁구경〉도 1옛날에 개성(開城) 장님이 소년에게 "무슨
기이한 일이 없느냐." 했다.

2하루는 소년이 "땅이 천 길이나 벌어져 사람을 볼 수 있고, 닭소

52) 『慵齋叢話』 卷5 第5話(釋尾春芿 편집, 1909, 100~101면). "又有上座. 誑師僧曰.
吾家隣有寡婦. 年少有姿色. 常謂余曰. 寺園裏柿子. 汝師獨食之乎. 余答曰師豈獨食
之. 每分與人矣. 婦曰汝以吾言乞之. 吾欲食之矣. 僧曰. 若然則汝可摘而往遺之. 上座
盡摘而往遺其父母. 來謂僧曰. 婦悅而甘食之. 復曰. 玉堂所設白餠. 汝師獨食之乎. 余
曰師豈獨食之. 每分與人矣. 婦曰汝以吾言乞之. 吾欲食之. 僧曰. 若然則汝可撤而往
遺之. 上座盡撤而往遺父母. 來謂僧曰. 婦悅而甘食之. 乃曰何以報汝師之恩. 余答曰
師欲與之相會矣. 婦欣然許之曰. 吾家則多親戚僕隷. 師不可來. 吾當挺身而出. 一詣
寺相見矣. 余以某日爲期. 僧不勝雀躍. 至期遣上座往迎之. 上座來謂寡婦曰. 吾師有
傷肺之疾. 醫言婦人粉鞋. 煖而熨腹則可愈. 願得一隻而歸. 婦遂與之. 來蔽門屛而伺
之. 則僧淨掃禪室設褥席. 獨言而笑曰. 余在此婦在此. 余勸飯婦食之. 余携婦手入房
可與歡. 上座遂入. 以鞋擲僧前曰. 大事去矣. 余請婦而來. 婦到門見師所爲. 大怒曰.
汝詑我矣. 汝師狂疾人也. 奔走而還. 余追之不及. 只得所遺鞋一隻來矣. 僧垂首悔恨
曰. 汝棒余口. 上座卽以木枕盡力捧之. 牙齒盡碎"
53) 高木敏雄, 『新日本敎育昔噺』, 敬文館, 1917, 36면.

리와 다듬이질 소리도 들을 수 있다." 하니, 장님은 "기이한 일이다.
그 소리라도 들으면 여한이 없겠다."며, 소년을 따라갔다.

3온종일 돌아다니다가 자기 집 뒤 언덕에 와서 소년이 "여기입니
다." 하니, 장님은 자기 집 닭소리와 다듬이질 소리를 듣고 "참 즐겁
다." 하니, 소년이 장님을 밀어 떨어뜨렸다.

4아이종이 와서 그 까닭을 물으니 장님은 "나는 천상(天上)의 장님
이로다." 했다.

5또 아내가 웃는 소리를 듣고, "당신은 언제 왔소."하고 말했다는
내용인데,54) 소년이 사내로, 천상이 용궁으로 변했지만 줄거리는 완
전히 일치한다.

한편, 【표1】처럼 총독부『조선동화집』〈13애기를 좋아하는 장님〉
에도 이와 완전히 흡사한 이야기가 실려 있어『용재총화』를 통한 서
승 양상이 근대에도 광범위하게 성행했음을 보여준다. 총독부 동화
집과 줄거리는 물론이고, '개성 장님'의 캐릭터의 설정이 동일하다.
서적과 구술이 매우 유사한 것이다.55)

위의 〈4스님의 삿갓 춤〉과 〈9장님의 용궁구경〉은 다카기만 수록
했는데, 〈32바보사위〉와 〈39서생의 장난〉은『용재총화』에도 유사
설화가 있어, 다카기는『용재총화』를 참고했지만, 마쓰무라는 각각
미와와 다카하시 설화집을 참고해 개작했다. 마쓰무라는『용재총화』

---

54)『慵齋叢話』卷5 第14話(釋尾春芿 편집, 1909, 110면). "昔有一盲居開城. 性癡顚.
好信奇怪. 每逢年少. 輒問有何異事. 年少云. 近有大異之事. 東街地坼千仞. 地底往來
人歷歷可見. 鷄鳴砧響歷歷可聽. 余自其處來矣. 盲曰果若汝言. 大是奇事. 兩目矇瞽
縱不見物. 庶從其旁一聞其聲. 死亦無憾. 隨年少而行. 終日遍國中. 逶邐而往. 還至
其家後岡. 年少曰. 此其處也. 盲聞其家鷄鳴砧響. 拍手笑曰. 樂哉樂哉. 年少推盲. 盲
墜于地. 童僕問故. 盲稽首撫掌曰. 我是天上盲. 又聞其妻笑聲曰. 汝亦何時到此"
55) 조선총독부 동화집의 번역본은 다음을 참고. 권혁래,『우리나라 최초의 전래동화
집 조선동화집(1924) 연구』, 보고사, 2013, 77~80면.

등 문헌설화집을 사용하면서도 근대에 채집된 구전설화집에서 더 많은 자료를 채용하였다. 이는 마쓰무라가 근대 구전설화를 더 중시했기 때문이라고 평가된다.

먼저 『용재총화』에 수록된 〈바보사위〉의 내용은 다음과 같다.

1옛날 한 선비가 사위를 들였는데, 바보사위였다. 사흘 동안 신부와 함께 앉아 소반 위 송편을 가리키며 뭐냐고 묻자, 신부가 "쉬쉬"했다. 떡을 쪼개니 잣이 보이자 이것이 뭐냐고 다시 묻자 신부가 "말 말아요." 했다. 사위가 자기 집에 돌아가 부모가 "무엇을 먹었느냐."고 물으니 "한 '쉬쉬' 속에 세 개의 '말 말아요.'가 있었습니다." 했다.

2신부 집에서는 걱정과 후회가 되어, 처가에서 50휘들이나 되는 노목궤짝을 사서 "사위가 이것을 알면 내쫓지 않겠다."고 약속했다. 신부가 밤새도록 가르쳐 주니, 이튿날 사위가 몽둥이로 두드리며 "노목 궤짝이 50휘들이나 되겠습니다." 하니, 장인이 기뻐했다.

3또 나무통을 사서 보이니 몽둥이로 두드리며, "노목 통이 50휘들이나 되겠습니다." 했고, 장인이 방광염을 앓아 병문안을 가 몽둥이로 장인을 두드리며 "노목 방광이 50휘들이나 되겠습니다." 했다.56)

---

56) 『慵齋叢話』卷5 第7話(釋尾春芿 편집, 1909, 103면). "昔有士人迎婿. 塙甚愚騃. 未辨菽麥. 三日與新婦同坐. 指盤中饅豆曰. 此何物. 婦曰休休. 婿劈餠. 餠中有松子. 問曰此何物. 婦曰莫說. 婿歸其家. 父母問食何物. 婿曰. 一休休裏有三莫說. 婦家憂悔. 莫知所爲. 一日買盧木櫃. 可容米五十斛矣. 約曰. 婿若知此則不黜之. 婦終夜誨之. 翌日翁呼婿而示之. 婿以杖叩之曰. 盧木櫃可容五十斛矣. 翁喜甚. 又買木桶而示之. 婿以杖叩之曰. 盧木桶可容五十斛矣. 翁患腎膀. 婿往問疾. 翁出而視之. 婿以杖叩之曰. 盧木腎膀可容五十斛矣"

【표8】〈바보사위〉 대조표

다카기, 32바보사위, 144~148면.	마쓰무라, 15바보사위, 761~764면.
1시골 사람이 사위를 들였는데, <u>스물이 되도록 눈이 흰 것도 모르는 바보사위</u>였다. 자꾸 묻는 사위에게 신부는 주의를 주었지만 혼례 다음날 경단을 먹은데 뭐냐고 묻자, 신부가 "조용히" 했다. 경단 속 땅콩이 뭐냐고 다시 묻자 신부가 "아, 지긋해." 했다. 사위가 자기 집에 돌아가 부모가 "무엇을 먹었느냐."고 물으니 "'조용히' 속에 '아, 지긋해'가 있었습니다." 했다. 2신부 집에서는 친척과 상담하여 걱정했는데, 처가에서 나무통을 사서 "사위가 이것을 알면 내쫓지 않겠다."고 약속했다. 신부가 밤새도록 가르쳐 주었더니, 이튿날 사위가 "큰 술통이다. 세 되 술이 차겠다." 하니, 장인이 기뻐했다. 3다음날 쌀통을 사서 보이니 "큰 술통 쌀 궤다. 세 되 술이 차겠다."고 두드리고, 장인이 허리에 종기가 나자 병문안을 가 "큰 술통 종기다. 세 되 술이 차겠다." 며 힘껏 두드렸다.	어느 시골에 바보사위가 신부 집에 가자, 사위를 위해 많은 음식을 장만해 뭘 먼저 먹을까 망설이다가 저녁이 지났다. 신혼 방에 안내 받고 신부에게 배가 고프다고 하자 신부가 모른 척 했다. 신랑이 참을 수 없어 혼자 부엌으로 가서 음식을 먹다 작은 항아리를 발견했다. 항아리 안에 든 것을 잡았는데 손이 안 빠지자, 항아리가 자기 손을 물었다고 착각했다. 소리가 나자 당황해서 항아리를 든채 밖으로 도망쳐 돌에 항아리를 내리쳤는데, 돌은 대머리 장인 머리였다. 사위집으로 돌아가, 괴물이 손을 물었다고 말해, 항아리를 깨자 과자를 쥐고 있었다.

【표8】처럼 다카기는 서두에서 "세상에 바보도 이런 바보가 있었으니, 이 사위는 나이가 스물이 되도록 아무것도 모르고, 눈이 희고 먹이 검다는 것도 아직 몰랐다. 뭔가를 보면 바로 뭐냐, 뭐냐며 신부에게 물었다."고 해학적이고 구체적으로 기술하였다.[57] 또 송편을 경단, 노목궤짝을 술통, 나무통을 쌀통, 방광염을 종기 등으로 아동을 의식해 쉬운 용어로 개변했지만 전체적인 줄거리는 일치한다. 한편, 마쓰무라는 미와 설화집을 참고로 수록하였다. 미와의 〈바보사위〉는 "사위는 귀한 성찬을 배불리 먹으며 매우 기뻐했다. 아무리 먹어도 먹고 싶었는데, 좀처럼 배가 말을 듣지 않아 어쩔 수 없이 적당히 멈췄다."[58]고 서술한 후, 밤에 또 먹으려 했다고 초반부를 전개했는데,

---

57) 高木敏雄, 『新日本敎育昔噺』, 敬文館, 1917, 145면.
58) 三輪環, 『傳說の朝鮮』, 博文館, 1919, 243면.

마쓰무라는 많은 음식 중 뭘 먹을지 망설인다는 내용으로 바보사위의 성격을 더 어리석게 개작했지만, 후반부의 줄거리는 동일하다.

다음으로 『용재총화』의 〈장님과 서생의 장난〉을 살펴보자.

1도성 안 명통사(明通寺)에 장님들이 초하루와 보름날에 모여 경(經)을 외었다.

2한 서생이 대들보에 올라가 있다가 장님이 작은 종을 치자, 종을 끌어 올려 장님은 북채로 허공을 쳤다. 다시 종을 내려주자 장님이 손으로 만져보니 있었다. 장난을 서너 번 치자, 점을 쳐서 한 장님은 박쥐 소행으로, 한 장님은 닭의 소행이라 했다. 장대로 대들보 위를 때리므로 서생은 못 견디고 떨어져, 종아리를 맞고 기어서 돌아왔다.

3이튿날 서생은 삼노끈을 두어 절 변소에 숨어 있다가, 주인장님이 변소에 웅크리고 앉자 노끈으로 양근을 매어 당기니, 장님은 구원을 청했다.

4여러 장님들이 다투어 주문을 외며 변소귀신에게 화를 입었다며, 이웃을 불러 약을 구하고, 북을 울려 명(命)을 비는 자도 있었다.[59]

---

59) 『慵齋叢話』卷5 第13話(釋尾春芿 편집, 1909, 109면). "都中有明通寺. 盲人所會也. 朔望一會. 以讀經祝壽爲事. 高者入堂. 卑者守門. 重門施戟. 人不得入. 有一書生. 聳身直入. 升樑棟間. 盲擊小鍾. 生引鍾紐擧之. 盲揮枹打空. 然後復下鍾焉. 盲以手捫之. 則鍾在如舊如是數四. 盲曰. 堂中小鍾. 爲物所擧矣. 衆盲環坐推占. 一盲云. 此物當爲蝙蝠附于壁間. 於是皆起捫壁. 竟無所獲. 又一盲云. 此物當爲夕鷄坐于樑上. 於是爭以長竿薄于樑上. 生不堪苦墜地. 於是縛致書生. 爭加捶楚. 生匍匐而還. 翌日得麻繩數引. 隱寺廁間. 有主盲方來生廁. 生遽以繩結陽根鉤之. 盲大叫求救. 群盲爭來嘔祝曰. 主師爲廁鬼所祟. 或有呼隣救藥者. 或有鳴鼓祈命者"

【표9】〈서생의 장난〉 대조표

다카기, 39서생의 장난, 181~185면.	마쓰무라, 22사내와 맹인들, 780~782면.
1장님들이 매달 두 번씩 절에 모였다. 2장난꾼 서생이 들어가 장난치려고 대들보에 올라가 종을 끌어 올려 장님은 북채로 허공을 쳤다. 장난을 계속치자 이 사실을 알렸다. 한 장님이 박쥐 소행으로 여겨 벽을 더듬고, 닭의 소행으로 여겨 장대로 때리자 서생은 들통 나서 맞고 쫓겨났다. 3이튿날 서생은 가는 삼노끈을 들고 절 변소 밑에 숨어, 노인 장님이 들어오자 노끈으로 불알을 매어 당겼다. 장님은 구원을 청했다. 4장님들이 귀신이 나왔다고 생각하고, 종 치고 북치며 염불 주문을 외우는 큰 소동이 났다.	옛날 한 매우 나쁜 사내가 있어 장님들이 모여 회식한다는 말을 듣고 장님 흉내를 내어 단 것을 많이 먹었다. 하루는 한사람씩 제비뽑기로 주인이 되어 대접하기로 해 매일처럼 얻어먹다가 하루는 자신의 차례가 되었다. 사내는 가난해서 고민하다가, 소뼈와 도자기 가게에서 깨진 것을 받아왔다. 장인들이 올 시간이 되자 소뼈를 굽고, 모두 모이자 막대기 끝에 인분을 묻혀 장님들 코끝에 대자 장님들은 화를 내며 서로 싸웠다. 사내 부부가 싸움을 말리고는 싸움으로 음식을 먹을 수 없게 되었다며 울자 모두들 미안하며 돌아갔다. 사내는 박장대소하였다.

【표9】처럼 다카기는 『용재총화』의 줄거리를 유지하며 서술했음을 확인할 수 있다. 장님의 양근을 불알로 바꾸었다. 구전설화에서는 불알이 일반적이어서 이로 대체한 것으로 보인다. 한편, 마쓰무라는 소재를 다카하시 설화집에서 채용했다. 다카하시의 〈15맹인을 속인 사람〉과 마쓰무라 서술은 거의 동일하지만, 다카하시 설화에는 후반부에 다음날 맹인들이 사과하는 마음으로 부서진 그릇 값을 사내에게 준다는 부분이 있지만, 마쓰무라는 이를 삭제하였다.

문제는 〈22사내와 맹인들〉에 대한 마쓰무라의 인식에 있다. 마쓰무라는 자신의 설화집의 조선 부분 해설의 끝부분에서 '동화 구성의 인자(因子)로 환경의 중요함'이 반영된다고 전제하고, 〈사내와 맹인들〉에 "불결한 것을 개의치 않은 선인(鮮人)의 성정(性情)의 반영으로 봐도 지장은 없을 것이다"는 서술로 맺고 있다.[60] 마쓰무라가 '선인

---

60) 松村武雄, 앞의 책, 1924, 10면.

(鮮人)'이라는 차별용어를 사용하고, 설화에서 민족성을 발견하려는
자세는 다카기가 경계한 대목이기도 하다. 이러한 자세는 결국 마쓰
무라 학문의 위태로움을 반영한다는 점에서 앞으로 그 인식의 결과
를 검토하는 작업은 별도의 연구에서 다루고자 한다.

이상과 같이 마쓰무라는 『용재총화』를 중히 여기면서도, 가급적
유사설화일 경우 근대에 채집된 구전설화집을 활용하려 했음을 확인
하였다. 이들 구전설화집 또한 주요 모티브를 취하여 간결하게 서술
했다. 하지만 전체적으로 간략히 서술하다 보니, 〈스님과 상좌〉에서
단적으로 보여주듯이 해당 설화의 깊이를 제대로 전달하지 못하는
경우가 생겨났다. 이에 비해, 1911년 초부터 다년간 왕성하게 동화
(설화)작가로 활약한 다카기는 아동을 의식하면서도 해학성과 해당
설화의 깊이를 명확히 전달해, 마쓰무라에 비해 개작의 우위성을 담
보한다고 사료된다.

전술한 손진태의 지적처럼, 식민지기에 한일 유사 설화를 논하는
작업은 '소위 일선(日鮮) 민족 동원론이란 미제(美題)'에 빠지기 십상
이었다. 실제로 전술한 【표1】의 야마사키 등의 설화집이 그 전형적
사례라 하겠다.[61] 특히 1910년 식민지 정당화를 위한 한일 동역론(同
域論), 1919년 삼일운동을 계기로 한 동원론 및 유화론, 1930년대 이
후 제국 일본의 침략 확대에 따라 변화를 보이지만, 그 담론이 지배
를 정당화하기 위한 이데올로기로 작용했음은 분명하다. 이러한 상
황에서 다카기와 마쓰무라가 1920년 전후에 조선설화에 대한 이데올
로기적 접근과 일단 거리를 두고 한일 공통의 민간설화를 채집·연
구·개작했다는 사실은, 아카데미즘의 가능성을 보여준다. 단, 마쓰

---

61) 김광식·이시준, 「1920년대 전후에 출판된 일본어 조선설화집에 관한 기초적 연구」,
   『외국문학연구』 55, 한국외대 외국문학연구소, 2014를 참고.

무라의 1930년대 이후의 변모 양상 및 설화를 통한 민족성론에 대한
집착은 재검증할 필요가 있다.

4. 결론

1924년 조선총독부가 『조선동화집』을, 마쓰무라 다케오가 『일본
동화집』을 각각 일본어로 간행했다. 조선총독부 동화집은 독일문학
가 다나카 우메키치에 의해 발간된 것이다. 조선총독부 동화집은 착
한 어린이 훈육을 위해, 근대 '아동의 발견'의 일환에서 세심한 개작
이 행해졌다. 조선총독부 동화집과 그 영향을 받은 나카무라 료헤이
등의 동화집에서는 주인공과의 대립 인물을 용서하고 화해하는 내용
으로 개작되었다. 이에 비해, 다카기 도시오와 마쓰무라 설화집은 아
동을 위한 배려를 보였지만, 원 설화의 잔혹성 및 대립인물의 파멸을
그대로 서술하는 차이점이 있다. 다카기와 마쓰무라는 동화집보다는
설화집을 의식해 자료를 수록하는 과정에서 설화의 내용을 유지하려
했음을 시사해 준다.

총독부 동화집이 1910년대 학무국 보고서를 바탕으로 간행된데 비
해, 다카기와 마쓰무라 설화집은 선행설화집의 영향을 받았기에 서
승(書承) 양상을 반영한다. 본문에서 고찰한 바와 같이, 다카기와 마
쓰무라는 조선의 설화연구와 설화 수집에 있어 『용재총화』를 중요하
게 취급했다. 두 사람은 『용재총화』 수록 설화를 접하고 한국적 원형
을 발견하고, 한일 비교 설화학을 전개할 수 있는 발판을 마련했다.
다카기와 마쓰무라는 『용재총화』에 수록된 설화를 순수한 한국적 민
간설화로 인식했고, 그중에는 일본설화와 완전히 동일한 것이 있어,

일본설화가 한국에서 기원한다는 점을 확신하는 계기를 제공했다. 두 사람에게『용재총화』야말로 순수하게 조선에서 일본으로 건너간 이야기를 확정해 주는 귀중한 자료였던 것이다.

다카기와 마쓰무라 설화집은 비교연구의 일환으로 구성된 자료집으로서의 성격이 강하고, 그들의 설화 인식이 설화의 수록과 제목, 내용에 고스란히 반영되어 있다. 다카기와 달리 마쓰무라는 〈중 강 건너기(渡水僧)〉를 〈스님과 상좌〉형이 아니라 〈실수의 연속을 설하는 설화〉로 인식하였다. 다카기가 이야기의 서두를 생략하고 스님과 상좌의 대립으로 서두와 결말을 간결히 마무리 했는데 반해, 마쓰무라는 중이 계속해서 실패를 거듭하는 것이야말로 〈중 강 건너기〉의 '주안점'으로 파악해, 그 제목을 〈계속된 실책〉으로 달고,『용재총화』의 원문의 복잡한 전개를 생략하지 않고, 그대로 충실히 서술했다.

다카기 설화집의 〈32바보사위〉와 〈39서생의 장난〉은『용재총화』에도 유사 설화가 있어, 다카기는『용재총화』를 참고했지만, 마쓰무라는 각각 미와 다마키와 다카하시 도오루의 설화집을 참고해 개작했다. 마쓰무라는『용재총화』등 문헌설화집을 사용하면서도 근대에 채집된 구전설화를 더 많이 채용하였다. 그는『용재총화』를 중히 여겼지만, 가급적 유사설화일 경우 근대에 채집된 구전설화집을 적극적으로 활용하며 주요 모티브를 취하여 간결하게 서술했다.

다카하시 설화집에는 〈중 강 건너기〉와 유사한 구전설화가 수록되어 있고, 총독부 동화집에도 〈얘기를 좋아하는 장님(장님의 용궁구경)〉이 수록되어 있는데, 그 내용은『용재총화』수록 설화와 매우 유사하다. 이들 설화는 '구술'과 '기록'의 다양한 교섭을 단적으로 보여주는 자료다. 이상으로 1920년 전후에 다카기와 마쓰무라에 의해 본격적으로 시도된『용재총화』의 서승 양상을 고찰하고, 그 개작 내용을 구체적으로 살펴보았다.

　본장에서는 문헌설화를 통한 서승 양상을 주로 다루었지만, 앞으로 다카기 및 마쓰무라의 동화 창작 및 개작론을 바탕으로 하여 일본 동화집 등의 개작 방식을 포함한 그 성취도 여부와 의미, '구술'과 '기록'의 교섭 양상을 포함한 한일 영향 관계에 대한 전반적 고찰은 금후의 과제이다.

제7장

경성제국대학 부속도서관 장서와
법문학부 민요조사와의 관련 양상

1. 서론

경성제국대학(이하 경성제대) 법문학부 관련 연구 중, 어문학('문학부 계열') 연구가 가장 많이 축적되었다. 선행연구에서 경성제대 부속도서관 장서와 연결시켜 그 내용을 검토한 연구는 적었으나, 최근 관련성과가 계속되고 있다.[1] 그러나 어문학 관련 장서에 대한 전반적 검토는 전무한 실정이다. 이 글은 이러한 현상을 타개하기 위한 일환으로 작성되었다.

경성제대가 동양학, 조선학의 확립과 식민지 학지의 지배를 목표로 성립된 것을 감안하면, 선행연구가 조선어학·조선문학 강좌 관련 중심으로 검토된 것은 나름대로 이해될 수 있다. 이에 본장에서는 조선어학·조선문학 강좌를 실질적으로 이끈 다카하시 도오루(高橋亨, 1878~1967[2])와 오구라 신페이(小倉進平, 1882~1944[3])를 중심으로

---

1) 최근 대표적인 성과로는 다음을 들 수 있다. 윤영휘, 「경성제국대학 부속도서관 내 영문 역사장서의 구성분석 연구」, 『역사와 실학』 59, 역사실학회, 2016; 문혜진, 「일제 식민지기 국가신도의 국민도덕화 담론에 관한 소고」, 『정신문화연구』 38(4), 한국학중앙연구원, 2015; 진필수, 「경성제국대학 부속도서관 장서구성에 대한 일고찰」, 『사회와 역사』 105, 한국사회사학회, 2015; 정상우, 「서울대학교 중앙도서관 고문헌자료실 소장 '新聞切拔'의 제작 주체와 특징」, 『사회와 역사』 105, 2015 등.

한 문학부 강좌 및 그 구성원들의 연구와 장서를 위주로 그 관련성을 검토하고, 식민지기 조선총독부 교과서 집필자들을 구체적으로 언급하며 그 교육적 활용4)을 해명함으로써 경성제대 문학부 계열 장서 내용을 맥락적으로 분석하고자 한다. 본 작업을 통해 해당 교수의 강좌 운영 및 연구가 실질적으로 조선인 제자에게 어떤 영향 및 반발을 초래했는지에 대한 배경을 이해하는 토대가 됨은 물론이고, 경성제대의 학지의 방향성을 검토하는 기반을 마련하고자 한다.

필자는 문학부 강좌가 고대문화와 구비전승에 대한 공통적인 관심에서 출발했다는 점에 주목하고, 식민지주의 성격을 검증하고자 한다. 각 강좌 교수진은 조선 및 동양문화를 확립하기 위해 '고대문화의 잔존'에 관심을 갖고, 조선 및 동아시아 구비문학 조사를 병행했다. 다카하시는 "조선 문학에서 진정으로 조선적이라 할 만한 것은 가요, 특히 민요 외에는 없다."고 언급할 정도로 민요에 집착했고,5) 오구라는 조선에 부임한 이듬해 제주도를 방문해 방언 채집과 함께 "전설연구는 민족의 기원·역사를 묻는데 가장 유력한 보조과학"이

---

2) 대표적 연구로는 다음을 참고. 이윤석, 「다카하시 도오루[高橋亨]의 경성제국대학 강의노트 내용과 의의」, 『동방학지』 177, 국학연구원, 2016; 박광현, 「다카하시 도오루와 경성제대 '조선문학' 강좌」, 『韓國文化』 40, 2007; 구인모, 「조선연구의 발산과 수렴의 교차점으로서 민족성 연구」, 『한국문학연구』 38, 2010. 이하 선행연구는 대표적 업적만을 기술함.

3) 安田敏朗, 『「言語」の構築 -小倉進平と植民地朝鮮』, 三元社, 1999; 이병근, 「1910~20년대 일본인에 의한 한국어 연구의 과제와 방향 -小倉進平의 方言研究를 중심으로」, 서울대학교 규장각 한국학연구원 편 『일제 식민지 시기 한국의 언어와 문학』, 서울대학교출판부, 2007.

4) 정준영, 「경성제국대학의 유산 -일본의 식민교육체제와 한국의 고등교육」, 『日本研究論叢』 34, 2011; 김용덕, 「경성제국대학의 교육과 조선인 학생」, 『한일공동 연구총서』 5, 2007.

5) 大谷森繁, 「高橋先生と朝鮮の民謠」, 高橋亨, 『東方學紀要別冊2 濟州島の民謠』, 天理大學おやさと研究所, 1968, 2면.

라고 역설하며, 제주도 전설과 민요를 소개했다.[6]

1926년 경성제대 발족 시 법문학부와 의학부로 시작해, 의학부는 1937년에 각 교실에 분산된 서적을 모아 별도로 의학부도서실을 운영했다. 1938년 이공학부가 개설되었으나, 이공학부는 별도로 도서실을 운영했기 때문에, 경성제대 부속도서관(건물 준공은 1930년) 장서는 법문학부 계열이 그 중심을 이룬다.[7] 부속도서관 장서는 1926년에 77,503책, 1932년에 368,156책, 1945년에 552,006책에 달했다.[8]

즉 1932년 단계에서 1945년 당시 장서의 약 66.7퍼센트가 확보되어 초기에 다수의 자료가 구비되었음을 확인할 수 있다. 초기에 반입된 장서 중 상당수가 조선총독부(이하, 총독부) 학무국에서 이관된 도서임을 상기한다면, 총독부 학무국과 경제제대의 연관성을 검토해야 할 것이다. 특히, 본 연구의 분석 대상인 어문학('문학부계열') 분야의 조선어학·조선문학 강좌교수 다카하시와 오구라 모두 총독부 학무국 출신이라는 점에서 초기 식민지 학무경험이 아카데미즘을 거치면서 어떻게 재생산되는지 검토하고자 한다.

2. 경성제대 부속도서관 어문학 장서 구성의 분석

이 절에서는 주로 3000문학, 3600어학, 2000교육관련 장서를 다루었다. 구체적 분석 대상은 문학이지만, 가급적 어학 및 교육적 활

---

6) 이복규·김광식, 「오구라 신페(小倉進平)의 글 〈제주도의 민요와 전설〉」, 『국제 어문』 59, 2013, 432면.

7) 宮本正明, 「解題」, 加藤聖文·宮本正明監修·解說, 『旧植民地圖書館藏書目錄』第 Ⅰ期 朝鮮篇14卷, ゆまに書房, 2004, 417면.

8) 森田芳夫, 「韓國における主要圖書館および藏書目錄」, 『朝鮮學報』 116, 1985, 83면.

용상황을 엿볼 수 있는 장서를 집중적으로 분석하고자 한다.

【표1】에서는 어문학 및 교육 분야 장서 총 분류를 제시하고, 대상 분야를 명확히 하였다. 3000문학 분야 장서 총 7,407종(25,701책) 중에 약 469종(1,042책)을, 3600어학 분야 장서 1,627종(4,711책) 중에 약 202종(314책)을, 2000교육 분야 장서 2,323종(3,464책) 중에 약 695종(1,208책)을 분석 대상으로 하였다. 본장에서 다루는 분석 대상은 약 1,366종(약 2,564책)에 해당된다.

우선 3000문학 분야 장서 내용을 고찰하면, 지역별로 3100일본문학, 3300국문학, 3400중국문학, 3500구미문학 등으로 분류되었다. 구비문학 도서를 주로 언급하면, 3120일본가(日本歌)에는 전근대 자료를 포함한 57종이 소장되었는데, 먼저 일본 중세 초기 저명한 수필가 가모노 초메이(鴨長明, 1155~1216) 『歌林四季物語』卷1-12(田原仁左衛門, 1686)는 위서로 알려진 작품이다. 고전학자 이치조 가네요시(一條兼良, 1402~1481) 『歌林良材集』(和田屋平左衛門, 1651), 국학자 반 스케노리(伴資規, ?~1810)가 정리한 일종의 가사 사전 『歌辭要解』(須原屋平助 외, 1806)와 이자와 반류시(井沢蟠龍子, 이자와 반류, 神道家, 1668~1731) 편, 쇼테쓰(正徹, 1381~1459, 승려)의 가론서 『正徹物語』甲-乙(吉田新兵衛, 1790) 등이 소장되었다.

구보타 우쓰보(窪田空穗, 1877~1967, 가인 겸 문학자) 『短歌作法』(博文館 1909, 改造社 1938), 사사키 노부쓰나(佐佐木信綱, 1872~1963, 가인 겸 문학자) 『歌學論叢』(博文館, 1908), 후지이 큐조(福井久藏, 1867~1951, 문학자 겸 어학자)의 『大日本歌書綜覽』상·중·하권(不二書房, 1926~ 1928), 『和歌連歌叢考』(成美堂書店, 1930), 히사마쓰 센이치(久松潛一, 1894~1976)·시다 노부요시(志田延義, 1906~2003, 志田義秀의 차남) 『고대시가에서의 신의 관념(古代詩歌に於ける神の槪念)』(國民精神文化硏究所, 1934), 가인 오

카야마 이와오(岡山巖, 1894~1969) 『現代短歌論』(人文書院, 1938)을 비롯해, 다양한 당대의 대표적 시가론, 가론집, 가집 등이 가치가 있다. 중요한 사실은 日本歌는 국체 및 국학, 내셔널리즘과 밀접하게 연계되어 있는데, 이러한 의식을 노골적으로 드러낸 서적도 소장되어 주의를 요한다.[9]

【표1】 어문학 및 교육 분야 장서 총 분류(동양서, 화한서)

어문학 및 교육 전반			본장의 검토 대상 장서		
분류	종	책	분류	종	책
3000문학	7, 407	25, 701	3120 日本歌	57	104
<u>3100일본문학</u>	3, 172	8, 349	3145 俚謠민요	11	12
<u>3300 국문학</u>	731	1299	3200-1 物語	108	517
3400중국문학	2, 869	16, 084	3320국문학 가요	36	62
3500구미문학	382	584	3350국문학 物語	107	117
기타	253	385	기타	150	230
3600어학	1, 627	4, 711	3600 어학		
<u>3700일본어</u>	524	986	3770 **일본어**방언·속어	79	94
<u>3800 국어</u>	68	148	3870 국어	15	58
3910중국어	566	2, 703	3880 국어방언·속어	8	12
기타	469	874	기타	100	150
2000교육	2, 323	3, 464	2100 초등교육	90	95
2050-8교수법	542	667	2180 **교과서**	9	13
<u>2100 교과서</u>	291	838	2181국민학교	139	462
<u>기타</u>	1490	1959	21**/22** 기타	약200	250
			기타 1990신화전설	57	88
			기타 구비문학 관련	200	300
총계	11, 357	33, 876	**합계**	1, 366	2, 564

밑줄 부분은 주요 검토 대상이다. 화한서를 중심으로 2천 5백여 권의 책을 대상으로 하였다.

---

9) 다케다 유키치(武田祐吉, 1886~1958, 일본문학자)의 『愛國精神と和歌』(啓明會事務所, 1943) 등.

3145이요민요(俚謠民謠)에는 11종이 소장되어 있다. 김소운(1907~
1981)의 조선시집 번역판의 서문을 쓰기도 한 기타하라 하쿠슈(北原白
秋, 1885~1942, 일본시인), 후지사와 모리히코(藤澤衛彦, 1885~1967, 민
요, 전설연구자), 일본 향토예술의 발견 및 보급자로 알려진 고데라 유
키치(小寺融吉, 1895~1945)10), 소 다케유키(宗武志, 1908~1985, 영어학
자, 시인), 사토 소노스케(佐藤惣之助, 1890~1942, 시인), 다카하시 기쿠
타로(高橋掬太郎, 1901~1970, 작사가) 등의 대표적인 서적이 소장되었
다. 특히 중요한 서적은 文部省文藝委員會 編 『이요집(俚謠集)』(國定教
科書共同販賣所, 1914)이다. 전술한 이요 민요 서적이 개별 또는 각 단
체가 민간에서 집필한 데 비해, 『이요집』은 국정교과서공동판매소에
서 펴낸 것이다.

  문부성 보통학무국은 도쿄제국대학 교수 하가 야이치(芳賀矢一,
1867~1927)와 우에다 가즈토시(上田萬年, 1867~1937)의 주도로 1905년
11월에 일본 전국에 걸쳐 민요(속요) 및 전설을 대대적으로 수집했다.
겨우 1914년이 되어 1905년의 자료를 정리해 펴낸 것이다. 1914년의
자료집 편찬을 주도한 이가 다카노 다쓰유키(高野辰之, 1876~1947)다.
다카노는 이듬해에 보고되지 않은 지방의 자료를 보충해 『이요집습
유(俚謠集拾遺)』(高野辰之, 大竹舞次 編, 六合館, 1915)를 펴냈다. 하가와
우에다, 그리고 다카노는 러일전쟁 시기부터 일본 문부성 국정교과
서 편찬을 진두지휘한 인물로, 제국 일본의 국민교육에 지대한 영향
력을 미친 인물들이다. 이들 모두 설화에 관심을 가지고 그 교육적

---

10) 고데라는 와세다 영문과 출신으로, 정인섭의 선배다. 정인섭이 송석하를 고데라에
   게 소개한 것으로 보이며, 송석하는 고데라의 향토예술론에 영향을 받아, 향토예술
   의 보급에 힘썼다. 자세한 내용은 남근우, 「조선민속학과 식민주의 -송석하의 문화
   민족주의를 중심으로」, 『韓國文化人類學』 35-2, 2002를 참고.

활용을 몸소 실천한 인물이기도 하다. 후술하듯이 하가와 우에다가 주도한 문부성 조사에 영향을 받아, 한국 학부와 조선총독부 학무국에서도 수차례의 조사가 행해졌다.

3200-1 물어(物語, 이야기)에는 108종이 소장되었는데, 『겐지 이야기(源氏物語)』를 중심으로 한 대표적 일본 이야기집이 소장되었다. 『겐지 이야기』 연구서는 물론이고, 해제 및 요람서가 소장되었다. 서구를 중심으로 한 노벨(Nobel) 위주의 근대문학이 성립·정착되면서, 『겐지 이야기』를 세계 최초의 소설로 정립하려는 자부심을 갖고 일본의 각 제국대학이 경쟁적으로 이를 연구했다. 식민지 조선의 경성제대에서 『겐지 이야기』는 일본인 교수들에 의해, 일본의 국체를 강조하는 고전문학의 하나로 이식되었다.[11] 이처럼 『겐지 이야기』 연구가 왕성했는데, 그 연구를 위한 근세 이래의 관련 자료집도 다수 소장되어 가치가 높다. 주요 자료집[12]과 더불어, 시마즈 히사모토(島津久基, 1891~1949) 『對譯源氏物語講話』 卷1-6 (中興館, 1936), 경성제대 교수 아소 이소지(麻生磯次, 1896~1979)[13] 『註釋源氏物語』(至文堂, 1944) 등의 대표적 대역, 주석집이 소장되어 가치가 높다.

설화자료집 및 연구서로는 『今昔物語集』과 『宇治拾遺物語』 등이

---

11) 金榮心, 「植民地朝鮮에 있어서의 源氏物語 -京城帝國大學의 敎育實態와 受容樣相」, 『日本研究』 21, 2003, 42면.
12) 紫式部, 『源氏物語』(1650), 一竿斎『首書源氏物語』, 積德堂, 1673; 北村季吟, 『源氏物語湖月抄』, 1673; 紫式部, 窪田空穂 譯, 『源氏物語』, 改造社, 1939~1943; 吉澤義則 외 譯, 『源氏ものかたり』, 王朝文學叢書刊行會, 1925~1926 등 소장.
13) 『겐지 이야기』 등을 연구한 아소 이소지(麻生磯次)는 1920년 11월 조선총독부 학무국 편집과 편수서기로 조선에 건너와, 1922년 3월부터 편수관으로 근무했다. 第六高等學校 교수를 거쳐 1928년부터 경성제대 조교수로 임명되었다(貴田忠衛編, 『朝鮮人事興信錄』, 朝鮮人事興信錄 編纂部, 1935, 9면); 學習院大學 國文學研究室, 1980, 「麻生磯次博士 年譜·著作目錄」, 『國語と國文學』 57-2, 82면. 국문학(일본문학)강좌 조교수에서 1939년에 교수가 되어 1941년까지 근무했다.

소장되었는데, 『금석물어집』의 대표적인 연구인 도쿄제국대학 교수 하가 纂訂 『攷證今昔物語集』(冨山房, 1913~1921) 등이 보이고, 나카지마 에쓰지(中島悅次, 1899~1983)[14] 『(參考) 宇治拾遺物語新釋』(大同館書店, 1928), 『宇治拾遺物語』(1-15, 刊寫者未詳) 등이 소장되었다. 더불어 『宇治拾遺物語』에는 한국과 유사한 〈혹부리영감〉담이 수록되어 있어 주목을 요한다.

3300국문학에서는 3320가요(36종)와 3350物語(107종)가 소장되었다. 먼저 3320가요에는 조선의 가곡, 민요, 시가, 시조, 잡가 등에 걸친 다양한 장르의 내용이 포함되었는데, 특히 조선인의 심성을 이해하기 위해 일본인 연구자들은 초기부터 조선어로 된 가요에 관심을 가졌고, 조선인 연구자들도 이에 대한 영향 및 반발을 제기하였다. 경성제대는 이들 자료집을 소장하고, 당대의 민요 등을 채집 조사, 연구하게 된다. 먼저 전근대 가요집으로 『龍飛御天歌歌詞』(오구라편, 1928), 『(校註)歌曲集』, 『靑丘永言』(京城帝國大學, 1930), 『海東歌謠』(金壽長 撰, 京城帝國大學, 1930), 孫晉泰編 『朝鮮古歌謠集』(刀江書院, 1929) 등 필사본, 등사판, 영인본, 번역본이 소장되었다. 또한 당대의 민요, 속곡, 잡가에 대한 자료집도 다수 소장되었다.[15]

3350物語에는 다수의 조선 이야기, 고소설, 딱지본, 설화집이 소장되었다. 대표적인 딱지본이 다수 소장되었는데, 근대적 구비문학의 변용 양상을 보여주는 한국어본이라는 점에서 귀중한 가치가 있다. 대표적인 구비문학 자료집, 재담집, 야담집, 고소설이 배치되었

---

14) 나카지마 에쓰지(中島悅次)는 전설 신화 연구자였는데, 태평양 전쟁기에 『大東亞神話』(統正社, 1942)를 발간하였다.

15) 南宮楔 編, 『(特別大增補) 新舊雜歌』, 漢城書館, 1922; 李尙俊, 『新撰俗曲集』, 匯東書館, 1923; 玄公廉編, 『(新撰)古今雜歌』, 德興書林, 1928; 金素雲, 『朝鮮民謠集』, 泰文館, 1929 등 소장.

는데, 그중에는 귀중서·희귀서가 다수 소장되었다. 이들 딱지본에
는『불가살이』,『별주부전』등 구비문학과 고소설과의 관련을 보여
주는 자료집으로, 근대적 변용에 대한 연구가 요청된다.

한편, 일본어로 간행된 근대설화집으로는 경성제대 교수 다카하시
『조선 이야기집(朝鮮の物語集)』(日韓書房, 1910)이 두 권 소장되어 있다.
다카하시의 자료집은 근대 초기에 간행된 본격적 근대 설화집으로
후대에 커다란 영향을 끼쳤다. 더불어, 조선총독부가 발행한『조선
동화집』(1924)의 실제 저자인 다나카 우메키치(田中梅吉, 1883~1975,
1924년에서 1944년까지 경성제대 예과교수)가 펴낸『(朝鮮說話文學) 興夫
傳』(田中梅吉, 金聲律 共譯, 大阪屋號書店, 1929)은 최남선의 신문관판을
일본어로 번역한 것이다. 다나카는 최남선의 허가를 받고, 오구라의
도움을 얻어 번역해 자세한 해설을 덧붙였다. 이처럼, 다카하시, 오
구라, 다나카 등 경성제대 교수가 조선설화에 깊은 관심을 갖고 자료
집을 간행했다.

3600어학 분야에서는 어학을 3700일본어, 3800국어, 3900만주
어, 3910중국어, 3920영어, 3980인도어 등 언어별로 나누었다. 먼저
3870국어(15종)에는 조선어학회 編『(사정한) 조선어 표준말 모음』(조
선어학회, 1937)과 최현배, 박승빈 등 한글학자의 책이 있고, 일본인
학자의 서적으로는 식민지 지배 이전부터 통역관으로 근무하면서 조
선고서를 연구한 마에마 교사쿠(前間恭作, 1868~1941)의『韓語通』(丸
善, 1909)과 오구라 신페이가 저술한 근대 최초의 한국어학 저술『朝
鮮語學史』(大阪屋號書店, 1920),『增訂 朝鮮語學史』(刀江書院, 1940),『小
倉先生 著書及論文目錄 自明治41年8月 至昭和11年10月』등이 소장되
었다. 또한 오구라의 스승인 가나자와 쇼자부로(金澤庄三郞, 1872~
1967)의『日韓兩國語同系論』이 소장되었다. 가나자와의 한일 동계론

이 식민지시기의 문맥에서 '일선동조론'에 악용될 소지가 있었던 데 비해, 오구라는 계통론을 비롯한 어원론과 일정한 거리를 유지하면서 조선어 방언, 이두, 향가, 전설, 민요 등 다양한 분야에 관심을 갖고 이를 연구했다. 또한 서고에는 朝鮮總督府(新庄順貞) 『鮮語階梯』(朝鮮總督府, 1918)가 소장되었다. '선어鮮語'는 조선어의 멸칭, '계제階梯'는 입문서를 말한다. 즉, 본서는 총독부의 일본인 관리 등을 위한 조선어 보급 교재다.

계속해서 3770일본어방언·속어(79종)와 3880국어방언·속어(8종)를 분석하고자 한다. 근대 국민국가는 네이션(국민)과 스테이트(국가), 자본주의(캐피탈), 국가어(국어)를 기반으로 성립되는데, 국어의 보급과 정착을 위한 표준어 확립에는 방언 조사가 필수적이다. 구체적으로는 후술하겠지만, 1905년 11월 문부성 보통학무국은 전국의 소학교 등에게 일본민요(속요)와 전설 수집을 의뢰하는데, 이러한 조사 역시 지방개량운동 및 방언 조사와 직접 연관되는 것이었다. 방언 조사에 본격적으로 착수한 부서가 바로 국어조사위원회였다. 1902년 2월 8일, 문부성은 국어조사위원을 폐지하고, 3월 24일 국어조사위원회를 신설했다. 장서에는 國語調査委員會 編纂 『國語調査委員會口語法調査報告書』(國定敎科書共同販賣所, 1906)가 포함되었다. 1904년 러일전쟁을 전후한 시기에 일본제국은 국내외의 반발과 모순을 회피하고, 국민국가를 통합하기 위해 문부성 주도로 국정교과서로 획일화하고, 구어법, 방언, 속어 등을 조사하여 표준어를 보급시켰다. 근대 방언, 속어 연구가 이러한 표준어 제정과 관련된다는 점에 유의해 관련 서적을 분석하는 작업이 요청된다. 3770일본어방언·속어(79종)에는 일본 방언연구의 창시자 도조 미사오(東條操, 1884~1966)의 『방언과 방언학(方言と方言學)』(春陽堂書店, 1938)과 일본민속학의 창시자 야나기타 구니오(柳田國男, 1875~1962)의 『蝸牛考』(刀江書院, 1930) 등 고전적 이론서를 비롯해, 각 지방의 방언 연구서가 그 중심을 이룬다. 각 지방에서 민간의 개인출판본이 소장되었고,[16] 야나기타의 영향 하에서 간행된 야마구치 아사타로(山口麻太郎, 1891~1987)의 『壹岐島 方言集』(刀江書院, 1930) 등이 소장되었다.

3880국어방언·속어(8종)에는 경성제대 교수 오구라의 조선 방언 연구서가 주를 이룬다. 오구라는 1911년 이래 조선총독부 학무국과 경성제대에 근무하면서 조선 방언을 비롯한 조선어사, 조선학 서지, 이두, 향가 등을 연구했다. 경성제대 장서에는 오구라의 대표적 조선어 방언 연구서가 다수 소장되었다.[17]

기타 3700일본어에 분류된 관련 자료 중에서 특히, 오구라의 『국어 및 조선어를 위해(國語及朝鮮語のため)』(ウツボヤ書籍店, 1920, 1921재판)는 검토를 요한다. 『국어 및 조선어를 위해』는 오구라의 스승인 도쿄제국대학 교수인 우에다가 1895년에 간행한 『국어를 위해(國語のため)』(冨山房 1897, 1903정정3판 소장)의 타이틀에서 따온 것이다. 제국 일본의 '국어' 개념의 도입과 제도화를 추진한 언어학자 우에다는 『국어를 위해』에서 국어를 혈액에 비유하며 본질주의적인 내셔널리즘을 설파하는 한편, 북방 치시마(千島)에서 오키나와로까지 팽창하던 국토에 울려 퍼지는 공통의 음성으로 규정했다.[18]

---

16) 金井保三, 『日本俗語文典』, 寶永館, 1901; 松下大三郎, 『日本俗語文典』, 誠之堂書店 1901, 訂正第3版; 靜岡縣師範學校 靜岡縣女子師範學校編, 『靜岡縣方言辭典』, 吉見書店, 1910 등의 사전류와 後藤藏四郎, 『出雲方言』, 文友社, 1916; 土俗玩具研究會 편, 『福岡地方方言集』, 1931 등 다수 소장.

17) 오구라의 『南部朝鮮の方言』(朝鮮史學會, 1924); 『平安南北道の方言』(京城帝國大學, 1929); 『咸鏡南北道方言』(朝鮮語研究會, 1927); 『朝鮮語方言の研究』 上, 下卷 (岩波書店, 1944) 등 소장.

18) 長志珠繪, 「「國語」という問題」, 刈部直編, 『日本思想史講座』 4, ぺりかん社, 2013,

기타 3870독본·회화(8종)에는 둘 다 통역관으로 근무한 바 있는 마에마 교사쿠와 후지나미 요시쓰라(藤波義貫, 1877~?)가 교정한 『校訂交隣須知』(平田商店, 1904), 오구라의 『교린수지에 대하여(交隣須知に就いて)』(1936)가 소장되었다. 또한, 대마도 출신으로 1872년 이래 부산에 파견되기도 한 우라세 히로시(浦瀨裕, 外務省雇 朝鮮語學敎授)가 기존의 교과서를 교정해 공사업무에 필요한 구문을 정리하여 교정증보한 『隣語大方』 卷1-9(外務省, 1882), 게일(Gale, J. S.)이 서양의 문화 역사를 어린이용으로 출간한 책을 이창식이 교열 편찬한 『牖蒙千字』 卷1-3(大韓聖敎書會1903~1904, 廣學書鋪1909), 근대초기의 한일 명사, 동사를 소개한 호세코 시게가쓰(寶迫繁勝)가 짓고 李瑞慶이 교열한 『日韓善隣通語』(寶迫繁勝, 1881) 등의 중요도서가 소장되었다.

2000교육 분야에서는 교육을 2010번 대에서는 교육학, 교육사, 학교관리법, 교수법, 체육 예술교육 등을, 2100번 대에서는 초등, 중등, 고등, 성인교육, 여자교육, 교원, 학교안내, 각종 학교, 교과서 등으로 나누었다. 2050번 대에 진열된 교수법 관련 서적 중에는 야쓰나미 노리키치(八波則吉, 1875~1953)의 '국어'(일본어) 독본 해설서 등[19]이 진열되었는데, 야쓰나미는 일본 국정교과서를 편찬한 인물로 이론적으로도 실천적으로도 일본어('국어') 교육에 커다란 영향을 미쳤다. 전술한 바와 같이, 도쿄제국대학 교수 하가와 우에다, 강사 다카노와 함께 문부성 국정교과서 편찬에 깊이 관여한 야쓰나미는 '내지'뿐만 아니라 '외지'인 조선 교육 및 조선 구비문학에도 관심을 갖고 이를 언급해 주목된다. 중요한 사실은 하가, 우에다, 다카노,

---

185면.

19) 八波則吉『國語の講習』(1922); 『(第二)國語の講習』(1924); 『創作本位の文章法』(1925) 등.

야쓰나미 모두 구비문학에 지대한 관심을 가지고 이를 통한 문부성 조사, 교육적 활용을 실천했다는 점이다.

계속해서 2100초등교육에는 90종이 진열되었는데, 번역서로는 Charles Northend(チャールス・ノルゼント)『노스엔드 소학 교육론(那然小學校育論)』(小泉信吉, 四屋純三郎 譯, 文部省, 1876)이 문부성에서 간행되어, 특히 지리교육에 있어 가까운 데서부터 먼 곳을 학습해 나가는 방식 등이 지대한 영향을 미쳤다. 그 외에 Johnson, H. M.『보육학교의 실제연구(保育學校の實際硏究)』(靑木誠四郎 譯, 中文館, 1924), Owen, Robert『유아교육의 신연구(幼兒敎育の新硏究)』(鎌塚扶 譯, モナス, 1925) 등이 소장되었다. 이론서로는 오사다 아라타(長田新, 1887~1961)의 『敎育立國』(廣島文理科大學尙志會, 1936) 등이 소장되었는데, 저명한 교육학자 오사다는 칸트의 비판철학과 페스탈로치 연구를 기초로 한 자발성과 知育을 중시한 교육학을 제창하였다. 더불어, 오사다가 창립에 관여한 아동중심주의에 입각한 서적인 도쿄의 세이조 소학교(成城小學校) 編『아동중심주의의 교육(兒童中心主義の敎育)』(大日本文華株式會社出版部, 1921) 등이 소장되었다. 또한 세이조 소학교 관리직을 거쳐, 玉川學園을 설립하여 全人교육, 자유교육을 주창한 오바라 구니요시(小原國芳)의 서적이 다수 소장되었다. 한편, 고바야시 세쓰조(小林節藏)『황도교육의 실천(皇道敎育の實踐)』(弘學社, 1936) 등 반동적인 책이 더 많은 비율을 차지함에도 주의할 필요가 있다.[20]

2180교과서에는 9종의 책이 소장되었다. 먼저 이즈미 아키라(泉哲,

---

20) 安部淸見, 『皇民鍊成』, 明治圖書, 1940; 廣島高等師範學校 附屬小學校學校敎育硏究會 編, 『皇道歸一の敎育』, 寶文館, 1940; 檜高憲三, 『皇民鍊成 西條敎育』, 第一出版協會, 1941; 岡崎吉次郎, 『總力戰と國民學校經營』, 藤井書店, 1943 등 시국에 부응한 수많은 책이 소장되었다.

1873~1943, 1927~1935년까지 경성제대 교수, 문화인류학자 이즈미 세이치
(泉靖一, 1915~1970)의 부친) 『국정교과서의 국제적 해설(國定教科書の國
際的解說)』(1924)은 국제적 시야에 서서 자유주의적 입장에서 쓰인 국
정교과서 연구서다. 이처럼 리버럴한 입장에서 쓰인 책과는 달리, 東
亞經濟調查局編 『국정교과서에서의 해외관계 기사(國定教科書に於ける
海外關係記事)』(東亞經濟調查局, 1930)는 국책기관이 펴낸 책자다. 또한
東亞文化協會 編 『冀東防共自治政府 排日教科書改訂事業』은 奉天에
서 1937년에 발간된 배일(반일) 교과서 교육에 대한 공작의 산물이다.

　2181국민학교에는 교과서를 중심으로 한 139종이 소장되었다. 초
등교육에 해당되는 교과서는 중국(베이징·상하이), 대만, 몽고, 조선,
일본 문부성에서 편찬한 교과서가 다양하게 소장되었다. 현재 소장
된 해방 전 교과서는 학부 및 조선총독부 교과서가 한정적인 데 반해
일본 문부성 편찬 교과서 및 중국에서 일본이 관여해 편찬된 교과서
가 주류를 이루고 있어 흥미롭다. 먼저 學部 編 『修身書』(1908), 『日
語讀本』(1908)이 남아 있고, 조선총독부 편 『初等國史』(1937~1939),
조선인 아용 대상의 4년제 보통학교용 교재 『國史地理』(1938), 『國史
地理 教師用』(1939) 등이 남아 있다. 이에 비해, 문부성 편찬 교과서
는 다수 소장되었다.

　한편, 베이징에서 편찬된 教育總署編審會편의 교과서가 다수 소장
되었고, 察南自治政府에서 審定하고 察南教育復興籌備委員會에서
1938년에 편찬한 역사교과서 등과 蒙古聯合自治政府 民政部가 펴낸
修身, 漢文, 日本史, 日本語 교과서 등이 다수 소장되었다. 특히, 일
본어 및 일본사, 수신서, 창가 교과서에는 구비문학 교재를 다수 수
록하여 초등교육의 흥미를 진작시키고, 제국 신민으로서의 '국민'의
식을 강화하려 했음에 유의해야 할 필요가 있다.

기타 1990신화전설에는 말리노프스키(Bronislaw Malinowski, 1884~
1942)『신화와 사회(神話と社會)』(國分敬治譯, 創元社, 1941), Ernst Ca-
ssirer(1874~1945)『카시러 신화(カッシラア 神話)』(矢田部達郎譯, 培風館,
1941) 번역서를 비롯해 각종 신화전설 이론서 및 자료집 등 88책에
이르는 다양한 서적이 소장되어 있다. 중요한 이론서로는 신화학자
다카기 도시오(高木敏雄, 1876~1922)의 『比較神話學』이 두 권 소장되어
있는데, 1904년이라는 이른 시기에 서양의 최신 비교신화 이론을 소개하
였다는 점에서 주목된다. 다카기는 계속해서 일본전설을 체계적으로
분석해 신화는 물론이고, 전설, 민담에 이르기까지 후대에 커다란 영향
을 끼친 전설자료집 『日本傳說集』(鄕土硏究社, 1913)을 발간하고 요절했
다. 사후에 야나기타에 의해『일본신화전설의 연구(日本神話傳說の硏究)』
(岡書院, 1925, 1936년 3판, 荻原星文館판 1943)가 발간되었는데, 본서에는
한일 비교설화론이 다수 수록되어 흥미롭다. 근대 구연동화를 널리
보급해 근대 조선에도 큰 영향을 끼친 이와야 사자나미(嚴谷小波,
1870~1933)編『東洋口碑大全』(博文館, 1913), 조선설화집을 발간하기도
한 일본신화학자 마쓰무라 다케오(松村武雄, 1883~1969)『神話硏究』(培風
館, 1940~1942 전3권) 등이 소장되었다.

다카기와 마쓰무라로부터 본격적으로 시작된 비교연구는 나카타
센포(中田千畝, 1895~1947), 미시나 쇼에이(三品彰英, 1902~1971), 시다
기슈(志田義秀, 1876~1946)에 의해 계속된다.[21] 또한 잘 알려진 일본
설화집 및 연구서 야나기타 편『山島民譚集』(鄕土硏究社, 1914), 사사
키 기젠(佐佐木喜善, 1886~1933)『聽耳草紙』(三元社, 1931), 다나카 가

---

21) 中田千畝, 『浦島と羽衣』, 坂本書店出版部, 1926; 三品彰英, 『建國神話論考』, 目黑書
    店, 1937;『日鮮神話傳說の硏究』, 柳原書店, 1943; 志田義秀, 『日本の傳說と童話』,
    大東出版社, 1941 등.

쓰오(田中勝雄, 1906~1998) 『단바의 전승(丹波の傳承)』(建設社出版部,
1941), 시마즈 히사모토(島津久基, 1891~1949) 『國民傳說類聚』(大岡山
書店, 1933), 후지사와 모리히코『日本傳說叢書』(전13권 중, 8권이 분실
되어, 현재는 12권만 소장된 상태임22), 日本傳說叢書刊行會 編, 1917~1919),
『日本傳說研究』(大鐙閣 제 1권 1922, 제 2권 1926, 六文館 1931~1932 전6
권, 三笠書房 1935 전8권), 이시카와 산시로(石川三四郎, 1876~1956) 『고
사기 신화의 신연구(古事記神話の新研究)』(三德社, 1921), 히고 가즈오(肥
後和男, 1899~1981) 『日本神話研究』(河出書房, 1938), 『古代傳承研究』(河
出書房, 1938, 1943 재판), 『日本神話』(弘文堂書房, 1940) 등이 소장되었다.
한편, 제국대학이라는 입지를 반영해, 기무라 다카타로(木村鷹太郎,
1870~1931) 『희랍로마신화(希臘羅馬神話』(日新閣, 1920), 寺本婉雅 譯
『티벳 고대신화(西藏古代神話)』(帝國出版協會, 1906), 和田徹城 『고대
인도의 전설과 신화(古代 印度の傳說と神話)』(博文館, 1920)를 비롯해,
식민지 대만의 조사보고서가 다수 소장되었고 다수의 아이누 설화
관련서가 소장되었다.

일본의 점령지가 점차적으로 확대되면서, 히지카타 히사카쓰(土方久
功, 1900~1977, 조각가 겸 민속학자)『파라오의 신화전설(パラオの神話傳說)』
(大和書店, 1942), 사이토 마사오(斎藤正雄, 1895~?)『남해군도의 신화와
전설(南海群島の神話と傳說)』(寶雲舍, 1941), 호소야 기요시(細谷淸, 1892~
1951)『滿蒙傳說集』(滿蒙社, 1936), 澤村幸夫『지나 민간의 신들(支那民間
の神々)』(象山閣, 1941), 나카지마 에쓰지(中島悅次, 1899~1983)『大東亞神
話』(統正社, 1942) 등이 다수 소장되어 있다.

22) 1933년에 간행된 경성제대 장서목록에는 13권 전부 소장되어 있었음을 확인할 수
있다. 京城帝國大學圖書館 編,『和漢書書名目錄』第一輯, 京城帝國大學圖書館, 1933,
341면을 참고.

끝으로 기타 구비문학서적(100여종) 중, 지금까지 살펴본 1990신화전설, 2000-2290교육, 3000-3588문학, 3600-2994어학을 제외한 곳에 소장된 장서를 검토하고자 한다. 먼저 朝鮮研究會가 펴낸 朝鮮研究會古書珍書[청구기호 1286 7]다. 조선연구회 총서에는 아오야기 쓰나타로(靑柳綱太郎, 1877~1932) 『조선야담집』(1912) 등이 수록되었다. 조선을 이해하기 위해 간행된 조선고서에 조선야담집이 일본어로 번역되었음은 조선설화가 조선을 이해하는 키워드로 중시되었음을 의미한다. 이들 서적의 상당수가 조선총독부와 대만총독부에서 직접·간접적으로 펴낸 보고서임을 고려할 때 식민지 조선과 대만의 지배에 구비문학 연구가 이용되었음을 확인할 수 있다.

3. 조선총독부 학무국의 조사와 그 계승

경성제대 관련 선행연구는 특히, 조선어학·조선문학 강좌 관련 연구가 그 중심을 이루는데, 전술한 다카하시와 오구라에 대한 연구를 비롯해, 경성제대 출신자[23], 국문학 제도의 형성에 대한 연구[24] 등 다양하다. 최근 외국어학외국문학 강좌(특히, 영문학[25]및 최재서[26])

23) 이하 대표적 연구는 다음을 참고. 박광현, 「경성제대와 『新興』」, 『한국문학연구』 26, 2003; 하재연, 「잡지 『신흥』과 문예란의 성격과 의의」, 『한국학연구』 29, 2008; 신미삼, 「『청량(淸凉)』 소재 이중어 소설 연구」, 『韓民族語文學』 53, 2008; 윤대석, 「경성제국대학의 식민주의와 조선인 작가」, 『우리말글』 49, 2010.
24) 유준필, 『형성기 국문학연구의 전개양상과 특성』, 서울대학교대학원 박사논문, 1998; 이준식, 「일제강점기의 대학 제도와 학문 체계」, 『사회와 역사』 61, 2001; 박광현, 「식민지 '제국대학'의 설립을 둘러싼 경합의 양상과 교수진의 유형」, 『일본학』 28, 2009; 신주백, 「식민지기 새로운 지식체계로서 '조선사', '조선문학', '조선문학', '동양철학'의 형성과 고등교육」, 『동방학지』 160, 2012; 최기숙, 「국어국문학 과목 편제와 고전강독 강좌」, 김재현 외 『한국인문학의 형성』, 한길사, 2011.

관련)와 '국어학27) 국문학강좌28), 지나어학·지나문학 강좌 등에 대한 연구가 계속되고 있다.29) 한편, 사회학 강좌를 담당한 아키바 다카시(秋葉隆, 1888~1965)에 관한 연구도 상당부분 축적되었다.30)

그러나 근년의 연구가 개별적으로 진행되다 보니, 경성제대 문학부 강좌가 어떤 지향점을 지녔는지 전체상에 대한 해명이 어려운 실정이다. 장서에 있어서도 전반적 주제별 소개가 아닌, 주요한 판본의 의미를 소개한 일본연구자들의 개별연구가 존재할 뿐이다.31)

25) 사노 마사토, 「경성제대 영문과 네트워크에 대하여」, 『한국현대문학연구』 26, 2008; 김승구, 「사토 기요시(佐藤清) 시에 나타난 식민지 조선의 전통예술」, 『한국민족문화』 48, 2013; 윤수안, 『제국 일본과 영어영문학』, 소명출판, 2014.

26) 하수정, 「경성제대 출신의 두 영문학자와 매슈 아놀드 ─김동석과 최재서를 중심으로」, 『영미어문학』 79, 2006; 김윤식, 『최재서의 국민문학과 사토 기요시 교수』, 2009; 서승희, 「1930년대 최재서의 문화 기획 연구」, 『한국문학이론과 비평』 47, 2010; 이혜진, 「신체제 시기 최재서의 '국민문학론'」, 『정신문화연구』 33-3, 2010; 윤대석, 「재조일본인 문학, 경성제대, 그리고 최재서」, 『근대서지』 4, 2011.

27) 安田敏朗, 『植民地のなかの「國語學」』, 三元社, 1997; 이연숙, 『말이라는 환영』, 심산, 2012.

28) 박광현, 「식민지 조선에 대한 '국문학'의 이식과 다카기 이치노스케(高木市之助)」 『日本學報』 59, 2004; 박광현「국문학'과 조선문학이라는 제도의 사이에서 ─'국문학자'로서 서두수의 학문적 동일성을 중심으로」, 『韓民族語文學』 54, 2009; 박상현, 「서두수의 학문적 정체성 연구」, 『일본학연구』 38, 2013.

29) 천진, 「식민지 조선의 支那文學科의 운명」, 『中國現代文學』 54, 2010; 홍석표, 「루쉰(魯迅)과 신언준(申彦俊) 그리고 카라시마 타케시(辛島驍)」, 『中國文學』 69, 2011.

30) 전경수, 「식민과 전쟁의 일제인류학─ 대북제대와 경성제대의 인맥과 활동을 중심으로(1)」, 『비교문화연구』 8(1), 2002; 전경수, 「學問과 帝國 사이의 秋葉 隆: 京城帝國大學敎授論(1)」, 『韓國學報』 120, 2005; 남근우, 『조선민속학과 식민주의』, 동국대학교출판부, 2008.

31) 규장각을 제외한, 경성제대 소장 문학관련 귀중서만을 다룬 대표적인 연구만을 들어도 다음과 같다. 鳥居フミ子, 〈資料紹介〉ソウル大學校中央圖書館藏本 『江州石山寺誓の湖』」, 『實踐國文學』 11, 1977; 藤井茂利, 「ソウル大學藏「地藏菩薩本願經」に見える「吐」について」, 『文學科論集』 14, 1978; 木村晟, 「ソウル大學校藏『方言類釋』の倭語彙」, 『駒澤國文』 26, 1989; 內田康, 「ソウル大學圖書館藏·奈良繪本 『秋の夜の長物語』」, 『日本語と日本文學』 26, 1998; 金任淑, 「ソウル大學圖書館所藏『伊勢物語注』について」, 『國文學』 75, 1997; 小林善帆, 「ソウル大學校藏 傳宗碩筆 『連歌

계속해서 일본 제국에서 향토지 편찬이 진행되던 동시기에 문부성
과 한반도의 학부 및 학무국이 실시한 조선 구비문학 조사를 고찰하
고자 한다. 교육을 관장하는 주요 기관이 대대적으로 교육현장에서
실시하여 근대 초기의 자료를 채집하여, 이를 활용하는 계기를 마련
했다는 점에서 중요한 사안이다. 1910년대에 필자가 확인한 것만으
로도 적어도 세 차례에 걸쳐 식민지 조선의 교육행정을 관장한 총독
부 학무국이 구비문학을 조사했다. 1939년에 경성제대 출신 이재욱
은 민요사를 논하면서 후술하는 1905년 일본 문부성 조사, 오스트리
아, 독일, 영국의 정부기관이 민요수집 사업에 착수했음을 환기시키
고, 다음처럼 지적하였다.

> 그러면 조선에 있어서는 민요의 연구 내지 정리는 엇더하였든가. 그
> 수집에 있어서는 메이지 40년경에 조선총독부에서 각지에 의뢰해서 수
> 집하였고[32)

메이지 40년은 1907년이며, 당시는 통감부시기로 조선총독부는
존재하지 않았기 때문에 이재욱의 글은 시기 또는 주체가 잘못된 것
이 분명하다. 문제는 그 정답인데, 그 답은 둘일 수 있다. 학부는

老葉」, 『日本研究』 48, 2013. 장서 중 일본문학 관련 서적에 대한 목록 소개는 다
음과 같다. 鳥居フミ子, 「ソウル大學校中央圖書館所藏圖書調査目録」, 『實踐女子大
學 文學部紀要』 19, 1977; 須田悅生, 「大韓民國 國立ソウル大學校 圖書館藏 日本古
典籍 目録」, 須田悅生編 『靜岡女子短期大學・國語國文學 資料集1』, 靜岡県立 靜岡
女子短期大學 國語國文學研究室, 1982.
　한편, 모리타는 경성제대 장서의 특색을 4가지 들었는데, 1. 규장각도서 2. 조선문
화 연구서 수집 3. 서양서 4. 일본문학 관계도서를 평가했다. 4. 일본문학 관계도서
에는 방대한 근세 자료가 포함되었다.(森田芳夫, 「韓國における主要圖書館および藏
書目録」, 『朝鮮學報』 116, 1985, 83~84면).
32) 이재욱, 「해제 조선민요서설」, 임화편, 『朝鮮民謠選』, 學藝社, 1939, 264면.

1908년 민요를 수집했고, 총독부 학무국은 1912년에 민요를 수집했기 때문이다. 이처럼 1905년 일본의 문부성 보통학무국은 도쿄제국대학 교수 하가와 우에다의 주도로 구비문학을 대대적으로 수집했고, 이에 영향을 받은 총독부는 다카하시의『조선의 이야기집』(1910)을 참고하여, 1912년과 1913년에 오구라(하가와 우에다의 제자)가 중심이 되어 이를 조선에 적용했다. 계속해서 학무국은 1916년에 다나카 우메키치의 주도로 조선 구비문학을 수집했다.[33] 하가와 우에다의 제자 다카기 이치노스케(高木市之助, 1888~1974, 경성제대 국어학국문학 강좌 교수) 역시 구승 민요에 깊은 관심을 지녔다. 또한 무속을 학문적 주제로 그 가능성조차 생각하지 않았던 아키바가 조선에 부임한 후에『조선무속의 현지연구』로 박사논문을 받게 된다.[34]

　조선문학, 국문학, 사회학강좌의 교수들이 공통적으로 고대 구비전승에 관심을 갖게 된 것은 조선인의 심성을 이해하고, 이를 개발·이용하기 위한 도구로서 구승의 중요성에 착목한 데에서 기인한다. 조선정체론에 입각한 '조선적 고유성'의 발견을 통한 심성 개발의 성격을 명확히 하고자 한다. 식민지 제국대학의 학지는 현대적 관점에 따른 현재의 학지가 아니라, 고대적 관점에 따른 '잔존문화로서의 古代조선상'으로서 오리엔탈리즘적 타자인식에 기초한 것인데, 오늘날 이를 재구축하기 위해서는 먼저 그 허실에 대한 철저한 검증이 요구된다. 경성제대 예과 발족 후, 다나카(예과교수)는 조선 최초의 동화집『조선동화집』(1924)을 조선총독부에서 발간하고, 곤도 도키치(近藤時司, 1890~?, 예과교수)도 다수의 설화관련 논고를 발표하였다.[35]

33) 金廣植, 「近代における朝鮮說話集の刊行とその研究」, 『アジア遊學』138, 2010.
34) 전경수, 앞의 논문, 2005, 171면.
35) 近藤時司, 『史話傳說 朝鮮名勝紀行』, 博文館, 1929; 近藤, 「朝鮮の傳說と洪水」, 『朝

다카하시와 오구라는 1929년 제주도 민요조사와 함께, 조선민요, 조선가요 강좌를 병행했다. 다카하시는 조선 이야기 및 민요를, 오구라는 방언 및 향가 해석에 집중하였다. 이들은 모두 총독부 학무국 출신자였고, 교과서 편찬을 통한 식민지 초등교육은 물론이고, 고등교육에 있어서도 막대한 영향력을 행사했다는 공통점이 있다. 한편으로 사회학강좌의 아키바는 무속의 神歌를 채집, 분석했다.

고대문화와 구비전승에 대한 교수진의 연구 활동은 경성제대 출신자에게도 큰 영향을 미쳤다. 김태준의 한문학 연구[36], 조윤제의 시가 연구[37], 이재욱(영남민요의 연구, 1931년 졸업)과 고정옥(조선의 민요에 대하여, 1939년 졸업)의 민요 연구,[38] 임석재 등의 설화연구로 이어진다.[39]

근년에 다카하시의 경성제대 강의 노트와 더불어, 고정옥의 졸업논문, 오영진의 졸업논문의 일부(조선 내방가사, 1938년 제출), 김사엽, 구자균, 윤재구 등의 민요 수집 보고서 등이 학계에 소개되면서, 관련 연구가 본격화 하였다.[40]

鮮及滿洲』345, 1936; 近藤, 「神話傳說より觀たる內鮮の關係」, 『海を越えて』2-9, 1939.

36) 이상욱, 「김태준 문학사 방법론 재고(1)」, 『열상고전연구』27, 2008; 홍석표, 「김태준(金台俊)의 학문연구」, 『中國現代文學』63, 2012.

37) 임경화, 「식민지하의 〈조선시가사〉의 형성 -조윤제 『조선시가사강』을 통해 본 식민지 스티그마의 재해석」, 『일본연구』3, 2004; 임형택, 「한국근대의 '국문학'과 문학사 -1930년대 조윤제(趙潤濟)와 김태준(金台俊)의 조선문학연구」, 『민족문학사연구』46, 2011.

38) 김용찬, 「고정옥의 생애와 월북 이전의 저술 활동」, 『韓民族語文學』46, 2005; 임경화, 「'민족'에서 '인민'으로 가는 길 -고정옥 조선민요연구의 보편과 특수」, 『동방학지』163, 2013.

39) 金廣植, 『植民地期における日本語朝鮮說話集の硏究 -帝國日本の「學知」と朝鮮民俗學』, 勉誠出版, 2014.

40) 이윤석, 「다카하시 도오루[高橋亨]의 경성제국대학 강의노트 내용과 의의」, 『동방

4. 경성제국대학 법문학부의 민요채집

필자는 지금까지 제국 일본의 조선 구비문학 관련 사항을 총체적으로 재조명하고, 이를 바탕으로 특히 1920년대까지의 학무국 관계자의 움직임을 새로운 자료 발굴을 통해 실증해 왔다.[41] 학무국에서의 경험을 인정받아 관료에서 교수로 입신출세한 관계자들(다카하시, 오구라, 다나카, 곤도, 오다 쇼고 등)과 '내지'에서 부임한 경성제대 교수들(다카기, 아키바 등)의 관련을 검토하고자 한다.

다카하시가 1910년 9월에『조선 이야기집』을 간행하고, 1914년 6월에는 같은 출판사에서 증보판『조선 이언집(朝鮮の俚諺集 附物語)』을 펴낸 이래, 조선총독부 학무국과 관련을 맺고, 조선(인)론을 해명하기 위한 일환으로 조선 설화와 속담에 대한 연구서를 출판했다. 다카하시의 영향을 받은 학무국 편집과는, 오다 쇼고 편집과장의 지원 하에 오구라와 다나카가 조선(인)의 구명과 교과서 편찬을 위해 조선 구비문학의 채집과 연구에 깊은 관심과 정열을 기울였다. 문제는 이에 대해서 경성제대 장서를 기반으로 한 연구가 전무하다는 점이다. 지금까지 이에 대한 연구가 진행되지 못한 이유는 1929년에 행해진 경성제대 법문학부의 민요채집과 관련한 자료를 찾을 수 없었기 때문이다. 필자는 최근 이를 해명할 수 있는 관련 문서를 발굴했다.

먼저 이와 관련된 선행연구를 개괄하면 다음과 같다. 우선 다카하

학지』177, 국학연구원, 2016; 임경화, 「식민지기 '조선문학' 제도화를 둘러싼 접촉지대로서의 '민요' 연구 –고정옥 졸업논문을 통해 본 경성제대 조선문학 강좌의 성격」, 『동방학지』177, 국학연구원, 2016; 구인모, 「김사엽(金思燁)의 민요 조사와 연구에 대하여」, 『동방학지』177, 국학연구원, 2016; 김영희, 「고정옥의 〈조선민요 연구〉 –탈식민적 전환의 모색과 잉여」, 『온지논총』49, 온지학회, 2016.

41) 김광식, 「일본 문부성과 조선총독부 학무국의 구비문학 조사와 그 활용」, 『淵民學 志』20, 2013을 참고.

시의 연보에 다음과 같은 기록이 보인다.

1929년(중략) 11월 먼저 제주도민으로부터 섬의 민요를 듣고, 흥미를 지녔는데, 이때 기회를 얻어 섬에 건너감. 이래 계속해서 각지 민요 채집에 노력함. (중략) 1934년 본년 및 차년에 걸쳐 제국학사원의 보조를 받아 오구라 교수와 선내(鮮內) 각지의 민요를 채집함.[42]

그러나 실제로 다카하시는 법문학부 조선어조선문학 강좌 개설 직후인 1927년 전후부터 민요에 관심을 갖고 있었고,[43] 민요를 본격적으로 채집한 시기는 1929년 5월 이후다. 이재욱의 『영남전래민요집』을 분석한 배경숙은 1929년 경성제대 법문학부에서는 6개월에 걸쳐 전국적인 민요조사에 대한 연구사적으로 처음으로 그 내용을 거론했다. 배경숙은 "이 조사는 과학적 방법으로 이루어진 최초의 민요조사 활동으로 기록된다."고 주장하고 다음처럼 서술했다.

1929년 6월 경성제대 다카하시는 전국 보통학교 교원을 동원, 〈향토민요수집 조사보고 의뢰서〉를 발송하고 집중적인 조사를 했던 사례가 있는데, 이 조사 의뢰서의 학문적 체계를 갖추었음을 말한다.
· 歌者에게 가요(민요)는 비천한 것이 아니라는 점을 충분히 이해시킬 것.
· 종래전승 그대로 歌케 할 것.
· 기록자는 歌者가 唱하는 그대로 필기만을 할 것.
· 만약 다른 말로 옮긴 경우라도 原語의 野趣는 그대로 보존하도록

---

42) 「高橋亨先生年譜略」, 朝鮮學會, 『朝鮮學報』 48, 1968, 10면.

43) 임경화, 「식민지기 '조선문학' 제도화를 둘러싼 접촉지대로서의 '민요' 연구 -고정옥 졸업논문을 통해 본 경성제대 조선문학 강좌의 성격」, 『동방학지』 177, 국학연구원, 2016, 34~35면.

노력할 것.

· 가장 生命視할 것은 율격임.

· 부녀들의 가요를 듣도록 주의할 것.

· 弊之하면 수시로 청자의 신분은 歌者의 신분과 동일한 수평선상에
있어야 될 것 등을 지키도록 한 것이다. 이런 조사 자세는 오늘날의
민요조사에서도 당연한 원칙이다.[44]

위의 언급은 중요한 서술이지만, 그 출처를 제시하지 않았다는 문
제점이 있다. 실제로, 필자가 발굴한 자료에는 위 문장과 일치하는
서술은 없었다. 배경숙은 다른 관련자의 언급 등을 참고한 것으로 보
인다. 필자가 발굴한 일본어 자료는 4개 문서로 나눌 수 있다. 우선
〈민요채집의뢰의 건(民謠採集依賴の件)〉은 경성제대 문학부장 아베 요
시시게(安倍能成, 1883~1966)가 1929년 5월에 각 보통학교장에 보내는
공문에 해당한다. 두번째로 〈취의서(趣意書)〉는 1929년 6월에 경성제
국대학 법문학부 조선어학 문학연구실이 작성한 민요채집의 취지를
정리한 글이다. 그 요점을 인용하면 다음과 같다.[45]

이번 저희가 조선어학 문학연구 자료로 조선민요 수집을 기도한 것은
(중략) 민요가 그 향토 常民 사이에 자연 발생해 (중략) 민족의 언어 및
문학 연구에 있어, 중요한 재료가 되기 때문입니다. 실로 조선의 민요는
조선의 소설, 시문과 함께 저희가 연구해야만 할 조선의 문학예술의 소
중한 부분입니다. (중략) 일본은 명치 38년(1905년 -필자 주) 문부성내
문예위원회의 기도로 전국의 민요를 수집해, 그 결과를 대정 3년(1914

---

44) 배경숙, 「문경새재아리랑의 영남아리랑사적 고찰 -『영남전래민요집』을 중심으로」,
『음악문헌학』 4, 2013, 130~131면.

45) 다음의 다카하시의 글에도 이에 대한 간단한 언급이 보인다. 高橋亨, 「朝鮮民謠の
歌へる母子の愛情」, 『朝鮮』 255, 1936, 14~15면을 참고.

년 -필자 주) 俚謠集, 대정 4년(1915년 -필자 주) 俚謠集拾遺라는 2대
저서로 간행되었습니다. (중략) 조선에서도 종래 혹은 총독부 편집과에
서 혹은 민간의 동호자에 의해서 약간 민요 수집을 기도한 적이 있습니
다만, 결국 연구 자료라 할 만한 정도의 업적의 발표를 보지 못했습니
다. (중략) 이 민요도 오래 지나지 않아서 그 大半을 조선 땅 조선인의
입에서 상실되기에 이르게 된다는 것에 의문의 여지가 없습니다. 만약
지금 이를 수집할 방책을 세우지 않으면, 거의 영구히 이를 상실해 버릴
것이라 생각됩니다. (중략) 이에 널리 이해 있는 다수의 여러분에게 의
뢰하여 (중략) 오로지 각위의 양해와 원조를 부탁드립니다. (후략)

세번째로 채집 〈요령(要領)〉인데, 다음과 같이 9항목이다.

1, 그 민요가 행해지는 구역 및 시기
2, 그 민요의 종별 및 호칭(남자만? 여자만? 양쪽 다? 성인? 소아? 둘
   다? 잡가 등 13항목)
3, 그 민요를 부르는 사람(성명, 주소, 직업, 연령)
4, 그 민요에 附帶하는 전설 및 作者名
5, 그 민요를 부르는 경우, 반주의 여부
6, 가사는 현재 행해지는 대로 충실히 적고, 방언에는 주를 달고, 난해
   한 가사는 해석을 첨부
7, 그 민요의 정조(애조, 쾌조, 골계조, 優美, 활달 등)
8, 음보가 있으면 함께 기재, 略譜도 가능함
9, 기한 본년 12월 중으로

끝으로 〈민요기재용지(民謠記載用紙)〉에 다음의 8항목이 적혀 있다.
호칭, 종류, 채집지 및 구역, 부른 이(성명, 주소, 직업, 연령), 악기반주,
애조, 기타, 가사 내용이다.
   이상과 같이 필자가 새롭게 발굴한 4개의 자료는 다카하시가 주도

民謠記載用紙 (不足の時は 談求あらかたし)

一、呼稱
一、種類
一、採集地及び行はるる區域
一、其他
歌詞

一、歌ひし人
一、器樂件奏
一、調子

민요기재 용지

한 것으로 보이는데, 그 내용은 매우 전문적 성격을 띠고 있다. 전술한 바와 같이, 일본 문부성의 자료 조사 및 서양에서의 조사, 그리고 조선총독부 편집과의 조사 이력을 열거하였다. 실제로 학무국 편집과의 세 차례 조사 자료는 1919년 이후 조선총독부에서 〈조선민속자료〉 4권으로 발행되었지만, 이에 대한 구체적인 검토는 매우 적다. 이들 자료는 '교과용도서 일반참고서'로, 교과서 참고교재로 자리매김 되었다.46)

① 『朝鮮民俗資料第一編 조선의 수수께끼(朝鮮の謎)』(1919년 비매품)
② 『朝鮮民俗資料第一編附錄 수수께끼의 연구(謎の研究)』(1920년 비매품)
③ 『朝鮮民俗資料第二編 朝鮮童話集』(1924년 9월, 大阪屋號書店 발매)
④ 『朝鮮民俗資料第三編 朝鮮俚諺集』(1926년 5월, 大阪屋號書店 발매)

위의 책은 1910년대 편집과의 구비문학 채집을 정리한 것임을 알 수 있는데, ①②는 1919년과 1920년에 조선총독부에서 비매품으로 발간되었지만, 1924년 이후에는 조선총독부에서 발행하고, 大阪屋號書店에서 발매했다. 〈조선민속자료〉 시리즈로 발간된 4권 중, ②③은 다나카에 의해 간행되었다. ①은 오구라와 다나카, 그리고 가토 간카쿠(加藤灌覺, 1870~1948)가 중심이 되어 정리, 간행된 것으로 보인다. 한편, ④는 가토가 담당한 것으로 보인다. 오구라는 1924년 8

---

46) 朝鮮總督府學務局, 『朝鮮教育要覽』, 朝鮮總督府, 1926, 163면.

월, 재외연구원으로 영국, 프랑스, 독일, 미국을 유학하고 1926년 4월에 귀국했고, 다나카도 1921년 5월 독일 유학을 떠나, 1924년 6월에 경성제대 예과교수로 부임했다. 1924년 이후 오구라, 다나카 부재 상황에서 가토가 실질적 정리 담당자가 되어 민요집, 이언집 등을 발간 예정이었지만, 결국 이언집 만을 간행하게 된다.

조선총독부 편집과가 1926년 이언집(속담집) 발간을 끝으로 구비문학 자료집 간행이 중단된 상황에서 다카하시는 민요 수집을 계획한 것이다. 1929년 5월에서 6월경에 작성된 위 문서를 통해서, 각 보통학교에 의뢰해 그 해 말까지 민요가 채집되었음을 확인할 수 있다. 다카하시와 다카기는 1930년대에 경성제대 조선문학, 국문학(일본문학) 강좌에서 민요 관련 수업을 병행하였고, 다카하시는 패전 후 일본에 인양된 후에도 계속해서 평생에 걸쳐 조선 민요에 관심을 보인 것이다. 이러한 다카하시의 관심은 개인에 국한된 것이 아니라, 구비문학에 깊은 관심을 지니고 연구해온 오구라, 다나카, 다카기 등의 후원과 지지가 있어 가능했던 것으로 사료된다. 무엇보다도 이들 조선문학 및 일본문학 강좌 교수들이 구비문학 분야에 관심을 갖고 이를 각 강좌에서 지속적으로 다루면서 조선인 연구자에게 미친 영향이 지대하다고 보인다. 이에 대한 구체적인 검토는 앞으로의 과제다.

5. 결론

본장에서는 경성제국대학 부속도서관 장서를 구체적으로 분석하여, 다카하시 도오루와 오구라 신페이를 중심으로 한 민요조사와의 관계를 살핌으로써, 그 관련 양상을 심층적으로 검토하였다. 본문에서는 어문학 및 교육 관계서 중, 고대 문화와 관련된 구비전승 서적을 전반적으로 검토하였다. 경성제대가 조선을 중심으로 한 동양학의 확립과 식민지 학지의 지배를 목표로 성립된 것을 감안하면, 조선어학·조선문학 강좌 관련 중심으로 구체적인 연구가 필요하다.

이에 본 연구에서는 다카하시 도오루와 오구라 신페이가 1910년 전후부터 조선 구비문학에 관심을 지니고 조사를 수행하였고, 학무국 시기 이후의 지배를 위한 학지의 연장선상에서 연구 과정을 조망하였다. 학무국의 조선총독부 교과서 집필자들을 구체적으로 언급하며 그 교육적 활용을 해명함으로써 경성제대 문학부 계열 장서 내용을 맥락적으로 분석하였다. 본 작업을 통해 해당 교수의 강좌 운영 및 연구가 실질적으로 조선인 제자에게 어떤 영향을 끼쳤는지에 대한 배경을 이해하는 기반을 마련하고자 하였다.

구체적으로 어문학 및 교육 분야 장서 총 분류를 제시하고, 문학 분야 장서 약 469종(1,042책)을, 3600어학 분야 장서 약 202종(314책)을, 2000교육 분야 장서 약 695종(1,208책)을 분석 대상으로 하여, 약 1,366종(약 2,564책)을 분류하고 그 장서의 성격을 개괄하였다.

1905년 일본의 문부성 보통학무국은 도쿄제국대학 교수 하가 야이치와 우에다 가즈토시의 주도로 구비문학을 대대적으로 수집했다. 조선총독부는 이에 영향을 받고 다카하시의 선행연구를 참고하여 1912년과 1913년에 오구라가 중심이 되어 조선 구비문학을 조사했다. 계속해서 학무국은 1916년에 다나카 우메키치의 주도로 조선 구비문학을 수집했다. 도쿄제국대학 출신의 오다 쇼고 편집과장, 다카하시, 오구라, 다나카, 다카기 이치노스케, 곤도 도키치, 아키바 다카시 등은 모두 조선 구비문학에 깊은 관심을 지녔고, 후에 경성제대 교수를 역임했다는 공통점이 있다. 본장에서는 필자가 새롭게 발굴한 1929년 법문학부 민요조사 관련 문서를 구체적으로 제시하여 본 조사의 성립과정을 명확히 하였다.

제8장

재조일본인과 조선 구비문학의 전개

1. 조선(인) 이해를 위한 '구비전승'의 관심과 채집 조사 - 1910년대까지

1.1. 개념 및 배경

재조일본인 관련 연구가 축적되는 상황이지만, 이에 비해 아동문학 및 구비문학 관련 성과는 미약하다. 아동문학 연구는 창작을 중시하고, 구비문학 연구는 현장 연구를 중심으로 한 학문이어서 학사(學史)에 대한 연구가 적었지만, 1990년대 이후 관심이 고조되었다. 그러나 최남선, 방정환, 손진태 등을 중심으로 한 유학생 연구와 대표적 일본인 연구자의 영향 및 수용 양상을 논하는 게 일반적이었다. 기존의 아동문학 및 구비문학 연구는 한국과 일본을 매개하는 연결고리로서의 재조일본인을 도외시 했다는 커다란 문제점이 있다. 민관 양면으로 다양하게 전개된 관련 양상 중, 조선총독부가 발간한 단행본 및 잡지 등을 다루는 연구가 진행되었는데, 조선총독부 간행물 중에는 발행 경위나 필자를 명확히 제시하지 않은 글이 많아 그 실상을 구명하는 데 한계가 있었다. 근년, 1913년 조선총독부 학무국 편집과(조선총독부 교과서를 편찬) 조사보고서(전설·동화 조사사항)가 발굴

되면서 1차 자료에 기초한 실증적 연구가 행해져, 조선총독부 교육 관료와 재조일본인의 의도 및 역할에 대한 관심이 증대되었다(김광식, 『식민지 조선과 근대설화 ─일본인의 구비문학 조사와 조선인의 대응』, 민속원, 2015).

조선인에 의한 본격적인 설화 및 동화 채집 및 연구가 1920년대 이후에 본격화한다는 점에서 1910년대까지 재조일본인의 성과물을 검토하는 작업은, 1920년대와의 관련 및 영향관계를 확인하는 데도 중요한 실마리를 제공한다. 1910년대까지 식민지 조선에서 '동화(童話)'라는 용어는 오늘날의 민담 또는 설화라는 넓은 의미로 사용되었다. 아직 아동문학으로서의 '동화' 개념은 정착되지 않았다. 1913년 학무국이 조선인 대상의 초등교육 기관인 보통학교를 중심으로 실시한 전설 및 민담 조사를, '전설・동화'조사라고 명명한 데서 이를 확인할 수 있다.

실제로 1920년대까지도 일본에서 '동화'라는 용어는 오늘날의 민담(구전설화)과 같은 넓은 의미로 사용되었기에, 1920년대까지 사용된 '동화'라는 용어의 범주 및 의미 해석에는 주의를 필요로 한다. 1910년대에 조선총독부 및 교육정책 관련자들은 조선 및 조선인 이해의 길잡이로서 조선의 '구비전승'에 관심을 지녔다. 특히 식민지화 이후 조선총독부는 조선인에 대한 식민교육의 기반 정비에 역량을 집중했고, 이를 위해 일본에서 교원을 모집하였다. 1910년 8월 이후 1919년까지 천 여 명의 일본인 교육자가 조선에 건너와 '외지수당(外地手當)'을 받는 교원이 되었다. 1910년대 조선총독부 학무국은 3회에 걸쳐 조선 구비전승을 채집, 활용하였다. 조선 구비전승은 조선인의 심성을 이해하고 식민지교육을 위한 도구로 주목받게 된다.

1.2. 전개양상

이시이 겐도(石井硏堂, 1865~1943)의 『조선아동화담(朝鮮兒童畵談)』(學齡館, 1891)은 구한말 조선 아이들의 놀이와 풍속을 다룬 책으로 아동 놀이문화를 김준근의 삽화 10점과 함께 다룸으로써 근대기 시각문화 연구에 중요한 기초자료를 제공한다. 글의 내용은 원산진(元山津)에 거주한 재조일본인 나이토 세이지(內藤盛治)의 보고를 바탕으로 한 것이다.

근대 일본의 한국에 대한 본격적인 관심은 청일전쟁을 둘러싼 한반도 정세와 밀접하게 관련되는데, 일본의 대표적 아동문학자 이와야 사자나미(巖谷小波, 1870~1933)는 사자나미 산진(漣山人)이라는 필명으로 「조선의 옛이야기(朝鮮のお伽話)」(『少年世界』 1권 2~3호, 1895)를 연재하였다. 사자나미는 동화를 개작하고 구연동화를 보급해 일본은 물론, 조선 만주로까지 이를 확장시켰는데, 1913년 9월 이래 조선을 방문해 일본인 소학교를 중심으로 '구연여행'을 실시하였다. 또한 일본에서 최초로 발간된 민요집은 마에다 린가이(前田林外, 1864~1946) 편 『일본민요전집(日本民謠全集)』正續篇 2책(本鄕書院, 1907)인데, 여기에는 일본 '내지', 류큐·대만에 이어, 한국 민요도 수록되었다. 이는 사사키 아이코(佐々木愛湖)가 번역해서 기고한 것인데, 사사키의 경력은 알려진 바 없다. 1920년까지 수행된 주요 조사와 글은 다음과 같다.

주요 조사 및 작품 목록

게재지 권호(연월)	작가 및 제목
1908년 학부조사	학부 이언동요(俚諺童謠) 조사
1908.10	경성일보 기자 우스다 잔운(薄田斬雲)『암흑의 조선(暗黑なる朝鮮)』日韓書房(「조선총화(朝鮮叢話)」 설화 등 수록)

1910.9	다카하시 도오루(高橋亨)『조선의 이야기집과 속담(朝鮮の物語集附俚諺)』日韓書房(증보판『조선의 이언집과 이야기(朝鮮の俚諺集附物語)』1914)
1910.12	이마무라 도모(今村鞆)「조선의 전설(朝鮮の傳說)」(宇都宮高三郎 編『新天地』日韓書房)
1912.1	아오야기 쓰나타로(靑柳綱太郎)『조선야담집(朝鮮野談集)』朝鮮硏究會
『朝鮮及滿洲』제48호 (1912.2)	이미니시 류(今西龍)「깃옷의 설화(羽衣の說話)」
1912년 학무국 조사	총독부 학무국 이요·이언 및 통속적 독물(讀物)조사
1913년 학무국 조사	총독부 학무국 전설·동화 조사 조사 보고서『傳說童話調査事項』, 『朝鮮傳說及童話』
1913.10	교사 나라키 스에자네(楢木末實)『조선의 미신과 속전(朝鮮の迷信と俗傳)』新文社
1915년 공진회 관련 조사	이마이 이노스케(今井猪之助) 편『인천향토자료 조사사항(仁川鄕土資料調査事項)』등 다수
1916년 학무국 조사 『朝鮮敎育硏究會雜誌』 제19호(1917.4)	편집과 다나카 우메키치(田中梅吉) 주도로 동화·민요 등 조사 다나카「동화 이야기 부록 조선인 교육 소감(童話の話 附朝鮮人敎育所感)」
『朝鮮敎育硏究會雜誌』 제20~30호 (1917.5~1918.3)	다나카 편「조선동화·민요 및 이언·수수께끼(朝鮮童話·民謠竝俚諺·謎)」
『朝鮮彙報』1916년 1월호	시미즈 효조(淸水兵三)「조선 이야기의 연구(朝鮮物語の硏究)」
1918.2	이나가키 미쓰하루(稻垣光晴)『온돌 토산(オンドル土産)』慶南印刷株式會社(부산에서 개인출판)
1919.9	미와 다마키(三輪環)『전설의 조선(傳說の朝鮮)』博文館
1920.9	야마사키 겐타로(山崎源太郎)『조선의 기담과 전설(朝鮮の奇談と傳說)』ウツボヤ書籍店
『朝鮮』(1920.10)	오다 미키지로(小田幹次郎)「溫突閑話」(단군, 김유신, 삼성혈 설화 수록)

이상과 같이 1910년대에 행해진 채집 및 간행물은 조선총독부 및 관련기관의 관계자가 주류를 이룬다. 1905년 일본문부성은 러일전쟁 후, 민정(民政)의 파악과 지방개량운동의 일환으로 '동화 전설 속

요' 등을 소학교를 중심으로 수집했는데, 이에 영향을 받아 한반도에
서도 학부가 1908년 '이언동요(俚諺童謠)'를 조사한 이래, 조선총독부
학무국 편집과는 1912년 이요·이언(俚謠·俚諺) 등 조사, 1913년 전
설·동화(傳說·童話) 조사, 1916년 동화·민요 등 조사를 실시하였다.
1916년 조사는 학무국이 주관한 잡지『조선교육연구회잡지(朝鮮敎育
硏究會雜誌)』에 약 1년간 연재되었고, 식민지 교육에 커다란 영향을
끼치게 된다. 실제로 재조일본인 교사 나라키 스에자네의『조선의
미신과 속전』, 미와 다마키의『전설의 조선』등이 발간되었고, 이나
가키 미쓰하루의『온돌 토산』에는 연재 기사의 일부가 활용되었다.

1.3. 작품소개

재조일본인이 경영한 일한서방(日韓書房)에서 일본어로 쓰인 조선
설화집(이하, 일본어 조선설화집) 우스다 잔운(薄田斬雲, 1877~1956)의
『암흑의 조선(暗黑なる朝鮮)』(1908)과 다카하시 도오루(高橋亨, 1878~
1967)의『조선의 이야기집과 속담(朝鮮の物語集附俚諺)』(1910)이 연이
어 발간되었다. 전자와 후자에 수록된 설화 중, 〈돌이와 두꺼비〉
설화를 제외하고는 중복되는 유화(類話)가 존재하지 않는다. 전자는
1910년대 글에서 종종 인용되기도 했지만 그 이후 연구사에서 완
전히 잊혀졌다. 그에 반해, 후자는 초기부터 커다란 영향을 미쳤
다. 일본에서는 다카기 도시오(高木敏雄, 1876~1922) 등의 설화학자
가 후자를 적극 활용해 한일 비교설화 연구를 시작했고, 조선총독
부 학무국은 후자에 수록된 한일 유화(類話) 특히, 〈혹부리 영감〉과
〈말하는 남생이〉 등의 활용에 민첩하게 반응하였다. 실제로 1913
년 학무국 조사는 직접적으로 이들 이야기를 보고하도록 요구했고,

보고된 자료를 활용해 총독부 조선어 교과서에 수록하였다. 즉 다카하시의 자료집은 오늘날에도 계속되는 교과서의 동화 수록의 직접적 계기를 마련했다는 점에서 중요하다.

전술한 1912년, 1913년, 1916년 학무국 조사와 더불어, 1915년에는 향토자료(鄕土資料, 향토사료(鄕土史料)) 조사가 전국적으로 실시되었다. 이마이 이노스케(今井猪之助, 1872~1926) 편(인천 공립보통학교)『인천향토자료 조사사항』을 포함해, 경기도·전라남도 편『향토사료』, 전라북도·경상남도·황해도 편『향토자료』가 국립중앙도서관 및 서울대학교 도서관 등에 소장돼 있다.『인천향토자료 조사사항』에 따르면, 1915년 조사는 시정오년(始政五年) 기념 조선물산공진회 교육부문 관련으로 실시된 것으로 확인된다.

1910년대 자료 및 작품은 총독부 관련자가 압도적으로 많은데, 일제 초기부터 활동한 재조일본인 경찰 겸 풍속연구자로 알려진 이마무라 도모(今村鞆, 1870~1943)는 일찍부터 조선설화에도 관심을 보여 많은 자료를 소개하였다. 이마무라는 일한서방의 책에「조선의 전설(朝鮮の傳說)」(宇都宮高三郎編『新天地』1910)을 발표해, 장승, 제주도 삼신 설화 등을 수록하였다. 이후에도『조선풍속집(朝鮮風俗集)』(斯道館, 1914.11),『역사민속 조선만담(歷史民俗 朝鮮漫談)』(南山吟社, 1928.8) 등에 조선설화를 다수 수록하였다. 또한 나라키의『조선의 미신과 속전』(1913)의 서문을 쓰고 미신을 비롯한 구비전승 채록의 의미를 높이 평가하였다. 언론인 야오야기 쓰나타로(靑柳綱太郎, 1877~1932)도『조선야담집(朝鮮野談集)』(朝鮮研究會, 1912.1),『조선문화사(朝鮮文化史)』(同, 1924.2),『조선사화와 사적(朝鮮史話と史蹟)』(同, 1926.7) 등에 야담을 비롯한 전설, 설화를 남겼는데, 그 서술은 식민지주의 관점이 산견된다. 총독부 관련 보고서와 총독부 관련기관 등에 소속한 이마무라 등이 기록한 자료는 조선의 시정 및 통치를 위한 성격이 강하다.

한편, 조선사 연구자 이미니시 류(今西龍, 1875~1932)의 「깃옷의 설화」(『朝鮮及滿洲』 1912.2)는 단순히 한일의 유사성을 역설하지 않고 티벳 등 여러 나라에 관련 자료가 있음을 제시하였다. 또한 다나카 우메키치(田中梅吉, 1883~1975)와 시미즈 효조(淸水兵三, 1890~1965)의 글(「조선 이야기의 연구(朝鮮物語の硏究)」, 『朝鮮彙報』 1916.1)도 다년간의 설화연구를 기반으로 한 연구 내용을 소개하였다.

3·1운동 이후에 발간된 대표적 일본어 조선설화집인 미와 다마키의 『전설의 조선』(博文館, 1919.9)은 자료의 취사선택에서 조선통치에 대한 '내선융화'적 배려가 보이지만, 1919년에 평양을 중심으로 한 이북 설화를 다수 수록했다는 점에서 중요하다. 한편 경성일보 기자를 역임한 야마사키 겐타로(山崎源太郎)의 『조선의 기담과 전설(朝鮮の奇談と傳說)』(ウツボヤ書籍店, 1920.9)은 노골적으로 '내선융화'을 전면에 내세웠다는 점에서 문제적 자료집이다. 이후에 한일 구비전승의 유사성을 단순하게 '일선동조(日鮮同祖)'의 근거로 해석하려는 논자들에서 자주 활용되었다.

1.4. 연구현황 및 전망

아동문학의 관점에서 재조일본인을 다룬 연구는 1920년대 이후가 대부분으로 1910년대 이전에 대한 연구는 매우 드물다. 아동교육에 대한 관심이 1920년대 이후 본격화하였기 때문이기도 하지만, 1910년대 무단통치 시기의 자료가 한정적이었다는 점도 작용하였다. 근년, 다카하시 도오루를 비롯한 우스다, 나라키, 미와의 설화집이 번역 소개되었고, 1913년 조선총독부 동화전설조사 자료가 발굴, 영인, 번역되면서 1910년대에 대한 연구 기반이 조성되었다. 1910년대 채집 자료를 이용해 1920년대에 '조선동화집'이 본격적으로 간행된다는 점에서 채집사 및 연구사를 재구축할 수 있는 발판이 마련된 셈이다.

앞으로는 근대초기에 서구어로 전개된 채집 및 연구 동향, 근대 일본에서의 채집 및 연구 동향, 일본어 조선설화집을 포함한 조선총독부 및 재조일본인의 움직임을 유기적 · 맥락적으로 연구할 필요가 있다. 삼자의 공통점과 차이점을 도출하여, 한국 근현대 아동문학의 수용(저항 및 반발을 포함)과 변형(변주 혹은 왜곡을 포함) 과정을 명확히 해야 할 것이다. 이를 위해서는 1910년대에 행해진 최남선 등 한국 내부의 업적에 대한 발굴 소개 및 영인, 연구 작업도 병행되어야 할 것이다. 이러한 연구를 기반으로 1910년대 이후에 아동문학 특히 '동화'와 '동요'의 시대가 어떻게 형성되었고, 그 창작 및 개작 양상을 재검토하여, 금후 동화의 문제에 대한 심층적 분석이 요청된다.

2. '조선동화집'의 간행과 그 의미 -1920년대

2.1. 개념 및 배경

조선총독부 학무국 편집과는 1912년에 이요 · 이언(俚謠 · 俚諺) 등 조사, 1913년에 전설 · 동화(傳說 · 童話) 조사, 1916년에 동화 · 민요 등 조사를 실시했고, 이들 자료를 정리해 〈조선민속자료〉 제일편(朝鮮民俗資料 第一編)으로 『조선의 수수께끼(朝鮮の謎)』(1919)라는 자료집을 조선어와 일본어를 병용해 발간하였다. 이듬해에는 제일편 부록(附錄)으로 『수수께끼의 연구 -역사와 그 양식(謎の研究 -歷史とその樣式)』을 각각 비매품으로 발간하였다. 계속해서 제이편으로 최초의 근대

동화집 『조선동화집(朝鮮童話集)』(조선총독부, 1924.9)을 펴냈다. 제일 편과 그 부록이 비매품이었던 데 반해, 제이편은 대판옥호서점(大阪屋 號書店)에서 발매되었고, 이듬해 초에 활문사(活文社)에서 삽화를 추가 하여 『조선동화(朝鮮童話)』(전 3권) 간행 광고가 게재되었다. 중요한 사실은 〈조선민속자료〉가 조선총독부의 학무교육 즉 식민교육의 일 본어 참고도서로 발간되었다는 점이다. 1910년대 채집된 구비전승은 1920년대에 조선인 초등교육(보통학교)의 확대 및 개편과 맞물려서 '국어'(일본어) 교육의 효과적인 보급을 위해 이용되었다.

이에 대해 1922년 8월 방정환은 '조선 고래(古來) 동화모집'(『개벽』 26호)을 실시해, 이듬해 1월에 당선내역을 발표하고, 다음 달부터 당 선작을 게재하였다. 세계명작동화집 『사랑의 선물』(개벽사, 1922.7)을 펴내 동화 앤솔로지로 큰 반향을 일으킨 방정환은 1923년에 아동잡 지 『어린이』를 발간하고, 색동회를 조직해 설화를 동화로 재화하고 구연하였다. 이러한 상황에서 조선총독부 학무국은 1910년대에 실시 한 전설·동화(傳說·童話)를 정리하여 『조선동화집』(1924)을 발행한 것이다. 조선총독부의 『조선동화집』 발간을 계기로 하여 1920년대 중반에는 일본어와 조선어로 다수의 '조선동화집'이 출판되어 조선 동화집이 조선아동뿐만 아니라, 일본아동에 이르기까지 널리 읽히게 되었다.

2.2. 전개양상

재조일본인 다카하시 도오루(高橋亨)의 『조선의 이야기집과 속담 (朝鮮の物語集附俚諺)』(日韓書房, 1910)과 미와 다마키(三輪環)의 『전설의 조선(傳說の朝鮮)』(博文館, 1919) 등 일본어 조선설화집의 발간을 계기 로 하여, 일본에서는 서구 자료 및 일본어 자료집 등을 활용해 다카기 도시오(高木敏雄)의 『신일본 교육 옛이야기(新日本敎育昔噺)』(敬文館, 1917)와 마쓰무라 다케오(松村武雄)의 『일본동화집(日本童話集)』(世界童話大系刊行會, 1924) 등에도 조선설화가 다수 수록되었지만, 이들 자료집은 아동을 위한 동화집보다는 오히려 설화집으로서의 성격이 강하다.

재조일본인 주요 작품 및 채집 목록

게재지 권호(연월)	작가 및 제목
1919.3	조선민속자료 제일편(다나카 우메키치田中梅吉) 『조선의 수수께끼(朝鮮の謎)』 조선총독부
『朝鮮』 1921년 1월호	編輯學人(田中梅吉) 「천녀의 깃옷(天女の羽衣)」
『朝鮮』 1921년 1월호	가토 간카쿠(加藤灌覺) 「닭의 해에 기인하는 조선 지명과 기타 문헌(雞(酉)年に因む朝鮮の地名と其の他の文獻)」
『朝鮮』 제79호(1921.6)	이시카와 기이치(石川義一) 「조선 속곡(朝鮮俗曲)」
1922.3	야시마 류도(八島柳堂) 『동화의 샘(童話の泉)』京城日報代理部
『朝鮮敎育』 제7권 제5호 (朝鮮敎育會, 1923.2)	교사 미카지리 히로시(三ケ尻浩) 「동화와 교육(童話と敎育)」
1923년 여름	교사 데라카도 요시타카(寺門良隆) 『1923년 조선설화집(大正十二年傳說集)』 신의주 고등보통학교 일본어 작문집
『朝鮮』 제102호(1923.10)	오다 쇼고(小田省吾) 「고대의 내선교통 전설에 대하여(古代に於ける內鮮交通傳說について)」
1923.10	다지마 야스히데(田島泰秀) 『溫突夜話』敎育普成株式會社
『朝鮮及滿洲』 제194호 (1924.1)	이마무라 도모(今村鞆) 「쥐의 결혼(鼠の結婚)」
『京城日報』 1924.1.3	다치바나 교지로(橘喬二郎) 「쥐에 기인하는 조선동화(鼠に因める朝鮮童話)」
1924.9	조선민속자료 제이편(다나카 우메키치) 『조선동화집(朝鮮童話集)』朝鮮總督府
1924~7	아시다 에노스케(芦田惠之助) 『尋常小學國語小讀本』 전10권, 芦田書店
1924.12	아라이 이노스케(荒井亥之助) 『조선동화 제일편 소(朝鮮童話第一篇 牛)』永島充書店

『警務彙報』(1925.3)	이노우에 오사무(井上收)「가정동화 한국의 우라시마(韓樣浦島)」
『朝鮮及滿洲』 211(1925.6)	하마구치 요시미쓰(濱口良光)「조선동화의 연구(朝鮮童話の硏究)」
『文敎の朝鮮』 17(1927.1) 『文敎の朝鮮』 29(1928.1)	조선교육회 조선전설 특집호 조선교육회 童話 특집호
1926.2	나카무라 료헤이(中村亮平)『조선동화집』冨山房
1926.5	다치카와 쇼조(立川昇藏)『신실연 이야기집 연랑(新實演お話集 蓮娘)』第1集, 隆文館
1928.5~1930.11	조선교육회『普通學校 兒童文庫』전35권
1928.10	오카다 미쓰구(岡田貢)『일상생활상에서 본 내선융화의 요체(日常生活上より見たる內鮮融和の要諦)』京城出版舍
1929.2	다나카 우메키치, 金聲律 역『흥부전(興夫傳) 朝鮮兒話文學』大阪屋號書店
1929.4	다나카 우메키치 외『日本昔話集』下卷 朝鮮篇, アルス

이상과 같이 1910년대까지 총독부 관계자를 중심으로 전개된 설화 조사는 1920년대에 들어 다양한 전개양상을 보인다. 일본인 교육자를 중심으로 단행본 및 잡지, 경성일보, 매일신보 등에 관련 기사가 일반화 되었다. 한편 한글로『어린이』,『신소년』등이 간행되어 동화, 동요가 주목을 받고, 교사 엄필진은『조선동요집』(창문사, 1924)을 발간하여, 민요를 포함한 다양한 동요를 수록하였다.

이러한 상황에 대응해 조선총독부는 일본어 보급을 의도해 1924년에 최초의 동화집『조선동화집(朝鮮童話集)』을 간행했고, 동시기에 제 2기 일본어 교과서『국어독본(國語讀本)』전8권(조선총독부, 1923~4)에도 조선동화가 다수 활용되었다. 이 교과서를 편찬한 아시다 에노스케(芦田惠之助) 편수관은 일본으로 돌아가『심상소학 국어소독본(尋常小學 國語小讀本)』전10권(1924~7)을 간행해 조선동화를 다수 수록했고, 아라이 이노스케(荒井亥之助) 편『조선동화 제일편 牛』(1924),

나카무라 료헤이(中村亮平)의 『조선동화집』(1926), 다치카와 쇼조(立川 昇藏)의 『신실연 이야기집 연랑(심청)』(1926) 등 전래동화집이 연이어 발간되었다. 한편, 조선어로 심의린의 『조선동화대집』(한성도서주식 회사, 1926.10), 한충의 『조선동화 우리동무』(예향서옥, 1927.1), 백남신 의 『조선동화 무궁화 꽃송이』(영창서관, 1927.10) 등이 발간되었다.

2.3. 작품소개

1910년대에 구승자료를 조사한 조선총독부 학무국은 1920년대에 들어 이를 본격적으로 활용한다. 조선총독부 종합월간지 『조선(朝鮮)』 1921년 1월호에 다나카 우메키치(田中梅吉)가 편집학인(編輯學人)이라 는 필명으로 「천녀의 깃옷(天女の羽衣)」을, 가토 간카쿠(加藤灌覺, 1870 ~1948)가 「닭의 해에 기인하는 조선 지명과 기타 문헌」을 게재했는데, 그 내용은 1912년 및 1913년 조사 자료를 활용한 것이다. 학무국 편집 과장 오다 쇼고(小田省吾, 1871~1953)는 「고대의 내선교통 전설에 대하 여」(『朝鮮』, 1923.10)를 쓰고, 조선 전설동화의 교육적 활용을 주장하였 다. 실제로 제 2기 교과서에는 조선동화가 다수 수록되었다.

또한, 학무국 편집과 직원 다지마 야스히데(田島泰秀, 1893~?)도 조 선 재담집 『온돌야화(溫突夜話)』(1923)를 간행했는데, 수록된 이야기 160편 중, 〈삼년고개(삼년언덕三年坂)〉가 포함되었고, 제 3기 조선총 독부 조선어 교과서 『조선어독본』(권4, 1933)에 〈삼년고개〉가 실려, 그 영향관계를 확인할 수 있다. 학무국 산하의 조선교육회는 『조선 교육(朝鮮敎育)』, 『문교의 조선(文敎の朝鮮)』 등을 통해 동화를 다수 다 루었는데, 『문교의 조선』 1927년 1월호는 '조선전설'을, 1928년 1월 호는 '동화(童話)'를 특집호로 펴냈다. 또한 조선교육회는 『보통학교 아동문고(『普通學校 兒童文庫』)』 전35권(1928~1930)을 일본어에 조선어를 일부 포함시켜 간행했는데, 여기에도 조선동화가 다수 수록되었다.

교사 이시카와 기이치(石川義一)는 「朝鮮俗曲」(1921)에 이어 이듬해에는 「사회교화와 민요(社會敎化民謠)」(『朝鮮』83호, 1922.1) 등 민요를 다수 수집 발표하여 '내선융화(內鮮融和)' 및 사회교화와 시정(施政) 자료를 위해 민요를 채집하였다. 조선총독부 소속의 시미즈 효조(淸水兵三)도 총독부 기관지 『朝鮮』(1927.5~9)에 「조선의 동요(朝鮮の童謠)」와 「조선의 민요(朝鮮の民謠)」 등을 연재하였다.

조선총독부 기관지 경성일보는 1920년대에 아동용 읽을거리를 통한 독자 개척을 위해 구연동화 등 아동 장르를 적극 활동했는데, 경성일보대리부에서 간행된 야시마 류도(八島柳堂)의 『동화의 샘(童話の泉)』(1922)은 그 결과물이다. 야시마는 1921년 말에 조선으로 건너와 경성일보 소아회(小兒會, 京日コドモ會, 1921년 12월 14일 발족) 간사로 활동하며, 〈선녀와 나무꾼〉을 포함한 조선동화 등을 개작해 수록하였다.

조선총독부 및 경성일보의 움직임에 대응해, 방정환 등을 중심으로 한 조선인의 설화 채집 및 동화 보급이 본격화 되었고, 1924년에 이르러 조선총독부는 『조선동화집』을 간행하였다. 이 동화집은 독일 아동문학자 다나카 우메키치(田中梅吉)에 의해 작성되었는데, 그 영향을 받아 다수의 재조일본인과 조선인이 조선동화집을 간행하였다. 나카무라 료헤이(中村亮平)의 『조선동화집』(1926)은 조선 동화(43편), 전설(17편), 고전소설(심청전, 흥부전)을 수록했는데, 총독부 동화집에 수록된 25편 모두를 소재로 하여 '내선융화'를 목표로 다시 쓰였다.

또한 다치카와 쇼조(立川昇藏)의 『신실연 이야기집 연랑』(1926)에 수록된 조선동화 9편 중, 7편도 총독부 동화집을 바탕으로 개작된 것이다. 다치카와는 문체와 형식 및 줄거리를 자유롭게 변형하였고, 한 국의 형제담을 일본적 이웃집 노인담(인야담隣爺譚)으로 개작했다는 문제점이 있다. 나카무라와 다치카와의 책은 일본에서 출간되어, 일 본 아동의 조선동화 이해에도 영향을 끼쳤다.

3·1운동 이후, 1920년대 문화통치 시기에는 '내선융화'를 위한 동화 의 활용이 뚜렷하게 확인되는데, 하마구치 요시미쓰(濱口良光)는 「조선 동화의 연구」(『朝鮮及滿洲』 1925.6)에서 〈한겨울의 딸기〉, 〈여우의 재 판〉 등을 소개하고, 조선동화를 통해 조선민족의 정신과 생활을 해명 할 수 있다고 주장하였다.

노골적인 '내선융화'적 해석은 이노우에 오사무(井上收), 곤도 도키 치(近藤時司, 1890~?) 등에게도 나타난다. 곤도는 1918년에 조선에 와 서 대구고등보통학교 교사, 학무국 편수관(編修官)을 거쳐 1925년부터 경성제국대학 예과교수를 역임했는데, 조선과 일본의 동화, 전설의 유사성에 관심을 갖고, 신라 4대왕 석탈해 설화를 일본의 모모타로와 동일하다고 주장하며 동조론을 주장한 인물이다(곤도「조선의 전설에 대 하여(朝鮮の傳說について)」(『東洋』 27권8호, 東洋協會, 1924.8), 『사화전설 조 선명승기행』(博文館, 1929), 「모모타로의 호적 조사(桃太郎の戶籍調べ)」(『文 敎の朝鮮』 1933.5)). 이러한 주장은 가와무라 고호(川村五峯, 「신라에 있는 모모타로담(新羅にある桃太郎譚)」, 『新靑年』 6권 9호, 1925.8), 사쿠라이 아 사지(櫻井朝治, 「석탈해 이사금에 대하여(昔脫解尼師今に就いて)」, 『朝鮮の敎 育硏究』 4, 1928) 등도 주장하였다.

오카다 미쓰구(岡田貢, 1879~?)도 우월의식을 바탕으로 '일선동조 론에 입각한 내선융화'를 주장하였다. 오카다는 1900년 3월 야마구 치현 사범학교를 졸업하고, 조선에 건너와 일본인 소학교를 거쳐, 1914년 경성 인현(仁峴)공립 보통학교 교장, 1927년 경성부사(京城府

史) 편찬사무 촉탁 주임을 담당하였다. 방대한 양의『경성부사(京城府史)』전3권(京城府, 1934~1941)을 간행하는 등 경성의 향토 전문가로 활동하였다.『일상생활상에서 본 내선융화의 요체』(1928)는 한일 간 문화 차이를 재조일본인의 시각에서 정리한 책으로, 부록에「조선의 민요와 민족성」,「동화전설 등에 나타난 조선의 특질」,「조선동화의 수례(數例)」등을 다루었다. 조선인의 순종함을 논하는 한편, 조선동화의 후진성과 일본과의 유사점을 강조하였다.「동화전설 등에 나타난 조선의 특질」은『조선연구(朝鮮研究)』(2권2호, 1929.2)에 재수록 되었는데 조선과 일본의 〈선녀와 나무꾼〉 설화를 비교하며 조선의 정체성(停滯性)을 논했다.

한편, 당시 경성제대 예과 교수 다나카 우메키치(田中梅吉)는 신문관(新文館)판을 저본으로 하여 일본어 번역본『흥부전 조선설화문학(興夫傳 朝鮮說話文學)』(1929)을 발간했는데, 서두에「흥부전에 대하여」라는 장문의 논문을 썼다. 흥부전은 일본에서도 〈작보은(雀報恩)설화〉가 존재하며 식민지시기에 한일 공통설화로 일찍부터 주목되어 '일선동조론'에 활용된 설화이다. 그러나 다나카는 "조선에서 오랜 존재임을 증명할만한 문헌이 없어" 한일의 직접 관련성에 신중한 입장을 천명하였다. 식민지시기에 '내선관련설화(內鮮關連說話)'의 상징인 〈흥부전〉 번역을 주도한 다나카는 당대 식민 지배를 추인하는 '일선동조론'과 거리를 두었다는 점에서 일단 평가된다. 다나카의 주장은 1920년대에 경성제국대학 예과 교수로서 아카데미즘 안에서 발설되었기 때문에 가능했던 주장으로도 판단된다.

2.4. 연구현황 및 전망

조선동화집에 대한 연구는 1990년대 이후 본격적으로 시작되었
다. 1990년대 중반 이후에는 조선총독부의 『조선동화집』(1924), 심의
린의 『조선동화대집』(1926), 박영만의 『조선전래동화집』(1940) 등이
번역, 복각되면서 많은 연구가 행해졌다. 조선총독부의 동화집이
1924년에 발행되었고, 심의린의 동화집이 2년 후에 간행되었다는 점
에서 선행연구에서는 양자의 차이점을 중심으로 이항대립적 연구가
주를 이루었다. 이를테면 왜곡된 총독부의 동화집에 대한 저항담론
으로서의 심의린 연구에 중점을 둔 것이다.

앞으로는 전술한 일본어로 간행된 다양한 동화집과 한글로 간행된
다수의 조선동화집을 다각적으로 분석해야 할 것이다. 선행연구에서
는 심의린의 한글 동화집을 중심으로 연구되었지만, 당시에는 한충
의 『조선동화 우리동무』(1927), 백남신의 『조선동화 무궁화 꽃송이』
(1927), 한성도서주식회사 편집부 편 『동화집 황금새』, 『동화집 바다
색시』(1927), 김려순의 『새로 핀 무궁화』(1927), 심의린의 『실연동화
제일집』(1928) 등 다양한 한글 동화집이 간행되었다(김광식, 『식민지
조선과 근대설화 -일본인의 구비문학 조사와 조선인의 대응』, 민속원, 2015).

일본어로 간행된 동화집은 일차적으로 일본어 보급과 밀접한 관련
이 있다. 이에 대해 조선어 연구자인 심의린의 동화집은 조선어 교육
과 관련시켜 이해할 필요가 있다. 한글로 간행된 여러 동화집을 비교
분석하여 당대의 현황을 검토하고, 일본어 동화집과의 관련성을 통
한 종합적인 연구가 요청된다. 당대 동화집은 주요 동화가 중복 수록
되고 교육적으로 활용되면서 우리 동화의 고정화 및 패턴화에 커다
란 영향을 끼쳤다고 보인다. 이를 바탕으로 하여, 일본어 동화집과

한글 동화집의 관련 양상을 심층적으로 검증한다면 근대시기에 다양한 주체에 의해서 수행된 동화의 개작 양상과 오늘날의 과제를 재검토 할 수 있을 것이다.

3. 조선 향토지와 전설집의 확산 -1930년대

3.1. 개념 및 배경

1930년대는 1920년대 말 이후의 세계공황의 타격으로 경제적 혼란 속에서 향토 문화를 매개로 한 새로운 향토사 및 향토교육이 국가주의 체제 하에서 재구축된 시기이다. 경제공황으로 인해 심각한 타격을 입은 농촌에서는 소작쟁의가 빈발하였고, 학생과 노동자를 중심으로 사회주의, 민족주의가 강해졌다. 이러한 사상적·경제적 동요에 직면해 일본 문부성은 향토사를 매개로 한 국민으로서의 일체감과 애국심을 재인식시키려고 노력했고, 조선총독부에서도 이를 수용하여 1928년 임시교육심의회를 설치하였다. 조선총독부는 1932년부터 본격적으로 향토교육과 농촌진흥운동(農山漁村진흥운동)을 병행 실시하였다. 이질적인 향토 공간이 아닌, 균질화·동질화 된 일본 '제국민(帝國民)'이 사는 문화 지리공간으로서 향토가 재정의된 것이다.

출판 상황도 악화되어 1920년대에 발간된 다수의 동화집은 1930년대에 접어들어 그 기세가 꺾이고, 이를 대신해 지역사회 향토를 기반으로 한 향토지(향토地誌, 향토지리서, 향토독본 등을 포함)와 전설집이 다수 발간되었다. 주관적·심정적 향토교육론을 주장한 기존의 일본 문부성에 대해, 과학적 향토연구를 주창한 향토교육연맹 등의 새로운 움직임은 그 차이점에도 불구하고, 국민으로서의 자각 함양

을 위해 향토를 인식시키려 했다는 공통점을 지녔다. 향토교육연맹
의 『향토학습지도방안(鄕土學習指導方案)』(刀江書院, 1932)에서는 향토
지(향토독본)의 유행을 경계하고 '직접경험'에 의한 교육을 강조하며,
잡학교본(雜學敎本)이 아닌 "감정에 호소하기 위한 문학적 독본이 돼
야 할 것"이라고 역설하였다. 이에 전설을 포함한 구비전승이 주목
받게 된다. 한편 식민지 조선에서는 일제의 중국 대륙 침략 확대와
더불어, 향토교육이 더욱 강화되었고 근로의식, 실업교육, 향토에
대한 헌신, 국가와의 결합을 강조하였다. 농촌문제의 근본적 원인 진
단과 그 처방이 아닌, 정신력에 의지한 미봉책으로 인해 모순적 상황
은 더욱 심화되어 갔다.

3.2. 전개양상

1920년대 일본 아동문학의 총결산, 집대성으로 평가되는 일본아동
문고(日本兒童文庫, 전76권, アルス, 1927.5~1930.11, 기타하라 데쓰오(北原
鐵雄) 편집)와 소학생전집(小學生全集, 전88권, 興文社, 1927.5~1929.10, 기
쿠치 간(菊池寬)·아쿠타가와 류노스케(芥川龍之介) 편집책임)은 창작동화
집, 전래동화집, 민화집, 이야기집 등을 중심으로 당대 최고 수준의
일본 아동문학 작가들을 등장시켰지만, 1920년대 말 경제공황의 타격
을 받고 종간되었다. 조선교육회 역시 이를 참고하여 『보통학교 아동
문고』(1928~1930)를 간행했지만 35권에 그쳤다. 아동을 위한 '동화' 및
'민담'이 급속히 쇠퇴한 자리를 대신해, '향토' 및 '전설'을 키워드로
하는 향토교육의 중요성이 부각되는 시기가 바로 1930년대이다.

재조일본인 주요 작품 목록

게재지 권호(연월)	작가 및 제목
1928.10	난바 센타로(難波專太郎)『朝鮮風土記』大阪屋號書店, 1928(증보판『朝鮮風土記』上·下, 建設社, 1942~3)
1929.1	나카무라 료헤이(中村亮平) 외『支那·朝鮮·台灣神話傳說集』近代社
1929.5	곤도 도키치(近藤時司)『史話傳說 朝鮮名勝紀行』博文館
1929.9	나가이 가쓰조(永井勝三)『咸北府郡誌 유적 및 전설집(遺蹟及傳說集)』會寧印刷所出版部
1930.10	다나카 만소(田中万宗)『朝鮮古蹟行脚』泰東書院, 평양전설 등을 다수 수록
1934	社會敎育會編(오쿠야마 센조奧山仙三)『일본향토 이야기(日本鄕土物語)』하권, 大日本敎化圖書株式會社
1934.8	오쿠마 다키자부로(大態瀧三郎)『金剛山探勝案內記』谷岡商店印刷部(금강산 전설)
1934.9	조선총독부철도국(朝鮮總督府鐵道局)『朝鮮旅行案內記』(금강산 전설 등)
1934.9~10	이시바시 겐키치(石橋謙吉)『鄕土讀本』상(3·4학년용), 하(5·6학년용), 釜山第二公立尋常小學校
1935.11	公州공립고등보통학교 교유회(輕部慈恩) 편『忠南鄕土誌』(전설 다수 수록)
『朝鮮公論』276 (1936.3)	하나오카 료지(花岡涼二)「「전설」과「일선동근」(「傳說」と「日鮮同根」)」
1939	『昭和十四年一月 咸鏡北道傳說(四年生)』鏡城공립농업학교 일본어 작문집

　이상과 같이 전설집과 향토지가 간행되었다. 근대 이전에도 향토지가 간행되었지만, 1930년대에 간행된 향토지는 일본 제국의 영향을 받아 자료수집과 편찬에 근대적 방식이 도입되었고, 관리나 재지세력이 중심이었던 근대 이전과는 달리, 학교 교사와 학생을 동원해 지방 교육회를 중심으로 작성되었다는 차이가 있다. 조선교육회 산하의 지방 교육회에서 1930년대에 작성된 향토지(향토독본)는 양적으

로 매우 활발하였지만, 조사 기간과 예산, 인재 면 등 질적으로는 여러 가지 문제점을 지녔고, 그 내용에도 차이가 존재한다.

일본 문부성 산하의 사회교육회는 1934년에『일본향토이야기(日本鄕土物語)』상·하권을 간행했는데, 조선총독부 학무국의 오쿠야마 센조(奧山仙三)가 조선편을 담당하였다. 또한 일본에서 자란 재조일본인 아동을 위한 향토독본도 간행되었다. 부산제이 공립심상소학교는 1934년에 교사 이시바시 겐키치(石橋謙吉)가 중심이 되어『향토독본(鄕土讀本)』상권(3, 4학년용), 하권(5, 6학년용)을 펴냈다.〈석탈해〉,〈은혜를 모르는 호랑이〉,〈까치 다리〉,〈연오랑세오녀〉등 다수의 한일 관련설화를 총독부 교과서를 참고해 수록하였다.

1930년대는 근대 일본의 중국대륙 침략과 더불어 만주의 중요성이 강화되면서 고구려 신화가 다시 주목을 받아 호소야 기요시(細谷淸, 1892~1951)의『만몽전설집(滿蒙傳說集)』(滿蒙社, 1936), 다니야마 쓰루에(谷山つる枝)의『만주의 전설과 민요(滿洲の傳說と民謠)』(滿洲事情案內所, 1936), 기타 다키지로(喜田瀧治郎)의『이 토지 이 사람 만주의 전설(この土地この人 滿洲の傳說)』(滿洲敎科用圖書配給所出版部, 1940) 등에 고구려 및 부여 설화가 수록되었다.

3.3. 작품소개

1920년대 중반부터 다수의 전설집 및 향토관련 서적이 간행되기 시작하였다. 총독부 철도국 철도종사원 양성소 교사 난바 센타로(難波專太郎, 1894~1982)는『조선풍토기(朝鮮風土記)』(1928)를 간행했고, 이듬해 나카무라 료헤이(中村亮平)의『支那·朝鮮·台灣神話傳說集』, 곤도 도키지(近藤時司)의『史話傳說 朝鮮名勝紀行』, 나가이 가쓰조(永井

勝三) 편『咸北府郡誌 유적 및 전설집(遺蹟及傳說集)』등이 발간되었다.

1930년대에는 향토지가 다수 간행되었는데, 이중에서 전설 등 구비 전승을 취급한 것은 다음과 같다. 대구부교육회(大邱府敎育會) 편『대구독본(大邱讀本)』(1937.1)에서는 이공제(李公堤), 칠성암, 미꾸라지 우물 등을 수록했고, 재령보통학교 교사 오구리 신조(小栗信藏, 1885~?)의 『載寧郡鄕土誌』(載寧郡敎育會, 1936.9), 예산군교육회(禮山郡敎育會) 편『禮山郡誌』(禮山郡敎育會, 1937.3), 경기도 편『경기지방의 명승사적(京畿地方の名勝史蹟)』(朝鮮地方行政學會, 1937.7), 황해도교육회(黃海道敎育會) 편『黃海道鄕土誌』(帝國地方行政學會朝鮮本部, 1937.12) 등에 지역 전설이 수록되었다. 특히 공주 공립고등보통학교 교유회 가루베 지온(輕部慈恩, 1897~1970) 편『충남향토지(忠南鄕土誌)』(1935)는 향토사 및 고고학에 관심을 기울인 교사 가루베의 지도하에 생도(生徒) 편집부를 구성해, 전설편·향토사편·토속자료편 등 3편으로 나누었다. 전설편과 향토사편을 각 군별로 배열했고, 토속자료편은 풍속습관, 민간신앙, 연중행사, 오락유희, 가요(동요·민요를 포함) 등 5부로 나누어 게재한 것이다. 다수의 전설을 포함한 향토지로 참고할 만하다.

지방의 교육회와 더불어, 평양 및 경주 등의 고도(古都, 구도舊都)에서는 일찍부터 다양한 전설집을 비롯한 향토지가 간행되어 가이드북으로서의 역할을 수행하였다. 핫타 소메이(八田蒼明)는 평양명승고적보존회에서 활동하며『낙랑과 전설의 평양(樂浪と傳說の平壤)』(平壤硏究會, 1934.11),『전설의 평양(傳說の平壤)』(平壤名勝舊蹟保存會, 1937.3),『전설의 평양』(平壤商工會議所, 1943.7)을 간행하였고, 사사키 고로(佐々木五郎)는「평양부근의 전설(平壤附近の傳說)」을 일본의 잡지『여행과 전설(旅と傳說)』(14권 8~11호, 1941.8~11)에 연재하였다.

평양의 전설이 고조선, 고구려, 고려, 조선시대 등 다양한 이야기를 채록한 데 비해, 경주의 전설은 신라의 전설을 중심으로 채록되었다는 점에서 신라 고적의 발굴과 그 배치를 통한 관광 및 성지화와 긴밀히 연결된다. 경주고적보존회가 중심적 역할을 수행하였고, 그 활동을 인정받아 조선총독부박물관 경주분관장을 역임한 오사카 긴타로(大坂金太郞, 1877~1974)는 오사카 로쿠손(大坂六村)이라는 필명으로『경주의 전설(慶州の傳說)』(芦田書店, 1927.4)과『취미의 경주(趣味の慶州)』(慶州古蹟保存會, 1931.9)를 펴냈다. 오사카의 책은 거듭 증쇄되어 널리 읽혔는데, '내선융화'를 위해 크고 작은 개작이 행해졌다. 경주의 고적이 발굴되고 재배치되면서 경주의 전설은 신라를 형상화하는 장치로 기능하였고, 나카무라 료헤이(中村亮平『朝鮮慶州之美術』藝艸堂, 1929), 고니시 에이자부로(小西榮三郞『最新朝鮮滿洲支那案內』聖山閣, 1930), 다나카 쇼노스케(田中正之助, 加藤安正『浦項誌』朝鮮民報社浦項支局, 1935) 등의 책에도 신라 전설이 다수 수록되었다.

조선총독부 중추원 조사 보고서 젠쇼 에이스케(善生永助, 1885~1971) 편『生活狀態調査 其七 慶州郡』(朝鮮總督府, 1934)에 수록된 경주전설도 오사카가 제공한 것이며, 젠쇼 에이스케 편『生活狀態調査 其四 平壤府』(朝鮮總督府, 1932)에도 다수의 평양전설이 수록되었다. 또한 무라야마 지준(村山智順, 1891~1968)의 민간신앙편『조선의 귀신(朝鮮の鬼神)』(朝鮮總督府, 1929),『조선의 풍수(朝鮮の風水)』(朝鮮總督府, 1931) 등에도 관련 전설이 수록되어, 전설의 중요성이 제고되었다.

3.4. 연구현황 및 전망

1930년대는 경제공황의 여파와 만주사변, 중일전쟁의 확대로 인해, 조선(인)의 일상생활이 균열되기 시작한 시기였다. 근년의 선행

연구에서는 식민지 조선의 향토교육, 로컬 컬러(지방색)에 대한 연구
가 진행되고 있다. 개별적 향토지(향토독본)에 대한 실증적인 연구도
계속되고 있다. 식민지 조선의 향토는 중층적 문제를 내포하는 담론
이었다.

식민지 향토론은 시기별로 변화를 보이며, 공간 지역마다 다양한
양상으로 전개되었다. 또한 일본인에 의한(또는 재조일본인을 대상으로
한) 향토교육과, 조선인에 의한(조선인을 대상으로 한) 향토교육은 시기
별, 계급간, 세대간 복잡한 차이를 내포하고 있었다. 재조일본인 1세
대와 조선에서 나고 자란 재조일본인 2세대의 향토의식은 달랐다.
일본인에게 조선 향토는 제국 일본의 '외지' '지방'으로서의 의식이
강했지만 조선인 아동에게 조선 향토는 '지역' 나아가 '민족'을 상기
시키는 장치로도 기능하였다. 조선 지식인에게 향토는 조선의 특수
성을 부각시킴으로써 조선의 지분을 요구하는 욕망 및 소극적 저항
과 복합적으로 맞물려서 기능하였다.

단적으로 조선총독부의 신라문화 발굴과 재정비로 고도(古都, 구도
(舊都))로 거듭난 경주는 일본인에게는 왜곡된 신공황후 전승 등을 바
탕으로 한 고대 한일 관계의 표상이었지만, 조선인에게는 성지화 되
어 고대 문화의 긍지와 자부심으로 형상화 되었다. 향토를 둘러싼 일
상적 파시즘의 강요와 함께, 민족을 상상하는 저항 의식이 복합적,
중층적으로 교차된 공간이 바로 식민지 조선의 향토였다.

앞으로 식민지 향토론은 재조일본인 아동을 대상으로 한 향토교육
과 조선인아동을 대상으로 한 향토교육의 공통점 및 차이점을 명확
히 하고, 그 지향점을 개념화 할 필요가 있다. 재조일본인을 중심으
로 전개된 지방의 고적보존회에 대응해, 민족주의 성향의 조선인들
은 독자적 움직임을 보였다. 조선총독부와 그 산하의 고적보존회에

대한 선행연구를 기반으로 하여, 조선인들의 독자적 움직임에 대한
보다 진전된 연구가 요청된다. '향토'와 '지방'에 내재된 한계와 모순
을 탈피해, '지역'을 새롭게 인식하고, 지역민의 능동적이고 주체적
인식 과정을 명확히 하는 작업은, 오늘날 식민제국과 중앙권력의 억
압과 타자화에 맞서 지역연구 방법론을 새롭게 모색하는 데도 중요
한 시사점을 제공해 줄 것이다.

4. 태평양전쟁기의 조선 동화·설화집 −1940년대

4.1. 개념 및 배경

1937년 중일전쟁 이후 총력전 체제가 강화되면서 '내선일체'화가
노골적으로 추진되었다. 검열과 물자부족 등으로 조선에서의 출판
상황은 악화되었는데, 한편으로 '내지(內地)'에서는 1930년대 중반 이
후 〈춘향전〉 등을 비롯해 이른바 '조선붐'이 일어나, 문학(소설, 시
등), 영화와 함께 일본어 조선설화집이 다수 간행되었다. 월간 『모던
일본(モダン日本)』을 간행한 도쿄(東京)의 모던일본사는 1939년에 '조
선예술상'을 창설하고 1939년과 이듬해 조선특집호를 펴내 〈춘향
전〉, 〈심청전〉, 〈홍길동전〉, 〈숙영랑전〉 등 고소설을 '전설(傳說)'로
분류해 게재하였다.

총력전 체제가 강화되면서 병참기지로서 조선의 중요성이 재인식
되어, 그 과정에서 '조선붐'이 의도적으로 만들어졌음에도 주의해야
하겠다. '내지'에서 '조선붐'이 일었지만, 한편으로 식민지 조선에서
는 조선어 신문이 폐간되고, 일본어 사용이 강요되어 조선 문화가 위
기적 상황에 직면하였다. 1940년대는 재조일본인보다는 조선인에

의한 동화집·설화집이 다수 간행되었는데, 이는 단순히 '조선붐'에 편승한 것이 아니라, 위기적 상황에서 조선적인 것을 기록하여 후세에 남기려는 강렬한 욕구의 산물이기도 했다.

4.2. 전개양상

조선이 식민지가 된 이후 한 세대가 지나며 일본어를 자유자재로 활용하는 세대가 등장하면서 1940년대에는 조선인의 일본어 창작이 급속도로 확산되었다. 1940년대 출판 상황이 열악한 상황에서도 '내지(內地)'에서 조선인에 의한 많은 일본어 조선 동화·설화집이 간행되었다. 장혁주(張赫宙, 1905~1997)는 고전소설을 동화화 하여 소개했고, 김소운(金素雲, 1907~1981)은 데쓰 진페이(鐵甚平)라는 필명으로 다수의 동화집 및 사화집을 간행하였다. 한편 조선에서도 김상덕(金相德, 1916~?)이 가네우미 소토쿠(金海相德)라는 창씨명으로 동화집과 고전소설을 간행하였다. 조선인의 왕성한 출판활동에 비해 재조일본인의 작품은 아래와 같이 적다.

재조일본인 주요 작품 목록

게재지 권호(연월)	작가 및 제목
『京城日報』 1939.6.21~25, 27~30 『朝鮮遞信』 282號(1941.11)	모리시타 히로시(森下敷) 「朝鮮童話集」 모리시타 「부여의 전설(扶餘の傳說)」
『모던일본(モダン日本)』 조선판 11권 9호(1940.8)	무기명 「조선의 동화(朝鮮の童話)」
『朝鮮及滿洲』 제394호(1940.9)	동화연구연맹 도하 쇼조(卜波省三) 「조선의 깃옷 설화(朝鮮に於ける羽衣說話)」
『內鮮一體』 2권 4호(1941.4)	오사카 긴타로 「蔚山椿島傳說」
『綠旗』 7권 4호(1942.4)	오사카 긴타로(大坂金太郎) 「경주를 중심으로 내선일체의 사화·전설을 찾아서(慶州を中心に內鮮一体の史話·傳說をたづねて)」

『釜山日報』12405號(1942.9.7)	부산 교사 오무라 쇼(大村祥)「朝鮮童話 아름다운 구슬(美しい玉)」
『文化朝鮮』5-3(1943.6)	도요카와 하지메(豊川肇)「조선의 민담(朝鮮の民譚)」
1944.3	모리카와 기요토(森川淸人) 편『朝鮮 野談·隨筆·傳說』京城ローカル社

1920년대에 재조일본인이 시도한 '조선동화집'의 활발한 개작에 이어서, 1930년대에는 경제 공황을 타개하기 위해서 '균질화 된 조선 전설집'이 다수 발간되었다. 이에 비해, 1940년대는 설화와 동화 관련 글이 매우 제한적이다. 일부에서 조선동화집이 신문과 잡지에 게재되었지만, 한정적이었다. 〈춘향전〉을 포함한 고전소설 붐과 더불어, 복고적으로 회귀하여 조선 야담으로 총후 조선의 상황을 위로하는 글이 게재되었다.

이마무라 도모(今村鞆, 1870~1943)는 「군수야담(郡守野談)」을 『조선행정』(조선행정학회, 제 216~218호, 1940.10~12)에 연재하였고, 모리카와 기요토(森川淸人) 편 『조선 야담·수필·전설(朝鮮 野談·隨筆·傳說)』(京城ローカル社, 1944)이 간행되었는데, 여기에도 이마무라가 참여하였다. 『조선 야담·수필·전설』은 1944년 3월에 초판을 간행했는데, 같은 해 11월에 축소재판을 간행하여 일정한 수요가 있었음을 보여준다. 이 책은 당시 『경성 로컬(京城ローカル)』이라는 잡지에 수록된 글을 편집한 것인데, 당대 재조일본인 사이에서 복고 취향의 야담과 전설이 수록되었음을 확인할 수 있다. 여기에는 다수의 재조일본인뿐만 아니라 민속학자 최상수도 참여하였다. 1920년대부터 조선설화를 활용한 '내선융화(內鮮融和)'에 관심을 보인 이노우에 오사무(井上收)와 오카다 미쓰구(岡田貢) 등이 다양한 장르의 글을 실었다.

아시아·태평양 전쟁 발발 이후에는 조선총독부박물관 경주분관

장 오사카 긴타로(大坂金太郎, 1877~1974)처럼 '내선일체'를 위해 전설을 발굴 소개하는 시국 영합적인 시도도 있었다. 오사카는 고대 한일 남녀의 사랑이야기를 실어 전설을 시국 영합적인 미담(美談)으로 변질시켰다. 또한 조선총독부 정보과는 전쟁을 추진하는 『전진하는 조선(前進する朝鮮)』(1942.3)을 간행했는데 권두에 「전설의 기록(傳說の記錄)」을 싣고 제주도 신화 〈삼성혈〉과 한일 유사설화 〈깃옷의 전설(선녀와 나무꾼)〉을 배치하고, 이 두 '전설'이 "내선(內鮮)을 연결하는 혈연"을 연상시킨다고 주장하였다.

한편 도하 쇼조(卜波省三)는 「조선의 깃옷설화」에서 한일의 나무꾼과 선녀설화를 비교하고, '내선일체'를 강조하기 보다는 그 차이점을 설명하고 "조선 이야기가 분명히 전설로서의 내용도 외관도 한층 우수함을 지녔다"고 평가하였다.

4.3. 작품소개

모리시타 히로시(森下敷)는 모리시타생(森下生)이라는 필명으로 『경성일보(京城日報)』(1939.6.21~25, 27, 29~30)에 「조선동화집(朝鮮童話集)」을 연재하여, 〈현우(賢愚) 두 형제〉, 〈소로 착각해 호랑이 등에 탄 도둑〉, 〈장난꾸러기 아들의 기지〉, 〈원숭이의 재판〉 등 한일 유사 설화를 다수 수록했는데, 특히 〈나무꾼과 선녀(뻐꾸기)〉가 일본동화와 유사하다고 강조해 내선일체를 전면에 내세웠다. 『모던일본(モダン日本)』 조선판(11권 9호, 1940.8)에도 무기명으로 「조선의 동화(朝鮮の童話)」라는 타이틀로 〈은혜 모르는 호랑이〉와 함께 한일 공통의 설화 〈흥부와 놀부〉를 수록하였다. 도요카와 하지메(豊川肇)도 『문화조선(文化朝鮮)』(5권 3호, 1943.6)에 「조선의 민담(朝鮮の民譚)」을 소개하였다.

1940년대 단행본으로는 모리카와 기요토(森川清人) 편『조선 야담·수필·전설(朝鮮 野談·隨筆·傳說)』(京城ローカル社, 1944)을 제외하고, 재조일본인에 의한 설화 및 동화 관련본은 확인되지 않는다. 한편 일본에서는 미시나 쇼에이(三品彰英, 1902~1971)가『일선신화전설의 연구(日鮮神話傳說の研究)』(柳原書店, 1943) 등의 한일 비교 신화론을 펴냈다. 역사학자, 신화학자로 알려진 미시나는 1928년 교토 제국대학 사학과를 졸업하고, 해군기관학교(海軍機關學校) 교수로 근무하며 조선 신화와 역사를 연구하였다. 미시나는『일선신화전설의 연구』의 첫 논문「동양신화학에서 본 일본신화(東洋神話學より見たる日本神話)」에 '지나(支那)', '만선(滿鮮)'과 고대 일본의 관계를 살피며, 그 긴밀한 영향관계를 논했다. 그러나 일본과 달리, '지나'는 '신화하는 마음(神話する心)'을 잃어버린 민족으로 평가하였고, 발달한 일본 신화에 비해, '만선'의 신화는 '미발달'했다고 주장하였다. 미시나는 한일 신화의 친연성과 영향관계를 지적하는 한편으로, 조선 신화는 '미발달'한 채로 '정체'되었다고 보았다. 이에 비해 일본 신화는 독자적으로 발달하였다고 결론지었다. 이러한 미시나의 비교법은 일본과 조선의 지배와 피지배라는 당대의 역학관계를 학문으로 반영시킨 식민지주의에 기반한 것이었다. 미시나에게 조선 신화는 그 '미발달'로 인해, 일본 신화의 옛 모습을 연구하는 데 존재 가치가 규정된 것이었다는 문제를 지닌다.

1940년대는 일본인을 대신해 조선인에 의한 다수의 설화집 및 동화집이 발간되었다. 조규용(曺圭容)의『조선의 설화소설(朝鮮の說話小說)』(社會敎育協會, 1940)을 시작으로, 장혁주(張赫宙)가『조선 고전이야기 심청전 춘향전(朝鮮古典物語 沈淸傳 春香傳)』(赤塚書房, 1941)과『童話 흥부와 놀부(フンブとノルブ)』(赤塚書房, 1942)를 간행하였다. 장혁주는 아사히신문사(朝日新聞社)가 펴낸 『대동아민화집(大東亞民話集)』(朝日新聞社, 1945)에도 조선편을 담당하고 〈심청전〉을 실었다. 와세다 대학을 졸업하고 연극박물관에 근무한 신래현(申來鉉, 1915~?)도 『조선의 신화와 전설(朝鮮の神話と傳說)』(一杉書店, 1943)을 간행하였다. 신래현은 신화와 전설을, 장혁주는 '동화(민화)'라는 이름으로 고전소설을 재화하였는데, 김소운(金素雲)은 데쓰 진페이(鐵甚平)라는 필명으로 『삼한 옛이야기(三韓昔がたり)』(學習社, 1942), 『童話集 석종(石の鐘)』(東亞書院, 1942), 『파란 잎(青い葉つぱ)』(三學書房, 1942), 『누렁소와 검정소(黃ろい牛と黑い牛)』(天佑書房, 1943) 등을 간행하였다. 김소운의 동화집은 필명으로 도쿄에서 간행되어 일본아동에게 일본인의 저작으로 읽혔다.

한편, 식민지 조선에서는 김상덕(金相德)이 아동문화단체 경성동심원을 설립하고 다수의 동화집을 발간하였다. 김상덕은 1936년에 조선아동예술연극협회 발행의 『세계명작아동극집』을 시작으로 다수의 어린이독본, 가정소설, 시국적 미담집을 발간하는 한편, 가네우미 소토쿠(金海相德)라는 창씨명으로 『반도 명작 동화집(半島名作童話集)』(盛文堂書店, 1943)과 『조선 고전 이야기(朝鮮古典物語)』(同, 1944), 장편동화 『다로의 모험(太郎の冒險)』(同, 1944) 등을 일본어로 간행하였다. 또한 선구적인 전설집을 발간한 것으로 높이 평가받은 최상수(崔常壽, 1918~1995)도 도요노 미노루(豊野實)라는 창씨명으로 『조선의 전설(朝鮮の傳說)』(大東印書館, 1944)을 펴냈다(김광식, 『식민지 조선과 근대설화 -일본인의 구비문학 조사와 조선인의 대응』, 민속원, 2015).

4.4. 연구현황 및 전망

1910년대 재조일본인에 의해 본격적으로 시작된 설화연구 및 수집은, 1920년대 이후에 일본인과 조선인의 경쟁관계를 이루었다. 특히 1940년대는 다수의 조선인이 일본어로 조선설화를 다루면서 다양한 전개 양상을 보인 시기이다. 현재까지 확인된 자료에 입각하면 1940년대 재조일본인의 작품은 한정적이다. 그러나 당시 자료는 미발굴 자료가 많아서 이에 대한 전반적인 발굴과 조사가 요청된다. 이를 통해 '내선일체'를 강조하던 시기에 조선설화가 어떻게 활용되었는지에 대한 실증적인 검토가 요청된다.

또한 일본과 조선에서 다양한 형태로 간행된 조선인의 설화집에 대한 구체적인 비교 검토가 요청된다. 출판된 책의 서문만을 확인하고 비판적으로 보는 시점을 우선 지양하고, 본문 분석을 통해 내적 관련양상을 구체적으로 검토할 필요성이 있다. 특히 김소운, 장혁주, 신래현, 김상덕, 최상수 등은 다양한 작품 활동을 했고, 그들이 남긴 해방 전과 해방 후의 자료집이 존재한다. 해방 전후의 텍스트를 치밀하게 비교하여 그 변용 양상을 살피는 작업이 요청된다. 김소운과 장혁주에 대한 수많은 연구가 행해졌지만, 이에 비해 설화의 개작 양상에 대한 분석은 거의 행해지지 않았다. 1940년대까지 전개된 재조일본인의 작업과 비교해서, 조선인이 행한 설화의 개작 작업의 공통점과 차이점, 해방 후의 관련 양상에 대한 적확한 비교 분석이 필요하다.

김상덕의 동화집, 신래현과 최상수 전설집의 변용 양상에 대해서도 근년 연구가 시작되었다. 앞으로 상대적으로 연구가 적었던 1940년대 전반과 후반에 대한 본격적인 자료 발굴과 구체적인 분석을 통해, 재조일본인의 움직임을 포함한 종합적인 연구가 행해진다면 총력전 체제 하에서 형성된 학지(學知)의 실상과 더불어, 해방 후와의 연속성 및 비연속성을 검증할 수 있는 발판이 마련될 것이다.

보론

제9장

한일 설화 채집·분류·연구사로 본
손진태의 『조선민담집』

1. 서론

근대 설화학의 성립과 발전이 설화의 본격적 채집과 분류, 즉 설화집의 발간으로부터 시작되었음은 두말 할 필요도 없다. 그러나 오늘날 근대 이전의 설화집은 물론이고, 민중문화의 발견과 함께 주목받은 근대 설화집 역시 입수하기 어려운 것이 적지 않아, 그 전체상을 해명하기 어렵다. 해방 후, 이러한 상황을 극복하기 위해 수많은 설화집이 간행되었고 지금도 간행 중이다. 한편, 1990년대 이후에는 근대 설화집의 새로운 발굴과 연구가 본격화 되고 있는데, 앞으로 더욱 종합적인 발굴 및 검토를 통해 한국문화의 변용을 구명할 필요성이 요청된다.[1]

프랑스의 경우 19세기 중반에 정부 국책사업으로 전국적 민요조사가 행해졌는데, 처음부터 문헌학적·역사학적인 관점이 우세했다. 당시 프랑스에서는 민중가요와 중세가요를 동일시하는 경향이 강했고, 중세 작품이 논의 대상이 되는 등 문헌학적 경향이 선명했다.[2]

---

1) 김광식, 「근대 일본 설화연구자의『용재총화(慵齋叢話)』서승(書承) 양상 고찰」,
   『동방학지』174, 연세대학교 국학연구원, 2016, 201~234면(본서 6장).

독일문학자이며 철학자였던 헤르더(Johann Gottfried Herder, 1744~1803)는 문명을 상대화 하여, 계몽시대의 인위적 시가를 배제한 고대 시가의 가치를 발견하고 『민요집(Volkslieder)』(1778~1779)을 간행했는데,[3] 독일문헌학의 영향과 함께 그림 형제의 연구에도 시사를 받아 근대 일본문학을 수립했다고 평가되는 도쿄제국대학 교수 하가 야이치(芳賀矢一, 1867~1927)는, 내셔널리즘을 강화시킨 국학으로서의 문헌학을 제창해 나간다.[4]

식민지시기 '내지' 일본과 '외지' 조선의 구비문학 조사 과정을 검토해 보면, 양자 간 상관성을 확인할 수 있다. 앞으로 일본제국에서 수행된 조사 작업이 식민지 조선에서 어떻게 수용·확산되었는지, 또한 그 반대의 경우를 포함하여 양자의 공통점과 차이점에 대한 구체적인 검토가 필요한데, 본장에서는 근대 초기 한일 교육기관 및 구비문학 관계자의 움직임에 주목하였다.

먼저 본장에서는 식민지시기 '내지' 일본과 '외지' 조선에서 1920년대까지 행해진 주요한 구비문학 조사를 대조 분석하고자 한다. 그리고 해방 전에 행해진 구비문학 조사 중, 가장 중요한 업적으로 평가되는 남창 손진태(1900~?)『조선민담집』(1930)의 내용과 의미를 재

---

2) 清水祐美子, 「揺らぐ「民謠」概念 - フランス政府による全國民謠收集(一八五二~一八五七)に見る」, 『口承文藝研究』 35, 日本口承文藝學會, 2012, 106면.

3) 헤르더의 민요집에 관해서는 다음을 참고. 김대권, 「헤르더의 민요집 비교·분석 - 'Volk'와 'Volkslieder' 개념을 바탕으로」, 『괴테연구』 26, 한국괴테학회, 2013, 5~37면 ; 志村哲也, 「ヘルダーの『民謠集』と民謠論 - 最近のヘルダー研究の一側面」, 『ドイツ文學論集』 40, 上智大學, 2003, 139~169면.

4) 竹村信治, 「今昔物語集と近代(上) - 學術·小說·敎科書」, 『國語敎育研究』 49, 2008, 60면 ; 佐藤マサ子, 『カール·フローレンツの日本研究』, 春秋社, 1995, 49~50면 ; 佐野晴夫, 「芳賀矢一の國學觀とドイツ文獻學」, 『山口大學獨佛文學』 23, 山口大學, 2001, 2면.

검토하고자 한다. 이를 바탕으로 손진태의 채집 의도와 문제의식, 그 성격 및 특징을 새롭게 조명하여 『조선민담집』의 위상을 정립해 보고자 한다.

2. 한일 설화의 채집과 그 의도

러일전쟁 직후인 1905년 11월, 일본제국 문부성 보통학무국은 전술한 하가의 주도로, 통속교육(사회교육)을 위해 '동화 전설 속요 등 조사(童話傳說俗謠等調査)'를 실시했다. 하가는 일찍이 『제국문학』(1895년 10월호)에 동학 우에다 가즈토시(上田萬年, 1867~1937), 시오이 마사오(鹽井正男, 1869~1913)와 함께 "연구 상 널리 우리(일본 −필자 주) 전국의 속요를 수집하오니, 독지가 여러분은 부디 향토의 속요를 고금(古今)과 신구(新舊) 관계없이, 현재 불리는지의 여부와 관계없이 아시는 것을" 기고해 달라는 속요 모집 광고를 게재한 바 있다.[5] 10년 후, 하가는 문부성을 움직여 일본 전국의 교육기관을 동원해 본격적으로 '동화 전설 속요 등 조사'를 실시하게 된 것이다. 그 수많은 자료는 1923년 관동대지진으로 소실되었다. 문제는 일본에서 실시된 단 한차례의 조사가 한반도에서는 1910년을 전후하여 네 차례에 걸쳐 통감부와 총독부에서 반복적으로 보통학교(普通學校)의 조선인 교원 및 학생을 동원해 실시되어 식민지 교육에 활용되었다는 점이다.[6]

---

5) 上田萬年・芳賀矢一・鹽井正男, 「廣告」, 『帝國文學』10, 帝國文學會, 1895, 4면.
6) 김광식, 『식민지 조선과 근대 설화 − 일본인의 구비문학 조사와 조선인의 대응』, 민속원, 2015, 126~147면을 참고.

일본문부성 및 조선총독부 등 중앙의 움직임과 더불어, 민간차원
에서의 움직임도 함께 검토해야 될 것이다. 일본에서도 거의 주목되
지 않지만, 일본 구연동화의 보급자인 이와야 사자나미(巖谷小波,
1870~1933)에 의해 1898년에 설화 채집이 시도된 적이 있다. 사자나
미는 「전국의 노인 여러분께 요청함」이라는 타이틀로 자신이 편집하
던 잡지 『소년세계(少年世界)』(4-25, 1898)에 다음처럼 '구비전설'을
모집했다.

> 일본의 60여 주(州) 어느 곳에나 구비전설이 있다. 그리고 아직 글로
> 엮여서 세상에 전해지지 않은 것이 많다. 소생은 (중략) 두루 그 구비전
> 설을 모아, 거기에 수식(修飾)을 가해서 제국 옛이야기(諸國お伽噺)라는
> 제목으로 매호 본지에 게재하려고 한다. (중략)
> 하나, 이야기는 오로지 소년 이야기에 적절한 것을 구한다. 또 작자가
> 분명한 것은 오히려 채용하지 않겠다.
> 하나, 문장은 가급적 간명(簡明)하게 이야기의 대강을 진술하는 것만
> 으로 충분하다.
> 하나, 봉투 표지에는 〈이와야 사자나미 앞〉, 그 옆에 반드시 〈제국
> 옛이야기 재료〉라 기입한다.
> 하나, 투고자는 반드시 주소 및 성명을 적는다. 게재하게 되면 반드시
> 본지를 증정하겠다.7)

실제로 사자나미는 1899년 1월호 이후, 투고자를 제시하며 옛이야
기를 개작해서 게재했지만, 이러한 움직임은 구비전설 채집과 분류,
연구로는 나아가지 않았다.8) 본격적인 구비전설 채집, 분류, 연구는

---

7) 小波生, 「全國の故老諸君に求む」, 『少年世界』 4-25, 1898, 25면. 이하 일본어 번
   역은 필자의 직역에 의함.

다카기 도시오(高木敏雄, 1876~1922)[9]에 의해 행해지는데, 다카기는 1911년 12월 7일, 8일, 18일, 『도쿄아사히신문(東京朝日新聞)』 조간에 독자 공모 「민간전설 및 동화모집(民間傳說及童話募集)」을 게재했다. '동화(童話)'란 당대의 일반적인 용어로 오늘날의 구전설화를 지칭한다.[10] 다카기는 1911년 12월 19일부터 민간전승 및 동화 〈산에 관한 전설(山に關する傳說)〉을 연재하기 시작해,[11] 1912년 7월까지 자료를 장기 연재한 후, 그 자료를 보충하고 분류해 전설연구의 선구작 『일본전설집(日本傳說集)』(향토연구사, 1913)을 간행하였다.[12]

이처럼 사자나미와 다카기가 설화를 공모했지만, 공모 방식 및 그 활용은 커다란 차이점이 있다. 사자나미가 개작을 염두에 두고 "이야

---

8) 櫻井美紀, 「「諸國お伽噺材料」投稿の呼びかけ」, 『名著サプリメント』 1991年 12月號, 名著普及會, 21면.

9) 다카기 도시오에 대해서는 김광식, 앞의 글, 2016을 참고.

10) 關敬吾, 「解說」, 高木敏雄, 『童話の研究』, 講談社, 1977, 213면.

11) 『도쿄아사히신문』 광고는 학계에도 일정한 반향을 불러일으켰다. 인성학회 학술 잡지 『인성(人性)』 7-12(1911.12)에는 '민간전설 및 동화모집(民間傳說及童話募集)'(469면)이라 제하고, 그 중요성을 거듭 강조했다. "이 재료를 모집해 이를 보존하고, 이를 연구하는 것은 실로 목하의 급무다(之が材料を蒐集して之を保存し, 之を研究するは實に刻下の急務なり)."

12) 1911년 12월 7일 광고는 다음과 같은데, 전술한 사자나미의 광고에 비해 충실한 자료를 요청했음을 확인할 수 있다.
    "전국 독지가(篤志家) 여러분의 동정과 관심을 희망하여 우리 회사는 일본전국에 걸쳐 민간전설 및 민간동화 수집을 행해, 적당한 방법으로 영구보존을 강구하려 기도했다. (중략) 다음 규정을 숙독하고 속속히 기고를 바란다.
    하나, 수집해야 할 재료는 지방적 전설 및 민간동화 2종이며 모두 구비로 전승되는 것에 한한다.
    하나, 전승은 전부 증감(增減) 수정을 가하지 말고 그대로 필기해 보낼 것. (중략)
    하나, 재료의 수량은 제한을 두지 말고 어떤 종류라도 환영한다. (중략)
    하나, 기고자는 모두 이 사업의 찬조자로서 그 성함을 영구히 남기려 하니, 가능한 한 주소 성명 신분 직업 등을 상세하게 알려주시길 바란다. (후략)"(『東京朝日新聞』 1911.12.7, 6면)

기의 대강을 진술하는 것만으로 충분"하다고 한데 비해, 다카기는 "전부 증감 수정을 가하지 말고 그대로 필기해 보낼 것"을 당부했다. 애초에 새로운 이야기 소재를 찾던 사자나미에게 설화의 원형과 수집은 별다른 문제였다. 이에 비해 설화연구자로서의 다카기는 증감 수정되지 않은 원설화의 채집과 그 집대성을 중요시했다. 양자의 사고방식이 완연히 다름을 간과할 수 없다.

한편, 조선인에 의한 설화 모집은 일찍이 최남선이 『아이들보이』 (7호, 1914년 4월)에 이야기를 공모하고,[13] 전래 이야기를 다수 연재했다.[14] 그 후 본격적인 설화 모집과 활용은 방정환에 의해 이루어졌는데, 방정환은 『개벽』지(26호, 1922년 8월)의 '조선 고래(古來) 동화모집'을 주도했다. 광고에서 방정환은 모든 민족에게는 그 생활에 기반한 전설 민요 동화가 있는데, 일본의 모모타로 등이 확산되는 당대 상황을 우려해 "민족사상의 원천인 동화문학의 부흥을 위하야 각지에 오래 파묻처잇는 조선 고래의 동화를" 요청하며 다음처럼 주의시켰다. 반드시 조선동화를 문체보다 "내용을 주로 하되 되도록 사실만 정확히 하기에 노력할" 것, 창작동화인 경우 이를 명기하고, 절대로 번역해서는 안 된다고 못 박았다.[15]

방정환은 9월호 『개벽』지에 추가 광고를 내고, 문체는 신소설체든 고소설체든 관계없고 "내용만 흥미잇고 정확하고 명료한 것이면 문

---

13) 박혜숙, 「한국 근대 아동문단의 민담 수집과 아동문학의 장르 인식」, 『동화와 번역』 16, 동화와번역연구소, 2008, 195면 ; 장정희, 「조선동화의 근대적 채록 과정 연구 I – 1913~23년 근대 매체의 옛이야기 수집 활동」, 『한국학연구』 57, 한국학연구소, 2016, 303~332면.

14) 육당전집편찬위원회, 『육당 최남선 전집』 5, 현암사, 1973, 387~400면.

15) 「朝鮮古來童話募集」, 『개벽』 26호, 개벽사, 1922.8, 광고란. 이하, 띄어쓰기는 필자가 일부 수정함.

체는 조토록 고쳐써 들이겟습니다", 지면제한은 없지만 "간명(簡明)
을 주로 하야 아모조록 짤븐 내용을 지리하게 쓰지" 말아 달라고 재
차 당부했다.16) 자매지 『부인』에도 광고했으며, 1923년 1월에 당선
내역을 『개벽』지에 발표하고 2월부터 당선작을 게재했고, 『어린이』
지에 전래동화를 실었다.

이처럼 방정환은 문체보다 흥미 있는 내용을 위주로 하고, 사실만
정확하고 명료하게 기록할 것을 당부했다. 문체는 편집부에서 고치
겠다는 설명까지 잊지 않았다. 방정환은 설화의 중요성을 인식한 선
구자였지만, 구비문학적 관점에서 채집과 분류, 연구까지는 나아가
지 못했다. 이상과 같이 전술한 사자나미(小波)의 작업을 소파(小波)
방정환의 작업에 대응시킬 수 있다면,17) 다카기의 작업에 대응하는
사업을 추진한 이가 바로 손진태이다.

1910년대에 다카기가 자신이 관여한 신문과 잡지 등을 통해 자료
를 채집해, 이를 분류·연구한데 비해, 1920년대에 손진태는 잡지 광
고는 물론이고, 손수 채집한 자료를 합쳐 『조선민담집(朝鮮民譚集)』(향
토연구사, 1930)을 간행했다는 점에서, 다카기의 연구방법을 더 한층
발전시켰다. 다카기는 1922년에 요절했는데, 생전에 조선설화집 『신
일본교육옛이야기(新日本敎育昔噺)』(敬文館, 1917)를 비롯한 수십 권의
설화집을 간행하는 한편, 번역서 및 독일어 학습서를 간행했다.18) 근

---

16) 개벽사 편집국, 「古來童話현상모집에 관하야 응모하신 諸位의 주의하실 일」, 『개
   벽』 27호, 개벽사, 1922.9, 광고란.
17) 김성연의 지적처럼 "방정환이 사용한 '소파(小波)'라는 표기는 사자나미(小波)가
   일본아동 문학사에 남긴 선구적인 업적에 대한 의식이 그 근저에 있었다"고 해석할
   수 있다(金成妍, 『越境する文學 - 朝鮮兒童文學の生成と日本兒童文學者による口演
   童話活動』, 花書院, 2010, 186면).
18) ゲーテ, 『伊太利紀行』, 隆文館, 1914 ; 高木敏雄 編, 『獨逸語入門 - 獨修用敎科用』,
   吐鳳堂書店, 1913.

대 일본의 본격적 신화 연구서 『비교신화학(比較神話學)』(博文館, 1904)
을 간행한 이후, 1910년대에는 신화에서 '동화(童話)'(오늘날의 구전설
화)에 관심을 지니고 2권의 설화연구서를 발간했다.[19] 사망 후, 주요
한 연구 논문을 정리한 유작으로『일본신화전설의 연구』(1925)가 간
행되었다. 이 책 서문에서 민속학자 야나기타 구니오(柳田國男,
1876~1962)는 "흡사 너무나 새로운 포도주처럼, 박래품을 환영하는
이들에게조차도 아직 음미되지 못했다. 그 학문이 세월이 지나 바로
크게 성숙하고, 친구를 만나 축배를 들며 모두가 그 감흥에 취해도
될 때가 되자, 멀리 떠나버린 다카기 군은 더 이상 그 지식의 향연에
참여할 수 없게 된 것이다."며 다카기의 '너무나 새로운 학문(新し過ぎ
た學問)'을 애석히 여겼다.[20]

필자는 다카기와 더불어 관련 학문 분야에서 '너무나 새로운 학
문'을 개척한 이를 한사람 더 뽑으라 한다면 주저 없이 손진태를 들
겠다. 또한 '너무나 새로운 저작'이 바로 우리 시대의 고전『조선민
담집』이다.

식민지시기 조선설화의 채집과 연구는 일본인에 의해 선점되었
다.[21] 1910년대에는 조선(인)을 이해하기 위한 목적으로 조선설화를
수집한데 비해, 1920년대는 아동교육을 위한 동화(童話) 교육의 중요
성이 부각되면서 설화를 개작한 동화집이 본격적으로 발간되었다.
조선총독부(다나카 우메키치) 편『조선동화집(朝鮮童話集)』(1924), 나카
무라 료헤이(中村亮平)의『조선동화집』(1926) 등이 간행되어 내지와

---

19) 高木敏雄, 『修身敎授童話の研究と其資料』, 寶文館, 1913 ; 高木敏雄, 『童話の研究』,
　　婦人文庫刊行會, 1915.
20) 柳田國男, 「序」, 高木敏雄, 『日本神話傳說の研究』, 岡書院, 1925, 3면.
21) 김광식, 앞의 책, 2015, 제 1장과 제 2부를 참고.

조선 아동에게 널리 읽혔다.[22] 동화로 개작하기 위해서는 풍부한 설화채집이 요청되는데, 이에 대한 근본적 문제를 인식하고 조선설화를 장기간 채집해 집대성한 자료집이 바로 손진태『조선민담집』(1930)이다. 기존의 자료집이 사라져가는 조선설화를 채집 수록했다는 점에서 중요하지만, 채집력을 명기하지 않았다는 한계를 지닌다. 이에 비해, 손진태 자료집은 이러한 한계를 극복하고 제보자 및 그 출신지, 시기 등 채집력을 명기해 우리 설화를 분류·수록했다는 점에서 가치가 높다.

손진태는 1921년 3월 중동학교를 졸업 후, 교비생으로 일본에 유학, 이듬해 4월 와세다 제일고등학원 예과에 입학, 1924년 와세다 대학 사학과에 진학해서 1927년에 문학사를 취득했다. 재학 중에는 지도교수 고대사가 니시무라 신지(西村眞次, 1879~1943)를 비롯해, 역사학자 쓰다 소키치(津田左右吉, 1873~1961), 국문학자 구보다 우쓰보(窪田空穗, 1877~1967)에게 수학했다. 손진태는『조선민담집』서문에서 설화에 흥미와 책임감(사명감)을 느낀 것은 일본에 유학해 인류학과 민속학 관련 서적을 읽기 시작할 무렵부터라고 회고하였다. 당시 조선민속은 근대 신문명에 침식되며 '급격한 변동'이 일어나고 있었고, "조선의 민담은 나날이 쇠멸 길"에 있었다. 손진태는 "하루라도 빨리 이를 집대성해야 할 의무와 책임"을 느끼고 기존의 채집 방법의 문제점을 다음처럼 지적하였다.

---

22) 김광식, 「1920년대 일본어 조선동화집의 개작 양상 -『조선동화집』(1924)과의 관련양상을 중심으로」, 『열상고전연구』 48, 열상고전연구회, 2015, 317~349면(본서 2장).

처음 대면한 이에게 돌연 무카시바나시[昔話, 직역하면 '옛날이야기'
이지만 한국의 구전설화 또는 민담에 해당되는 일본 학술 용어 -필자
주]23)를 청해도 결코 잘 성사되지 않고, 또한 **학교 학생들에게 이를 과
제로 내도 완전을 기약할 수 없다.** 전자의 경우에는 처음 대면한 이에게
유치한 무카시바나시나 미신적 설화를 말하는 것은 실례이고 불명예이
기도 하다는 생각에서, 대부분은 야사의 일화를 두 세 개 말하고 피하는
것이 보통이며, 후자의 경우에는 **학생과 그 학부형들이 문식(文飾)이나
표현력 부족 때문에 적당한 한문적 윤색을 하거나 긴요한 부분을 빠뜨
리는 일이 있다.** 또한 가급적 그들이 고상하고 재미있다고 생각하는 것
만을 보고하려 한다는 점에서 민속·신앙에 관한 설화를 그에 의존해 얻
는 것은 지난(至難)하다. (밑줄은 필자)24)

손진태는 다카기 등의 서적을 통해 문부성의 구비문학 조사 사실
을 익히 알고 있었고, 조선 보통학교에서 학생들을 대상으로 행해져
온 과제를 통한 민담 수집 실태를 비판적으로 인식하였다. 1910년을
전후로 한 네 차례의 통감부 및 총독부 조사, 다카하시 도오루(高橋
亨, 1878~1967) 등을 비롯한 일본인 교사들의 과제를 이용한 선행 조
사를 비판한 것이다. 이처럼 손진태는 일본인이 선점한 연구의 한계
를 명확히 인식하고, 1920년대 필드워크 성과를 통해 새로운 학문을
개척한 것이다.

---

23) 1910년대 구전설화를 지칭하는 일반적 일본과 조선에서의 용어는 '동화(童話)'였
다. 1920년대, 1930년대까지도 동화를 설화로 쓰는 예가 적지 않다. 이에 대해, 민
속학자 야나기타는 1922년 이후 '동화'라는 용어를 배척하고, 의식적으로 무카시바
나시(昔話)라는 새 용어를 사용하여, 오늘날 일본에서는 '무카시바나시'라는 용어가
정착되었다(石井正己, 『植民地の昔話の採集と教育に關する基礎的研究』, 東京學芸
大學, 2007, 138면).
24) 孫晉泰, 「自序」, 『朝鮮民譚集』, 鄕土硏究社, 1930, 2면.

3. 손진태 『조선민담집』의 선행연구

손진태는 민속학과 역사학에 관련된 수많은 연구를 발표했다. 손
진태는 1930년 전후에 발표한 주요 논문의 일부를 해방 후에 『조선
민족설화의 연구』(을유문화사, 1947)와 『조선 민족문화의 연구』(을유문
화사, 1948)에 수록했다. 후자는 많은 수정 및 보정을 가했음이 최근
실증적으로 구명되었고, 해방공간에서 손진태의 인식의 변화를 엿볼
수 있다는 점에서 중요하다.25) 이에 비해 전자는 잡지 『신민』에 15
회 연재된 「조선 민간설화의 연구 – 민간설화의 문화사적 고찰」
(1927.7~1929.4)을 거의 그대로 재록한 것이다. 이를테면 손진태의 설
화연구는 1920년대에 거의 완성되었다고 할 수 있다.26) 근년, 유족
의 기증 자료를 계기로 유고 및 새 자료가 공개되는 등 손진태 연구
가 다시 주목받았다.27)

먼저 『조선민담집』의 선행연구를 검토하고 나서 설화집의 내용과
형성과정을 고찰하고자 한다. 최인학은 가장 뛰어난 설화집으로 평
가하고, 첫째 직접 채집해 채집력을 밝혔으며, 둘째 가장 한국적인

25) 『조선민족문화의 연구』의 변화에 대해서는 남근우, 『'조선민속학'과 식민주의』,
동국대학교출판부, 2008 ; 전경수, 『손진태의 문화인류학 – 제국과 식민지의 사이
에서』, 민속원, 2010을 참고.
26) 김광식, 「손진태의 비교설화론 고찰 – 신자료의 발굴과 저작목록을 중심으로」,
『근대서지』5, 근대서지학회, 2012 ; 金廣植, 「孫晉泰の東アジア民間說話論の可能
性 –『朝鮮民族說話の研究』の形成過程をめぐって」, 『說話文學研究』48, 說話文學
會, 2013 ; 김광식, 앞의 책, 2015를 참고.
27) 마에마 교사쿠(前間恭作)와의 왕복서간, 1930년의 『조선민담집』발표 이후에 채
집된 설화채집 원고가 공개되었다. 전경수, 앞의 책, 2010 ; 최광식 편, 『우리나라
의 역사와 민속』, 남창 손진태선생 유고집, 지식산업사, 2012 ; 시라이 준, 「마에마
교사쿠(前間恭作)와 손진태 – 九州대학 소장 在山樓문고 자료를 중심으로」, 『근대
서지』4, 근대서지학회, 2011 ; 김광식, 위의 글, 2012 ; 김소희, 「『손진태 유고집』
수록 설화의 특징과 의미」, 고려대학교 석사학위논문, 2016을 참고.

자료를 수록한 점. 무엇보다도 중요한 점은 고전으로서의 가치를 지
녔다는 것이다. 지난 "반세기 동안 정치, 사회, 문화면에서 많은 변
화가 있었고, 민담의 변화가 어떻게 진행되고, 어떻게 나타나는지를
연구하는데 빼놓을 수 없는 참고서"라고 그 의미를 지적했다.[28]

장덕순은 비록 일문으로 발행되었지만 "첫째, 오늘날까지 출간된
다른 어떤 민담집도 뒤따르지 못하고 있는 최다량의 민담을 수록하고
있다는 점(몇 편의 전설자료를 포함하여 154화). 둘째, 최초로 설화력(歷)
을 부기하고 있는 점. 셋째, 한국 민담과 비교되는 외국 민담의 예를
각종 문헌에서 찾아 부록으로 첨보(添補)"했다고 평가하였다.[29] 조희
웅도 일문이지만 이를 능가할 만한 자료집이 없다고 언급하고, 첫째
채집력 명기, 둘째 개작이 없고, 셋째 154화를 수록한 한국설화 전반
의 조감, 넷째 부록을 첨부해 학구적 태도를 지향했다고 지적했다.[30]

이재윤도 일문이지만 채집력을 명기해 선구적 규범이 되었다고 평
가하고 "한국의 대표적 설화 154화를 통해 한국 설화의 전반을 파악
할 수 있게 하였고, 또 부록으로 외국 설화를 소개하여 최초의 비교
설화학적 고찰을 가능하게 하였다"고 평가하였다.[31] 가지이는 방대
한 양에 채집력을 명기해 가치가 높다고 평가하고 "본서의 특징 중
하나는 문헌설화와 이미 발표된 것을 제외하고 대부분 직접 채집했
다는 점이다. 민족에 대한 끝없는 애정이 있기에 비로소 가능했던 귀

---

28) 崔仁鶴 編著, 「韓國昔話資料文獻」, 『朝鮮昔話百選』, 日本放送出版協會, 1974, 308
    면 ; 崔仁鶴, 『韓國昔話の研究』, 弘文堂, 1976, 15면.
29) 장덕순, 『설화문학개설』, 이우출판사, 1975, 64면 ; 장덕순, 「민담」, 『한국민속대
    관』 6, 고대민족문화연구소 출판부, 1982, 162면 ; 장덕순, 『한국문학사』, 동화문화
    사, 1982, 37~38면.
30) 조희웅, 「설화 수집의 역사와 현황」, 『구비문학』 1, 한국정신문화연구원, 1979,
    18면 ; 조희웅, 『설화학강요』, 새문사, 1989, 21면.
31) 이재윤, 「한국설화의 자료 수집 연구사」, 『세종어문연구』 5・6 합집, 1988, 74면.

중한 기록"이라고 지적하였다.[32] 이수자는 손진태의 "자료집이 갖는 중요성은 설화를 나름대로 잣대를 세워 분류하고" 채집력을 명기했다고 평가하였다.[33]

이처럼 선행연구에서는 비록 일본어로 작성되었지만, 이른 시기에 고유 설화의 채집력을 밝힌 최초의 본격적 설화집으로 평가하였음을 확인할 수 있다. 그러나 구체적으로 그 내용과 성격을 밝히지는 않았다. 또한, 선행연구의 일부는 수록 설화수를 154편이라고 지적했지만, 정확하게는 155편이다. 이는『손진태선생전집』3권(태학사, 1981) 영인본에 〈2-34[34]감동이(柿童)〉가 누락되어 발생한 어처구니없는 문제 때문으로 판단된다.[35]

『조선민담집』에 대한 본격적인 연구는 황인덕, 마스오 신이치로, 김광식, 권혁래 등에 의해 이루어졌다. 먼저 황인덕은 손진태의 구비문학 연구의 위상과 성격을 개괄하면서『조선민담집』에 실린 부록의 중요성을 간파했다는데 연구사적 의미가 크다. 잡지「조선 민간설화의 연구」에서 제시한 비교 설화학의 "이해를 돕기 위해 각국의 여러 문헌에 수록된 유사(類似) 유형담을 함께 소개한 것이다. 이는 이 설화자료집이 단순자료집이 아니며, 편저자가 축적한 그 무렵까지의

---

32) 梶井陟, 「朝鮮文學の飜譯足跡(三) - 神話, 民話, 傳說など」, 『季刊三千里』24號, 1980, 180면.

33) 이수자, 「구비문학연구의 성격과 의의」, 한국역사민속학회, 『남창 손진태의 역사민속학연구』, 민속원, 2003, 223면. 손태도·전신재도 채집력을 밝힌 "근대 초창기 우리나라 최초의 본격적 설화집"으로 평가하였다(손태도·전신재, 「조선민담집」, 『구한말·일제강점기 민속문헌 해제』, 국립문화재연구소, 2006, 192면).

34) 『조선민담집』 설화 자료편은 총4부로 구성되어 있는데, 2-34는 2부의 34번째 설화를 의미한다. 이하 동일함.

35) 『조선민담집』을 번역한 손진태(김헌선 외 역), 『한국의 민화에 대하여』(역락, 2000)에도 2장 〈34감동이(柿童)〉가 빠져 있다.

설화연구 방향과 수준을 반영한 것임을 말해주는 것이면서, 동시에
비교적 시각에서의 설화 이해를 중시하려는 편저자의 관심을 함께
보여주는 것"이라고 평가했다. 황인덕은 자료집의 성과를 평가하면
서도 제한된 제보자, 분류방식의 불합리성을 지적했다.36)

『조선민담집』에 대한 동아시아적 시점에서의 평가는 고(故) 마스오
교수의 일련의 연구를 통해 이루어졌다.37) 마스오는『조선민담집』을
일본에서 복각하면서 자세한 해제를 붙였는데, 연구 성과를 개괄하고
동아시아 설화학의 관점에서 손진태 연구의 선구성을 지적하였다는
점에서 의의를 지닌다. 특히, 1980년대까지 아무런 검증 없이 손진태
의 민속학이 일본민속학자 야나기타 구니오의 지원 하에 이루어졌다
는 근거 없는 풍문을 바로 잡고, 손진태의 연구방법은 야나기타와는
관련성이 없고, 오히려 1910년대 비교연구를 주도한 다카기의 연구방
법론과의 관련성을 구명했다.

김광식은 잡지『신민』에 연재된 「조선 민간설화의 연구」 15회분을
처음으로 모두 발굴해, 잡지와『조선 민족설화의 연구』(1947)에 수록
된 개별 설화가 완전히 일치함을 밝혔다. 단행본은『신민』 연재본의

---

36) 황인덕, 「손진태의 구비문학 연구」, 『구비문학연구』 2, 1995, 302면. 또한 김기형
은 "〈신민〉에 연재된 '조선 민간설화의 연구'에서 활용한 자료가 망라되어 있다. 그
리고 부록에는 각종 문헌에 기록된 인접국가의 유사설화를 제시함으로써, 비교연구
의 성격을 지닌 저작이 되도록 했다."고 평가하였고, 김영희는 "현지조사 단계에서
자료구성에 이르기까지 연구자적 관점에 기반한, 구전이야기 연구의 기초자료로서
의 성격을 명확하게 지닌" 자료집이라고 지적했다(김기형, 「손진태 설화 연구의 특
징과 의의」, 『민족문화연구』 58, 민족문화연구원, 2013, 671면 ; 김영희, 『구전이
야기의 현장』, 이회, 2006, 28면).
37) 增尾伸一郎, 「孫晉泰の比較說話硏究」(孫晉泰, 『朝鮮民譚集』, 勉誠出版, 2009) ;
增尾伸一郎, 「孫晉泰『朝鮮民譚集』の方法」(石井正己編, 『韓國と日本をむすぶ昔話』,
東京學芸大學, 2010) ; 增尾伸一郎, 「孫晉泰と柳田國男 - 說話の比較硏究の方法を
めぐって」, 『說話文學硏究』 45, 說話文學會, 2010.

내용을 거의 그대로 수록했음을 실증해,[38] 단행본의 얼개가 이미 1920년대에 완성되었고, 이를 발전시킨 1920년대 종착점이 바로『조선민담집』부록임을 명확히 하였다. 잡지 15회분을 확인함으로써 잡지, 단행본,『조선민담집』의 상호 관련성을 실증적으로 구명했다는 점에서 중요하다.

권혁래는『조선민담집』에 수록된 작품과 그 분류 체계를 밝히고, 수록 작품의 경향과 성격을 분석했다. 채록시기 및 조사지역을 도표화 하여 그 특징을 해명하고, 조사방식, 제보자를 분석했다. 손진태는 〈신화·전설류(神話·傳說類)〉, 〈민속·신앙에 관한 설화〉, 〈우화·둔지설화·소화(寓話·頓智說話·笑話)〉, 〈기타의 민담〉으로 4구분했는데, 모호한 분류방식을 지적하고 해방 후의 분류체제 성과를 활용해 재분류하여 본격적 연구의 기반을 마련했다.[39]

4.『조선민담집』의 '문제점' 재검토

『조선민담집』은 본문 315쪽의 설화 자료, 개별 설화 36편을 다룬 부록 54쪽, 색인(본문, 담화자, 부록 인용서) 28쪽으로 구성된다. 본서 권말 '부록'은 54쪽이지만 글자 크기가 작아서 상당한 양에 이르며, 한문, 서양어, 일본어 문헌을 인용하고 간단한 설명을 덧붙였다. '부록 인용서색인'에는 '수신기(搜神記)', '수신후기(搜神後記)', '유양잡조

38) 김광식, 앞의 책, 2015 ; 金廣植, 「孫晉泰の東アジア民間説話論の可能性 −『朝鮮民族説話の研究』の形成過程をめぐって」, 『説話文學研究』48, 説話文學會, 2013을 참고.
39) 권혁래, 「손진태 조선민담집 연구 − 설화의 성격과 분류체계를 중심으로」, 『한국문학논총』63, 한국문학회, 2013, 27~57면.

(酉陽雜俎)', '태평광기(太平廣記)', '현중기(玄中記)' 등 대표적 중국서적
(55종), '잡보장경(雜寶藏經)' 등 불전(6종), 한국서적(16종)과 더불어
〈기타〉란에 일본서적(10종)과 서양서적(6종) 등 총 93종을 제시했다.
즉 동서양 93종의 주요 서적을 바탕으로 작성된 부록은, 36개 중요
설화의 관련 재료를 제시하고 요점을 정리한 비교연구 자료라고 하
겠다. 36개의 개별 설화는 『신민』에 연재된 「조선 민간설화의 연구」
(『조선 민족설화의 연구』 1947)와 중복되며, 당연히 인용서도 중복된다.
그 중, 일본어 서적만을 정리하면 【표1】과 같다.

【표1】 손진태의 단행본에 인용된 일본어 서적 목록

『조선 민족설화의 연구』, 1947, 4~5면.	『조선민담집』, 1930, 27~28면.
『古事記』, 『万葉集古義』, 一條禪閣 『賦役令抄』, 『和漢三才圖會』, 無住法師 『砂石集』, 『令義解』, 高木敏雄 『日本傳說集』, 高木敏雄 『日本神話傳說の研究』, 南方熊楠 『南方隨筆』, 南方熊楠 『續南方隨筆』, 高橋亨 『朝鮮の俚諺集附物語』, 佐々木喜善 『紫波郡昔話』, 鄭寅燮 『溫突夜話』, 內田邦彦 『南總俚俗』, 中山太郎 『日本民俗志』, 鳥居龍藏 『有史以前の日本』, 森口多里 『農民童話集黃金の馬』, 鳥居君子 『土俗學上より觀たる蒙古』	『화한삼재도회(和漢三才圖會)』(1712) 다카기(高木敏雄) 『日本傳說集』(1913) 高木敏雄 『日本神話傳說の研究』(1925) 미나카타(南方熊楠) 『南方隨筆』(1926) 南方熊楠 『續南方隨筆』(1926) 高橋亨 『朝鮮の俚諺集附物語』(1914) 사사키(佐々木喜善) 『紫波郡昔話』(1926) 佐々木喜善 『老媼夜譚』(1927) 정인섭(鄭寅燮) 『溫突夜話』(1927) 鳥居君子 『土俗學上より觀たる蒙古』(1927)

밑줄은 공통으로 인용된 서적, 괄호안의 연도는 필자에 의함.

【표1】처럼 공통적으로 인용된 『화한삼재도회(和漢三才圖會)』는 일
본 에도시대 중기에 편찬된 유서(類書, 백과사전)이고, 나머지는 모두
근대 자료집이다. 먼저 정인섭과 다카하시 도오루(高橋亨)는 조선자
료, 도리이 기미코(鳥居君子, 1881~1959, 고고학자로 도리이 류조(鳥居龍
藏)의 부인)는 몽고 자료를 수록하였다. 다카기, 미나카타, 사사키 기
젠(佐々木喜善, 1886~1933)의 자료집[40]은 일본 자료로 비교민속학을

지향한 설화집이다. 참고로『조선 민족설화의 연구』에서는 각각 사
사키 2회, 미나카타 4회, 다카기 자료를 6회 인용해, 특히 다카기를
많이 언급했다. 한편, 손진태 설화 관련 서적에서 야나기타 자료집이
전혀 언급되지 않은 사실은 1930년 당시 비교민속학에 소극적이었던
야나기타의 자세와도 연결되어 흥미롭다. 이러한 손진태의 인식은
책 제목에도 여실히 반영되었다. 손진태는 서문에서 관련용어로 무
카시바나시(昔話) 5회, 민간설화 1회, 설화 2회, 설화자(說話者) 1회,
이야기(物語) 1회, 이야기(話) 11회, 민담(民譚) 1회를 사용했고, 일러
두기에서는 민간설화 1회, 설화 9회, 무카시바나시(昔話) 1회를 각각
사용했다. 이처럼 손진태는 '설화' 또는 '이야기'라는 용어를 자주 사
용했지만, 야나기타가 주창한 학술용어 '무카시바나시'를 사용하면
서도 최종적으로 조선 '민담집'이라는 타이틀로 책을 출판한 것이다.
여기에도 야나기타와의 거리두기를 확인할 수 있다. 손진태가 사용
한 '민담'은 민간설화의 축약어라 할 수 있다.

　전술한 최인학의 지적대로, 1930년에 155편의 조선설화를 집대성
한『조선민담집』은 80여 년 전에 직접 채집되었다는 것 그 자체만으
로도 설화 변용을 연구하는데 고전적인 가치를 지녔다. 개별 설화에
대해서는『조선민담집』전후에 간행된 자료와의 비교 검토를 통한
계속된 연구가 요청된다.

　이어서 선행연구에서 지적된『조선민담집』의 문제점을 재검토하
고, 손진태 스스로가 이를 어떻게 인식했는지 당대 상황을 바탕으로

---

40) 사사키는 본격적으로 구전설화를 수집해, 야나기타의 지도에 따라 야나기타가 기
　획한 로바타총서(爐邊叢書)로『江刺郡昔話』(鄕土硏究社, 1922)와『紫波郡昔話』(鄕
　土硏究社, 1926) 등을 발표했다. 야나기타가 구전설화를 본격적으로 정리·분류·
　연구한 것은 1931년 4월에「무카시바나시 채집자를 위하여(昔話採集者の爲に)」(『旅
　と傳説』昔話特輯號)를 발표하면서부터다.

검토하고자 한다. 선행연구에서는 크게 1) 일본어로 작성, 2) 지식인을 포함한 제한된 제보자와 지역 편중, 3) 분류방식의 문제를 지적했다. 1)과 2)를 간단하게 검토하고 3)의 문제를 중심으로 거론하고자 한다.

먼저 우리 설화를 1) 일본어로 작성하였다는 문제는 한국 설화의 정서를 외국어로 표기했다는 점에서 한계가 있다. 하지만 손진태는 이러한 문제를 인식하고 일러두기에서 "이 책의 원문은 조만간 조선에서 발표할 예정이다"고 한글판 출간을 언급했지만, 결국 실행되지 못 했다.[41] 유족이 보관하던 미간행 원고에는『조선민담집』발행 이후에 채집된 자료가 있어, 손진태는 이를 포함해서 한글판을 출간하려 노력했던 것으로 보인다. 그러나 일본어판임에도 불구하고, 일본어로 번역이 곤란한 주요 용어는 한글로 기록했고, 세세한 각주를 달아 내용을 이해하는 데 도움을 주었다. 또한 현재 대표적 설화연구자들에 의해 한국어 번역본 2권이 출판되어, 이 문제는 일정 부분 해소되었다고 할 수 있다.[42]

다음으로 지식인을 포함한 제한된 제보자와 지역 편중의 문제다.[43] 총 제보자 45명(손진태의 기억을 포함) 중에는 지인 김량하, 이은상, 유춘섭, 방정환, 이상화, 마해송, 고한승, 조재호 등이 다수 포함되었고, 경북(42편), 경남(손진태 제외 36편), 함경남도(35편)에서 채록된 작품 수는 전체의 70% 정도로 집중되어 있다.[44] 위에 열거한

---

41) 孫晉泰, 「凡例」, 『朝鮮民譚集』, 郷土研究社, 1930, 4면.
42) 손진태 저, 김헌선·강혜정·이경애 역, 『한국의 민화에 대하여』, 역락, 2000 ; 최인학 역, 『조선설화집』, 민속원, 2009. 하지만 2권 모두 자료편만을 번역했고, 부록은 번역하지 않았다는 문제점이 있다. 앞으로 부록 부분에 대한 번역이 요청된다.
43) 김기형, 앞의 글, 2013, 671면 ; 황인덕, 앞의 글, 1995, 303면 ; 권혁래, 앞의 글, 2013, 35~39면.

지인의 대부분이 일본에서 만난 지식인이다. 손진태는 지인들의 고향(출신지)을 제보된 지역으로 기록했다. 문제는 지인들이 말해준 이야기들이 실제로 출신지에서 전승된 것인지 아닌지 알 수 없다는 점이다. 또한 구승에 의한 것인지, 서승에 의한 것인지, 아니면 의식적으로든 무의식적으로든 제보자에 의해 일정부분 재화된 내용이었는지도 확인하기 어렵다. 이러한 문제를 손진태가 인식하고, 지인들에게 취지를 설명하고 제보를 요청했는지의 여부도 남겨진 자료로는 확인이 어렵다. 이처럼 손진태의 설화집은 제보자의 출신지를 단순하게 그 지역 설화로 설정해 버렸다는 문제점을 지적해 두고자 한다. 앞으로 지인들이 별도로 발표한 내용과의 비교 검토를 통한 분석이 필요하다.

출신지의 문제는 차외로 하고 제보자 출신지에 한정하더라도, 손진태는 경상도 자료(경북42편, 경남 손진태 포함 45편)에 비해 전라도 자료(제주도 제외, 18편)가 적음을 인식해 전북 출신의 친구 유춘섭으로부터 7편을 수록했고, 『조선민담집』에 수록된 최신(最新) 자료로 1930년 5월, 전남 여수 출신 김동빈으로부터 9편을 수록했으나, 여전히 전라도 자료 및 제보자(4명)는 경상도에 비해 한정적이다. 제주도(1편), 평안도(2편), 강원도(2편) 자료는 더욱 한정적이다. 손진태는 정인섭(1905~1983)의 노트를 참고해 발표한 1927년의 동요 관련 글에서 다음처럼 언급하였다.

(이 글에 제시된 -필자 주) 우리 동요의 재료는 대부분이 정군의 노트에서 나온 것이오. 군이 경상도 출생이므로 인하여 그 재료도 거반 경상

---

44) 김영희, 앞의 책, 27면 ; 권혁래, 앞의 글, 2013, 35면.

도의 것이다. 하나, 원래 고유한 동요는 방언의 차이로 각도(各道) 사이
에 약간의 틀림은 있으나, 대체로는 공통되는 것이 많으므로, 경상도의
재료로서도 일반을 규지(窺知)할 수가 있다. 만일, 전국의 재료를 모두
채수(採收)한 뒤에 이 글을 쓰려면, 그건 참 하대세월(何待歲月)이다.[45]

위의 인용문처럼, 손진태는 동요의 지역차를 인식했지만, 공통점
이 더 크다고 전제했다. 전국의 자료 채집에 오랜 시간이 필요함을
절실히 인식하면서도, 이런 무리한 주장을 하게 된 것은 우선 한정된
자료나마 소개하는 게 더 긴요하다고 판단했기 때문이라고 생각된
다. 『조선민담집』 역시 완벽한 내용은 아니었지만, 1920년대의 작업
을 우선 펴내는 게 중요하다고 인식했을 것으로 사료된다.

다음으로 분류방식의 문제를 검토하고자 한다. 전술한 바와 같이
황인덕은 손진태의 설화 분류방식의 불합리성을 지적했고, 권혁래는
새로운 분류 체제를 시도했다. 손진태는 〈신화·전설류〉(51편), 〈민
속·신앙에 관한 설화〉(34편), 〈우화·둔지설화·소화〉(47편), 〈기타
의 민담〉(23편)으로 4구분했는데, 처음에 가장 많은 자료를 수록한
〈신화·전설류〉를 제시했다. 손진태가 발표한 첫 글은 「신화 상에 본
고대인의 여성관」으로 신화연구에 일찍부터 관심을 지녔고,[46] 무가
(巫歌, 神歌)에도 주목해,[47] 1922년 8월부터 경남 구포의 무녀 한순이
(무녀 기도사 및 별신 전 기도사)와 평남 중화군의 윤복성(칠성신 전 기도
사)으로부터 무가를 채록했다.[48] 무가 채집은 설화와 병행되어 『조

---

45) 손진태, 「朝鮮의 童謠와 兒童性」, 『신민』 22, 신민사, 1927.2(『손진태선생전집』
   6, 태학사, 1981, 615~616면).
46) 손진태, 「神話上에 본 古代人의 女性觀」, 『新女性』 1-1, 신여성사, 1923.10.
47) 손진태 저작 목록은 김광식, 앞의 책, 2015, 186~196면을 참고.
48) 최광식 편, 앞의 책, 2012, 503~504면, 549면 ; 전경수, 앞의 책, 2010, 175면.

선민담집』 발행 2개월 전에 같은 향토연구사에서 『조선신가유편(朝鮮神歌遺篇)』이 간행되었다.[49]

　문제는 구전설화를 수록한 〈민속·신앙에 관한 설화〉는 분류의 일관성이 없고, 〈우화·둔지설화·소화〉는 흥미와 오락성이 강하지만 동물담과 소담으로 분류하기 어려운 것이 존재하며, 〈기타의 민담〉은 대부분 신이담과 소담의 범주에 속한다는 점이다.[50] 이러한 지적은 지당하지만, 문제는 손진태가 왜 이런 문제를 노정했는지를 검토하는 작업도 함께 요청된다. 필자는 그 이유를 크게 외재적, 내재적 문제 2가지로 정리할 수 있다고 본다. 외재적으로는 당대 분류법의 상황이다. 전술한 다카기의 『일본전설집』(1913)은 전설을 분류한 본격적 자료집인데, 구전설화집은 아직 본격적 분류가 행해지지 않았다. 거듭 강조하지만 야나기타가 구전설화 연구에 본격적으로 관심을 보인 것은 1930년대 이후다. 이러한 당대 설화연구 상황을 반영해, 당시 손진태 역시 구전설화를 분류에 주목하지 않았음을 확인할 수 있다. 또한 『조선민담집』에 수록된 설화는 신화, 전설, 민담 등을 포괄하는 다양한 범주의 자료가 포함되었고, 이를 통합해 분류하는 것 자체가 매우 어려웠다는 점도 지적하고자 한다.

　물론, 당대 오카 마사오에 의해 영국민속학회에서 공간한 『민속학개론』(1927)[51]이 일본어로 번역되어, 민간전승의 채집과 기록 방법이 제시되었고, 부록에도 인도유럽 민담형표(印歐民譚型表)가 포함되었기에 손진태는 이를 참고할 수도 있었다. 설화 분류에 관심이 많은

49) 孫晉泰, 『朝鮮神歌遺篇』, 鄕土硏究社, 1930.10.
50) 권혁래, 앞의 글, 42~43면, 51면.
51) バーン 編著, 岡正雄 譯, 『民俗學槪論 − 英國民俗學協會公刊』, 岡書院, 1927(1930년 普及版).

오늘날의 설화연구 입장에서 본다면 손진태의 작업이 제한적으로 보일 수도 있지만, '문화사적 고찰'을 추구하는 당대 손진태의 입장에서는 설화의 분류 작업은 당면 과제는 아니었을 것이었다고 생각된다.

이를테면 중요한 점은 내재적 문제인데, 『조선민담집』은 결코 '단순자료집'이나 '자료선집'[52]을 지향한 서적이 아니며, 이 자료를 '분류'하려는 의도를 지닌 것이 아니었다고 판단된다. 본서가 일본의 민속학 전문 출판사에서 출간되고, 상세한 각주, 색인을 달고, "호학제현(好學諸賢)에게 조금이나마 도움이 된다면 망외(望外)의 기쁨"[53]이라고 소망한 손진태는, 자료와 연구를 유기적으로 종합한 연구서로서의 자료집을 제공한 것이다. 그 결정체가 바로 자료편 뒤에 수록된 부록이다. 이에 대해서는 다음 절에서 상술하겠다.

끝으로, 선행연구에서는 분석되지 않았지만, 채록 시기의 문제를 살펴보고자 한다. 『조선 민족설화의 연구』(1947)에 수록된 설화 중 가장 이른 시기에 채집된 것은 〈해수의 짠 이유〉(1920년 9월, 함흥 張凍原氏談)이다.[54] 손진태는 1921년 4월에 와세다 대학 부속 와세다 제일고등학원(3년제)에 입학했는데, 입학 전부터 민간설화에 관심을 지녔던 것으로 해석되어 왔다. 장동원은 당시 고등보통학교 학생이었다.[55] 한편, 『조선민담집』에는 장동원(함남 함흥읍, 18세)의 자료 〈1-19해수의 짠 이유(海水の鹽い理由)〉(1923.8.14), 〈1-5해와 달과 별(日と月と

---

52) 황인덕, 앞의 글, 302면, 303면.

53) 孫晉泰, 「自序」, 『朝鮮民譚集』, 鄕土硏究社, 1930, 3면.

54) 손진태, 『조선 민족설화의 연구』, 을유문화사, 1947, 214면(손진태, 「조선 민간설화의 연구 - 민간설화의 문화사적 고찰」 15, 『신민』 48, 신민사, 1929.4, 88면) ; 김광식, 앞의 책, 2015, 196면.

55) 손진태, 「조선 민간설화의 연구 -민간설화의 문화사적 고찰」 15, 『신민』 48, 신민사, 1929.4, 88면.

星)〉(1923.8.14) 두개가 실렸는데, 모두 1923년 자료이다. 즉『조선 민족설화의 연구』(1947)에 제시된 〈해수의 짠 이유〉의 내용은『조선민담집』의 자료와 동일하다. 1920년 9월은 1923년 8월의 오기일 가능성을 지적해 두고자 한다.

또한『조선민담집』에 수록된 설화 중 가장 이른 시기에 채집된 것은 〈처첩 부군의 머리 뽑기 다툼(妻妾爭摘夫髮)〉(1920년 9월, 동래군 사하면 하단리 장씨 부인談)이다.[56] 이 설화는 1920년에 가장 일찍 채집된 자료인데,「조선 민간설화의 연구」의 〈처첩 흑백 수염 뽑기 다툼 설화(妻妾爭拔白黑鬚說話)〉에서는 장씨 부인을 직접 거론하지 않고, 손진태가 어릴 적에 어떤 일가(一家) 부인(婦人)에게 들은 이야기라고 밝혔다.[57] 이 부인이 바로 장씨 부인으로 보이며, 손진태가 어렸을 때 들은 이야기임이 분명하다. 즉 손진태는 1920년에 들은 이야기를 수록했다고 보인다.

필자는 조심스럽지만, 손진태의 본격적인 자료채집의 시작은 1923년 7월 이후라고 생각한다. 이러한 정황은 손진태와 정인섭의 회상을 통해서도 파악할 수 있다.

학우 정인섭 군은 열렬한 향토예술 연구가이다. 군이 삼년 전(1923, 1924년? -필자 주)에 나에게 보여준 군의 채집록에는 헤일 수 없는, 우리의 동요, 부요(婦謠), 처녀요(處女謠), 민요가 있었다. 나는 그것을 보고 입을 벌렸다. 동시에 나는 군의 모토애(母土愛)에 경복하였다. (중략) 나는 원래 텁텁한 토속연구자이지만, 군의 연구와 나의 연구에는 어느

---

56) 孫晉泰,『朝鮮民譚集』, 鄕土硏究社, 231면. 유고집을 포함한 손진태 설화의 채보 일람은 전경수, 앞의 책, 2010, 175~183면을 참고.

57) 손진태,「조선 민간설화의 연구 – 민간설화의 문화사적 고찰」3,『신민』30, 신민사, 1927.10, 50면.

곳에서인지 공통되는 점이 있었다 하고, 군의 감정과 나의 감정 사이에
는 향토애라는 공통한 정열이 흘러 있다. 그래서, 군의 재료에 나는 약
간의 도심(盜心)을 느꼈다. 나는 군에게 수개월간만 그 채집록을 빌려
달라고 하였다. 군은 그것을 쾌락(快諾)하였다. 나는 무슨 큰 보패(寶貝)
나 얻은 것처럼 수면시간을 절약하면서 그것을 등서(謄書)하였다. 그리
고 다음에도 정군과 함께 더 많은 채집을 하리라고 생각하였다. 하나,
그 다음에 시간의 흐름을 따라, 나의 결심도 흘러버렸다. 정군은 지금도
아마 열심히 수집 중에 있으리라고 믿는다.[58]

  1923년에 도요대학(東洋大學)의 방정환을 중심으로 와세다 사학과
손진태, 동경고등사범 조재호, 진장섭 및 일본음악학교 윤극영, 일본대
학 마해송(후에 모던일본사 사장) 기타 동지와 함께 한국 최초의 아동애
호단체 색동회를 조직[59]해 연1회 어린이날을 설정했다. 나는 그 후 계
속 서울 개벽사에서 방정환이 발행하던 아동 잡지 어린이에 아동 독물
(讀物)을 투고해 아동문학에 흥미를 지니게 되었다. 그러다가 나는 한국
의 동화 및 민화를 일본어로 써보고 싶어졌다. 그래서 어릴 적 기억을
되새겨 원고지를 조금씩 채워갔다.[60]

실제로 정인섭은 손진태보다 3년 전에 일본어로 조선설화집『온돌

58) 孫晉泰,「朝鮮의 童謠와 兒童性」,『신민』22, 신민사, 1927.2(『손진태선생전집』
  6, 태학사, 1981, 615면).
59) 색동회는 1923년 3월 16일에 1차 회합을 갖고, 5월 1일에 도쿄에서 방정환, 손진
  태, 정순철, 진장섭, 고한승, 정병기 등이 창립했고, 정인섭, 마해송 등은 나중에
  가담했다(김진곤,「정인섭 민속학의 성과와 한계」,『울산문화연구』1, 울산남구문
  화원, 2008, 116면). 정인섭은 색동회를 조직하지 않았다. 정인섭의 회고는 다소의
  과장이 있어 주의가 요청된다. 조선민속학 창립에 있어서도 과장과 사실관계의 오
  인이 산견되는데 이에 대해서는 다음을 참고. 金廣植,『植民地期における日本語朝
  鮮說話集の研究 - 帝國日本の「學知」と朝鮮民俗學』, 勉誠出版, 2014, 369~370면,
  388~389면.
60) 鄭寅燮,『溫突夜話 - 韓國民話集』, 三弥井書店, 1983, 5~6면.

야화(溫突夜話)』(1927)를 간행했다.[61] 손진태보다 1년 앞서 와세다에 입학한 정인섭은 손진태보다 먼저 민요 및 설화를 채집했고, 『어린이』 발간과 색동회 활동을 직접적 계기로 하여, '향토애'와 '모토애'를 갖고 1923년 전후에 본격적으로 설화를 채집한 것으로 보인다.

이처럼 1920년 9월로 표기된 두개의 설화 중 하나는 오기일 가능성이 존재하며, 다른 하나는 어릴 적 손진태의 기억에 의한 것으로 보인다. 다음으로 채집년도가 빠른 것은 친구 유춘섭(전북 전주 완산, 1921년 11월)의 〈기로설화〉 등 5편과 〈우렁각시〉(1923년 5월)이다. 친구 백기만(경북 대구, 1922년 10월)의 〈천도(天桃)의 꿈〉이 보인다. 이후는 모두 1923년 7월 이후의 자료다. 채집년도는 1923, 1927, 1928, 1930년의 자료가 대부분이다. 손진태는 1927년 7월부터 1929년 4월까지 잡지 『신민』에 「조선 민간설화의 연구」를 15회 장기 연재했는데, 이 과정에서 제3회, 6회, 7회, 9회, 14회 등 다섯 차례 민간설화를 공식 요청해 자료를 수집했다. 이를 통해 특히 1927년, 1928년에 많은 자료를 채집 또는 기고 받은 것으로 판단된다.

> 민간설화모집 우리향토문화는 날노 쇠멸하여 감니다. 그중에서도 민간설화를 수집할 것은 우리의 急務입니다. 후일의 시인 소설가, 역사가, 종교, 토속학자들의 조선문화 연구와, 민족정신의 건설을 위하야, 우리는 공동사업으로 **민간설화**를 모흘 필요를 통절히 늣김니다. 有意하신 독자께서는 부디 기억에 잇는 무슨 설화든지를 신민사內 손진태 앞으로 記送하여 주심을 바랍니다. 다음에 조선설화집을 출판할 때는 반다시 貴名을 명기하야 우리들의 공동사업임을 特言하겟슴니다.[62]

---

61) 鄭寅燮, 『溫突夜話』, 日本書院, 1927.
62) 손진태, 「조선 민간설화의 연구 – 민간설화의 문화사적 고찰」 3, 『신민』 30, 신민사, 1927.10, 52면.

민간설화모집 우리향토문화는 날노 쇠멸하여 감니다. 그중에서도 민간설화는 하로밥비 채집하여 두어야 할 것임니다. 후일의 시인·소설가·역사가·종교학자·토속학자들이 조선 고유문화의 연구와 민족정신의 건설을 위하여 우리는 공동사업으로 **신화·전설·동화·소화·잡담 등**을 집성하여야 할 것임니다. 有意하신 독자께서는 기억에 잇는 무슨 설화든지를 신민사內 손진태 앞으로 記送하여 주시면 후일 조선설화집을 출판할 때에 貴名을 명기하야 우리들의 공동사업임을 特言하겟슴니다(밑줄은 필자).63)

연재 당시 손진태는 민간설화를 신화·전설·동화·소화·잡담 등을 포함하는 개념으로 사용했다. 그는 민간설화(Folktales)를 "민간에서 설화되는 전설, 동화, 고담(古譚), 잡설까지가 그 중에 포괄되는 것은 물론이지만 고대의 신화까지도 그것이 민간에 유행한다면" 포함된다고 주장했다.64) 손진태는 '민간'에 방점을 찍고 '민간에서 설화'되는 의미의 중요성을 간파해, 폭넓은 설화 개념을 제창했다. 오늘날 이러한 개념은 지나치게 포괄적인 것으로 지적될 수도 있지만, 한편으로는 현재까지 세분화 되어 진행된 연구업적을 새롭게 재구성하여 통합, 발전시켜 나가는 데 힌트를 제공하는 측면도 있다. 전술한 분류 방법의 모호함도 이러한 손진태의 포괄적인 설화 개념과 그 채집에서 기인하는 것이다.

---

63) 손진태, 「조선 민간설화의 연구 – 민간설화의 문화사적 고찰」 7, 『신민』 35, 신민사, 1928.3, 48면.
64) 손진태, 「조선 민간설화의 연구 – 민간설화의 문화사적 고찰」 1, 『신민』 27, 신민사, 1927.7, 122면.

5. 1920년대 연구의 총결산으로서의 권말 부록

선행연구에서『조선민담집』은 단순히 설화집뿐만 아니라, 부록으로 당대 동서양의 방대한 문헌에 기초해 유사설화를 분류 제시함으로써, 당대 비교설화학의 수준을 반영한 연구서라고 지적했지만, 후속연구에서는 이에 대한 고찰이 행해지지 않았다. 이에 이 절에서는『조선민담집』부록의 내용과 의미를 분석하고자 한다. 손진태는 부록 서문에서 조선설화와 유사한 '타민족 설화'를 지면관계상 간략하겠다고 언급하는데, 자신의 의견과 익히 알려진 문헌은 가능한 삭제하고 "군데군데 인용한 조선 기록은 그 대부분이 사본(寫本)으로, 이것들은 일반에게 그다지 알려지지 않은 책이며 또한 입수하기 쉬운 것이 아니기에 특히 그것들을 인용하여 독자에게 그 자료를 제공"한다며,[65]【표2】처럼 36개의 개별 설화 자료를 제시하였다.

【표2】부록에 제시된 개별 설화와 「조선 민간설화의 연구」와의 대응

『조선민담집』부록 및 대응설화, 새로운 인용문헌	「조선 민간설화의 연구」(1927~9)
1日月星의 전설(1-5해와 달과 별) 정인섭	조선의 일월전설
2出潮退潮이야기(1-16出潮,退潮, 해일의 이유) 夷堅志	潮水 설화
3대홍수와 인류(1-51대호수와 인류3)	홍수설화
4오누이 결혼(1-24오누이 결혼)	대전쟁전설 및 대홍수전설
5棄老전설(1-26기로전설) 搜神記(敦煌零拾)	기로전설
6蛇神퇴치전설(1-27구렁이(또는 지네)퇴치전설) 西遊眞銓	大蛇(或 大蜈蚣)除治전설
7埋子전설(1-30埋子전설) 搜神記(敦煌零拾)	효자埋兒전설
8啞婦전설(1-33三年啞婦전설)	三年啞婦전설
9불효자遺言을 남기다(1-34靑蛙전설)	靑蛙전설
10烈不열녀전설(1-35烈不열녀전설)	烈不열녀전설
11義狗전설(1-36의구전설) 익재집	의구전설1 및 의구전설2
12歷陽湖式 전설(1-38廣浦전설) 君子堂日詢手鏡	광포전설

---

65) 孫晉泰,「附錄はしがき」,『朝鮮民譚集』, 鄕土硏究社, 1930, 1면.

13羽衣전설(1-48雄鶏전설) 搜神記(敦煌零拾)	羽衣전설에 대하여
14浴身금기설화(2-14鯉女와 가난한 사내) 夷堅志	放鯉설화에 대하여
15북두칠성과 短命소년(2-19북두칠성과短命소년)	북두칠성과 단명소년설화
16不鳴蛙(2-22강감찬설화3) 湧幢小品, 香祖筆記, 見聞異辭	강감찬禁蛙喧전설
17以針刺衣(2-23바늘과 구렁이)	견훤식전설에 대하여
18산위의 三屍와 돈(3-4산위의 三屍와 돈)	山上三屍와錢설화
19名判決(3-5名判決二則) 埋憂集	善人拾金설화
20智兒설화(3-12智兒) 파수록, 패언, 太平廣記, 五雜組	兒智에 관한 설화
21나이자랑(3-19사슴과 토끼와 두꺼비 나이)	鹿 兎 蟾蜍의 제자랑
22癡夫吊喪(3-35痴夫吊喪)	癡壻설화
23음부에 동물을 그리다(3-41음부에 돼지를 그리다)	面印麵器설화
24부부 떡을 다투다(3-43부부 떡을 다투다)	夫妻爭餅설화
25범보다 무서운 곶감(3-44범보다 무서운 곶감) 사사키	범보다 무서운 곶감설화
26손흉내 문답(3-45使臣間수문답)	使臣間수문답
27不識鏡(3-46村婦不識鏡)	불식경설화
28妻妾爭摘夫髮(3-47妻妾爭摘夫髮)	처첩爭拔白黑髮설화
29螺婦설화(4-2우렁각시) 此中人語	螺中美婦설화
30개와 고양이와 구슬(4-3개와 고양이와 구슬)	犬猫의 寶珠탈환설화
31지하국의大賊(4-7지하국대적 퇴치)	지하국대除治설화
32仙遊不覺朽斧柯(4-14仙遊에 도끼자루를 썩히다)	仙遊에 朽斧柯
33三難재상(4-18삼난宰相) 파수록, 화산파수록	×
34오복동(도원)전설(4-19오복동전설) 桃源記, 太平廣記, 堅瓠集	尙州오복동·전설
35명관治獄(4-20명관치옥) 阿彌陀佛講和	명관治長丞설화
36처를 벌하다(4-22妻を懲らす) 사사키	懲妻설화

『조선민담집』의 한국어역은 필자에 의함. 손진태가 실제로 예시한 자료의 저자 및 서명을 명기했고, 괄호 안은 설화편에 수록된 개별 설화임. 괄호 뒤의 인용문헌은「조선 민간설화의 연구」에서 제시되지 않았고 1930년 부록에 처음으로 제시된 서적(저자)이다.

먼저 부록에는 자료집에 수록한 155편 중, 36화를 선별하여 〈33 삼난(三難) 재상〉을 제외한 모든 설화는「조선 민간설화의 연구」에서 이미 다룬 적이 있다. 〈33삼난 재상〉은 손진태가 새롭게 확인한『파수록』및『화산파수록(華山罷睡錄)』사본 자료를 확인하고 추가한 것이다. 이처럼 부록에는 15회 연재를 하면서 얻은 자료를 일목요연하게 정리하였고, 연재 이후 짧은 기간 동안에 새롭게 확인한 다수의 자료를 보족하였음을 확인할 수 있다. 먼저 부록에 새롭게 추가한 자료 중에는 서문에서 언급한 것처럼, 일본어 자료 정인섭의 『온돌야화(溫突夜話)』와 사사키의 『노온야담(老媼夜譚)』을 독자를 위해 보충하였고, 한국서적으로는 고려조 이제현의 『익재집(益齋集)』을 추가했다. 특히 중국서적을 다수 보충했는데, 송대의 『이견지(夷堅志)』와 『태평광기(太平廣記)』, 명대의 『용당소품(湧幢小品)』과 『오잡조(五雜組)』를 보강했으며, 새로운 서적으로 명대의 『군자당일순수경(君子堂日詢手鏡)』, 청대의 『차중인어(此中人語)』, 『견호집(堅瓠集)』, 『향조필기(香祖筆記)』, 『견문이사(見聞異辭)』, 『埋憂集』(朱翊清) 등을 추가로 확인하여 많은 자료를 덧붙였다.

특히, 『수신기(搜神記)』의 새로운 판본 '돈황령습(敦煌零拾)'을 확인함으로써, 「조선 민간설화의 연구」에서 제시하지 못한 출전을 보강하였다. 손진태는 〈5기로전설〉을 불경의 영향으로 인식했지만 중국을 경유해 전파되었을 것으로 보고, 「조선 민간설화의 연구」 연재 때는 조선과 흡사한 중국의 전거를 제시하지 못했지만, 『수신기(搜神記)』의 새로운 판본을 읽고 이를 보충하였다. 새로운 판본 '돈황령습'은 나진옥(羅振玉) 편 『敦煌零拾』(1924)으로 출간되었고, 이른 시기에 동양문고에서 이를 입수할 수 있었던 것으로 보인다. 또한 〈35명관 치옥(治獄)〉에서도 "이 설화의 원출처는 상필(想必) 불전인 듯하나, 아즉 원화(原話)를 나는 발견치 못하엿다."고 고백했지만,[66] 1930년 부록에서는 불전 『아미타불강화(阿彌陀佛講和)』[67]를 확인하여 이를 인용하였

---

66) 손진태, 「조선 민간설화의 연구 – 민간설화의 문화사적 고찰」 15, 『신민』 48, 신민사, 1929.4, 95면.

67) 손진태는 『아미타불강화(阿彌陀佛講和)』의 프랑스에서 간행된 판본을 확인하고 한문을 그대로 인용했다. 원본은 현재도 동양문고에 소장되어 있다. Léon de Rosny, tr. L'épouse d'outre-tombe; Conte chinois, traduit sur le texte

다. 문제는 1930년에 추가된 자료들이 『조선 민족설화의 연구』(을유문화사, 1947)에는 일체 반영되지 않았다는 사실이다. 이를테면 1947년판 '원고는 전부 을유문화사가 만들'어 1920년대 "당시 발표한 내용 그대로 우선 상재(上梓)"한 것으로 봐도 무방하다.[68]

이처럼 『조선민담집』은 설화편과 함께, 부록편에 방대한 비교자료를 명시함으로써 동아시아 비교 설화학의 기초 자료를 제공한 것이다. 1933년 1월호 『향토연구(鄕土硏究)』(鄕土硏究社)에는 「지나의 깃옷전설(支那の羽衣傳說)」을 소개하였는데, 이는 『조선민담집』의 부록을 재인용한 것으로도 그 사실을 충분히 입증해 준다. 부록에는 서구의 문헌 및 동아시아 문헌 총 93종을 참고해, 약 7년간 손진태가 직접 채집한 자료와 서로 대응시킴으로써 문헌과 구전설화를 한데 묶어낸 당대 최고 수준의 고전이었다고 평가할 수 있다.

6. 결론

본장에서는 먼저 근대 한일의 설화 채집·분류·연구사를 검토하였다. 일본문부성과 조선총독부가 1910년 전후에 실시한 구비문학 조사는 프랑스·독일의 움직임에도 영향을 받아, 직접 채집 방식이 아닌 교육기관에 시달해서 교원과 학생을 동원해 자료를 보고토록 한 간접 수집 방식의 전형이었다. 손진태는 간접적 수집 방식을 통한 민간설화연구 자료의 한계를 명확히 인식하고 이를 비판하였다. 그

---

original, Paris, 1864.

68) 손진태, 『조선 민족설화의 연구』, 을유문화사, 1947, 230면. 잡지와 단행본은 약간의 표기 차이가 있지만, 전체적으로는 거의 같은 내용이며, 변화 내용에 대한 상세한 내용은 金廣植, 앞의 글, 2013을 참고.

리고 이를 극복하기 위해 1920년대 필드워크를 통해 민간 설화를 다
수 채집해 1920년대 그 작업을 정리했음을 명확히 했다.

본론에서는 조선총독부 및 일본인 연구자가 행한 선행연구의 한계
를 뛰어넘은 손진태의 업적과 그 시대적 한계를 검토하였다. 선행연
구에서는 손진태 자료집을 높이 평가하면서도 일본어로 작성된 사
실, 지식인을 포함한 제한된 제보자와 지역 편중의 문제, 설화 분류
방식의 불합리성을 지적했다. 본장에서는 선행연구에서 지적된 문제
를 손진태의 외재적, 내재적 인식을 바탕으로 재조명하였고, 선행연
구에서 다뤄지지 않은 채록 시기의 문제와 권말에 수록된 부록의 내
용을 살펴보고 그 성격을 명확히 하였다.

본론에서는 「조선 민간설화의 연구」 집필 시에 제시된 문헌 인용
자료와 『조선민담집』 부록에 추가된 문헌을 비교 검토하여, 손진태
설화연구의 발전 양상을 검토하였다. 이를 통해, 『조선민담집』에 증
보된 내용이 해방 후에 출간된 『조선 민족설화의 연구』에는 일체 반
영되지 않았음을 확인하였다. 손진태는 1929년 4월, 「조선 민간설화
의 연구」 15회 연재를 마친 직후에 조선 고가요를 일본어로 번역한
『조선고가요집(朝鮮古歌謠集)』(刀江書院, 1929.6)을 발간하고, 잡지 『신
생』, 『신민』, 『민속학(民俗學)』 등에 자주 투고하면서 이듬해 1930년
향토연구사에서 『조선신가유편』과 『조선민담집』을 간행했다. 1920
년대 전개된 손진태 비교 설화학은 『조선민담집』 자료편으로 일단
완결되었다.

본장에서 명확히 했듯이 손진태의 설화연구는 1921년 일본 유학
이후, 민속학과 문화인류학을 수학하면서 향토애 및 모토애(母土愛)
에 기초해 근대 이후 급격히 사라져 가는 민담을 집대성해야 된다는
관심과 책임감(사명감)에서 시작되었다. 식민지시기에 조선을 중심으

로 한 동아시아 설화학을 전개한 손진태는, 해방 후에 "조선의 민속
문화는 요원한 고석(古昔)으로부터 결코 고립한 문화가 아니요 실로
세계문화의 일환으로 존재하였다. (중략) 세계적 설화의 모든 종류를
우리가 소지한 것으로 미루어 알 수 있다"고 하였다.[69] 해방 후에 간
행된 첫 단행본『조선 민족설화의 연구』에서 손진태는 설화를 통한
조선민족의 정체성 확립보다, 세계문화와 소통하는 보편적 설화학을
명백히 제시함으로써 우리 문화를 이해하려 노력했다.

　이러한 열린 사고에 기초한 동아시아 설화학은, 1920년대에 전개
된 손진태의 설화연구를 여실히 반영한 것이라는 점에서 보편적 가
치를 인정할 수 있다. 손진태를 포함해 해방 후에 전개된 설화 채집,
분류, 연구사의 계승과 동아시아 비교민속학의 관련을 포함한 전개
양상에 대한 검토는 금후의 과제이다.

---

69) 손진태, 「序說」, 『조선 민족설화의 연구』, 을유문화사, 1947, 2~3면.

제10장

신래현(申來鉉)과 '조선향토전설'

1. 서론

식민지기에 조선어로 쓰인 설화집보다 일본어로 쓰인 조선설화집이 더 많이 간행되어 그 내용 분석과 해방 후의 관련양상에 대한 검토가 요청된다.[1] 일본어로 간행된 설화집 중, 1927년 이후에는 조선인 지식인에 의한 조선설화집도 간행되었는데, 다음과 같이 그 대부분이 1940년대 초기에 간행된 것이다.

1. 鄭寅燮, 『溫突夜話』, 日本書院, 1927年 3月 18日, 東京(22日 三版).
2. 孫晉泰, 『朝鮮民譚集』, 鄕土硏究社, 1930年 12月, 東京.
3. **朴寬洙**, 『新羅古都 경주의 사적과 전설(慶州の史蹟と傳說)』, 博信堂書店, 1937年 3月, 大邱(『新羅古都 慶州附近의 傳說』, 京城淸進書館, 1933년의 증보 일본어판).
4. 曺圭容, 『조선의 설화소설(朝鮮の說話小說)』, 社會敎育協會, 1940年 9月, 東京.
5. 張赫宙, 『朝鮮古典物語 沈淸傳 春香傳』, 赤塚書房, 1941年 2月, 東京.

---

[1] 식민지기에 간행된 설화집 목록 및 그 내용에 대해서는 다음을 참고. 김광식, 『식민지 조선과 근대설화 −일본인의 구비문학 조사와 조선인의 대응』, 민속원, 2015, 1장, 6장.

6. 張赫宙, 『童話 흥부와 놀부(フンブとノルブ)』, 赤塚書房, 1942年 9月, 東京.

7. **데쓰 진페이鐵甚平(金素雲)**, 『삼한 옛이야기(三韓昔がたり)』, 學習社, 1942年 4月, 東京.

8. <u>鐵甚平</u>, 『童話集 석종(石の鐘)』, 東亞書院, 1942年 6月, 東京.

9. <u>鐵甚平</u>, 『파란 잎(青い葉つば)』, 三學書房, 1942年 11月, 東京.

10. <u>金素雲, 『朝鮮史譚』</u>, 天佑書房, 1943年 1月(8月 再版), 東京.[2]

11. <u>鐵甚平</u>, 『누렁소와 검정소(黃ろい牛と黑い牛)』, 天佑書房, 1943年 5月, 東京.

12. **申來鉉, 『조선의 신화와 전설**(朝鮮の神話と傳說)』, 一杉書店, 1943年 5月, 東京.

13. 金海相德(金相德), 『半島名作童話集』, 盛文堂書店, 1943年 10月, 京城.

14. 金海相德, 『朝鮮古典物語』, 盛文堂書店, 1944年 6月(1945年3月 再版), 京城.

15. 豊野實(崔常壽), 『조선의 전설(朝鮮の傳說)』, 大東印書舘, 1944年 10月, 京城.

위 중에서 정인섭, 손진태, 김소운, 김상덕, 최상수에 대한 연구가 행해졌지만[3], 신래현(1915~?)과 박관수(1897~1980, 1921년부터 대구사

---

2) 김소운은 『삼한 옛이야기(三韓昔がたり)』를 비롯해 동화집 『석종』, 『파란 잎』, 『누 렁소와 검정소』 등 4권의 동화집을 간행했는데, 모두 데쓰 진페이(鐵甚平)라는 필명 으로 간행해 본명을 밝히지 않았다. 한편 책명에 '조선'이 들어가는 『조선사담(朝鮮 史譚)』(天佑書房, 1943)만은 본명으로 발표해 조선인에 의한 서적임을 분명히 했다. 신래현 역시 『지나의 연극』(1943)은 일본명 히라오카로 간행했지만, 『조선의 신화와 전설』은 본명으로 간행해 유사한 정황을 보여준다.

3) 정인섭 저, 최인학, 강재철 역, 『한국의 설화』, 단국대학교출판부, 2007; 류정월, 「근대 설화집의 여성 형상화 연구 -『온돌야화』, 『조선민담집』, 『조선동화대집』의 여성 인물을 중심으로」, 『한국고전여성문학연구』 32, 2016; 김광식, 「한일 설화 채 집·분류·연구사로 본 손진태 『조선민담집』의 의의」, 『동방학지』 176, 2016(본서 제 9장); 노영희, 「김소운의 아동문학 세계 -鐵甚平이란 필명으로 발표된 네권의

범학교 등에서 근무)의 전설집에 대해서는 연구된 바 없다. 신래현의 『조선의 신화와 전설(朝鮮の神話と傳說)』은 1943년에 5천부를 간행했고, 패전 후의 일본에서 재간행(太平出版社, 1971)되어, 1975년에 제 9 쇄를 찍었고, 1981년에 개장판(改裝版)을 간행하였다. 2008년에는 龍溪書舍에서 한국병합사연구자료 총서 중 한권으로 복각되어 일본의 조선설화 이해에 일정한 영향을 끼쳤다고 생각된다. 한편, 국내에서는 『그리스·로마 신화』의 동양신화에 단군과 탈해신화 2편이 번역 수록되었다.[4)

『조선의 신화와 전설』에는 와세다 대학 연극박물관장 가와타케 시게토시(河竹繁俊, 1889~1967)와 아키바 다카시(秋葉隆, 1888~1954)의 서문이 실렸고, 판권지 앞쪽에는 저자 약력이 다음처럼 적혀 있다.

> 저자 와세다 대학 문학부 졸업
> 金泉중학교 교사를 거쳐 현재 와세다 대학 연극박물관 근무
> 근년 「조선의 예술」을 집필 중, 그간에 조선 支那몽고의 오지를 주유함
> 저서 「지나의 연극(支那の演劇)」(번역) 畝傍書房

「조선의 예술」은 간행되지 않았고, 『지나의 연극』(1943.3)은 알링턴(L.C. Arlington, アーリングトン)의 책(The Chinese Drama, 1930, 上海)을 인나미 다카이치(印南高一, 1903~2001, 필명 喬(다카시))와 히라오카

작품을 중심으로」, 『동대논총』 23, 1993; 유재진, 「김상덕의 일본어 동화 「다로의 모험(太郎の冒險)」연구 1」, 『일본언어문화』 28, 2014; 김광식, 이복규, 「해방 전후 시기 최상수 편 조선전설집의 변용양상 고찰」, 『한국민속학』 56, 2012.
4) 토머스 불핀치 외 저, 최준환 편역, 『그리스·로마 신화』, 집문당, 1999, 265~275면. 또한 최근 신라 설화 〈에밀레종〉 연구에서 신래현의 전설집도 분석 대상이 되었다. 김효순, 「'에밀레종' 전설의 일본어 번역과 식민지시기희곡의 정치성 -함세덕의 희곡 「어밀레종」을 중심으로」, 『일본언어문화』 36, 2016.

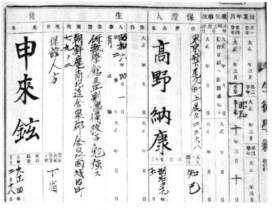

신래현의 중학교 학적부

학코(平岡白光)가 공동 번역했는데, 히라오카가 바로 신래현이다.

　인나미는 1929년 3월 와세다 대학 영문과를 졸업해 4월부터 연극박물관에 근무했다.[5] 인나미는 1931년 외무성 위촉으로 滿蒙北支에서 연극자료를 수집하고 나서, 上海를 조사할 때 알링턴의 책을 구입했고, 조선 만주 등 시국에 부응하며 조사 범위를 확대해 나갔다. 중일전쟁 이후 "흥아大業의 기운과 함께 점점 그 필요를 느껴" 연극박물관 내에 동양연극자료실을 신설했다.[6] 인나미의 『조선의 연극(朝鮮の演劇)』(北光書房 1944.10)[7]에는 가와타케 시게토시(河竹繁俊), 송석하, 안영일, 신래현이 서문을 썼는데, 최근에 『조선의 연극』 한국어 번역판이 나왔지만, 신래현의 이력에 대해서는 밝혀진 바 없다.[8] 인

5) 印南高一, 「著者略曆及び業績」, 『支那の影繪芝居』, 大空社, 2000(1944년 玄光社 복각판). 인나미는 이 책 서문에서도 히라오카 학코(平岡白光)의 조력을 언급하였다.
6) 印南高一, 「東洋演劇室」, 『季刊演劇博物館』 11號, 國劇向上會, 1939.5, 6면.
7) 印南高一, 「序」, 『朝鮮の演劇』, 北光書房, 1944, 10면.
8) 인나미 고이치 저, 김일권, 이에나가 유코 역, 『조선 연극사』, 민속원, 2016; 인나미 다카이치 저, 김보경 역, 『일본인 학자가 본 조선의 연극』, 역락, 2016.

문예부(신래현 중앙. 중학교 졸업사진)

신래현(좌) / 김복룡·윤헌진·최의순(우)

나미는 "김재철 씨의 유고 『조선연극사』는 이 책의 토대가 되었다. 그 번역과 더불어 정노식 씨의 『조선창극사』 번역은 학우 신래현 군 의 큰 도움을 받았다."고 밝혀, 인나미의 연구에 신래현이 큰 도움을 주었음을 확인할 수 있다.

신래현은 1935년 3월 10일 도쿄(東京)의 이쿠분칸(郁文館) 중학교를 졸업했다. 당시 학적부9)에 따르면, 1931년 4월 시험을 통해 2학년에 편입 입학했다. 원적은 경북 김천군 김천면 城內町 79-2, 1915년 2월 18일 생이다. 학력에는 硏數學館 및 正則豫備校에서 공부했다고 기록되었다. 硏數學館 및 正則豫備校는 당시 유학생들이 일본어를 공부하며 편입을 준비하는 관문이었다.

1931년 5월 말일 현재 '외국'학생에 관한 조사에 따르면, 해당년 입학 허가자수는 1학년 대만1 조선1명, 2학년 대만1 조선1명, 3학년 대만1 조선2명, 4학년 대만3 조선1명이었다. 신래현은 '正則豫備校 3

---

9) 필자는 2016년 11월 18일 郁文館夢學園 사무국(도쿄 분쿄구 소재)의 배려로, 『생도학적부』, 『외국학생에 관한 조사(外國學生ニ關スル調)』, 『졸업생명부』, 『졸업기념』 사진, 교유회잡지 등을 열람하였다. 郁文館夢學園 관계자에게 감사드린다.

년 수료'로 기록돼 있는데, 1934년 5월 말일 조사에는 '牙川公立보통
학교 졸업, 正則예비교 졸업10)'이라고 적혀 있어, 김천 아천공립보
통학교를 거쳐 正則豫備校를 수료한 것으로 보인다. 중학교 성적은
1931년 67명 중 20위(성격 順良), 1932년 67명 중 15위(순량), 1933년
85명 중 33위(쾌활), 1934년 不明이었다. 『졸업기념』 사진을 보면,
문예부에서 활동했음을 확인할 수 있다.

와세다 대학 동창회 회원명부 등에 의하면, 신래현은 1940년 와세다
대학 영문과를 졸업하고, 해방 후 서울(서울 서대문구 천연동 120의 6)에
거주하다가 월북한 것으로 확인된다.11) 북에서 신래현은 『향토전설집』
(1957, 평양; 국립출판사, 총275쪽12))과 「천리마에 대한 설화」(『문화유산』
6호, 1958)를 발표하였다. 1986년 8월 19일자 아사히신문 기사는 신래현
의 근황을 다음처럼 전한다.

『조선의 신화와 전설』은 15년 전에 태평출판사에서 복간되었지만, 신
씨의 행방을 몰라서, 「간행자의 후기」에 "저자의 소식을 알면, 연락 바
란다."고 적었다. 그 후 15년이 경과한 올해 7월에 태평출판사 최 사장

10) '牙川公立普通學校 卒業 正則子ビ校 卒業' 원문은 草書와 이체자(異體字)여서 판
독이 어렵다. 판독에 있어, 東京·南方熊楠飜字 모임의 橋爪博幸, 岸本昌也 두 선생
님의 도움을 받았다.
11) 와세다 대학 조선유학생동창회, 『1939년도 회칙급회원名簿』, 16면(와세다 대학
우리동창회, 『한국유학생운동사 -早稻田대학 우리동창회 70년사』, 1976년, 부록에
영인본 수록); 와세다 대학 동창회, 『1956년도 회원명부』, 77면을 참고.
12) 신래현의 『향토전설집』은 한국 및 일본 도서관에서 소재를 파악할 수 없다. 2013
년 필자는 일본의 지인을 통해 평양의 종합도서관 인민대학습당(人民大學習堂)에
디지털화 된 내용을 확인할 수 있었다. 본서는 275쪽으로 간행되었으나, 인민대학
습당본은 182쪽 이후는 확인할 수 없다. 30편 중 17편만을 열람할 수 있다. 182쪽
이후의 목차(남한 전설 부분)도 삭제되었고, 본문에도 일부 글자가 삭제되어 있어
어느 시점에서 정치적 이유로 삭제된 것으로 판단된다. 두 차례에 걸쳐 필요한 내용
을 정성껏 필사해 준 지인에게 진심으로 감사드린다.

(최용덕 사장 -필자 주)에게 신 씨 본인에게서 편
지가 도착한 것이다.

저자 신래현 씨
(『아사히신문』 1986.8.19.에서)

편지지 3장에 조선어로 빽빽이 쓰인 편지에는,
신 씨는 일본 패전·조선 해방으로 고향에 돌아간
후, 한국전쟁 때 북측에 서서 총을 잡았고, 그 후
는 과학연구 부문을 담당, 현재는 금성청년출판
사에 근무하며, 젊은 세대를 위해서 외국어사전
편집을 담당한다고 한다.

각국 문헌을 모은 평양의 인민대학습당에서 일본 문헌을 조사하며,
우연히 자신의 책을 접했다고 한다. 그리고 히토스기 씨(히토스기 아키
라一杉章, 1943년 판의 출판사 사장 -필자 주)의 소식을 묻는 한편, 이를
계기로 민화나 전설의 분야에서 조선과 일본의 공동 연구를 할 수 있었
으면 하는 꿈을 전했다.13)

2. 신래현의 전설집

신래현은 『조선의 신화와 전설』(1943, 이하 1943년판)과 『향토전설
집』(1957, 이하 1957년판)을 간행했는데, 본장에서는 두 권의 책을 비
교 분석해 개작양상 및 관련양상을 검토하고자 한다.

1943년판 서문에 가와타케는 "대동아전쟁 하, 일선(日鮮)의 한층 깊
은 융화에 공헌하는바 적지 않을 거라고 믿는다."고 적었고, 경성 제
국대학의 아키바는 "특히 조선의 신화 및 전설 중에는 이를 문화사적
으로 보면, 內鮮의 친연관계를 보이는 것은 물론, 만몽 支那 인도 등
널리 아시아 여러 지역과의 문화적 관련을 찾을 수 있는 것이 적지

---

13) 「日朝の友を結んだ復刻版 平壤の申さん, 自著に出合いたより」, 『東京朝日新聞』
1986.8.19朝刊 22면. 이하, 일본어 번역은 필자에 의함.

않으며, (중략) 현재 반도의 황국화 사회과정에서 그것(신화 전설 -필자
주)이 어떠한 기능을 수행하는지를 이해하는 일은 단순히 전문적 學究
에게만 부과된 문제는 아닐 것이라고 생각한다."고 주장하였다.

1943년 당시 일본어 조선 전설집의 간행 이유가 '내선 융화 및 친
연'과 관련되어 있다는 점에서 주의를 요하는데, 신래현은 서문에서
다음처럼 기술했다.

솔직히 고백하면, 저자는 이들 신화와 전설을 조심스럽게 썼습니다.
왜냐하면 (중략) 뜻은 넘치되 역부족이라서 신화를 모독하고 주옥같은
전설을 와륵(瓦礫)으로 만들어 버리지 않을까 하는 근심에서 지지부진
했습니다. 그리고 가능한 한 생생하게 이야기를 그대로의 형태로 유지
해서 독자 앞에 제시하는데 주의하였습니다. 이들 신화와 전설에 대해
역사적인 고증과 비판적 고찰을 행하지 않은 것도 오직 이상의 이유에
서입니다. (중략) 이를 통해서 내선(內鮮)의[14] 사람들이 진심으로 서로
를 이해하고 서로를 사랑하는 정신적 양식(糧食)이 된다면 저자의 목적
은 달성될 것입니다.

신래현은 일본인의 조선전설 이해를 통한 내선인의 상호 이해와
사랑을 주장하였다. 이러한 문제적 주장이 출판 검열을 위한 내부검
열의 결과인지 아닌지는 본문의 내용 분석을 통한 상세한 검토가 요
청된다. 실제로 신래현은 〈에밀레종〉에서 박관수의 전설집을 참고하
면서도, 서두에서 시대적 배경을 논하며 고대 한일의 우호적 교류를
추가 서술하여 '내선융화'적 글쓰기에서 자유롭지는 않다.[15] 또한 설

---

14) 太平出版社(1971)판은 가와타케와 아키바의 서문이 삭제되어, 신래현의 서문의 일
부를 실었다. '內鮮의'를 '일본과 조선의'로 수정하였고, 가와타케와 아키바에 대한
감사의 말을 삭제했다.

화 내용에서도 신래현은 '그대로의 형태로 유지'했다고 주장했지만, 실제로는 박관수의 전설집을 바탕으로 하여 크고 작은 개작을 시도하였다.

신래현은 〈羽衣(나무꾼과 선녀)〉[16]로 시작되는 민간전설 13편과 건국신화 7편(단군-고조선, 주몽-고구려, 혁거세-신라, 비류와 온조-백제, 九干-任那, 왕건-고려, 이성계—조선)을 수록하였다. 책명은 『조선의 신화와 전설』이지만, 전설을 먼저 배치한 것이다.

식민지기 대표적 조선 전설집으로는 미와, 나카무라 등의 것을 들수 있다.

1. 미와 다마키(三輪環), 『전설의 조선(傳說の朝鮮)』, 博文館, 1919.
2. 야마사키 겐타로(山崎源太郎), 『조선의 기담과 전설(朝鮮の奇談と傳說)』, ウツボヤ書籍店, 1920.
3. 나카무라 료헤이(中村亮平)외, 『支那・朝鮮・台灣神話傳說集』, 近代社, 1929.

나카무라는 미와와 야마사키의 전설집을 다수 참고했는데, 신래현은 나카무라 전설집을 참고한 것으로 보이지만, 그 영향은 한정적이며 내용을 크게 보정, 가필하였다. 건국신화에는 기자조선을 수록하지 않고, 고조선부터 조선시대까지를 전체적으로 망라하고 건국신화이외의 신화는 민간전설에 분류해 수록했다. 이에 비해, 미와와 나카

---

15) 김효순, 앞의 논문, 323~324면을 참고.
16) 신래현이 첫 설화로 의식적으로 배치한 것으로 판단되는 〈나무꾼과 선녀〉는, 식민지기에 일본인이 한일 공통의 설화로 1910년 다카하시 도오루 이래 주목되었고, 조선총독부 관사의 벽화 등에도 채택된 설화의 모티프가 되었다. 김광식, 「조선총독부 학무국 '전설 동화 조사' 보고서를 활용한 『조선동화집』의 개작 양상 고찰」, 『고전문학연구』 48, 2015, 58면을 참고(본서 1장).

무라 등 일본인의 전설집은 건국신화를 따로 분류하지 않았고, 조선 왕조 신화를 수록하지 않았다는 문제점을 지녔다. 또한 제주도 삼성혈 신화의 여신이 일본에서 왔다며 식민시기에 '내선 관련설화'로 자주 활용되었는데, 신래현은 이를 수록하지 않아, 일본인의 전설집과는 일정한 차이를 보인다는 점도 지적해 두고자 한다.

건국신화에 앞서 배치한 13편의 민간전설 중, 〈1羽衣(나무꾼과 선녀)〉와 〈10견우직녀〉를 제외한 11편은 모두 신라전설이다. 신래현은 박관수의 신라전설집의 영향을 받아 다수의 신라전설을 수록한 것이다. 【표1】처럼 〈혁거세〉, 〈석탈해〉, 〈김유신장군〉은 박관수의 전설집에 수록된 복수의 신화전설을 신래현이 하나의 설화로 통합하여 정리했고, 그 줄거리가 일치한다는 점에서 그 영향관계를 여실히 보여준다. 나카무라가 석탈해의 탄생과 조선 표착에 관심을 보여 전반부에 초점을 둔 데 반해, 신래현은 석탈해의 전반적 생애를 다루었다.

신래현이 수록한 13편의 민간전설은 다음과 같다.

- 羽衣(나무꾼과 선녀)
- 影なき塔(무영탑)
- 母を呼ぶ鐘(에밀레종)
- 處容の歌(처용가)
- 日の神と月の神(일신 월신, 연오랑 세오녀)
- 劍舞(검무 관창)
- 昔脱解(석탈해)
- 孝不孝橋(효불효교)
- 金庾信將軍(김유신 장군)
- 牽牛織女(견우 직녀)
- 鬼と遊ぶ(귀신과 노는 비형랑)

·乾坤二龍(용-연龍淵)

·一人死ぬか二人死ぬか(한 사람이나 두 사람이 죽는 서출지).

전술한 바와 같이 〈羽衣〉, 〈일신 월신(연오랑 세오녀)〉는 한일 관련
을 염두에 두고 제시되었지만, 기타 설화는 신라 전설을 중심으로 잘
알려진 전설을 중심으로 수록한 것이다.

【표1】신래현의 전설집의 영향 및 대응표

미와 등	나카무라 1929	박관수 1937	신래현 1943
35단군 야마사키(기자) 39금와(주몽) 야마사키(주몽)	1조선 시조 단군 2기자 이야기 3고구려 시조 주몽 4백제 시조 비류와 온조		단군 주몽 비류와 온조
37박씨(혁거세)	5신라 시조 박혁거세	4시조왕 박혁거세탄생/ 5시조왕 비 알영탄생/ 6시조왕의 승천과 愛嬪	혁거세
41사람의 알	6석씨시조 석탈해/ 97나지리 전설	7多婆那國에서 온 昔脫이사금/ 8 儒理이사금의 齒理/ 9탈해왕의 월성점유와 호공	7석탈해
42계림(김알지)	7계림의 기원	10황금궤에서 태어난 김알지	
	8대가락(大駕洛)의 건국		九干
36삼주신(삼성혈)	9제주도의 삼성혈		
47일월의 정기	10영일만의 연오와 세오	29일신과 월신	5일신과 월신
50용녀의 자식	11고려 태조		왕건
야마사키(백제) 야마사키(영혼)	12백제 멸망의 조짐 13고려 멸망의 조짐		
			이성계
高橋(선녀의깃옷) 103인주	31선녀와 깃옷 94무영탑과 영지 50희생의 인주(人柱) 103처용과 젊은이	31아사녀의 슬픔과 영지그늘 43에미를 부르는 봉덕사종 45개운포와 처용가	1羽衣(나무꾼과 선녀) 2影なき塔(무영탑) 3母を呼ふ鐘(에밀레종) 4處容の歌(처용가)

		53관창의 충성과 검무의 유풍	6검무 관창
	87효불효교(孝不孝橋)	27과부의 非行을 바로잡은 孝不孝橋	8孝不孝橋
	88천관사 연기	12김유신장군과 천관사/ 13 김유신장군과 우리집 물맛	9김유신장군
총독부국어독본	16까치 다리		10견우직녀
46귀교	89귀교	25桃花娘의 약혼과 비형랑의 귀신놀이	11鬼と遊ぶ(비형랑)
		65 등나무에 얽힌 悲戀	12乾坤二龍(龍淵)
43약밥		26까마귀의 靈示와 사금갑의 靈書	13一人死ぬか二人死ぬか(서출지)

미와 및 신래현의 민간전설 번호는 필자에 의함.

3. 해방 전 신래현의 개작 양상

【표1】처럼 나카무라는 고대 경주와 일본열도와의 관련성에 관심을 갖고 다수의 신라전설을 수록했는데, 신래현은 박관수의 전설집을 참고하여 신라전설을 형상화 하였다. 신래현의 〈검무〉와 〈乾坤二龍〉은 박관수와 신래현의 전설집에서만 보인다. 박관수는 전설을 민속신앙과 관련시켜 서술하였고, 신래현도 이를 일정 부분 수용하였다. 박관수는 〈18용왕이 된 무열왕〉과 〈24박제상의 충의와 그 부인의 貞烈〉 등 일본과의 대립양상을 보이는 설화를 수록했지만, 신래현의 전설에는 결과적으로 이러한 설화는 완전히 제외되었고, 태평양전쟁 당시의 시국영합적인 경향이 나타난다. 【표2】처럼 박관수는 전쟁이 일어나자 "많은 젊은이들이 용감하게 출정하게 되었다"고 기술했는데, 신래현은 1943년의 시대적 상황을 반영해 백제가 신라를 공격했다고 구체적으로 서술하고, "국민은 애국지정에 불타올라, 마을의 젊은 청년들은 누구나 조국의 명예를 매고 용감하게 전장으로 전장으

로 달려갔습니다."고 구체적으로 서술하였다.

그리고 〈6검무〉에서도 박관수의 전설은 7세의 관창이 검무를 잘 해 "이를 들은 백제 임금님은 관창을 궁중에 불러 검무를 하게 했다. (중략) 관창은 그 틈을 노려 검으로 백제왕을 해하"려 하다 죽었고 그 충성에 감동해 신라인이 "관창의 용모를 본 따서 가면을 만들어 아이 들에게 검무를 가르쳤다"는 내용이다.[17] 신래현은 박관수의 전설을 참고하면서도, 12살 소년 관창이 어려서 전쟁에 나갈 수 없자, 부모 를 설득해 "죽을 각오입니다. 어머니 허락해 주십시오." 하고 말하 자, 어머니는 "너는 武班의 피를 지녔다. 집안 이름이 부끄럽지 않게 훌륭하게 죽어라. 어미는 이것만을 기도하겠다."(91, 93면)며 허락 받 는 과정을 상세하게 기록하였다. 신래현은 허락 받은 관창이 백제에 가서 꾀를 써서 백제 사람들 사이에게 검무로 명성을 얻어 백제왕을 만나 해하려 하는 것으로 개작했다.

【표2】 乾坤二龍의 개작 대응표

박관수, 122~124면.	신래현, 乾坤二龍, 176~187면.
경주군 見谷面 五柳里 강변을 따라 면적 약 4천 5백 헥타르의 울창한 나무숲(林叢)이 있다. 여기는 龍林이라 하여 신라시대 임금님의 사냥터였다. 벌거숭이산이 많은 이 지역에서 민가 근처에 이런 멋진 나무숲이 있다는 것은 하나의 기적인데, 이는 다음과 같은 전설의 힘에 의해 보호되었기 때문이다. 이 숲과 그 북쪽 촌락 사이에는 깊은 연못이 하나 있었다. 예부터 거기에는 용이 숨어 있다고 하	신라의 명소유적은 好事家에 의해 거의 답파되어, 거기에 전하는 전설과 속전 등은 대개 구전되고 있는데, 여기에 단하나 그다지 전하지 않은 이야기가 있습니다. 여기에 잊혀 방문하는 이가 더욱 적은 한 호수와 나무숲(叢林)이 있었습니다. 千古의 碧水를 가득 담은 호수 가에는 천년의 밀림이 울창하게 우거져 낮에도 어두운 幽園을 만듭니다. 부근 마을 사람들의 말에 의하면, 이 호수에는 큰 용이 산다고 하는데, 누구도 용을 본 사람은 없습니다. 그러나 누구나 용은 때때로 호수 위로 모습을 드러내 숲속을 돌거나 논다는 것입니다. (중략) 이 나무숲을 용림, 호수를 용연이라 부릅니다. 그리고 부근 마을 사람들은 해마다

17) 朴寬洙, 『新羅古都慶州の史蹟と傳說』, 博信堂書店, 1937, 104~105면.

여 숲 그늘이 연못에 비춰면 용은 그 모습을 수중에 보이고, 억수로 비를 내리는 것이었다. 그 때문에 숲을 용림, 연못을 용연이라 불렀다. (중략) 이 숲에는 오래 된 두개의 등나무가 있다. 이를 乾坤二龍의 등나무라 불려, 서로 얽힌 모습이 흡사 쌍룡이 옥구슬(璧)을 다투는 형태와 비슷하여 붙여졌다. (중략) 여기는 다음과 같은 기이한 비련의 전설이 있다. 때는 옛 신라 시대에 이 숲에서 멀지 않은 곳에 미모의 두 자매가 있었다. 혼기가 되자 둘은 언제부턴가 가슴 속에 하나씩 연인을 몰래 그리워했다. 그런데 호사다마라고 그 때 나라에 전쟁이 일어나서 이 마을에서도 많은 젊은이들이 용감하게 출정하게 되었다. 결국 연인과 결별하게 되어 둘은 서로 그 의중 인물을 서로 밝혔는데, 얄궂게도 동일인이었다. 놀라움과 부끄러움, 쓰라림, 무정함으로 둘은 마음이 어지러워 심히 몸부림쳤다. 언니는 동생을 위해 연심을 버리려 했고, 동생도 언니를 위해 연심을 잊으려 했다. 그리고 서로 애달픈 심정을 괴로워하며 하루하루를 덧없이 보내고 있었다. 그런데 둘이 연모하던 젊은이는 다행인지 불행인지 결국 무언의 勇者가 되어 凱旋했다. 자매는 서로 손을 잡고 울었다. 그리고 둘은 그대로 그 용연에 몸을 던져 연인의 뒤를 따랐다. 등나무는 이 두 자매의 화신이라 전한다. 그리고 이 등나무 꽃은 부부 사랑의 부적으로 지금도 그 한 잎을 부부 베개 속에 넣어 두길 원하는 이가 많다.

한 차례 용에게 제사를 지냅니다. (중략) 작은 마을에 매우 아름답고 신비로운 두 자매가 살았습니다.

연년생이나 쌍둥이로 보일 정도로 둘은 언니, 동생 구별이 어려울 정도로 같이 자라고 같은 옷을 입고, 같은 일, 같은 놀이를 하며 살았습니다. 또한 똑같이 아름다웠습니다. 이 두 처녀는 마을 사람들의 선망의 대상이었습니다. 게다가 둘은 사이가 좋았고, 가련 순정 그 자체였습니다.

그런데 이 두 처녀에게도 언제부턴가 인생의 청춘이 찾아왔습니다. 꽃 피는 마을 낙원에서 즐겁게 놀 때도 둘은 수심에 차는 날이 많아졌습니다. 언니는 동생을 걱정해 여러 위로의 말을 건넸습니다. (중략) 진심으로 서로를 위로했습니다. (중략) 이때 이웃 나라 백제가 돌연 이 신라를 공격해 온 것입니다. 국민은 애국지정에 불타올라, 마을의 젊은 청년들은 누구나 조국의 명예를 짊어지고 용감하게 전장으로 전장으로 달려갔습니다. (중략) 출정하는 젊은이 중에는 이 두 처녀의 연인도 포함돼 있었습니다. (중략) "(중략) 부디 제가 언니의 연모 대상의 무운을 기도할 게요. 그 사람의 이름을 알려 주세요. 예전에 약속했듯이."

"약속할게, 그럼 너도 알려줘" (중략) 둘은 작은 소리였지만 명확하게 답했습니다. 순간 둘은 말하자마자 양손으로 얼굴을 가리고 놀라움과 부끄러움으로 손을 뗄 수 없었습니다. 왜냐하면 둘이 발설한 연인의 이름은 얄궂다고 할지, 운명이라 할지, 아니 우연인지 같은 남자 이름이지 않겠습니까. (중략) 둘은 심히 몸부림쳤습니다. (중략) 언니는 동생을 위해, 동생은 언니를 위해 자신의 연심을 단념하려 노력했습니다. 둘은 괴로운 날을 덧없이 보내고 있었습니다. (중략) 결국 그 젊은이는 명예롭게 전사해, 무언의 勇士가 되어 돌아왔습니다. 다행인지 불행인지 두 처녀가 그리운 고향에서 몰래 기다린다는 것도 모르고.

자매는 이때 비로소 서로 손을 잡고 울었습니다. (중략) 이번에는 언니는 가여운 동생을 생각해 슬퍼하고, 동생은 불행한 언니를 생각해 슬퍼했습니다.

그리고 둘은 너무나 슬퍼 견딜 수가 없어서 그대로 곧장 용이 산다는 용연에 갔습니다. 둘은 서로를 안고 수중에 몸을 던졌습니다. (중략) 이 기이한 전설을 윤색하는 큰 등나무가 늘어져 있습니다. 樹齡을 알 수 없는 오랜 두 등나무는 각기 옆에 있는 큰 팽나무에 붙어 마치 쌍룡이 如意珠를 빼앗기 위해 다투는 듯한 형상을 하고 있습니다. 이를 사람들은 乾坤二龍의 등나무라 하고, 혹은 비련의 자매가 한 연인을 찾아

| | <u>연못에 몸을 던진 그 화신으로, 등나무가 서로 옆에 있는 팽나무에 얽혀서 서로 노려본다고도 말합니다. 등나무 꽃이 피는 봄이 되면, 이 용연과 용림은 등나무 향기에 휩싸여 멀리 두 처녀의 아련한 향기를 연상시킨다고 전해집니다.</u> |

번역 및 밑줄은 필자

　용연 전설은 신라시대의 두 자매가 동시에 한 남자를 연모했는데 전쟁에서 그 남자가 죽자, 자매도 연못에 빠져 죽는다는 내용이다. 【표2】처럼 신래현이 박관수의 〈등나무에 얽힌 비련〉(이 용연 전설은 박관수의 일본어판에만 수록됨)을 참고하여 개작한 것은 명확한데, 신래현은 전반부와 후반부을 변경하고, 林叢과 옥구슬(璧) 등을 叢林과 如意珠로 보다 일본어적이고 구어적 표현으로 변경했다. 기본적인 모티브를 유지하면서 약 2쪽 분량의 원 전설을 12쪽 분량으로 확장시켜, 크고 작은 개작을 시도했다. 박관수의 일본어는 문어적 표현으로 간략하게 서술된 반면, 신래현의 일본어는 구어적 서사적으로 다소 장황하고 구체적으로 기술되었다. 표처럼 신래현은 중요 모티브를 유지하면서, 필요에 따라 앞부분과 뒷부분을 삭제·생략하고, 연못을 호수 또는 연못으로 변경하여 서술하였다. 용에게 제사 지낸다는 부분과 팽나무에 등나무가 얽힌 부분은 추가한 것으로 판단된다.[18] 이처럼 신래현이 1943년판 서문에서 이야기 '그대로의 형태'를 유지했다는 주장은 사실과는 다르며, 신래현의 문학적 상상력과 역량이

---

18) 추가 가능성이 크지만, 실제로 김천 출신인 신래현이 답사했을 가능성도 완전히 배제할 수는 없다. 신래현은 연오랑세오녀 설화와 관련된 "日月池는 일월동의 三輪 포도원에 있고, 지금도 그 옛날 이야기를 사람들에게 전하고 있습니다."(86면)고 적고 있어 현지를 방문하거나, 현지 소식을 접했던 것으로 서술하였다. 식민지기 포항에 三輪포도원이 존재했다(「葡萄酒와果實酒」, 『동아일보』 1924.3.22, 1면). 한편 박관수는 '三ツ輪포도원'(69면)이라고 기술했다. 신래현은 박관수의 전설집을 참고해 지명 등을 그대로 기록했으나, 팽나무와 '三輪' 부분은 변경하였다.

발휘되어 크고 작은 개작이 행해졌음을 확인할 수 있다.

4. 신래현 『향토전설집』(1957)의 발간

1959년 북한 과학원(1964년 이후 사회과학원) 언어문학연구소 문학
연구실은 구비문학 수집요강을 발표하고 수집된 자료를 1960년 6월
계간지로 창간된 『인민창작』(후에 『구전문학』으로 개칭됨)을 통해 본격
화 했다.[19] 신래현의 『향토전설집』은 이러한 시도 직전에 간행된 대
표적 초기 자료집이다. 선행연구에서는 신래현 자료집을 언급했지
만, 자료 소재가 파악되지 못 해 구체적인 언급은 이루어지지 않았
다.[20] 먼저 1957년판의 서문 및 목차의 일부는 다음과 같다.

> 필자는 一九五一년 六월 三〇일 김일성 동지가 중견 작가들과의 접견
> 석상에서 담화하던 민족문화 계승발전의 기본 로선에 립각하여 전설들
> 을 가리고 모아 그것들이 가지는 빠포쓰(pafos, 작품 전반에 일관된 열
> 정을 의미하지만, 문맥상으로 모티브로 이해할 수도 있다. -필자 주)를
> 훼손시키지 않을 정도로 윤색하여 형상화해 보았다. 만일 선조들이 물
> 려준 이러한 보옥들을 와륵(瓦礫, 하찮은 것 -필자 주)으로 만들지 아니
> 하였다면 다행으로 생각한다.
> 이 책자에는 조선八도(리조시대의 행정구획)에 걸쳐 전해지는 허다
> 한 전설 중에서 각도를 고루 망라하여 가장 민족적이며 인민적인 것 약

---

19) 김영희, 「1960대 초 북한 잡지〈인민창작〉연구」, 『열상고전연구』 53, 2016, 370면;
김영희, 「북한에서의 구전설화 전승과 연구」, 『한국문화연구』 5, 2002, 208~209면.
20) 북한 설화에 대해서는 김영희, 위의 논문을 비롯해 다음 글을 참고. 김화경, 『북한
설화의 연구』, 영남대학교 출판부, 1998; 이복규, 「북한 설화에 대하여」, 『한국문화
연구』 4, 2001; 김종군, 「북한의 구전설화에 대한 인식 고찰」, 『국문학연구』 22,
2010; 한정미, 『북한의 문예정책과 구비문학의 활용』, 민속원, 2007 등을 참고.

三〇편을 우선 골라 대체로 북에서 남으로 내려가며 도별 순으로 배렬
수록하였다.

　一九五七, 五 신래현 평양에서21)

1　설암리와 잉어(9~21쪽, 평남 평양, 설씨 총각 용왕 왕자(잉어)를 구
　해 복을 받음)
2　약산동대의 거북바위와 동자바위(22~27쪽, 평북 영변, 비련 이야기)
3　신검 박힌 불곡산의 석굴(28~31쪽, 평남 평원, 을지문덕 신검을 뱀
　으로 오인, 후에 명장이 됨)
4　도마봉의 운림지(32~42쪽, 평북 자성, 퉁소 명인 운림과 아내(물고
　기)와의 비련 이야기)
5　사랑산과 절부암(43~57쪽, 함남 홍원, 소작인 처를 빼앗으려는 지
　주 본성을 폭로)
6　마십굴(58~78쪽, 황해도 수안, 마십이라는 나무꾼과 부인이 배은망
　덕한 원님 아들에게 저항)
7　장연 만석동과 룡정(79~85쪽, 황해도 장연)
8　신천의 장사 못(86~98쪽, 황해도 신천)
9　우산리와 모기(99~105쪽, 황해도 신천)
10　흘령산 백운암(106~115쪽, 강원도, 흘령도인에게 혼난 변장한 일본
　행각승)
11　오성산 선녀봉(116~127쪽, 강원도, 선녀봉이 된 효녀 이야기)
12　효구총과 의구총(128~137쪽, 강원도)
13　치악산과 꿩의 보은(138~148쪽, 강원도)
14　취적산과 계림사(149~156쪽, 경북 김천)
15　령남루하의 아랑각(157~169쪽, 경남 밀양, 신임부사를 통해 원한을
　푼 아랑 이야기)
16　무영탑과 영지(170~181쪽, 경북 경주)

---

21)　신래현, 『향토전설집』, 평양: 국립출판사, 1957, 5~7면.

신래현은 민족문화 계승발전을 위해 전설들을 선별하여 "빠포쓰 (pafos)를 훼손시키지 않을 정도로 윤색하여 형상화해 보았다"고 주장하였다. 조선팔도 중, "가장 민족적이며 인민적인 것 약 三〇편을 우선 골라" 북에서 남으로 도별로 정리하였다고 언급하였다. 그러나 유감스럽게도 현재 인민대학습당에서 확인할 수 있는 내용은 16편뿐 이다.

후일 완전한 판본이 나오길 기대하며 본장에서는 16편에 한정해 분석하고자 한다. 신래현은 1943년판에서는 이야기 '그대로의 형태 로 유지'했다고 주장했는데, 1957년판에서는 "빠포쓰(pafos)를 훼손 시키지 않을 정도로 윤색"했다고 인정했다. 그러나 실제로 1943년판 역시 모티브를 훼손하지 않을 정도로 윤색했음을 앞서 살펴보았다.

1957년판은 사회주의적 입장에서 부조리, 봉건성, 권위적인 지배 층을 비판하는 이야기가 다수 수록되었다. 〈5사랑산과 절부암〉, 〈6 마십굴〉, 〈8신천의 장사 못〉, 〈14취적산과 계림사〉, 〈15령남루하의 아랑각〉 등에서 봉건성을 타파하려는 주인공의 대응을 서술하였다. 이와 더불어, 1943년판에서 보이는 비련의 사랑 이야기도 수록되었 다. 〈2약산동대의 거북바위와 동자바위〉, 〈4도마봉의 운림지〉, 〈16 무영탑과 영지〉 등이 이에 해당하는데, 1943년판의 민간전설과 중복 되는 설화가 〈16무영탑과 영지〉 전설이다.

5. 「무영탑과 영지」에 대하여

필자가 확인한 1957년판에 수록된 16편의 전설 중, 1943년판과 유 일하게 중복되는 〈16무영탑과 영지〉의 내용과 개작양상을 비교 검토해 보고자 한다.

오늘날 잘 알려진 영지 전설은 근대 이전의 기록과는 다소 다르다. 우선 아사달과 아사녀로 일반화 되는 비련의 이야기는 완전히 근대적인 모티브, 즉 '창조된 전통(전설)'이다. 근대 이전에는 이름 모를 당나라 석공과 그 누이 아사녀와 관련된 간략한 내용이 보일뿐, 비련의 모티브 는 확인되지 않는 것이다. 비련의 이야기로 형상화 된 것은 식민지기 일본인의 전설화 작업에 따른 것이다.[22] 이러한 문제에 대해 근년 연구가 계속되고 있는데, 필자의 조사에 따르면, 식민지기 전설집 중에 서 영지 전설을 기록한 대표적 글은 신래현과 더불어 다음 8편이다.

1. 나카무라 료헤이(中村亮平), 『朝鮮童話集』, 冨山房, 1926 (『支那·朝鮮·台灣神話傳說集』, 近代社, 1929 재수록).
2. 오사카 긴타로(大阪六村, 大坂金太郞), 『경주의 전설(慶州の傳說)』, 芦田書店, 1927.
3. 마리타니 류지(萬里谷龍兒), 『佛敎童話全集 第七卷 支那篇三 附朝鮮篇』, 鴻盟社, 1929.
4. 곤도 도키지(近藤時司), 『史話傳說 朝鮮名勝紀行』, 博文館, 1929.
5. 社會敎育會(오쿠야마 센조(奧山仙三)), 『日本鄕土物語』下, 大日本敎化圖書 株式會社, 1934.
6. 송석하, 「신화전설의 신라」, 『조광』 창간호, 1935.10.
7. 박관수(朴寬洙), 『新羅古都 경주의 사적과 전설(慶州の史蹟と傳說)』, 博信堂書店, 1937(『新羅古都 慶州附近의 傳說』, 京城淸進書館, 1933 의 증보 일본어판).
8. 도요노 미노루(豊野實, 최상수), 『조선의 전설(朝鮮の傳說)』, 大東印書舘, 1944.

---

22) 강석근, 「무영탑 전설의 전승과 변이 과정에 대한 연구」, 『新羅文化』 37, 2011.

【표3】 영지 전설이 수록된 전설집의 비교표

1.나카무라	「영지의 무영탑(影池の無影塔)」 支那 工匠, <u>누이 아사녀</u> 모든 것을 바친 이 작업이 아직 끝나지 않았는데 (중략) 도저히 지금 만날 수 없다(397면).
2.오사카	「영지(影池)」 大唐 石工, 처 아사녀
3.마리타니	「영지의 무영탑(影池の無影塔)」 당나라 彫刻師, **누이 아사녀(나카무라 영향)**
4.곤도	「영지에 처를 찾다(影池に妻をたづぬる)」 당 石匠, 처 아사녀
5.오쿠야마	「영지 이야기(影池物語)」 대당 석공, 처 아사녀
6.송석하	**「影池」 唐工, 처 아사녀**
7.박관수	「31아사녀의 슬픔과 영지(71~74면)」 당 석공, 愛妹 아사녀 한편, 愛妹가 찾아왔다는 말을 들은 그 석공은 타오르는 정을 억누르고 (중략) 석가탑을 드디어 완성하고, 곧장 연못으로 달려가 愛妹를 찾았다(73면). (중략) 그 후 이 불상을 본존으로 하여 影寺라는 절을 세웠다(74면).
8.최상수	「무영탑과 영지(無影塔と影池)」 支那 工匠, 누이 아사녀(나카무라 영향)

【표3】과 같이, 나카무라, 마리타니, 박관수, 최상수는 아사녀를 누이라고 기술했으며, 마리타니와 최상수는 나카무라의 텍스트를 참고해 나카무라의 영향력을 보여준다. 실제로 이러한 기술은 기본적으로 근대 이전의 서술과 일치한다. 그러나 오사카 이후에 수록된 또다른 형태의 전설에는 누이가 아닌 처로 개작되었다. 이러한 개작은 누이를 처로 간주하는 일본 고전문예의 전통에서 온 발상인데,[23] 신래현은 박관수의 영향을 받아 아사녀를 누이로 기술하였다. 더불어 【표3】처럼 설화집에서는 당나라 석공의 이름은 어디에도 보이지 않는다.

영지 전설을 소재로 한 하마구치 요시미쓰(浜口良光, 「戱曲無影塔朝譚」, 『朝鮮及滿洲』199, 1924.6)의 희곡이 있는데, 여기에서 처음으로 하마구치

---

23) 김효순, 「조선전통문예 일본어번역의 정치성과 현진건의『무영탑』에 나타난 민족의식 고찰」, 『일본언어문화』32, 2015, 302면.

는 지나인 석공 이름을 아산(阿山)으로 기술하였다. 아산은 처 아사녀에 대한 애정 고갈 상태에서 훌륭한 예술이 나올 리 없다며 번뇌하는 장면이 있다.[24] 이처럼 하마구치는 처음으로 아산이라는 이름을 사용하였다. 한편, 현진건의 소설 「무영탑」(『동아일보』 1938.7.20~1939.2.7, 박문관, 1939)에서는 부여 석공 아사달, 처 아사녀, 신라귀족 딸 주만의 삼각관계가 보인다.[25]

아사녀와 아사달이라는 이름의 문헌상 등장은, 현진건의 텍스트에서 처음으로 확인된다. 필자의 조사에 따르면, 이후 잡지 『야담』(8권 3월호, 1942)에 盤龍學人이 발표한 「사탑야화(寺塔夜話) 영지의 무영탑」에서도 부여인 아사달과 아사녀가 등장해, 현진건 이후에 이러한 서술이 정착된 것으로 확인된다. 일본어 문헌에서 아사달이라는 이름이 등장하는 것은 신래현의 전설이 처음이다. 현진건의 소설과 신래현의 전설은 장르가 다르기 때문에 서술 방식이 달라서 직접적인 영향관계를 확인하기 힘들다. 신래현이 현진건의 소설이나 잡지 『야담』을 읽고 그 영향을 받았는지는 확인할 수 없지만, 직접적으로 영향을 받지는 않은 것 같다. 1943년판과 1957년판에서도 신래현은 아사달을 당나라 석공으로 기술하였고, 박관수 전설집의 영향이 크기 때문이다. 신래현의 영지 전설의 서술은 전체적으로 줄거리 및 모티브에 있어 박관수 설화집의 영향을 받았다. 신래현은 간접적으로 당대의 영향을 받아 '아사달'이라는 이름을 명명했을 가능성이 존재하며 앞으로 구체적인 검토가 요청된다.

---

24) 김효순, 위의 논문, 2015; 김효순, 송혜경 역, 「희곡 무영탑 이야기(1장)」, 『재조일본인이 본 조선인의 심상』 2, 역락, 2016, 163~4면.
25) 이강언, 이주형 외 편, 『현진건 문학전집』 3, 국학자료원, 2004.

【표4】무영탑의 개작 대응표

향토전설집, 무영탑과 영지, 1957, 170~181면	무영탑, 1943, 36~48면
신라의 서울 경주 가까이에 토함산(吐含山)이라는 산이 있어 (중략) 제三五대 경덕(景德)왕은 당시의 재상 김대성(金大城)으로 하여금 토함산 기슭에 불국사를 창건하고 그 앞뜰에 다보(多寶)와 석가(釋迦)의 두 탑을 건립하도록 하였다. (중략) 석공으로서 ○○○○서 **아사달(阿斯達)**이란 명공을 초빙하여 왔다.	신라의 서울 경주 가까이에 토함산이라는 산이 있어 (중략) 제三十五대 경덕(景德)왕 때, 당시의 재상 김대성은 風水師에게 점치게 해 불국사를 수축하고, 더불어 다보탑, 석가탑을 건립하도록 하였습니다. (중략) 석가탑 건립자로 선발된 이는 먼 당나라에서 멀리 온 **아사달(阿斯達)**이었습니다. 일국의 부를 기울이고 人智의 극한을 다하는 예술을 창조하는데, 신라의 工匠만으로는 부족해서 당시 문화의 선진국인 당나라에서도 많은 名匠을 초빙한 것이었습니다. (중략) 나라와 누이를 버리고 멀리 만리이역 하늘에 온 아사달은 전심전령 무념무상으로 정질을 하였습니다. (중략) 어느 날 당의(唐衣)를 걸친 젊은 처녀가 피곤한 다리를 끌면서 이 공사장 앞문에 나타났습니다.
일국의 부와 인간으로서의 최대한의 지혜와 능력을 기울여서 창조하는 일대 예술인만큼 신라의 공장(工匠)들만으로써는 불가능하여 ○○○ 명장(名匠)을 불러왔던 것이었다.	
그리하여 사랑하는 부모 처자를 리별하고 ○○○○○○ 오직 예술의 길을 찾아온 아사달은 ○○ 명예를 걸고 전심전력으로 정질을 하는 것이었다. (중략) 아사달이 신라에 온지도 수년이란 세월이 흘렀다.	
찌는듯한 더위도 다 간 초가를 어느 ○○○ 한 낯선 젊은 녀인이 불국사 근처에서 누구를 찾는듯 하였다. 그는 ○○○ ○ **아사달의 처** 아사녀(阿斯女)이었다. (중략) 여기는 녀인금제(女人禁制)의 신성한 구역이라 (중략) 그는 피곤한 몸을 간신히 움직여 문지기가 가르쳐 준 그 못을 찾아 갔다. (중략) 그러나 안타깝게도 남편이 만드는 석가탑은 다음 날도 또 그 다음 날도 끝끝내 보이지 아니하였다. (중략) 종내 그 뜻마저 이루지 못하고 가련하게도 수중 고혼이 되고 말았다.	아사달 **고향의 누이**가 오라버니가 그리워서 멀리서 방문한 것입니다. (중략) 여기는 女人禁制의 신성한 구역이라 (중략) 아사녀는 피곤한 몸을 끌면서 힘없는 다리에 힘을 주며 오라버니가 만든다는 석가탑 그림자를 향해, 그 못을 찾아 걸었습니다. (중략) 그러나 안타깝게도 오라버니가 만든다는 석가탑은 다음 날도 또 그 다음 날도 끝끝내 보이지 않았습니다. (중략) 무한한 怨情을 품고 황천의 객이 되고 말았습니다.
한편 아사달은 (중략) 미완의 석가탑과 안해를 두고 비교해 보았다. (중략) **예술과 애정의 기로에서 어느 길로 먼저 걸 것인가?** 아사달의 머리는 한동안 고민에 빠졌다. 그러나 드디어 결심하였다. (중략) 아사달은 오직 석가탑의 완공에 남은 힘을 다 기울였던 것이다.	한편 오라버니 아사달은 (중략) 석가탑과 누이를 두고 비교해 보았습니다. '**예술인가, 애정인가,**' 아사달의 머리는 혼란으로 가득했습니다. 아사달은 결심했습니다. (중략) 석가탑의 건립에 精魂을 기울였습니다.
이윽고 탑은 완성되었다. (중략) 정신을 차려 자세히 살펴보니 그것은 사람이 아니라 하나의 큰 바위돌이였다. 그 바위 앞에는 다 헤진 낡은 한켤레의 ○○○○○ 나란이 놓여 있었다.	이윽고 석가탑은 완성되었습니다. (중략) 정신을 차린 아사달은 잘 살펴보니 누이로 생각해 안고 있던 것은 하나의 큰
그것은 자기 안해의 신발임에 틀림없었다. 분명히 아사녀는 여기까지 와서 이 바위를 안고 통곡하다가 마침내 신발을 벗어 놓고 물에 빠져 죽었다는 것을 추측할 수 있었다. (중략) 바위에다가 아사녀의 죽음을 기	

념하여 석가좌상 하나를 다듬었다. (중략) 어느때 누가 그렇게 부르기 시작했는지는 상고할 길이 없으나, 석가탑을 일명 무영탑(無影塔)이라고 불렀고, 아사녀가 빠져 죽은 그 못을 영지(影池)라고 부르게 되었 다. 이 영지는 불국사의 서쪽 두 구릉사이에 자리잡고 있 는데, 그 못가의 동쪽 솔밭 어구에 사람의 크기와 비 슷한 석가 좌상은 오늘도 옛날 그대로 빗바람을 맞으 면서 홀로 앉아 있다.	바위였습니다. (중략) 바위 앞에는 낡은 한컬레의 당나라 신이 나란히 놓여 있었습니다. 그것은 누이 아사녀가 오라버니 모습을 바라며 이 바위에서 통곡하던 마지막 기념물이었습니다. (중략) 바위에 옛 기억을 떠올려 아사녀상을 조각했습니다. (중략) 어느 때부터인지는 모르지만, 석가탑을 무영탑(그림자 없는 탑)이라고 불렀고, 그 인연의 못을 影池라고 부르게 되었습니다.

1957년판 표기법은 원문 그대로 인용함. 밑줄은 필자. ○표시는 삭제된 부분이다. 당나라 관련 기록이 삭제되어, 아사달의 출신지, 중국과의 외교적 갈등 등이 영향을 미친 것으로 판단된다.

【표3】처럼 나카무라를 비롯한 대다수의 설화집에서는 아사녀가 찾아온 사실을 전해들은 당나라 석공이 석가탑 작업이 끝나기 전에는 아사녀를 만날 수 없다고 담담하게 거절하였다. 이에 비해 박관수는 "愛妹가 찾아왔다는 말을 들은 그 석공은 타오르는 정을 억누르고"라는 표현을 사용하였다. 석공이 참고 노력하여 결국 석가탑을 완성하고, 곧장 연못으로 달려갔다고 박관수는 서술하였다. 이러한 서술을 바탕으로 신래현은 표현을 수정하고, 내용을 문학적으로 형상화 하였다. 【표4】는 1943년판과 1957년판에 수록된 신래현의 영지 전설의 중요 부분을 대조한 것이다. 신래현은 박관수의 전설집을 참고로 개작하여, 아사녀의 방문 소식을 접하고, 아사달이 석가탑과 누이를 두고 비교하며 '예술인가, 애정인가.'를 깊이 고뇌하며 결국 '석가탑의 건립에 精魂'을 기울였다고 개작하였다.

6. 결론

아사녀의 방문을 접하고 '예술인가, 애정인가.'를 둘러싸고 고뇌하는 석공의 형상화는, 필자가 확인한 바로는 신래현의 서술이 유일하다. 전설집에서는 '예술인가, 애정인가.'를 둘러싸고 고뇌하는 주인공의 인물 설정은 일반적이지 않다. 거듭 강조하지만, 이처럼 신래현의 1943년판은 당대 태평양전쟁 상황에서 고조된 신래현의 정신세계가 반영된 측면이 강하다. 즉 예술은 단체, 전쟁, 대의(大義), 국가 사회 등으로 치환 가능하며, 애정은 개인, 개인사, 가정, 개별적 영위 등으로 치환 가능하다. 아사달이 결국은 개인적 애정을 뛰어넘어, 시대가 강요하는 국가사회를 위해 진력할 수 밖에 없었던 상황은 아시아 태평양전쟁에 부역되는 신래현을 포함한 조선인의 모습이기도 했다. 이러한 시대 상황에 대한 현실인식을 반영한 측면이 영지 전설로 표출된 것이다.

한편, 신래현은 1957년판에서 "빠포쓰(pafos)를 훼손시키지 않을 정도로 윤색"했다고 주장했는데, 1943년판과 달리 1957년판 〈무영탑과 영지〉에서는 누이를 아내로 바꾸었다. 1943년판에서는 기본적인 구조를 가능한 한 유지하였지만, 1957년판에서는 좀 더 과감하게 개작을 시도한 것이다. 두말 할 필요도 없이, 아사녀가 누이인가 아내인가에 따라 스토리의 내적 긴장감은 크게 달라지게 마련이다. 그럼에도 불구하고, 【표4】처럼 신래현의 서술은 1943년판과 1957년 판에서 커다란 차이가 보이지 않는다. 1957년판 마지막 부분에 석가 좌상에 대한 후일담이 추가된 것을 제외하고는 그 내용과 서술방식이 매우 유사하다.

이를테면 1943년 태평양전쟁 당시의 총력전 상황에서 완성된 영

지 전설의 서술 방식은, 사회주의 체제 하에서도 일정 부분 통용 가
능한 것이었다고 판단된다. 새로운 사회주의 리얼리즘을 지향하며
전설을 취사선택한 신래현은 1957년판에서 봉건주의적 요소를 타파
하려는 설화를 다수 수록하였다. 그 중 공통되는 영지 전설은 두 번
의 극단적 시대를 경험한 신래현의 당대 인식의 결집을 상징적으로
반영한 것이었다. 현진건의 소설화를 일단 제외하고, 신래현의 영지
전설은 식민지기에 제출된 관련 전설 중에서도 긴장감이 고조된 작
품으로 형상화 된 것이다. 유감스럽게도 1957년판은 일부만이 확인
되었다. 추가적인 발굴을 통해, 그 전체적 양상에 대한 추가적인 검
토는 앞으로의 과제다.

참고문헌

· **한국어 단행본**

가와하라 카즈에, 양미화 역, 『어린이관의 근대』, 소명출판, 2007.

강재철 편, 『조선전설동화』 상·하, 단국대학교 출판부, 2012.

강진호·허재영 편, 『조선어독본』 전5권, 제이앤씨, 2010.

강진호 외, 『'조선어독본'과 국어문화』, 제이앤씨, 2011.

과경 일본어문학문화연구회 편, 『재조일본인 일본어문학사 서설』, 역락, 2017.

권혁래, 『우리나라 최초의 전래동화집 조선동화집(1924) 연구』, 보고사, 2013.

_____, 『일제강점기설화·동화집 연구』, 고려대학교 민족문화연구원, 2013.

김광식, 『식민지 조선과 근대설화 ─일본인의 구비문학 조사와 조선인의 대응』,
　　　민속원, 2015.

김광식·이시준, 『식민지시기 일본어 조선설화집 기초적 연구』, 제이앤씨,
　　　2014.

김광식·이시준 외, 『식민지시기 일본어 조선설화집 기초적 연구』 2, 제이앤
　　　씨, 2016.

김영남, 『동일성 사상의 계보 ─근대 일본의 설화연구에 나타난 '민족'의 발견』,
　　　제이앤씨, 2006.

김일권·최석영·정숭교, 『한국 근현대 100년과 민속학자』, 한국학중앙연구원
　　　출판부, 2014.

김영희, 『구전이야기의 현장』, 이회문화사, 2006.

김화경, 『북한설화의 연구』, 영남대학교 출판부, 1998.

나카무라 료헤이(中村亮平), 김영주 역, 『조선동화집』, 박문사, 2016.

남근우, 『'조선민속학'과 식민주의』, 동국대학교 출판부, 2008.

_____, 『한국민속학 재고』, 민속원, 2014.

노성환, 『일본신화와 고대한국』, 민속원, 2010.

_____, 『일본신화에 나타난 신라인의 전승』, 민속원, 2014.

다카하시 도오루, 구인모 역, 『식민지 조선인을 논하다』, 동국대학교출판부,

2010.

다카하시 도오루, 이시준·김광식·조은애 역, 『완역 조선이야기집과 속담』, 박문사, 2016.

_____, 편영우 역, 『조선의 모노가타리』, 역락, 2016.

박형익 편, 『심의린 편찬 보통학교 조선어사전』, 태학사, 2005.

성현, 박홍식 외 校勘·標點, 『慵齋叢話』, 경산대학교 개교이십주년 기념사업단 학술행사위원회, 2000.

___, 홍순석 옮김, 『용재총화』, 지식을만드는지식, 2014.

___, 김남이 외 옮김, 『용재총화』, 휴머니스트 출판그룹, 2015.

손진태, 『조선 민족설화의 연구』, 을유문화사, 1947.

_____, 『손진태선생전집』 6, 태학사, 1981.

_____, 김헌선·강혜정·이경애 역, 『한국의 민화에 대하여』, 역락, 2000.

_____, 최인학 역, 『조선설화집』, 민속원, 2009.

신원기, 『조선동화대집과 설화교육』, 보고사, 2017.

심의린, 『조선동화대집』, 漢城圖書株式會社, 1926.

_____, 『話方練習 실연동화 第一集』, 以文堂, 1928.

_____, 신원기 역해, 『조선동화대집』, 보고사, 2009.

안동대학교 인문과학연구소 편, 『동아시아와 한국의 근대』, 월인, 2009.

안용식 편, 『조선총독부하 일본인관료 연구』 전5권, 연세대학사회과학연구소, 2002.

염희경, 『소파 방정환과 근대 아동문학』, 경진, 2014.

오성철, 『식민지 초등교육의 형성』, 교육과학사, 2000.

육당전집편찬위원회, 『육당 최남선 전집』 5, 현암사, 1973.

李劍國·崔桓, 『신라수이전 집교와 역주』, 영남대학교 출판부, 1998.

이기훈·염희경·정용서, 『방정환과 '어린이'의 시대』, 청동거울, 2017.

이시이 마사미 편, 최인학 역, 『1923년 조선설화집』, 민속원, 2010.

이시준·장경남·김광식 편, 조선총독부학무국, 『전설동화 조사사항』, 제이앤씨, 2012.

_____, 田島泰秀, 『온돌야화』, 제이앤씨, 2014.

이시준·장경남·김광식 편, 손진태, 『조선민담집』, 제이앤씨, 2014.

임경화 편, 『근대한국과 일본의 민요창출』, 소명출판, 2005.

임동권, 『한국민요집』Ⅵ, 집문당, 1981.

_____, 『남기고 싶은 말』, 민속원, 2013.

임명걸, 『『용재총화』 소재 소화 연구』, 역락, 2014.

임화 편, 『朝鮮民謠選』, 學藝社, 1939.

장덕순, 『한국설화문학연구』, 서울대학교출판부, 1970.

_____, 『한국문학사』, 동화문화사, 1982.

장정희, 『한국 근대아동문학의 형상』, 청동거울, 2014.

전경수, 『손진태의 문화인류학 -제국과 식민지의 사이에서』, 민속원, 2010.

정명기, 『한국 재담자료집성』, 전 3권, 보고사, 2009.

조희웅, 『설화학 綱要』, 새문사, 1989.

_____, 『이야기 문학 모꼬지』, 박이정, 1995.

최광식 엮음, 『우리나라 역사와 민속』 남창 손진태 선생 유고집, 지식산업사, 2012.

최박광 편, 『동아시아의 문화표상』, 박이정, 2007.

한국역사민속학회, 『남창 손진태의 역사민속학연구』, 민속원, 2003.

허경진·표언복·유춘동, 『근대개몽기 조선의 이솝우화』, 보고사, 2009.

허경진·정명기·유춘동·임미정·이효정, 『윤치호의 우순소리 연구』, 보고사, 2010.

황종연 편, 『신라의 발견』, 동국대학교출판부, 2007.

_____, 『고도의 근대』, 동국대학교출판부, 2012.

『동아일보』, 동아일보사.

『매일신보』, 매일신보사.

『조선일보』, 조선일보사.

『중앙일보』, 중앙일보사.

『개벽』, 개벽사.

『기호흥학회 월보』, 기호흥학회.

『문장』, 문장사.

『신민』, 신민사.

『신소년』, 신소년사.

『어린이』, 개벽사.

• 일본어 단행본

『京城日報』, 京城日報社.

『敎科書編輯彙報』, 朝鮮總督府.

『綠旗』1936年1月創刊, 綠旗聯盟.

『內鮮一體』1940年1月創刊, 內鮮一體實踐社.

『大阪每日新聞』朝鮮版.

『ドルメン』, 岡書院.

『讀賣新聞』, 讀賣新聞社.

『讀書』1937年1月創刊, 朝鮮讀書聯盟.

『東京朝日新聞』, 朝日新聞社.

『東洋』, 東洋協會.

『同源』1-3, 同源社, 1920年.

『モダン日本 朝鮮版』, 『新太陽』1943年1月創刊.

『文獻報國』1935年10月創刊, 朝鮮總督府圖書館.

『民俗學』, 民俗學會.

『民族と歷史』, 日本學術普及會.

『書物同好會會報』, 書物同好會.

『歷史地理』, 日本歷史地理研究會.

『日本古書通信』, 日本古書通信社.

『帝國文學』, 帝國文學會.

『朝鮮』1908年3月創刊, 『朝鮮及滿洲』1912年1月-1941年1月, 日韓書房(朝鮮雜誌社,朝鮮及滿洲社).

『朝鮮敎育新聞』, 朝鮮敎育新聞社.

『朝鮮敎育研究會雜誌』1915年10月-1920年, 『朝鮮敎育』1921年1月-1923年, 『朝鮮敎育時報』1923年11月-1925年3月, 『文敎の朝鮮』1925年9月-1945

年1月, 朝鮮教育會.

『朝鮮教育要覽』, 朝鮮總督府學務局, 大正4年(1915)·8年·15年版, 昭和4(1929)
　　年版.

『朝鮮教育年鑑』, 朝鮮教育圖書出版部, 昭和十一(1936)年版.

『朝鮮の教育研究』1928年4月創刊, 朝鮮初等教育研究會.

『朝鮮民俗』, 朝鮮民俗學會.

『朝鮮社會事業』, 朝鮮社會事業研究會.

『朝鮮之圖書館』1931年9月創刊, 朝鮮圖書館研究會.

『朝鮮總督府及所屬官署 職員錄』1910年~1943年(復刻版 全33卷, 2009年, ゆま
　　に書房).

『朝鮮總督府月報』1911年6月創刊, 『朝鮮彙報』1915年3月創刊, 『朝鮮』1920年7
　　月創刊, 朝鮮總督府.

『朝鮮總督府統計年報』, 朝鮮總督府.

『青丘學叢』, 青丘學會.

『太陽』, 博文館.

『鄕土研究』, 鄕土研究社.

『鄕土風景』1932年3月創刊, 鄕土風景社, 『鄕土藝術』, 鄕土藝術社.

加藤聖文·宮本正明監修·解說, 『舊植民地圖書館藏書目錄』第Ⅰ期·朝鮮篇 14
　　卷, ゆまに書房, 2004.

京城帝國大學圖書館編, 『和漢書書名目錄』第一輯, 京城帝國大學圖書館, 1933.

高橋亨, 『朝鮮の物語集附俚諺』, 日韓書房, 1910.

_____, 『東方學紀要別冊2 濟州島の民謠』, 天理大學おやさと研究所, 1968.

高崎宗司, 『植民地朝鮮の日本人』, 岩波書店, 2002.

高木敏雄, 『童話の研究』, 講談社, 1977(초출은 1916).

_____, 『新日本教育昔噺』, 敬文館, 1917.

_____, 『日本神話傳說の研究』, 岡書院, 1925.

_____, 『增補 日本神話傳說の研究』 2, 平凡社, 1974.

高野辰之編, 『日本歌謠集成』第十二卷, 春秋社, 1929.

宮川健郎編, 『兒童文學 −新しい潮流』, 雙文社出版, 1997.

宮脇弘幸외, 『日本植民地・占領地の教科書に關する總合的比較研究』, 東誠社, 2009.

近藤釰一編, 『太平洋戰下終末期朝鮮の治政』, 朝鮮史料編纂會, 1961.

金廣植, 『植民地期における日本語朝鮮說話集の研究―帝國日本の「學知」と朝鮮民俗學』, 勉誠出版, 2014.

金成姸, 『越境する文學―朝鮮兒童文學の生成と日本兒童文學者による口演童話活動』, 花書院, 2010.

內山憲尙編, 『日本口演童話史』, 文化書房博文社, 1972.

芦田惠之助, 『芦田惠之助國語教育全集』7, 25卷, 明治圖書, 1987.

大竹聖美, 『植民地朝鮮と兒童文化 ―近代日韓兒童文化・文學關係史研究』, 社會評論社, 2008.

大村益夫・布袋敏博編, 『朝鮮文學關係日本語文獻目錄1882. 4-1945.8』, 早稻田大學 語學教育研究所 大村研究室, 1997.

大阪國際兒童文學館編, 『日本兒童文學大事典』全3卷, 大日本圖書株式會社, 1993.

渡部學・阿部洋編, 『日本植民地教育政策史料集成』(朝鮮篇)全69卷, 龍溪書舍, 1997-1991.

稻田浩二編, 『富山縣明治期口承文藝資料集成』, 同朋舍出版, 1980.

藤村忠助編, 『京城日報社誌』, 京城日報社, 1920.

末松保和, 『朝鮮研究文獻目錄 1868~1945 單行書編』(影印版 汲古書院, 1980, 초판은 1972).

木村健二, 『在朝日本人の社會史』, 未來社, 1989.

木村小舟, 『少年文學史』明治篇 下卷, 童話春秋社, 1942.

卯野木盈二編, 『高木敏雄初期論文集』上卷, 共同体社, 1976.

文藝委員會編, 『俚謠集』, 國定教科書共同販賣所, 1914.

梶井陟, 『朝鮮語を考える』, 龍溪書舍, 1980.

朴寬洙, 『新羅古都 慶州の史蹟と傳說』, 博信堂書店, 1937.

薄田斬雲, 『暗黑なる朝鮮』, 日韓書房, 1908.

山崎源太郎, 『朝鮮の奇談と傳說』, ウツボヤ書籍店, 1920.

三輪環, 『傳說の朝鮮』, 博文館, 1919.

杉山和也, 『南方熊楠と說話學』, 平凡社, 2017.

三ツ井崇, 『朝鮮植民地支配と言語』, 明石書店, 2010.

釋尾春芿編, 『大東野乘』一, 朝鮮古書刊行會, 1909.

勢家肇, 『童話の先覺者日本のアンデルセン 久留島武彦・年譜』, 勢家肇, 1986.

笹原亮二編, 『口頭傳承と文字文化 −文字の民俗學 聲の歷史學』, 思文閣出版, 2009.

石井正己, 『植民地の昔話の採集と敎育に關する基礎的硏究』, 東京學藝大學, 2007.

_____, 『植民地統治下における昔話の採集と資料に關する基礎的硏究』, 東京學藝大學, 2016.

石井正己編, 『韓國と日本を結ぶ昔話』, 東京學藝大學, 2009.

_____, 『兒童文學と昔話』, 三弥井書店, 2012.

_____, 『帝國日本の昔話・敎育・敎科書』, 東京學藝大學, 2013.

_____, 『植民地時代の東洋學 ネフスキーの業績と展開』, 東京學藝大學, 2014.

_____, 『國際化時代を視野に入れた說話と敎科書に關する歷史的硏究』, 東京學藝大學, 2014.

_____, 『國際化時代を視野に入れた文化と敎育に關する總合的硏究』, 東京學藝大學, 2015.

_____, 『博物館という裝置 −帝國・植民地・アイデンティティ』, 勉誠出版, 2016.

小峯和明・增尾伸一郎編譯, 『新羅殊異傳 散逸した朝鮮說話集』, 平凡社, 2011.

小池長, 『話道のあしあと』, 中央講演協會, 1930.

孫晉泰, 『朝鮮神歌遺篇』, 鄕土硏究社, 1930.

孫晉泰, 『朝鮮民譚集』, 鄕土硏究社, 1930.

松本信広編, 『論集 日本文化の起源』第3卷 民族學Ⅰ, 平凡社, 1971.

松村武雄編, 『日本童話集』, 世界童話大系刊行會, 1924.

市山盛雄編, 『朝鮮民謠の硏究』, 坂本書店, 1927.

申來鉉, 『朝鮮の神話と傳說』, 一杉書店, 1942.

岸邊福雄, 『お伽噺仕方の理論と實際』, 明治の家庭社, 1909.

安田敏朗, 『「言語」の構築 −小倉進平と植民地朝鮮』, 三元社, 1999.

岩本通弥編, 『世界遺産時代の民俗學−グローバル・スタンダードの受容をめぐ
　　る日韓比較』, 風響社, 2013.

野村純一 외 편, 『ストーリーテリング』, 弘文堂, 1985.

櫻井義之, 『朝鮮研究文獻誌 −明治・大正編』, 龍溪書舍, 1979.

染谷智幸・鄭炳説編, 『韓國の古典小說』, ぺりかん社, 2008.

有馬純吉, 『昭和六年版 朝鮮紳士錄 附銀行會社要覽』, 朝鮮紳士錄刊行會, 1931.

李淑子, 『敎科書に描かれた朝鮮と日本−朝鮮における初等敎科書の推移[1895−
　　1979]』, ほるぷ出版, 1985.

日本兒童文學學會編, 『兒童文學の思想史・社會史』, 東京書籍, 1997.

立川昇藏, 『新實演お話集 蓮娘』第1集, 隆文館, 1926.

立川昇藏君追悼記念論文集刊行會編, 『日本敎育學の諸問題』, 成美堂書店, 1937.

田中梅吉・金聲律譯, 『(朝鮮說話文學) 興夫傳』, 大阪屋號書店, 1929.

田村義也・松居竜五編, 『南方熊楠とアジア −近代東アジアへのまなざし』, 勉誠
　　出版, 2011.

井上收, 『隨筆 毒氣を吐く』, 內鮮兒童愛護聯盟, 1924.

鄭寅燮, 『溫突夜話』, 日本書院, 1927.

＿＿＿, 『溫突夜話 −韓國民話集』, 三弥井書店, 1983.

朝鮮初等敎育研究會編, 『修身訓練の諸問題と其の實際』, 朝鮮初等敎育研究會,
　　1929.

朝鮮總督府, 『普通學校 國語讀本』全8卷, 朝鮮總督府, 1923−1924.

＿＿＿＿＿, 『普通學校修身書』卷三, 朝鮮總督府, 1923.

＿＿＿＿＿, 『朝鮮民俗資料 第二編 朝鮮童話集』, 朝鮮總督府, 1924.

朝鮮總督府, 『普通學校修身書 編纂趣意書』, 朝鮮總督府, 1924.

朝鮮總督府學務局, 『現行敎科書編纂の方針』, 朝鮮總督府, 1921.

鳥越信編, 『日本兒童文學史年表』講座日本兒童文學 別卷 1, 明治書院, 1975.

佐藤マサ子, 『カール・フローレンツの日本研究』, 春秋社, 1995.

竹原威滋, 『グリム童話と近代メルヘン』, 三弥井書店, 2006.

中村亮平, 『朝鮮童話集』, 冨山房, 1926.

中村亮平・松村武雄, 『支那・朝鮮・臺灣神話傳説集』, 近代社, 1929.

鐵甚平(金素雲), 『三韓昔がたり』, 學習社, 1942.

崔仁鶴, 『朝鮮昔話百選』, 日本放送出版協會, 1974.

_____, 『韓國昔話の研究 －その理論とタイプインデックス』, 弘文堂, 1976.

崔仁鶴・石井正己編, 『國境を越える民俗學』, 三弥井書店, 2016.

河原和枝, 『子ども觀の近代』, 中央公論社, 1998.

・한국어 논문

구인모, 「조선연구의 발산과 수렴의 교차점으로서 민족성 연구 –다카하시 도루[高橋亨]의 『朝鮮人』과 조선연구」, 『한국문학연구』 38, 동국대학교 한국문학연구소, 2010.

_____, 「김사엽(金思燁)의 민요 조사와 연구에 대하여」, 『동방학지』 177, 국학연구원, 2016.

강재철, 「설화문학에 나타난 권선징악의 지속과 변용의 의의와 전망」, 단국대학교 동양학연구소편, 『한국민속문화의 근대적 변용』, 민속원, 2009.

_____, 「조선총독부의 1913년에 전국적으로 실시한 조선설화 조사자료의 발굴과 그에 따른 해제 및 설화학적 검토」, 『비교민속학』 48, 비교민속학회, 2012.

권순긍, 「「토끼전」의 동화화 과정」, 『우리말교육현장연구』 10, 우리말교육현장학회, 2012.

권혁래, 「조선총독부의 『조선동화집』(1924)의 성격과 의의」, 『동화와 번역』 5, 동화와번역연구소, 2003.

_____, 「근대초기 설화・고전소설집 『조선물어집』의 성격과 문학사적 의의」, 『한국언어문학』 64, 한국언어문학회, 2008.

권혁래, 「1920년대 민담의 동화화와 심의린의 『조선동화대집』」, 『민족문학사연구』 39, 민족문학사학회・민족문학사연구소, 2009.

_____, 「『조선동화집』(1924)의 인물형상과 이데올로기」, 『퇴계학논총』 20, 사단법인 퇴계학부산연구원, 2012.

권혁래, 「손진태 조선민담집 연구 −설화의 성격과 분류체계를 중심으로」, 『한
　　국문학논총』 63, 한국문학회, 2013.

_____, 「근대 한국 전래동화집의 문예적 성격 고찰」, 『한국문학논총』 76, 한
　　국문학회, 2017.

김경희, 「『조선동화집』에서 사라진 토끼의 웃음」, 『아동청소년문학연구』 12,
　　한국아동청소년문학학회, 2008.

_____, 「심의린의 『조선동화대집』의 성격과 의의」, 『겨레어문학』 41, 2008.

_____, 「심의린의 동화 운동 연구 −옛이야기 재구성을 통한 조선어문학 교육
　　을 중심으로」, 서울대학교 대학원 박사학위논문, 2016.

김광식, 「우스다 잔운(薄田斬雲)과 한국설화집 「조선총화」에 대한 연구」, 『동
　　화와 번역』 20, 동화와번역연구소, 2010.

_____, 「시미즈 효조(清水兵三)의 조선 민요·설화론에 대한 고찰」, 『온지논
　　총』 28, 온지학회, 2011.

_____, 「조선총독부 편찬 일본어 교과서 『국어독본』의 조선설화 수록 과정
　　고찰」, 『연민학지』 18, 연민학회, 2012.

_____, 「손진태의 비교설화론 고찰 −신자료 발굴과 저작목록을 중심으로」,
　　『근대서지』 5, 근대서지학회, 2012.

_____, 「일본 문부성과 조선총독부 학무국의 구비문학 조사와 그 활용 −1910
　　년대, 1920년대 편집과 관계자의 경력을 중심으로」, 『연민학지』 20, 연민
　　학회, 2013.

_____, 「식민지 시기의 조선교육회(조선교육연구회) 기관지에 대한 서지 연
　　구」, 『근대서지』 8, 근대서지학회, 2013.

_____, 「심의린의 이력과 『조선동화대집』 발간에 대한 재검토 −1926년까지
　　간행된 한글 설화집을 중심으로」, 『열상고전연구』 42, 열상고전연구회,
　　2014.

_____, 「조선총독부 학무국 '전설 동화 조사' 보고서를 활용한 『조선동화집』
　　의 개작 양상 고찰」, 『고전문학연구』 48, 한국고전문학회, 2015(본서 제
　　1장 수록).

김광식, 「1920년대 일본어 조선동화집의 개작 양상 −『조선동화집』(1924)과의

관련양상을 중심으로」, 『열상고전연구』 48, 열상고전연구회, 2015(본서 제 2장 수록).

김광식, 「경성제국대학 부속도서관의 문학부 계열 장서 분석 –법문학부 민요 조사와의 관련 양상을 중심으로」, 『연민학지』 25, 연민학회, 2015(본서 제 7장 수록).

_____, 「근대 일본 설화연구자의 『용재총화(慵齋叢話)』 서승(書承) 양상 고찰」, 『동방학지』 174, 국학연구원, 2016(본서 제 6장 수록).

_____, 「한일 설화 채집·분류·연구사로 본 손진태 『조선민담집』의 의의」, 『동방학지』 176, 국학연구원, 2016(본서 제 9장 수록).

_____, 「신래현(申來鉉)과 '조선향토전설'」, 『근대서지』 14, 근대서지학회, 2016(본서 제 10장 수록).

_____, 「나카무라 료헤이(中村亮平) 조선전설집의 개작 양상 고찰」, 『열상고 전연구』 55, 열상고전연구회, 2017(본서 제 5장 수록).

_____, 「식민지기 재조일본인의 구연동화 활용과 전개양상」, 『열상고전연구』 58, 열상고전연구회, 2017(본서 제 3장 수록).

_____, 「태평양전쟁기의 조선 동화·설화집」, 과경 일본어문학문화연구회 편, 『재조일본인 일본어문학사 서설』, 역락, 2017(본서 제 8장 수록).

김광식·이복규, 「해방 전후 시기 최상수 편 조선전설집의 변용양상 고찰」, 『韓國民俗學』 56, 한국민속학회, 2012.

김기형, 「손진태 설화 연구의 특징과 의의」, 『민족문화연구』 58, 민족문화연구 원, 2013.

김미영, 「심의린 『조선동화대집』의 특징과 문학사적 위상」, 『韓民族語文學』 58, 한민족어문학회, 2011.

김성연, 「일본 구연동화 활동의 성립과 전파과정 연구」, 『일본근대학연구』 48, 한국일본근대학회, 2015.

김성철, 「19세기 후반~20세기 초반 서양인들의 한국 문학 인식 과정에서 드러 나는 서구 중심적 시각과 번역 태도」, 『우리文學硏究』 39, 우리문학회, 2013.

김성철, 「일제 강점기에 영역(英譯)된 한국 동화집 Tales told in Korea의 편찬

경위와 구성의 의미」, 『고전과 해석』 19, 고전문학한문학연구학회, 2015.

김영희, 「'구비문학(口碑文學)'이라는 개념과 범주의 형성 과정 탐색」, 『열상고전연구』 47, 열상고전연구회, 2015.

_____, 「고정옥의 〈조선민요연구〉 −탈식민적 전환의 모색과 잉여」, 『온지논총』 49, 온지학회, 2016.

_____, 「1960대 초 북한 잡지 〈인민창작〉 연구」, 『열상고전연구』 53, 열상고전연구회, 2016

김용의, 「식민지지배와 민담의 월경」, 『일본어문학』 42, 한국일본어문학회, 2009.

김은천, 「『어린이』지 게재 전래동화 연구」, 홍익대학교대학원 석사논문, 2002.

김준형, 「근대전환기 야담의 전대 야담 수용 태도」, 『한국한문학연구』 41, 한국한문학회, 2008.

김화경, 「석탈해 신화의 연구」, 『어문학』 69, 한국어문학회, 2000.

김환희, 「「나무꾼과 선녀」와 일본「羽衣」설화의 비교연구가 안고 있는 문제점과 가능성」, 『열상고전연구』 26, 열상고전연구회, 2007.

나수호, 「김선달」, 『한국민속문학사전』 설화1, 국립민속박물관, 2012.

남근우, 「손진태의 민족문화론과 만선사학」, 『역사와현실』 28, 한국역사연구회, 1998.

_____, 「'조선민속학'과 식민주의 −송석하의 문화민족주의를 중심으로」, 『韓國文化人類學』 35−2, 한국문화인류학회, 2002.

_____, 「일본 구승문예 연구의 동향과 과제 −'세켄바나시'론을 중심으로」, 『구비문학연구』 15, 한국구비문학회, 2002.

노영희, 「김소운의 아동문학 세계」, 『동대논총』 23, 동덕여자대학교, 1993.

다나카 우메키치, 유춘동 역, 「한일병합 즈음에 유통되었던 고소설의 목록」, 『연민학지』 15, 연민학회, 2011.

박광현, 「다카하시 도오루와 경성제대 '조선문학' 강좌」, 『韓國文化』 40, 서울대학교 규장각 한국학연구원, 2007.

_____, 「식민지 '제국대학'의 설립을 둘러싼 경합의 양상과 교수진의 유형」,

『일본학』 28, 동국대학교 일본학연구소, 2009.

박미경, 「다카하시 도루(高橋亨)의 조선속담연구 고찰」, 『일본문화학보』 28, 한국일본문화학회, 2006.

_____, 「일본인의 조선민담 연구고찰」, 『일본학연구』 28, 단국대 일본학연구소, 2009.

_____, 「일제강점기 일본어 교과서 연구」, 『일본언어문화』 18, 한국일본언어문화학회, 2011.

박붕배, 「심의린」, 『한국민족문화대백과사전』 28, 한국정신문화연구원, 1995.

배경숙, 「문경새재아리랑의 영남아리랑사적 고찰 -『영남전래민요집』을 중심으로」, 『음악문헌학』 4, 한국음악문헌학회, 2013.

백민정, 「『조선동화집』 수록동화의 부정적 호랑이상 편재 상황과 원인」, 『語文研究』 58, 어문연구학회, 2008.

박혜숙, 「한국 근대 아동문단의 민담 수집과 아동문학의 장르 인식」, 『동화와 번역』 16, 동화와번역연구소, 2008.

서영미, 「북한 구전동화의 정착과 변화양상 연구」, 동국대학교 대학원 박사논문, 2014.

손동인, 「한국전래동화사연구」, 『한국아동문학연구』 1, 한국아동문학학회, 1990.

손진태, 「조선 민간설화의 연구 -민간설화의 문화사적 고찰」1-15, 『신민』 27~48, 신민사, 1927.7~1929.4.

신주백, 「식민지기 새로운 지식체계로서 '조선사', '조선문학', '동양철학'의 형성과 고등교육」, 『동방학지』 160, 국학연구원, 2012.

신정호·이등연·송진한, 「'조선작가' 소설과 중국 현대문단의 시각」, 『중국소설논총』 18, 한국중국소설학회, 2003.

염희경, 「〈해와 달이 된 오누이〉에 나타난 호랑이상」, 『동화와 번역』 5, 동화와번역연구소, 2003.

_____, 「일제강점기 번역·번안 동화 앤솔러지의 탄생과 번역의 상상력(1)」, 『문학교육학』 39, 한국문학교육학회, 2012.

_____, 「일제강점기 번역·번안 동화 앤솔러지의 탄생과 번역의 상상력(2)」,

『아동청소년문학연구』 11, 한국아동청소년문학학회, 2012.

오윤선, 「19세기말 20세기 초 영문(英文) 한국설화의 자료적 가치 연구」, 『우리文學硏究』 41집, 우리문학회, 2014.

오타케 키요미(大竹聖美), 「1920년대 일본의 아동총서와 「조선동화집」」, 『동화와 번역』 2, 동화와번역연구소, 2001.

원종찬, 「『신소년』과 조선어학회」, 『한국청소년문학연구』 15, 한국아동청소년문학학회, 2014.

유석환, 「식민지시기 문학시장의 변동 양상의 분석을 위한 기초연구(1) ―매일신보사 편」, 『대동문화연구』 96, 대동문화연구원, 2016.

이강옥, 「이중언어 현상으로 본 18, 19세기 야담의 구연, 기록, 번역」, 『고전문학연구』 32, 한국고전문학회, 2007.

이윤석, 「다카하시 토오루[高橋亨]의 경성제국대학 강의노트 내용과 의의」, 『동방학지』 177, 국학연구원, 2016.

임경화, 「'민족'에서 '인민'으로 가는 길 ―고정옥 조선민요연구의 보편과 특수」, 『동방학지』 163, 국학연구원, 2013.

_____, 「식민지기 '조선문학' 제도화를 둘러싼 접촉지대로서의 '민요' 연구 ―고정옥 졸업논문을 통해 본 경성제대 조선문학 강좌의 성격」, 『동방학지』 177, 국학연구원, 2016.

임동권, 「조선총독부의 1912년에 실시한 『이요·이언 급 통속적 독물등 조사』에 대하여」, 『국어국문학』 27, 국어국문학회, 1964.

장경남, 「일제강점기 日本語 朝鮮說話集 『傳說の朝鮮』 수록 임진왜란 설화 연구」, 『고전과 해석』 19, 고전문학한문학연구학회, 2015.

장신, 「조선총독부 학무국 편집과와 교과서 편찬」, 『역사문제연구』 16, 역사문제연구소, 2006.

전경수, 「學問과 帝國 사이의 秋葉 隆 ―京城帝國大學敎授論(1)」, 『韓國學報』 120, 일지사, 2005.

정준영, 「경성제국대학의 유산 ―일본의 식민교육체제와 한국의 고등교육」, 『日本硏究論叢』 34, 현대일본학회, 2011.

조상우, 「沈宜麟의 『朝鮮童話大集』에 나타난 寓意의 유형과 그 의미」, 『동양고전연구』 39, 동양고전학회, 2010.

조은애·이시준, 「미와 다마키(三輪環)『전설의 조선』의 수록설화에 대한 고찰」, 『외국학연구』 30, 외대 외국학연구소, 2014.

───────, 「미와 다마키『전설의 조선』의 일본 관련 설화에 대한 고찰」, 『외국문학연구』 57, 외국문학연구소, 2015.

조희웅, 「韓國說話學史起稿 −西歐語 자료(제I·Ⅱ기)를 중심으로」, 『동방학지』 53, 국학연구원, 1986.

─────, 「일본어로 쓰여진 한국설화/한국설화론(1)」, 『어문학논총』 24, 국민대 어문학연구소, 2005.

진필수, 「경성제국대학 부속도서관 장서구성에 대한 일고찰」, 『사회와 역사』 105, 한국사회사학회, 2015.

최원호, 「이야기의 서승(書承)에 대한 근대적 관심과 기록정신」, 『동아시아고대학』 21, 동아시아고대학회, 2010.

최윤정, 「우리 옛이야기, 그 탈주−담론의 심층사회학 −1920년대『조선동화대집』을 중심으로」, 『한국문학이론과 비평』 58, 한국문학이론과 비평학회, 2013.

최철, 「조선조 전기 설화의 연구」, 『동방학지』 42, 국학연구원, 1984.

허경진·유춘동, 「애스턴(Aston)의 조선어 학습서『Corean Tales』의 성격과 특성」, 『人文科學』 98, 연세대학교 인문학연구원, 2013.

황인덕, 「손진태의 구비문학 연구」, 『구비문학연구』 2, 한국구비문학회, 1995.

• **일본어 논문**

高橋亨, 「朝鮮民謠の歌へる母子の愛情」, 『朝鮮』 255호, 1936.

金廣植, 「近代における朝鮮說話集の刊行とその硏究−田中梅吉の硏究を手がかりにして」, 徐禎完·增尾伸一郎編, 『植民地朝鮮と帝國日本』, 勉誠出版, 2010.

─────, 「高橋亨の『朝鮮の物語集』における朝鮮人論に關する硏究」, 『學校敎育學硏究論集』 24, 東京學藝大學, 2011.

─────, 「一九二〇年代前後における日韓比較說話學の展開−高木敏雄, 淸水兵三, 孫晉泰を中心に」, 『比較民俗硏究』 28, 比較民俗硏究會, 2013.

金廣植,「帝國日本における「日本」說話集の中の朝鮮と臺灣の位置付け」,『日本植民地研究』25,日本植民地研究會, 2013.

_____,「グリム研究家田中梅吉と朝鮮民間傳承調査 −朝鮮總督府編,『朝鮮童話集』及び『兒童繪本 小兒畵篇』を中心に」,『昔話傳說研究』32, 昔話傳說研究會, 2013.

_____,「孫晉泰の東アジア民間說話論の可能性 −『朝鮮民族說話の研究』の形成過程をめぐって」,『說話文學研究』48, 說話文學會, 2013.

_____,「朝鮮民俗學會の成立とその活動」, 泉水英計編,『國際常民文化研究叢書』4, 第二次大戰中および占領期の民族學・文化人類學, 神奈川大學國際常民文化研究機構, 2013.

_____,「朝鮮總督府編纂教科書『普通學校 朝鮮語及漢文讀本』に收錄された俚諺の收錄過程」,『教科書フォーラム』12, 公益財團法人 中央教育研究所, 2014.

_____,「植民地期朝鮮における說話の再話 −沈宜麟の新發掘資料『實演童話第一集』を中心に」,『昔話傳說研究』33, 昔話傳說研究會, 2014.

_____,「新義州高等普通學校日本語作文集『大正十二年傳說集』再論 −寺門良隆と金孝敬を中心に」, 石井正己編,『植民地時代の東洋學 −ネフスキーの業績と展開』, 東京學藝大學, 2014.

_____,「李王家博物館から始政五年記念朝鮮物産共進會「美術館」(朝鮮總督府博物館)へ −1915年の鄉土資料(史料)調査をめぐって」, 石井正己編,『國際化時代を視野に入れた文化と教育に關する總合的研究』, 東京學藝大學, 2015.

_____,「植民地期朝鮮における昔話研究の現況と課題」,『昔話 研究と資料』43, 日本昔話學會, 2015.

金廣植,「近代初期に報告された朝鮮民間說話「三年峠(三年坂)」の考察」,『比較民俗學會報』37-2, 比較民俗學會, 2016.

_____,「植民地期朝鮮における民間說話「瘤取り」の考察」,『Walpurgis』2017, 國學院大學, 2017.

_____,「韓國初等國語教科書における傳來童話の收錄過程に關する考察」,『淵民學志』28, 淵民學會, 2017.

金廣植,「韓國における兄弟譚及び隣の爺譚の變容 -新たな日韓比較民間說話學の構築のための試み」,『昔話傳說研究』36, 昔話傳說研究會, 2017.

_____,「朝鮮民間說話の變容と壬辰倭乱(文禄・慶長の役)-論介說話を手掛かりにして」, 須川英德編,『韓國・朝鮮史への新たな視座 -歷史・社會・言說』, 勉誠出版, 2017.

_____,「解放前後における韓國民間伝說集の形成過程 -植民地期との連續と非連續」,『朝鮮史研究會會報』, 朝鮮史研究會, 2017.

_____,「朝鮮總督府編修官立柄教俊と朝鮮民間說話 -在朝日本人用補充教本の「もの言う龜」を中心に」,『Walpurgis』2018, 國學院大學, 2018.

金泳南,「中村亮平『朝鮮童話集』における「美しい朝鮮」の創出」,『比較文學研究』77, 東大比較文學會, 2001.

芦田惠之助,「なつかしい慶州」, 朝鮮總督府,『實業補習學校國語讀本』卷1, 1931.

梶井陟,「朝鮮文學の飜譯足跡(三) -神話, 民話, 傳說など」,『季刊三千里』24, 三千里社, 1980.

_____,「近代における日本人の朝鮮文學觀(第一部)-明治・大正期」,『朝鮮學報』, 朝鮮學會, 119・120, 1986.7.

森田芳夫,「韓國における主要圖書館および藏書目錄」,『朝鮮學報』116, 朝鮮學會, 1985.

三品彰英,「朝鮮民俗學 -學史と展望」,『日本民俗學大系』第1卷, 平凡社, 1960.

小田省吾,「古代に於ける內鮮交通傳說について」,『朝鮮』102, 朝鮮總督府, 1923.

小倉進平,「濟州嶋の俚謠と傳說」,『わか竹』6卷1-3號, 大日本歌道獎勵會, 1913.

松村武雄,「日韓類話」,『鄕土研究』2-4, 鄕土研究社, 1914.

市山盛雄,「朝鮮の民謠に關する雜記」,『眞人』5-1, 眞人社, 1927.1.

沈宜麟,「朝鮮語教授に就て」,『朝鮮の教育研究』2, 朝鮮初等教育研究會, 1928년 6월호.

_____,「普通學校第三學年の學級經營の概要」,『朝鮮の教育研究』7, 1929년 4월호.

_____,「朝鮮語科教育の取るべき新目標」,『朝鮮の教育研究』, 1930년 1월호.

沈宜麟, 「朝鮮風習と學校訓練」, 『朝鮮の敎育硏究』, 1929년 12월호.

嚴基權, 「「京城日報」における日本語文學 −文藝欄・連載小說の變遷に關する實證的硏究」, 九州大學 博士學位論文, 2015.

立柄敎俊 君談, 「朝鮮に於ける敎科書編纂事業に就きて」, 『敎育時論』966, 開發社, 1912.

田中梅吉, 「倂合直後時代に流布してゐた朝鮮小說の書目」, 『朝鮮之圖書館』4卷3號, 朝鮮圖書館硏究會, 1934.11.

趙恩穗, 「韓日の「鹿女夫人」說話の展開に關する考察」, 『일어일문학연구』85−2, 韓國日語日文學會, 2013.

_____, 「南方熊楠と朝鮮 −今村鞆との關係から」, 『熊楠硏究』6, 南方熊楠資料硏究會, 2004.

佐田至弘, 「偶話 都會と子供」, 『朝鮮及滿洲』196, 朝鮮及滿洲社, 1924.3.

_____, 「コドモの世界から覗いた東京の現在及び內鮮問題」, 『朝鮮』第113號, 朝鮮總督府, 1924.9.

_____, 「最近に於ける童話界の傾向」, 『京城日報』1927년 11월 22일자.

_____, 「童話の價値及童話口演者としての條件」, 『文敎の朝鮮』29, 朝鮮敎育會, 1928.

_____, 「全國巡回 婦人講演會」, 『婦人倶樂部』12−11, 講談社, 1931.

花部英雄, 「昔話硏究における民俗學的方法は終わったか」, 『日本民俗學』281, 日本民俗學會, 2015.

增尾伸一郎, 「女の屍に乘る男−『今昔物語集』の怪異譚と昔話 「古屋の漏り」をめぐって」, 『アジア遊學』79, 勉誠出版, 2005.

_____, 「孫晉泰の比較說話硏究」(영인본 孫晉泰, 『朝鮮民譚集』, 勉誠出版, 2009).

_____, 「孫晉泰『朝鮮民譚集』の方法」, 石井正己編, 『韓國と日本をむすぶ昔話』, 東京學藝大學, 2010.

淸水祐美子, 「搖らぐ「民謠」概念−フランス政府による全國民謠收集(一八五二〜一八五七)に見る」, 『口承文藝硏究』35, 日本口承文藝學會, 2012.

平藤喜久子, 「植民地帝國日本の神話學」, 竹沢尙一郎 編, 『宗敎とファシズム』,

水聲社, 2010.

和田茂樹, 「「俚謠集」の原資料について」, 『日本歌謠集成 第十二卷 月報』, 東京堂, 1960.

_____, 「解說篇」, 『愛媛民謠集』愛媛縣, 1962.

_____ 외 편, 『岩波講座 東アジア近現代通史』別卷 アジア研究の來歷と展望, 岩波書店, 2011.

黃鍾淵, 白川豊譯, 「儒敎の鄕邑から東洋の古都へ－慶州空間の植民地的 再編に關して」, 『朝鮮學報』214, 朝鮮學會, 2010.

수록 표 목차

다카하시 자료집과 다나카 자료집의 대응 관계 ···················· 28

1913년 보고서와 『조선동화집』(1924)의 대응표 ····················· 30

⟨6검은 구슬과 노란 구슬⟩(함북 회령군 보고)의 내용 비교 ····················· 32

⟨15세 개의 구슬⟩(경기도 파주군 천현외패면 보고)의 내용 비교 ····················· 34

⟨17부모를 버리는 사내⟩(경성 수하동공립보통학교 보고)의 내용 비교 ··········· 35

⟨8말하는 남생이⟩(경북 신녕군 보고)의 내용 비교 ····················· 38

⟨9천녀의 깃옷⟩(함북 회령군 보고)의 내용 비교 ····················· 39

⟨22세 개의 보물⟩(함북 무산군 보고)의 내용 비교 ····················· 41

1926년까지 일본어로 발간된 주요 조선동화·설화집 목록 ····················· 50

1913년 보고서와 1920년대 조선동화집 모티브 대응표 ····················· 55

⟨세 개의 보물⟩의 내용 비교 ····················· 61

⟨천녀의 깃옷⟩의 내용 비교 ····················· 63

⟨은구슬 금구슬⟩(검은 구슬과 노란 구슬)의 내용 비교 ····················· 73

⟨신기한 구슬⟩(수중 구슬)의 내용 비교 ····················· 75

1920년대 주요 일본어 조선동화집 목록 ····················· 87

사다와 그의 동화집 광고(한국어 번역) ····················· 94

나카무라 동화집과 전설집의 중복 설화 비교 ····················· 128

나카무라의 신화전설 영향관계 ····················· 131

「1조선 시조 단군」의 비교 대조표 ····················· 133

「6석씨 시조 석탈해」의 비교 대조표 ····················· 134

「10영일만의 연오와 세오」의 비교 대조표 ····················· 136

「9제주도의 삼성혈」의 비교 대조표 ····················· 137

1929년 전설집에 새롭게 수록된 전설 목록과 출전 ····················· 139

「우의전설(羽衣傳說)」의 비교 대조표 ····················· 146

「59낯선 노인」의 비교 대조표 ····················· 149

「73한 겨울 잉어」의 비교 대조표 ····················· 152

다카기와 마쓰무라 설화집에 수록된 문헌설화(『용재총화』 등) 대응표 ··········· 166

⟨계속된 실책(도수승)⟩ 대조표 ····················· 173

〈먼 곳의 불〉 대조표 ·· 177

〈바보 형과 팥죽 이야기(癡兄黠弟)〉 대조표 ·· 179

〈말 하나에 기수가 셋〉 대조표 ·· 180

〈비둘기 소동〉 대조표 ·· 182

〈집오리 셈법〉 대조표 ·· 184

〈바보사위〉 대조표 ·· 188

〈서생의 장난〉 대조표 ·· 190

어문학 및 교육 분야 장서 총 분류(동양서, 화한서) ·· 199

주요 조사 및 작품 목록 ·· 226

재조일본인 주요 작품 및 채집 목록 ·· 233

재조일본인 주요 작품 목록 ·· 242

재조일본인 주요 작품 목록 ·· 248

손진태의 단행본에 인용된 일본어 서적 목록 ·· 272

부록에 제시된 개별 설화와 「조선 민간설화의 연구」와의 대응 ·· 283

신래현의 전설집의 영향 및 대응표 ·· 299

乾坤二龍의 개작 대응표 ·· 301

영지 전설이 수록된 전설집의 비교표 ·· 308

무영탑의 개작 대응표 ·· 310

찾아보기

〈ㄱ〉

가나자와 쇼자부로(金澤庄三郎) 203

가와타케 시게토시(河竹繁俊) 291, 292

가지이 노보루(梶井陟) 108, 268

가토 간카쿠(加藤灌覺) 220, 233, 235

강재철 20, 27, 29, 33, 34, 53-55, 60, 61, 79, 108, 290

개작 23-25, 28-37, 39-47, 52, 54, 55, 57-66, 70, 73-78, 88, 93, 109, 116, 123, 124, 126, 129-131, 134-137, 142, 147-151, 153, 154, 158, 162, 165, 170-172, 175-177, 180, 182-184, 186, 189, 191-194, 226, 231, 236, 237, 240, 245, 249, 253, 260, 261, 264, 265, 268, 295, 297, 300, 301, 303, 304, 306, 308, 310-312

경성사범학교 93, 103

경성일보 80, 81, 83, 84, 87-93, 96-98, 102, 103, 226, 230, 233, 234, 236, 248, 250

경성일보대리부 88, 90, 236

경성제국대학 195, 196, 211, 215, 216, 218, 221, 237, 238, 295

경주고적보존회 245

경주의 전설 141, 245, 307

경주전설 140, 141, 245

고대 문화 222, 246

고등보통학교 26, 83, 108, 110, 233, 237, 242, 244, 278

고려장 36

고사기 163, 210, 272

고소설 167, 202, 203, 247, 262

고이케 다케루(小池長) 101, 102, 104

고정옥 215, 216, 217

곡생주 34, 35

곡출주 34, 35

곤도 도키치(近藤時司) 214, 222, 237, 242, 243, 307

관동대지진 80, 96, 259

교과서 19, 20, 22-26, 28, 29, 38, 40, 41, 43-45, 47, 53, 54, 56, 58, 64, 76, 77, 87, 126, 127, 129, 138, 196, 199, 200, 204, 206-208, 215, 216, 220, 222, 224, 229, 234, 235, 243

교과서 집필자 196, 222

교화 23, 26, 37, 42, 45, 61, 63, 76, 77, 92, 103, 236

교활한 토끼 23, 28, 30, 55

구루시마 다케히코(久留島武彦) 67, 68, 80, 83-87, 89, 91-93, 97, 99, 102, 103

구보타 우쓰보(窪田空穗) 198, 201

구비문학 20, 21, 24, 29, 50, 53, 79, 86, 108, 109, 125, 155-157, 161,

196, 198, 199, 202, 203, 206-208,
211, 213, 214, 216, 220-222, 224,
225, 239, 252, 258, 259, 263, 266,
268-270, 286, 289, 304
구비문학연구 29, 86, 157, 269, 270
구비문학조사 20, 21, 50, 53, 79, 109,
125, 161, 196, 213, 216, 225, 239,
252, 258, 259, 266, 286, 289
구비전승 156, 196, 214, 215, 222, 224,
225, 229, 230, 232, 241, 244
구술 79, 155, 156, 186, 193, 194
구승 86, 155-157, 174, 214, 235, 275
구승문예 86, 155, 156
구연동화 67, 68, 79-81, 83-85, 87,
88, 90-93, 95, 98-100, 102-104,
209, 226, 236, 260
구연동화가 79, 80, 99, 100, 102, 103
구인모 196, 216
구전설화 112, 158, 160, 162, 187, 190,
191, 193, 225, 261, 264, 266, 273,
277, 286, 304
구즈하라 시게루(葛原䔲) 68, 85
국민국가 204
국어교육(일본어교육) 58, 70, 77
국어독본(일본어 교과서) 23, 39, 61,
63, 77, 126, 128, 129, 234, 300
국정교과서 19
국학 29, 86, 159, 199, 258
권순긍 23
권혁래 22-24, 50, 79, 186, 269, 271,
274-277
균열 104, 245

그림동화 156
근대 설화학 257
근대 일본 257, 258, 263
금강산 63, 65, 118, 119, 146, 147, 242
금석물어집 201, 202, 258
금은방망이 28, 30, 56, 166, 171
기로전설 283, 285
기무라 쇼슈(木村小舟) 82
기시베 후쿠오(岸邊福雄) 68, 83-86
기타 다키지로(喜田瀧治郎) 243
김기형 270, 274
김무달 139, 148, 154
김상덕 248, 252, 253, 290, 291
김선달 148, 154
김성률 31, 55, 67, 203, 234
김성연 80, 84, 263
김소운 200, 248, 252, 253, 290
김영희 24, 50, 79, 155, 157, 216,
270, 275, 304
김용의 29
김재철 293
김준근 226
김준형 157
김태준 215
김화경 304
김환희 109
김효순 291, 297, 308, 309

〈ㄴ〉
나가이 가쓰조(永井勝三) 242, 243
나라키 스에자네(楢木末実) 107, 227,
228

나무꾼 26, 40, 45, 65, 66, 72, 109,
  129, 145-147, 162, 236, 238, 250,
  297-299, 305
나이토 세이지(內藤盛治) 226
나카무라 료헤이(中村亮平) 24, 50,
  60, 61, 87, 88, 109, 111, 123, 126,
  128, 129, 132, 135, 144-146, 148,
  150, 153, 164, 192, 234-236,
  242, 243, 245, 264, 297, 307
낡은 집의 비샘(古屋の漏) 65, 66
남근우 86, 200, 212, 267
내선 관련설화 298
내선융화 65, 80, 95, 96, 99, 104,
  126-128, 130, 132, 135, 136, 148,
  149, 153, 154, 230, 234, 236,
  237, 238, 245, 249, 296
내선일체 29, 247, 248, 250, 253
노영희 290
노인담 73, 74, 78, 237
농촌진흥운동 240
니시무라 신지(西村眞次) 265

〈ㄷ〉
다나카 우메키치(田中梅吉) 20, 23,
  24, 33, 43, 49, 52, 53, 67, 77,
  87, 192, 203, 214, 222, 227, 230,
  233-236, 238, 264
다니야마 쓰루에(谷山つる枝) 243
다쓰야마 루이코(龍山淚光) 89, 91, 102
다지마 야스히데(田島泰秀) 233, 235
다치가라 노리토시(立柄敎俊) 38, 57
다치카와 쇼조(立川昇藏) 50, 60, 67,

  68, 69, 71, 87, 234-236
다카기 도시오(高木敏雄) 21, 50, 51,
  66, 86, 115, 127, 158, 160, 162,
  163, 167, 168, 175, 185, 188, 192,
  209, 228, 232, 233, 261, 263,
  264, 272
다카기 이치노스케(高木市之助) 212,
  214, 222
다카노 다쓰유키(高野辰之) 200
다카하시 도오루(高橋亨) 26, 46, 50,
  107, 126, 159, 174, 193, 195, 196,
  215, 217, 218, 221, 222, 227,
  228, 230, 232, 266, 272, 297
다파나국(多婆那國) 134, 135, 299
단군 131-133, 144, 153, 227, 291,
  297, 299
덕혜옹주 94, 95
데라카도 요시타카(寺門良隆) 50, 233
데쓰 진페이(鐵甚平) 248, 252, 290
도교육회(道敎育會) 244
도리이 기미코(鳥居君子) 272
도리이 류조(鳥居龍藏) 272
도수승(渡水僧) 172, 173, 175
도요노 미노루(豊野實) 252, 290, 307
도쿄제국대학 200, 202, 205, 206,
  214, 222, 258
독일문헌학 159, 258
돌이와 두꺼비 29, 228
동물담 277
동심 39, 46, 93-95, 97, 98, 252
동심사 93, 95
동아시아 110, 114, 117, 121, 122, 143,

150, 156, 196, 270, 286, 288
동아시아 민속학 114
동아시아 설화학 270, 288
동양문고 285
동양설화집 6
동양협회 237
동원론 67, 168, 191
동조론 67, 77, 78, 204, 237, 238
동화 개념 81
동화교육 21
동화모집 25, 232, 261, 262
동화회 84

〈 ㅁ 〉
마리타니 류지(萬里谷龍兒) 307
마스오 신이치로(增尾伸一郎) 269
마쓰무라 다케오(松村武雄) 21, 50,
    51, 86, 87, 111, 116, 123, 124,
    128, 135, 143, 145, 148, 158, 162,
    163, 169, 170, 190, 192, 209, 233
마에마 교사쿠(前間恭作) 203, 206, 267
마해송 274, 280
만주 68, 203, 226, 243, 245, 292
말하는 남생이 26-28, 30, 31, 38, 44,
    45, 54, 55, 57, 72, 228
매일신보 81, 88-91, 100, 103, 234
모던일본사 247, 280
모리카와 기요토(森川清人) 249, 251
모모타로(桃太郎) 26, 27, 58, 84, 237,
    262
모티브 26, 31, 32, 34-36, 38, 40,
    42-45, 47, 55-57, 61, 62, 64-66,

73, 77, 144, 145, 150, 153, 174,
    178, 179, 180, 183, 191, 193, 303,
    304, 306, 307, 309
무단정치(무단통치) 20, 24, 53, 230
무라야마 지준(村山智順) 245
무사도 교육 84
무영탑 129, 144, 298, 299, 305-312
문부성 19, 25, 52, 58, 70, 84, 160,
    200, 201, 204, 206-208, 213,
    214, 216, 218, 220, 222, 227,
    240, 243, 259, 260, 266, 286
문부성 문예위원회 19, 218
문헌설화 108, 153, 158-160, 165-168,
    170, 187, 193, 194, 268
문헌학 159, 218, 257, 258
미나카타 구마구스(南方熊楠) 116, 272,
    273
미시나 쇼에이(三品彰英) 209, 251
미쓰이 다카시(三ツ井崇) 100
미와 다마키(三輪環) 50, 107, 109,
    110, 112, 113, 127, 138, 154, 158,
    165, 188, 193, 227, 230, 232, 297
민간동화 51, 66, 127, 168, 261
민간설화 51, 66, 67, 130, 156, 157,
    161, 162, 167, 168, 169, 175, 191,
    192, 267, 269, 270, 272, 273,
    278, 279, 281-287
민간전설 261, 297, 298, 300, 306
민담 19, 22, 23, 27, 54, 83, 86, 108,
    109, 127, 134, 142, 162, 209, 225,
    241, 249, 250, 257-259, 262-
    279, 283, 284, 286, 287, 290

민속학자 107, 110, 114-116, 210, 249,
  264, 266, 270
민요 20, 53, 160, 195-197, 199, 200,
  202, 204, 213-221, 223, 226, 227,
  231, 234, 236, 238, 243, 244, 257,
  258, 262, 279, 281
민요조사 217, 218, 221, 223, 257
민요집 218, 221, 226, 258
민족설화 267, 270, 272, 273, 278,
  279, 286-288
민족주의 59, 200, 240, 246
민화 241, 252, 269, 274, 280, 295

〈ㅂ〉
바가지 72, 90
바보사위 166, 170, 186, 187-189, 193
박관수 290, 296-301, 303, 307-309,
  311
박광현 196, 211, 212
박미경 22, 108, 109
박영만 49, 50, 239
박혁거세 131, 132, 297-299
박혜숙 262
방이설화 165
방정환 25, 58, 79, 80, 159, 224, 232,
  236, 262, 263, 274, 280
보고처 30, 31, 55
보충교본 57
보통학교 26, 30, 35, 36, 45, 55, 56,
  72, 83, 90, 91, 101, 108, 110, 123,
  130, 208, 217, 218, 221, 225,
  229, 232, 233, 235, 237, 241,

  242, 244, 259, 266, 278, 294
복숭아 39, 40, 63, 64, 75, 177
북한 설화 304
분류방식(분류법) 270, 271, 274, 276,
  277, 287
비교민속학 29, 55, 110, 272, 273, 288
비교설화 116, 161, 209, 228, 267, 283
비교설화론 161, 209, 267
비교설화학 116, 283
비교연구 109, 161, 163, 170, 193, 270,
  272
비둘기 소동 165, 169, 181, 182
빠포쓰(pafos) 304, 306, 312
빨간 새 82
뻐꾸기 109, 139, 146, 147, 250

〈ㅅ〉
사년제 보통학교 208
사다 시코(佐田至弘) 91, 92, 97, 103
사사키 기젠(佐々木喜善) 209, 272
사회교육 19, 52, 85, 86, 93, 103,
  243, 259
사회교육회(社會敎育會) 243, 307
삼국사기 129, 131, 132, 134, 135, 141,
  160, 166
삼국유사 129, 131-135, 141, 160, 166
삼년고개(삼년언덕) 235
삼대전래동화집 49
삼성혈 131, 135, 137, 138, 145, 227,
  250, 298, 299
서승 115, 124, 155, 156-158, 165,
  186, 192-194, 212, 257, 275

서승문예 155, 156

석탈해 131, 134, 237, 243, 298, 299

선악 구도 45

설화학자 21, 160, 165, 228

성교육 41, 43, 44

성적 표현 42-44, 47, 63, 171, 184

성지화 245, 246

세계동화 88, 124, 163, 164

세계동화대계 124, 163, 164

세계설화 161, 162

소나무가 푸른 이유 40, 64

소담 174, 175, 277

소아회 90, 91, 95, 103, 236

소학교 68-71, 83, 85, 91, 95, 98,
　　102, 204, 207, 226, 228, 237,
　　242, 243

소화 31, 69, 81, 82, 173, 271, 276,
　　277, 282

속요 19, 98, 200, 204, 227, 259

손동인 49, 51

손진태 25, 58, 67, 83, 115, 158, 159,
　　168,　191,　224,　258,　259,
　　263-267, 269-290

송석하 200, 292, 307, 308

수수께끼 20, 21, 33, 53, 67, 220,
　　227, 231, 233

수신 교재 40, 64, 76

수신기 271, 283, 284, 285

수신서(수신 교과서) 128, 130

스님과 상좌 166, 170, 175-177, 191,
　　193

스사노오 26

스토리텔링 85, 103

시모이 하루키치(下位春吉) 68, 81, 85

시미즈 효조(淸水兵三) 160, 227, 230,
　　236

식민지 교육 37, 53, 228, 259

식민지 조선 20, 24, 26, 48, 50, 52,
　　53, 58, 79, 80, 92, 104, 107, 109,
　　113, 125, 128, 161, 196, 201, 211-
　　213, 225, 239, 241, 246, 247, 252,
　　258, 259, 289

식민지주의 26, 59, 196, 229, 251

식자율 100, 102, 104, 155, 156

신녕군 27, 28, 30, 38, 55

신라설화 134, 144

신라왕 118

신라전설 129, 140, 141, 298, 300

신래현 252, 253, 290-301, 303-309,
　　311-313

신비화 61

신소년 234

신이담 277

신화전설 123, 125, 126, 128, 130-132,
　　134, 142, 144, 153, 154, 163, 164,
　　179, 199, 209, 210, 211, 251, 264,
　　298, 307

신화전설대계 123, 125, 153, 163

신화학 82, 116, 123, 160-163, 209,
　　251, 264

실연동화 59, 67, 70-73, 78, 85, 88,
　　239

심의린 25, 49, 50, 55, 56, 58, 59,
　　64, 78, 79, 81, 235, 239

심학 86
쓰다 소키치(津田左右吉) 265

〈ㅇ〉
아동문학 20, 24, 52, 53, 81, 82, 159,
    224-226, 230, 231, 236, 241, 262,
    280
아동상 35, 46
아동애호데이 95, 97, 99
아동애호연맹 96, 103
아동중심주의 57, 72, 207
아사녀 299, 307-312
아사달 133, 307, 309-312
아사히신문 95-97, 113, 114, 161, 252,
    261, 294, 295
아사히신문사 81, 113, 252
아소 이소지(麻生磯次) 201
아시다 에노스케(芦田惠之助) 24-26,
    40-45, 47, 55, 56, 58-60,
    62-64, 75-77, 87, 233, 234
아오야기 쓰나타로(青柳綱太郎) 115,
    211, 227
아쿠타가와 류노스케(芥川龍之介) 109,
    241
아키바 다카시(秋葉隆) 212, 222, 291
알렌(Allen) 165, 166
야나기타 구니오(柳田國男) 86, 115,
    205, 264, 270
야담집(野談集) 107, 202, 211, 227,
    229
야래자 전설 162
야마사키 겐타로(山崎源太郎) 127, 150,

154, 166, 227, 230, 297
야시마 류도(八島柳堂) 87-91, 95, 103,
    233, 236
야쓰나미 노리키치(八波則吉) 206
어린이 25, 35, 37, 40, 42, 44-47,
    61, 63, 66, 67, 76, 77, 79, 82,
    90, 95-97, 100, 109, 171, 192,
    206, 232, 234, 252, 263, 280,
    281
어린이대회 96, 100
어머니를 버리는 사내(부모를 버리는
    사내) 28, 30, 31, 35, 36, 57, 61,
    128, 129, 144, 145, 151
언어 문제 102, 104
엄기권 92
에밀레종 291, 296, 298, 299
엔스호프 159, 160, 165
역사학 251, 257, 265, 267
연랑(심청) 60, 71, 72, 87, 126, 153,
    234-247, 251, 252
연성흠 81, 84
연오랑 세오녀(연오세오) 131, 132, 135,
    136, 138, 153, 243, 298, 299, 303
염희경 79, 109
영웅전설 26, 27
영지 129, 144, 299, 305-313
옛이야기 27, 50, 51, 54, 77, 81, 82,
    161, 162, 169, 226, 233, 252, 260,
    262, 263, 290
오구라 신페이(小倉進平) 20, 53,
    195-197, 203, 221, 222
오다 쇼고(小田省吾) 22, 216, 222,

233, 235
오리엔탈리스트 60
오리엔탈리즘 134, 214
오사카 긴타로(大坂金太郎) 141, 245,
    248, 250, 307, 308
오사카 로쿠손(大坂六村) 245, 307
오성철 101
오쓰카강화회 67-69, 71, 85, 86, 88
오윤선 157
오카다 미쓰구(岡田貢) 234, 237, 249
오쿠야마 센조(奧山仙三) 242, 243,
    307
오타케 키요미(大竹聖美) 23
오토기바나시(お伽噺) 81-84, 89, 90
요미우리신문 113, 161
용성국(龍城國) 134, 135
용연 전설(등나무에 얽힌 비련) 303
용재총화 115, 124, 132, 143, 157, 159,
    160, 162, 165-177, 179-181, 183,
    186, 187, 189-193, 257
우라시마(浦島) 69, 209, 234
우스다 잔운(薄田斬雲) 50, 88, 107,
    226, 228
우에다 가즈토시(上田萬年) 200, 201,
    205, 206, 214, 222, 259
우의(깃옷) 28, 30, 31, 39, 40, 42,
    45, 55, 63-65, 72, 128, 129, 144,
    146, 147, 209, 227, 230, 233,
    235, 248, 250, 284, 286, 297,
    298, 299
우의전설 145, 146
월성 134, 299

유양잡조 132, 160, 165, 166, 271
유춘섭 274, 275, 281
은혜 모르는 호랑이 250
의사구승 156
이나가키 미쓰하루(稲垣光晴) 107, 227,
    228
이노우에 오사무(井上收) 234, 237,
    249
이마무라 도모(今村鞆) 116, 227, 229,
    233, 249
이마이 이노스케(今井猪之助) 227, 229
이복규 197, 291, 304
이분법 7
이솝우화 93, 161
이시이 겐도(石井研堂) 226
이시이 마사미(石井正己) 266, 270
이야기집(물어집) 26, 50, 60, 68, 71,
    85, 87, 107, 126, 201, 203, 214,
    216, 227, 228, 232, 234-236, 241
이언(속담) 19, 20, 52, 53, 159, 216,
    221, 226, 227, 228, 231
이언집(속담집) 19, 216, 221, 227
이여송 140, 148-150, 154
이와야 사자나미(巖谷小波) 67, 68,
    79, 80-86, 91, 101, 102, 209,
    226, 260-263
이재욱 213, 215, 217
이퇴계 128, 129, 130, 144
이항대립 59, 239
인나미 다카이치(印南高一) 291, 292
인야담(隣爺譚) 73, 237
일본 관련 설화 109, 110, 158

일본동화집(日本童話集) 50, 124, 162, 164, 165, 192, 194, 233

일본민담집(日本昔話集) 234

일본서기 163

일본어 교사 70

일본어 보급 59, 83, 101, 234, 239

일본어 작문 233, 242

일본어 조선설화집 50, 107, 109, 113, 126, 138, 158, 160, 191, 228, 230-232, 247

일본어 학습 33, 39, 43, 44, 47

일본왕 137, 138

일본전설집 161, 261, 277

일선동조 48, 65-67, 167, 169, 230

일신과 월신 298, 299

일한공통의 민간설화 66, 161, 162, 167, 169, 175

임경화 215, 216, 217

임동권 20, 53

임석재 215

임진왜란 110, 118, 121, 148-150, 154, 158

〈ㅈ〉

장덕순 168, 268

장혁주(張赫宙) 248, 251-253, 289, 290

재기록화 156

재담집 202, 235

재조일본인 38, 57, 80, 81, 89, 91, 95, 98, 100-102, 107, 167, 212, 224-226, 228-232, 236, 238, 242, 243, 246, 247-249, 251, 253, 254, 309

저우쮀런(周作人) 114, 117

전경수 212, 214, 267, 276, 279

전래동화 25, 28, 29, 49, 50, 109, 186, 235, 239, 241, 263

전래동화사 49

전설 19, 20, 25-29, 33, 34, 46, 50-55, 57, 60, 61, 72, 79, 82, 83, 85, 88-90, 107-116, 123-136, 138-142, 144-148, 150-154, 156-158, 160-166, 179, 187, 190, 191, 193, 196, 197, 199, 200, 202, 204, 209-211, 219, 224, 225, 227, 228-238, 240, 241-245, 247-253, 259-262, 264, 266, 268, 271, 273, 276, 277, 282-286, 289-291, 294-313

전설동화조사사항 19, 50, 53, 55, 227, 315

전설의 조선 50, 107-115, 127, 138, 158, 165, 227, 228, 230, 232, 297

전설집 88, 108, 123, 125-136, 138, 139, 141, 142, 144, 146-148, 151-154, 161, 209, 210, 233, 240, 242-244, 249, 252, 253, 261, 272, 277, 291, 294-300, 303-305, 307-312

전승 126, 143, 146, 150, 152, 156, 161, 162, 174, 196, 210, 214, 215, 217, 222, 224, 225, 229, 230, 232, 241, 244, 246, 261, 275,

277, 304, 307

정인섭 200, 272, 275, 279-281, 283, 285, 289, 290

제국일본 19, 20, 24, 52, 113, 124, 163, 191, 200, 205, 212, 215, 216, 246, 280

제국 일본설화 6

제보자 265, 270, 271, 274, 275, 287

젠쇼 에이스케(善生永助) 245

조규용 251, 289

조사보고서 204, 210, 224, 227, 245

조선교육 228, 235

조선교육회(조선교육연구회) 28, 32, 33, 56, 57, 94, 227, 228, 233-235, 241, 242

조선독본 38, 57, 66, 235

조선동화 20, 24, 26, 33, 37, 50, 53, 58, 60, 75, 84, 87, 91-93, 96, 97, 127, 128, 227, 232-237, 239, 249

조선동화대집 49, 50, 56, 59, 79, 235, 239, 290

조선동화보급회 91, 92, 93, 103

조선동화집 21-24, 28-32, 39, 47, 49-59, 61, 76, 77, 87, 88, 102, 104, 109, 116, 123-126, 141, 153, 158, 161, 162, 164, 165, 171, 186, 192, 203, 214, 231-236, 239, 249, 250, 264, 265, 297

조선물산공진회 84, 89, 227, 229

조선민담집 115, 263, 266, 270, 274, 278, 279, 283, 289, 290

조선민속 20, 21, 46, 53, 215, 220, 231-233, 265, 267

조선민속자료 21, 53, 220, 231-233

조선민속학 19, 200, 212, 215, 280

조선붐 247, 248

조선사 100, 205, 211, 229, 230, 290

조선사회사업 92, 99

조선설화 23, 29, 31, 47, 50, 51, 55, 58, 66, 70, 72, 107, 109, 111, 112, 113, 115, 118, 124, 125, 141, 143, 152, 153, 160, 161, 164, 165, 167, 169, 171, 191, 203, 211, 229, 233, 234, 238, 249, 253, 264, 265, 273, 283, 291

조선설화집 50, 107, 109, 110, 111, 113, 115, 124, 126, 138, 158-161, 164, 165, 170, 191, 209, 214, 215, 228, 230-233, 247, 263, 274, 280-282, 289

조선신궁 99

조선아동 59, 61, 76, 91-93, 95, 97, 103, 104, 226, 232, 252

조선아동협회 91-93, 95, 97, 103

조선아동화담 226

조선애호연맹 92

조선어 20, 25, 49, 53, 57-59, 66, 80, 88, 100, 104, 116, 141, 195, 197, 202-205, 211, 217, 218, 222, 229, 231, 232, 235, 239, 247, 289, 295

조선어 교육 59, 239

조선어독본(조선어교과서) 38, 57, 66, 235

조선어학회 203
조선의 교육연구 237
조선전설 227
조선전설 및 동화 227
조선정체론 214
조선총독부(총독부) 19, 21-25, 29,
    38, 46, 49, 50-53, 55, 57, 58,
    70, 76, 77, 87, 110, 111, 126, 127,
    129, 130, 138, 158, 171, 186, 192,
    196, 197, 201, 203, 205, 208, 211,
    213, 214, 216, 220-222, 224,
    225, 227, 228, 230-236, 239,
    240, 242, 243, 245, 246, 249,
    250, 260, 264, 286, 287, 297
조선총독부 편찬교과서(총독부 교과서)
    20
조선총독부박물관 245, 249
조선총화 50, 88, 107, 226
조윤제 215
조은애 109, 110, 116, 138, 151, 158
조희웅 108, 109, 268
지방개량운동 204, 227
직원록 70, 110

〈 ㅊ 〉
착한 어린이 35, 37, 40, 42, 44, 45,
    46, 47, 61, 63, 66, 76, 77, 171,
    192
창조된 전통(새로운 전통) 156, 307
천도(선도) 40, 64, 66
천도래 139, 148, 149, 154
초등교육 72, 101, 199, 207, 208, 215,

225, 232
총력전 247, 254, 312
최광식 267, 276
최남선 203, 224, 231, 262
최상수 159, 249, 252, 253, 290, 291,
    307, 308
최원호 156, 157
최인학 50, 108, 267, 268, 273, 274,
    290
취의서 130, 218
취학률 101, 102, 104

〈 ㅌ 〉
타자화 247
탈해 291, 298, 299
토속 205, 244, 272, 279, 281, 282
통속교육 19, 52, 259

〈 ㅍ 〉
편집과 19-24, 26, 46, 52, 53, 58,
    201, 216, 219-222, 224, 227,
    228, 231, 235

〈 ㅎ 〉
하가 야이치(芳賀矢一) 159, 200, 222,
    258, 259
하마구치 요시미쓰(濱口良光) 91, 234,
    237, 308
학무국 19, 21-29, 46-48, 50, 52-55,
    57, 58, 77, 91, 92, 97, 130, 158,
    192, 197, 200, 201, 204, 205,
    211, 213-216, 220, 222, 224,

225, 227-229, 231, 232, 235, 237, 243, 259, 297
학지 19, 195, 196, 214, 215, 222, 254, 280
한국설화 88, 108, 109, 157, 168, 268
한문 교과서 20, 53
한일 유화(유사 설화) 27, 54, 127, 162, 191, 228, 250
한충 235, 239
함경북도 보고서 26, 54
핫타 소메이(八田蒼明) 244
향토교육 70, 240, 241, 246
향토독본 240, 241-243, 246
향토론 246
향토사료(향토자료) 227, 229
향토애 280, 281, 287
향토연구(鄕土硏究) 115, 116, 162, 240, 261, 263, 286, 287
향토전설 10
향토지 213, 240-242, 244
현진건 308, 309, 313
형제담 73, 74, 78, 108, 237
호공 134, 135, 299
호랑이 23, 27, 28, 30, 33, 34, 44, 56, 65, 66, 72-74, 109, 120, 128, 129, 133, 139, 145, 148, 150, 151, 162, 182, 243, 250
호랑이와 곶감(범보다 무서운 곶감) 65, 72, 284

호소야 기요시(細谷淸) 210, 243
혹부리 26-29, 31, 54, 65, 66, 162, 202, 228
話方연습 59
활자매체 9
황인덕 269, 270, 274, 276, 278
회령군 30, 32, 33, 39, 40, 55, 64, 74
회자회 85, 87, 91-93, 99, 102, 103
효자 39, 40, 41, 45, 63, 64, 129, 140, 142, 144, 151, 283
후지사와 모리히코(藤澤衞彦) 200, 210
훈육 171, 192
훈화 42, 45, 62
흥미를 환기 112
흥부전 26, 28, 30, 31, 55, 56, 66, 67, 72, 126, 153, 172, 234, 236, 238, 250, 251, 290

〈 기타 〉
1910년대 학무국 보고서 25, 54, 58, 192
1912년 학무국 조사 20, 53, 227, 235
1913년 학무국 조사 20, 24, 26, 27, 29, 31, 32, 34, 38, 46-48, 52-56, 60, 62, 77, 227, 228, 235
1916년 학무국 조사 227, 228, 229
1920년대 조선동화집 171
1923년 조선설화집 233

近代日本における朝鮮口碑文学の研究

朝鮮人研究の前史としての日本人の研究

　本書は、筆者が博士学位論文(『植民地期における日本語朝鮮説話集の研究─帝国日本の「学知」と朝鮮民俗学─』勉誠出版、2014年)提出後に韓国で発表した、植民地期における口碑文学(日本語での口承文芸、以下口碑文学)関連の論文を集めて大幅に書き直したものである。韓国文化・口碑文学の関連学会で発表した主な論文のうち、近代日本における朝鮮口碑文学関連の論稿をまとめて2部及び補論で構成している。筆者は、1920年代以降本格化した朝鮮人における研究成果を的確に位置づけるためには、1910年前後に成立した近代日本の研究を実証的に検討しなければならないと考える。既存の韓国口碑文学の研究は、この問題に直視せずに進められてきたと言わざるを得ない。幸いに1990年代以降、関連研究がなされてきたが、一部の資料に限られていた。それに対して筆者は、植民地期に広く読まれ、今日にも大きな影響を及ぼしていると思われる重要な人物及び機関の資料を網羅的に分析し、その内容と性格を検討してきた。

　本書では、新たに発見した膨大な資料の内容と性格を明確にした。とくに1910年代に実施した朝鮮総督府学務局の口碑文学調査は、近代朝鮮口碑文学史において非常に重要な出来事である。第1章で筆者が初めて明らかにしたこの問題は、すでに関連研究者の共通認識になっており、学界の関心も高まっている。これまで筆者は、孫晋泰(1900

～?)・宋錫夏(1904～1948年)が創立した朝鮮民俗学会を中心に朝鮮民俗学の形成過程を研究してきた。その中で、1920年代になされた孫晋泰の東アジア説話論は、当時において最も優れた研究業績の一つであったことを確認することができた。先行研究では、孫晋泰における民間説話論を高く評価しながらも、その根拠を明確に提示できなかったという致命的な問題を持つ。

　そこで筆者は、孫晋泰における東アジア説話論の位相を位置づけるために、まず孫晋泰以前の研究成果を検証してきた。その検証の中で、朝鮮総督府学務局の口碑文学調査報告書を発見・公刊するなど、重要な資料に遭遇できた。それを機に植民地期における口碑文学史を切り開いてきた重要な業績をまとめたのが、まさに本書である。博士論文では「帝国日本において日本語で刊行された朝鮮民間説話が収録された資料集」(以下、日本語朝鮮説話集)を綿密に検証した。戦前は「帝国日本説話集」「東洋説話集」「満洲説話集」「世界説話集」などに朝鮮説話が収録され、数多くの民間説話集が刊行されていたので、その問題も合わせて検討することができた。近年筆者は、日本人による資料・研究に留まらず、朝鮮人による資料・研究を含めて研究の範囲を広げて本書の刊行にこぎつけることができた。

　しかし、先行研究で多く見られた、日本人の資料・研究＝支配のための植民地主義、朝鮮人の資料・研究＝抵抗のための民族主義という短絡的な二項対立を乗り越えようと努力した。本書では、朝鮮総督府学務局の関係者、植民地朝鮮における日本語教員(三輪環・中村亮平・立川昇蔵ら)、在朝日本人の口演童話家(佐田至弘・八島柳堂ら)、日本を代表する神話・説話学者(高木敏雄、松村武雄)、高橋亨(1878～1967年)・小倉進平(1882～1944年)・田中梅吉(1883～1975年)をはじめとし

た京城帝国大学教授など様々な人物群を考察した。本書では、これら
の人々がそれぞれ異なる目的と理由、学問的背景を持って多様な朝鮮
口碑文学を展開したことを明らかにした。同じく、孫晋泰、方定煥
(1899~1931年)、鄭寅燮(1905~1983年)、申来鉉(1915~?)、沈宜麟
(1894~1951年)もまた、それぞれ異なる目的と理由、学問的背景を
持って口碑文学を採集・分析・研究していたのである。また、日本語と
朝鮮語というそれぞれ異なる言語的背景を持って展開されたことにも
注意を払って考察した。

　このように、本書を通じて植民地期に展開した様々な口碑文学研究
の実像を確認し、その功罪を明らかにした上で、新たな口碑文学の研
究に少しでも貢献できれば望外の幸いである。

本書の構成と内容

　本書の構成は、以下の通りである。

第1部．植民地期における朝鮮童話集に関する深層的研究
第1章．朝鮮総督府学務局の「伝説童話調査」報告書(1913年)と『朝鮮童
　　　　話集』
第2章．1920年代に展開された日本語朝鮮童話集の改作
第3章．在朝日本人における口演童話の活用と展開

第2部．植民地期における口碑文学(口承文芸)研究の展開
第4章．三輪環の『伝説の朝鮮』(1919年)と東アジア民俗学者
第5章．中村亮平における朝鮮伝説集の改作
第6章．近代日本の説話研究者における『慵斎叢話』の書承の展開

第7章. 京城帝国大学附属図書館蔵書と法文学部民謡調査との関わり
第8章. 在朝日本人における朝鮮口碑文学の展開

補論
第9章. 韓日説話の採集・分類・研究史から見た孫晋泰の『朝鮮民譚集』
　　　 (1930年)
第10章. 申来鉉と「朝鮮郷土伝説」

　第1部では、植民地期における「童話」の問題を考察した。今日、児童文学の一分科に編入されている童話という概念は、帝国日本では民間童話(民間説話)という言葉でよく使われ、民譚(昔話)という概念でも使われていた。民俗学、人類学、児童文学は言うまでもなく、教育学、社会学、心理学などで多様なアプローチがなされていた。今の童話よりも広い意味で使われていたこの概念が、植民地朝鮮で近代児童の訓育のための装置として活用された時期がまさに1920年代である。

　第1章では、1910年代における朝鮮総督府学務局の調査の意味を解明し、朝鮮総督府の『朝鮮童話集』(1924年)の刊行と説話の改作を実証的に考察した。先行研究で多く見られた二分法(二項対立)を乗り越えて、近代児童の訓育のための装置としての改作の問題を捉えることができた。

　第2章では、1920年代に朝鮮総督府教科書をはじめ、多様な朝鮮童話集における改作の問題を実証的に比較・分析した。新たに発見した資料を活用して1920年代に試みられた童話の活用とその性格を明らかにすることができた。新資料の発見により典拠を確定し、植民地期になされた改作の中身を実証的に解明できた。

　1920年代には相次いで日本語と朝鮮語による朝鮮童話集が刊行されて広く読まれていた。その一方で植民地朝鮮では、同時に口演童話も広く消費されていた。第3章では、新資料に基づいて従来の研究では不明であった在朝日本人の活動の性格とその限界を浮き彫りにした。在朝日本人における口演童話の動きを明らかにし、膨大な新聞·雑誌·単行本の他に新たに童心社の機関誌を発見してその性格を導き出したことは非常に大きい成果といえる。第1部では植民地期における言語をめぐる問題とも結びつけて、植民地期に展開した童話の多様な実像を解明する土台を構築できたと自負する。

　第2部では東アジア的観点から重要な説話集、伝説集、書承、帝国大学の学知、民謡調査などを手掛かりにして、口碑文学の多様な動きを解明した。近年、昔話研究に比べて伝説研究は少ない。そこで第2部では、植民地期における伝説集を解明するにおいて最も重要と思われる三輪環と中村亮平(1887~1947年)の朝鮮伝説集を実証的に検証した。また、日本を代表する説話研究者である高木敏雄(1876~1922年)と松村武雄(1883~1969年)が、『慵斎叢話』を如何に受け入れたのかを書承という観点から解明した。また京城帝国大学という学知の場で試みられた民謡調査と京城帝国大学付属図書館蔵書との関わりを分析した。

　第4章では、三輪の伝説集を取りあげ、それが東アジア民俗学者に如何に読まれて広がったのかを検討した。芥川竜之介(1892~1927年)、中村亮平をはじめ、その時代の読者に大きな影響を及ぼした三輪の伝説集の意味を浮き彫りにした。

　第5章は、先行研究では全く検討されなかったが、植民地期を含めて戦後の日本と解放後の韓国で広く使われた中村の伝説集の性格とその問題点を明らかにした。筆者は伝説学者の崔常寿を含めて解放後の韓

国伝説集に中村の影響があることを確認した。高橋亨の『朝鮮の物語集附俚諺』(1910年)が韓国民譚に大きな影響を及ぼしているように、中村の伝説集は韓国伝説に少なからぬ影響を及ぼしている。今後は中村の伝説集の受容をめぐる批判的な研究が求められる。

第6章では、高木敏雄と松村武雄が『慵斎叢話』(1525年)をはじめ既存の書籍を如何に活用したのかを検討した。既存の書籍を活用することを単なる参考・転載でなく、近代活字メディアの広がりという観点からその意味を明らかにした。従来の韓国口碑文学の研究では、伝承＝口承として認識されたことを否定できない。しかし、東アジアでは早くから文字文化を発展させてきた長い書承の伝統を持つ。書承をはじめとした体承、物承など五感を活用する多様かつ複合的伝承のかたちにも注目しなければならない。

第7章では、京城帝国大学附属図書館蔵書の中で口碑文学関連書を検証し、新発見資料を提示することで、法文学部教授の経歴と民謡調査との関わりを明らかにした。

第8章は1910、20、30、40年代に分けて在朝日本人における朝鮮口碑文学調査の展開、研究の成果と課題・展望を検討した。このように第2部では、朝鮮総督府学務局の調査以降の動きに注目し、伝説集・童話集・説話集などを検証した。また、在朝日本人及び京城帝国大学の動向を分析して植民地期に行われた口碑文学研究の重要な成果を究明することができた。

新たな口碑文学研究、比較研究、民俗学を目指して

今後は、近代日本における朝鮮口碑文学の研究に対する功罪を踏ま

えて、朝鮮人の研究を体系的に整理していく必要がある。そのため、本書では補論を設けて日本語で刊行された孫晋泰と申来鉉の日本語朝鮮説話集を検証した。第9章では韓日説話史を検討し、孫晋泰学の位相を明確にした。新発見資料を通して、孫が1920年代まで展開した東アジア説話論の内容とその性格を初めて位置づけ、『朝鮮民譚集』(1930年)の意味を明らかにした。

昔話集に比べて伝説集に対する本格的な研究は少ない中、第10章では日本語朝鮮説話集との影響関係を踏まえて、申来鉉の伝説集を考察した。しかし、分断時代を生きる韓国人研究者として北の説話資料に触れるのは依然として限界がある。幸運にも今回の研究では「越北」した申来鉉の学籍簿を発見して経歴を復元し、平壌で発行された『郷土伝説集』(1957年)の一部を入手して紹介できた。

植民地期に口碑文学の重要性を認識し、解放後にも活躍した朝鮮人の口碑文学研究の実像を明確にする作業は今後の課題である。このような作業を通して新たな口碑文学の道と実践を問い、且つ一方的な比較研究でなく、双方向的な東アジア民俗学研究に一助して参りたい所存である。

초출일람

아래 열편의 논문을 대폭 수정 보완하였다.

「조선총독부 학무국 '전설 동화 조사' 보고서를 활용한 『조선동화집』의 개작 양상 고찰」, 『古典文學硏究』 48輯, 35~64면, 한국고전문학회, 2015.12.

「1920년대 일본어 조선동화집의 개작 양상 −『조선동화집』(1924)과의 관련양상을 중심으로」, 『洌上古典硏究』 48輯, 317~349면, 열상고전연구회 2015.12.

「식민지기 재조일본인의 구연동화 활용과 전개양상」, 『洌上古典硏究』 58輯, 11~41면, 열상고전연구회, 2017.8.

「미와 다마키 〈전설의 조선〉(1919)과 동아시아 민속학자의 읽기」, 우리문학회 제 112차 정기학술대회 발표집, 337~347면, 2016.6.25.

「나카무라 료헤이(中村亮平) 조선전설집의 개작 양상 고찰」, 『洌上古典硏究』 55 輯, 367~402면, 열상고전연구회, 2017.2.

「근대 일본 설화연구자의 『용재총화(慵齋叢話)』 서승(書承) 양상 고찰」, 『東方學 志』 174輯, 201~234면, 연세대학교 국학연구원, 2016.3.

「경성제국대학 부속도서관의 문학부 계열 장서 분석 −법문학부 민요조사와의 관련 양상을 중심으로」, 『淵民學志』 25輯, 211~244면, 연민학회, 2016.2.

「2장 8절 조선(인) 이해를 위한 '구비전승'의 관심과 채집 조사」 / 「3장 13절 '조선 동화집'의 간행과 그 의미」 / 「4장 9절 조선향토지와 전설집의 확산」 / 「5장 7절 태평양전쟁기의 조선 동화·설화집」(과경 일본어문학 문화 연구회 편, 『재조일 본인 일본어문학사 서설』, 역락, 2017.6.)

「한일 설화 채집·분류·연구사로 본 손진태 『조선민담집』의 의의」, 『東方學志』 176輯, 1~26면, 연세대학교 국학연구원, 2016.9.

「신래현(申來鉉)과 '조선향토전설'」, 『近代書誌』 14호, 437~459면, 근대서지학 회, 2016.12.

김광식金廣植

일본학술진흥회 특별연구원PD(민속학), 東京學藝대학 학술박사.
연세대학교, 릿쿄대학, 東京理科대학, 요코하마국립대학, 사이타마 대학,
일본사회사업대학 등에서 강의했다.

・주요 저서

단저: 『식민지기 일본어 조선설화집의 연구植民地期における日本語朝鮮說
　　　話集の硏究 -帝國日本の「學知」と朝鮮民俗學』(2014), 『식민지 조선과
　　　근대설화』(2015).

공저: 『식민지 시기 일본어 조선설화집 기초적 연구』, 『博物館という裝置』,
　　　『植民地朝鮮と帝國日本』, 『國境を越える民俗學』 등 다수.

근대 일본어 조선동화민담집총서 1
근대 일본의 조선 구비문학 연구

2018년 3월 16일 초판 1쇄 펴냄

저　자　김광식
발행인　김흥국
발행처　보고사

책임편집　이경민
표지디자인　오동준

등록　1990년 12월 13일 제6-0429호
주소　경기도 파주시 회동길 337-15 보고사 2층
전화　031-955-9797(대표)
　　　02-922-5120~1(편집), 02-922-2246(영업)
팩스　02-922-6990
메일　kanapub3@naver.com / bogosabooks@naver.com
http://www.bogosabooks.co.kr

ISBN　979-11-5516-791-5　94810
　　　979-11-5516-790-8 (세트)
ⓒ 김광식, 2018

정가 26,000원